BASTEI
LÜBBE

Von Alexandra Jones ist bei Bastei Lübbe Taschenbücher lieferbar:

Über die Autorin:

Alexandra Jones wuchs in Indien und Burma auf und arbeitete auf britischer Seite mit am Übergang Pakistans zu einem eigenständigen Staat. Später kehrte sie mit ihrer Familie nach England zurück. Heute lebt sie mit ihrem Mann und drei Söhnen in Devon. Sie ist Autorin zahlreicher historischer Romane.

Alexandra Jones

Der Herzschlag der Sehnsucht

Roman

Aus dem Englischen übertragen von
Ulrike Werner

BASTEI
LÜBBE

BASTEI LÜBBE TASCHENBUCH
Band 15747

1. Auflage: Oktober 2007

Vollständige Taschenbuchausgabe

Bastei Lübbe Taschenbücher in der Verlagsgruppe Lübbe

Titel der englischen Originalausgabe: *The Reckoning*

Dieses Werk wurde vermittelt durch die
Literarische Agentur Thomas Schlück GmbH, 30827 Garbsen.
Titelabbildung: Garry Black/Masterfile
Umschlaggestaltung: Gisela Kullowatz
Satz: hanseatenSatz-bremen, Bremen
Druck und Verarbeitung: GGP Media GmbH, Pößneck
Printed in Germany
ISBN 978-3-404-15747-1

Für meinen Bruder Ian

Prolog

»Nun geht er auf eine schattenreiche Reise, dorthin, woher sie jedem die Rückkehr verweigern.«

Catull

Glengarth 1940

Rory Roskillen, Laird von Glengarth, hatte den Eindruck, in einer Sackgasse gelandet zu sein. Er fühlte sich wie ein Gefangener im Niemandsland der Zeit. Viel zu viele Jahre dehnten sich zu beiden Seiten seiner Gegenwart. Wirklich zu viele? Wer weiß – vielleicht waren es ja nicht einmal genug.

Nichts war von Bedeutung an diesem trüben Neujahrstag – weder Ehrgeiz noch Glaube, noch nicht einmal Hoffnung. Selbst das Lied der Liebe schien verstimmt zu klingen, und jede Freude war so trügerisch wie das Flirren von Sonnenstrahlen auf dem Wasser. Was hatte Rory noch zu erwarten? Bald würde er fünfzig werden. Ein halbes Jahrhundert. Seine Jugend war vergangen. Ihm blieb nichts, als das Alter auf sich zukommen zu lassen und darauf zu warten, über kurz oder lang abgeschoben und entsorgt zu werden.

Düstere Schatten verfinsterten die früher so heiteren grünen Hügel seiner Jugend und spiegelten sich in den schwarzen Teichen seines Bewusstseins. Rory schenkte sich ein weiteres Glas seines Lebenselixiers ein, das er selbst unter dem Markennamen *Glengarth Single Malt* produzierte, und hob es an die Lippen.

Plötzlich verkrampfte sich sein Kiefer. Unwillkürlich presste er die freie Hand an die Brust. Ein unsäglicher Schmerz fuhr ihm zwischen die Rippen und hinderte ihn am Atmen.

Ein Herzanfall … wie die gute alte Lizzie! Muss ich jetzt den Löffel abgeben? Mein Gott, ich bin nicht einmal fünfzig … Bitte, lieber Gott, bitte, schenk mir noch ein paar Jahre …

Der Schmerz in Rorys Brust steigerte sich ins Unerträgliche. Das Whiskyglas glitt aus seiner Hand, und leise trat die Zukunft ins Zimmer.

Du weißt, so hast du mich erschaffen:
Mein Herz sollt' wild und leidenschaftlich sein.
Doch schlug ich, lauscht' ich seiner Stimme,
Den falschen Weg oft ein …

Annie versank angesichts dieser Zeilen von Robert Burns in tiefes Nachdenken.

An diesem einsamen Neujahrstag hatte sie es sich an den hohen, nach Süden ausgerichteten Fenstern ihrer privaten Gemächer bequem gemacht und las noch einmal die Briefe der Kinder, die ihr und Rory viel Glück und Gesundheit für das neue Jahr wünschten. Das neue Jahr! Ein weiteres Jahr voller Unsicherheit!

Etwas anderes als Glück und Gesundheit konnte man sich im Augenblick nicht mehr wünschen, seit vor vier Monaten Unfrieden über sie hereingebrochen war. Mit versteinerter Miene blickte Annie auf den grau vernebelten Minch hinaus, der unter einem Schnee verheißenden Himmel lag und so traurig aussah, wie sie sich fühlte.

Wie viel Wahrheit die Gedichtzeilen doch enthielten! Annies wildes und leidenschaftliches Herz hatte ihr eigenes und Lindsays Schicksal besiegelt. Oh ja, manchmal bereute sie es, der Stimme ihres Herzens gefolgt zu sein, auch wenn die Sühne heutzutage anders aussah als vor hundertfünfzig Jahren, als der große schottische Barde seine Zeilen zu Papier gebracht hatte. Vermutlich hätte man sie allen Ernstes bezichtigt, die beiden Brüder mit einem Zauber betört zu haben; ihr allein hätte man die Schuld am Tod von Rorys Bruder Lindsay gegeben. Wirklich lächerlich!

Dennoch konnte Annie die anklagenden Stimmen in ihrem Kopf nicht gänzlich zum Schweigen bringen. Ein Vierteljahrhundert hatte sie sich bemüht, sie nicht zu beachten, aber sie kamen immer wieder, und nun klangen sie unangenehmer denn je. Diese Stimmen – sie hatten Annie geformt. Sie hatten aus ihr das gemacht, was sie heute war: die unfreiwillige Herrin eines zwar großartigen, aber baufälligen schottischen Schlosses, sorgenvoll, einsam und verängstigt.

Teil Eins

Ferdinand: *»… Hier ist meine Hand.«*
Miranda: *»Und hier die meinige, mit meinem Herzen darin …«*

Shakespeare, Der Sturm

Kapitel Eins

Lady Annie Roskillen ließ den müden Blick durch das schäbige Zimmer schweifen. Früher hatte dieser Raum den wirklich blaublütigen Damen von Roskillen als Boudoir gedient, doch das war lange her. Jetzt brauchte er einen neuen Anstrich, und zwar dringend. Wann war hier das letzte Mal renoviert worden?

Annie konnte sich nicht erinnern.

Es war auf jeden Fall irgendwann vor den zwanziger Jahren gewesen, als sich die großen Stars von United Artists im Schloss getummelt hatten. Charlie Chaplin, Noel Coward und Ethel Barrymore waren zumeist wenigstens einmal im Jahr zur Jagd oder zum Fischfang nach Schottland gekommen.

Schon zu dieser Zeit hatte Annie sich gefragt, ob es ihr überhaupt zustand, als feine Schlossherrin aufzutreten – im Grunde war sie schließlich nichts anderes als die Mutter der nächsten Generation Roskillen. Doch jetzt, wo die Kinder flügge waren, stellte sie ihren Status erst recht in Frage. Sie gehörte weder dem Clan an, noch hatte sie durch eine ausgezeichnete Erziehung gewisse Rechte erworben. Genau genommen war sie nur eine ganz normale Frau, die Anspruch auf ein außergewöhnliches Erbe hatte. Hätte ihr jemand ihre eigene Geschichte erzählt, sie hätte den Betreffenden ausgelacht. Ein Fischermädchen, das zur Schlossherrin wurde – das war doch absurd! Dieser Stoff taugte höchstens für Märchen.

Und doch war jedes Wort wahr. Ihr Gesicht und ihr Körper waren das Kapital gewesen, mit dem sie ihr Glück gemacht hatte. Dem einen Bruder hatte sie sich hingegeben, den anderen hatte sie betört. Mein Leben bietet durchaus genügend Stoff für einen spannenden Film, dachte Annie. Die Wirklichkeit ist manchmal märchenhafter als gewisse Romane. Wer weiß – vielleicht können die Zwillinge eines Tages einen ihrer Produzenten-Freunde in Hollywood dazu bringen, mein Leben zu verfilmen.

Annie musste über sich selbst lächeln. Trotzdem hoffte sie, dass die beiden Lairds von Glengarth, die in ihrem Leben eine so wichtige Rolle gespielt hatten, an ihr mehr als nur die körperliche Schönheit schätzten. Hinter ihrer häufig sorgenvollen Miene und den manchmal erdrückenden Gefühlen von Angst und Einsamkeit lauerte eine starke Persönlichkeit. Annie war stolz auf ihren unabhängigen Geist, ihren soliden Charakter, ihre Intelligenz, ihre Ehrlichkeit, ihren Witz, ihren Charme …

Nutzlose Gedanken, rief Annie sich zur Ordnung und widmete sich wieder den Briefen der Kinder. Sie vermisste sie so sehr! Vor allem die süße Heather, ihre Jüngste, die ihrem Herzen am nächsten stand. Nicht, dass sie die anderen weniger geliebt hätte, jedes ihrer Kinder war eine Persönlichkeit mit eigenem Charakter.

Glengarth brauchte Kinder. Ohne ihr Lachen, ihr Schwatzen und ihr fröhliches Toben war das alte Schloss nichts als ein toter Steinhaufen, ein Grabstein der Geschichte, ein Gebäude ohne Seele. Doch Annies Kinder waren längst nicht mehr klein; die Zwillinge Dulcie und Marjorie hatten gerade ihren zwanzigsten Geburtstag gefeiert. Unglaublich!

Die beiden schienen in Amerika viel Spaß zu haben, obwohl sich der Rest der Welt im Krieg befand. Schenkte man ihren Briefen Glauben, dann war Hollywood das reinste Paradies, in dem die Sonne immer schien und das Glück den Schönen, Reichen und Kaltschnäuzigen hold war. »Dulcie und Mars« drehten Filme, während man weniger glückliche Zeitgenossen in Scarpa Flow oder East London in die Luft sprengte. Die jungen Menschen der Alten Welt wurden mobilisiert, gemustert und eingezogen, um in Europa, auf dem Atlantik oder im Fernen Osten dem Vaterland zu dienen.

Auch Jamie war dabei. Er befand sich an Bord der HMS *Prince of Wales*, die gemeinsam mit der HMS *Hood* der *Bismarck*, dem Stolz der deutschen Kriegsmarine, den Schneid abkaufen sollte. Die drei anderen Söhne von Rory und Annie, Duncan, Andrew und Bruce, standen mit ihrem Regiment, den *Seaforth and Cameron Highlanders*, irgendwo in Frankreich. Jeden Tag betete Annie für deren Sicherheit und eine gesunde Rückkehr in den Schoß der Familie. Heather, ihre Jüngste, studierte Medizin in Edinburgh. Ja, Annie konnte stolz auf ihre Kinder sein. Und ganz gleich, ob sie erwachsen waren – sie würden immer ihre Kinder bleiben, ihr eigen Fleisch und Blut.

Ein plötzliches, ungeduldiges Klopfen an der Tür ließ Annie zusammenfahren und riss sie aus ihren Gedanken. Ohne eine Antwort abzuwarten, stürmte George Proben, der neue, junge Butler auf Glengarth, ins Zimmer.

»Mylady, kommen Sie schnell! Der Laird …«

Erschrocken sprang Annie auf. Die Briefe glitten auf den schäbigen Teppich. »Was ist mit meinem Mann?«

»Er hatte mich gebeten, ihm noch eine Flasche Whisky zu bringen. Als ich in sein Büro kam, lag er auf dem Boden. Sein Whiskyglas ist zerbrochen, auf dem Boden liegen Scherben, und überall ist Blut … Ma'am, ich fürchte, er ist tot.«

»Mein Gott!« Annie nahm sich nicht die Zeit, ihren Umhang oder Schuhe zu suchen. In Hausschuhen rannte sie über den bitterkalten Hof ins Büro. Rory lag mit einer tiefen Schnittwunde in der Hand vor dem Schreibtisch. Wahrscheinlich hatte er sich an dem zerbrochenen Glas verletzt; jedenfalls schien die Verletzung weit weniger dramatisch zu sein, als Annie nach Georges Bericht über das Blut zunächst befürchtet hatte. Annie legte vorsichtig zwei Finger auf seine Halsschlagader, wie sie es vor vielen Jahren auf der Schwesternschule gelernt hatte. »Ich kann seinen Puls fühlen, allerdings nur sehr schwach und unregelmäßig. George, benachrichtigen Sie Ackker und Gamin. Ich rufe den Notarzt in Drumbarry.«

»Sehr wohl, Mylady.« George flüchtete geradezu aus dem Büro. Annie wählte die Nummer des Cottage Hospital in Drumbarry. Geht ran … geht doch endlich ran, flehte sie still. Jede Sekunde zählte, das wusste sie nur allzu gut.

Endlich meldete sich eine Stimme, die Annie sehr vertraut war. Hastig erklärte sie die Situation.

»Atmet er?«, fragte die Oberschwester.

»Kaum.«

»Was heißt kaum?«

»Schicken Sie einfach einen Krankenwagen, Oberschwester! Mein Mann liegt im Sterben. Habe ich mich klar genug ausgedrückt?«

»Immer mit der Ruhe, Lady Roskillen. Panik hilft uns jetzt auch nicht. Ein Krankenwagen dürfte es bei diesem Schnee kaum schaffen. Können Sie den Puls fühlen?«

»Ja, aber nur ganz …«

»Halten Sie ihn warm, und geben Sie ihm nichts zu trinken, solange er nicht bei Bewusstsein ist.«

Als ob Annie das nicht selbst gewusst hätte!

»Er hat ausreichend Whisky im Körper, um ihn auf Jahre hinaus warm zu halten, Oberschwester. Und wenn Sie nicht bald einen Krankenwagen schicken, wird er nie wieder Gelegenheit haben, auch nur ein Glas Milch zu trinken.«

»Aha, er hat also wieder dem Heiligen Wasser zugesprochen, obwohl Dr. Buckie ihn schon vor Jahren gewarnt und ihm geraten hat, mit dem Zeug aufzuhören. Ich muss schon sagen, der verehrte Laird ist selbst sein schlimmster Feind. Aber vielleicht ist er ja auch nur betrunken? Sie wissen doch sicher, dass Krankenwagen nur bei echten Notfällen eingesetzt werden dürfen, nicht wahr?«

Verdammt, verdammt, verdammt, fluchte Annie innerlich. Als ob ich einen Herzinfarkt oder Schlaganfall nicht von Alkoholismus unterscheiden könnte!

Die Stimme der Oberschwester krächzte aus dem Hörer. »Schon damals bei Jamies Selbstmordversuch haben Sie so panisch reagiert, obwohl aus medizinischer Sicht gar nicht viel passiert war. Sie erinnern sich doch sicher? Wie sehen Rorys Pupillen aus? Sind sie …«

Die Antwort, die Annie der Oberschwester gab, kann nur in schottischem Dialekt wiedergegeben werden. Sie knallte den Hörer auf die Gabel und rief Dr. Buckie zuhause an, der zu kommen versprach, sobald er seine Skier gefunden hätte.

In diesem Augenblick keuchten Ackker und Gamin ins Büro. George hatte Rorys dienstälteste Gefolgsleute im Holzschuppen aufgetrieben, wo sie am warmen Öfchen gesessen und geschwatzt hatten, anstatt wie vorgesehen Holz für die Küche zu hacken. Annie befahl ihnen, eine alte Tür aus der Scheune zu holen und Rory darauf in sein Zimmer zu transportieren. Die Hoffnung auf einen Krankenwagen hatte sie aufgegeben.

Auf dem Weg nach oben begann Rory zu stöhnen. Ein gutes Zeichen, dachte Annie. Ein Funke Leben scheint noch in ihm zu sein.

»Rory?« Sanft berührte sie sein Gesicht. »Rory, kannst du mich hören?« Doch Rory reagierte nicht.

Oben hielt Ackker George eine gesalzene Standpauke, weil er dem Laird trotz des strengen Verbotes seines Hausarztes eine Flasche Whisky gebracht hatte.

»Woher soll ich das denn wissen?«, knurrte der Butler. »Schließlich bin ich neu hier.«

Sowohl Reginald Ackker als auch Benjamin Gammon, der von allen nur Gamin genannt wurde, hatten bereits im Ersten Weltkrieg gekämpft. Sie waren inzwischen der gerade neugegründeten *Scottish Home Guard* beigetreten und hegten gegenüber George tiefes Misstrauen. Was hatte ein gesunder junger Mann als Butler auf einem großen Anwesen zu suchen, während seine Altergenossen draußen im Krieg dem Feind ins Auge sahen?

»Nun, dann wissen Sie es jetzt«, knurrte Gamin unfreundlich.

Nachdem Rory einigermaßen versorgt war und in seinem Bett lag, informierte Annie seine beiden Schwestern. Lady Christabel in London und Kitty Gräfin von Tapstock reagierten sehr unterschiedlich.

»Was soll denn das nun wieder?«, schimpfte die unverheiratete Frauenrechtlerin am Telefon in London. »Er ist ohnehin zu alt für neue Heldentaten wie damals vor Jütland.« Ihr krächzendes Lachen ging in einen heftigen Hustenanfall über. Vermutlich hatte sie einen zu tiefen Zug aus ihrer mit Jade und Bernstein verzierten Zigarettenspitze genommen.

Mit ihr geht es sicher auch bald zu Ende, dachte Annie. Sie wird sich zu Tode rauchen wie ihr Bruder Lindsay, der nie vom Opium losgekommen ist.

Annie und ihre Schwägerin Christabel konnten sich nicht ausstehen. Schon in ihrer Jungmädchenzeit hatten beide um Lindsays ungeteilte Zuneigung gekämpft, und Annies eigensüchtige Liebe war ihm letztendlich zum Verhängnis geworden, woran auch Rory eine Teilschuld trug.

Es stimmt einfach nicht, dachte Annie, dass Liebe immer nur selbstlos, beglückend und wunderbar ist; sie hat auch zerstörerische Seiten. Doch Annie stand nicht der Sinn danach, sich mit Christabel zu streiten, stattdessen lud sie sie um Rorys Willen nach Glengarth ein.

Kitty war ganz anders. »Ich nehme den nächsten Zug«, sagte sie sofort, als Annie ihr erzählt hatte, was geschehen war. »Ich komme, so schnell es eben geht. Bete für meinen Bruder, Annie! Ich werde es auch tun – so wie wir auch nach seiner Verwundung vor Jütland für ihn gebetet haben.«

»Pass auf dich auf, Kitty. Hoffentlich gibt es während deiner Reise keine Luftangriffe.«

»Wird schon gut gehen. Kopf hoch, Annie. Ich bin bald bei dir.«

»Danke.« Annie wusste, dass Kitty Wort halten würde. Sie war ihr von allen Roskillens die Liebste.

Als Dr. Buckie anderthalb Stunden später endlich eintraf, war Rory noch immer nicht zu Bewusstsein gekommen. Bleich lag er in den Kissen. Aus seinem schlaffen Mundwinkel rann ein dünner Speichelfaden. Annie tupfte ihm die Lippen ab.

»Wie schlimm steht es um ihn?«, fragte sie zögernd, nachdem Ben Buckie Rorys Augenlider hochgezogen, mit einer Lampe in seine Pupillen geleuchtet und seine Brust sorgfältig mit einem Stethoskop abgehorcht hatte.

»Tja ...«

»Was genau bedeutet das?«

»Es geht ihm nicht allzu schlecht.« Ben Buckie verstaute die Instrumente in seinem Arztkoffer.

»Wie schlimm ist ›nicht allzu schlecht‹, Doktor?« Annie wollte es genauer wissen.

»Er war glücklicherweise nur leicht.«

»Wer war leicht?«

»Der Schlaganfall, Annie.«

»Schlaganfall? Dann war es also das Gehirn und nicht das Herz?«

»Wenn er nicht aufpasst, erwischt es irgendwann beides. In diesem Fall ist in Rorys Gehirn ein Blutgefäß entweder verstopft oder geplatzt.«

Annie fiel es schwer, die ungeschminkte Wahrheit zu verdauen. Sie ließ sich auf das Fußende des Bettes sinken.

»Wird er gelähmt sein? Oder vielleicht nicht mehr sprechen können?«

»Das ist noch nicht abzusehen. Dazu ist es zu früh.«

»Aber er wird überleben?«

»Mit ziemlicher Sicherheit. Allerdings muss er die Finger von seinem *Glengarth Single Malt* lassen. Genau genommen von jeder Sorte Whisky – was auch immer er trinkt, um seinem eingebildeten Unglück zu entrinnen.«

»Eingebildetes Unglück? Was meinen Sie damit, Dr. Buckie?«

»Genau das, was es aussagt, Annie. Genau das.«

»Glauben Sie, er trauert noch immer seiner Millionärs-Freundin nach?«

Die Anspielung auf die gute alte Lizzie ließ Ben Buckie einigermaßen unbehaglich dreinschauen.

»Keine Ahnung. Ich weiß lediglich, dass man bei einem derartigen Alkoholkonsum durchaus von allen möglichen Geistern heimgesucht werden kann. Seine Krankheit wird übrigens auch als Delirium tremens bezeichnet.« Ben Buckie tätschelte Annie die Schulter. »Wenn er weiterleben will, muss er endgültig auf den Whisky verzichten. Ich weiß, das habe ich schon oft genug gesagt. Aber dieses Mal ist es bitterernst. Ein einziges Glas – auch ein winzig kleines –, und er beißt ins Gras.«

»Ein absolutes Whisky-Verbot? Das überlebt er nicht!«

»Aye«, nickte Ben. »So oder so. Aber er hat es selbst in der Hand, ob er jämmerlich abkratzt oder irgendwann einfach an Altersschwäche stirbt.«

»Ich weiß nur allzu gut, wie sehr du darunter leidest, dass deine Kinder flügge geworden sind«, sagte Kitty zu Annie. »Mir ging es ebenso. Plötzlich fühlte ich mich allein und irgendwie überflüssig. Ganz besonders schlimm war es in der Zeit, als Marcus und Jamie zusammen durch Italien gereist sind.«

»Obwohl Tony immer bei dir war?«

»Aber sicher. Er hat schließlich ziemlich viel zu tun.«

»Wie alle wichtigen Menschen«, mischte sich Christabel ein, die mit ihrer Zigarette das Sonnenzimmer einräucherte. Der offene Kamin tat ein Übriges. Wahrscheinlich wird der Abzug von einem Krähennest blockiert, dachte Annie, deren Gedanken abschweiften.

»Keine Sorge, Annie, das ist nur die Langeweile«, fügte Christabel hinzu. »Ich bin jetzt erst zwei Tage hier, aber ich habe auch schon das Gefühl, vor lauter Langeweile und Trägheit langsam einzugehen – genau wie Rory.«

»Hör auf, Kiss!«, mahnte Kitty ihre Schwester.

»Aber so ist es doch«, verteidigte sich Christabel. »Außer diesem schnuckeligen jungen Butler – wie heißt er noch? Ach ja, George! – gibt es in der näheren Umgebung keinen vernünftigen Mann. Aeneas Hamilton mag zwar als Verwalter ganz tüchtig sein, aber als Mann ... Und Reginald Ackker und Benjamin Gammon zählen nicht, die gehören schließlich mehr oder weniger zum Inventar. Waren sie nicht auch schon in Breedon Hall dabei? Burg der Verdammten haben sie es genannt. Was diesen waschechten Cockneys so alles einfällt!«

»Den Namen habe ich noch nie gehört, Kiss.« Kitty sah Christabel fragend an.

»Dir gegenüber würden sie ihn auch nie erwähnen, liebstes Schwesterlein. Ein echter Londoner weiß, was sich gehört. Schließlich hast du deinem Mann den Titel einer Gräfin zu verdanken, und das, obwohl dein Gatte nur der jüngere Bruder war! Was für ein Glück für euch, dass alle seine Brüder im Krieg gefallen sind!«

»Herzlichen Dank für deine Nachhilfe in Familiengeschichte«, sagte Kitty mit nachsichtigem Lächeln.

»Und jetzt ist schon wieder Krieg«, sinnierte Annie. »Die Männer sind alle fort – wir haben niemanden mehr, der sich um das Gut kümmert.«

»Bis auf den auffallend attraktiven George. Ich kann dir nur zu deinem glücklichen Händchen bei der Auswahl junger Männer gratulieren, Annie. Aber in dieser Beziehung hattest du schließlich immer schon einen guten Geschmack. Je hübscher und reicher, desto besser, nicht wahr?«

Sie kann es einfach nicht lassen, immer wieder auf ihre beiden gut aussehenden Brüder anzuspielen, dachte Annie, die vor verhaltener Wut zitterte.

Kitty bemühte sich, die Wogen zwischen den beiden Schwägerinnen zu glätten. »Kiss, du könntest Georges Mutter sein! Alt genug wärst du.«

»Nun ja – c'est la vie, meine Lieben«, seufzte Christabel und zog gierig an ihrer Zigarettenspitze. »Was ist nur mit Glengarth geschehen? Noch nie habe ich es so still, so düster und … so bedrohlich erlebt.«

»Bedrohlich?« Annie blickte auf.

»Man hat den Eindruck, die Gemäuer könnten jeden Moment ins Meer abstürzen.«

»Meiner Ansicht nach sah das Schloss immer schon aus, als würde es bei der leisesten Erschütterung von der Klippe kippen«, grinste Kitty. »Aber es ist sehr widerstandsfähig.«

»Mag sein.« Christabel sah Annie an. »Und wenn Rory nun doch stirbt? Was würdest du tun, Annie? Du weißt sicher, dass du Glengarth verlassen und in irgendein Witwenhaus ziehen müsstest.« Christabel war keine Freundin langer Umschweife.

»Hör endlich damit auf!«, beschwor Kitty ihre Schwester. »Rory ist genau so widerstandsfähig wie sein Schloss und seine Güter. Er hatte lediglich einen kleinen Aussetzer.«

»An dem er nicht ganz schuldlos ist.«

»Mag sein. Aber gibt uns das ein Recht, den Stab über ihn zu brechen?«

»Huch, welch große Seele!« Christabel gähnte. »Und dafür holt ihr mich aus London und den rauschenden Champagnerfesten zu Neujahr heraus!«

»Was? Mitten im Krieg?« Annie starrte ihre Schwägerin fassungslos an.

»Ja, natürlich. Und genau darauf habe ich jetzt Lust! Wie gut, dass Lizzies Vorräte hier noch nicht verbraucht sind! Eins muss man ihr lassen – möge sie in Frieden ruhen und uns nie als Gespenst heimsuchen – sie war so schlau, das Zeug immer auf Eis liegen zu haben. Darf ich nach George läuten?«

Ohne Annies Zustimmung abzuwarten, betätigte sie den Glockenzug.

»Geht es dir um den Champagner oder doch eher um George, du schamloses Weibsbild?«, stichelte Kitty.

Auch mit dreiundfünfzig hatte Christabel nichts von ihrem engelhaften Aussehen verloren. Ihr Lächeln bezauberte nach wie vor mit süßen Grübchen in den Wangen. »Kannst du es dir wirklich nicht denken, Süße?«

Mit gesenktem Kopf lächelte Annie still vor sich hin. Natürlich ging es Christabel um den Champagner. Mit Männern hatte sie nichts zu schaffen. Ihre skandalöse Affäre mit einer lesbischen deutschen Gräfin hatte Rory seinerzeit zur Weißglut getrieben, während Kitty den öffentlichen Aufruhr eher gelassen hingenommen hatte.

In diesem Augenblick stürmte Heather ins Zimmer. Als sie erfahren hatte, wie schlimm es um ihren Vater stand, war sie sofort aus Edinburgh angereist und hatte sein Zimmer seitdem nicht mehr verlassen. »Mutter, komm schnell …«

Annie sprang sofort auf. Die Angst hielt ihr Herz gefangen. »Oh nein! Ist er …?«

»Reg dich nicht auf. Er hat eben zum ersten Mal die Augen geöffnet und murmelt etwas, das ich nicht verstehe. Aber vielleicht weißt du ja etwas damit anzufangen.«

Annie stieß einen Seufzer der Erleichterung aus. Ihr war, als hätte man ihr eine riesige Last von der Seele genommen. Nein, sie war noch lange nicht bereit, Witwe zu werden. Zwischen ihr und Rory gab es noch viel zu viel zu klären.

Auch Rorys Schwestern stand die Erleichterung ins Gesicht geschrieben.

»Darauf sollten wir wirklich trinken«, lächelte Christabel. »Wo bleibt denn dieser George?« Sie zerrte erneut an der Klingelschnur.

Annie, die schon an der Tür stand, wandte sich zu ihr um. »Du weißt ja – *Glengarth Single Malt* ist in diesem Haushalt ab sofort strengstens verboten.«

Kapitel Zwei

Annie und Heather machten mit den Hunden einen Spaziergang hinauf zum Hochmoor, dem Inchnadamph. Der Weg, der über die sanften Hänge des Inchnadamph anstieg, ehe er sich dem Loch Garth entgegensenkte, um sich schließlich auf die steilen Höhen des Beinn Claidheamh Mor zu winden, war für Annie eine der schönsten Stellen der Welt. Ein Ort, an dem man begraben werden mochte.

Christabel und Kitty waren am Frühstückstisch sitzen geblieben und unterhielten sich. Die beiden Schwestern trafen sich unter normalen Umständen ziemlich selten; sie sahen sich nur zu offiziellen familiären Anlässen, oder wenn auf Glengarth etwas Unvorhergesehenes geschah. Annie wollte ihnen Zeit füreinander lassen; sie selbst genoss im Gegenzug die Zeit mit ihrer Tochter.

»Mutter, dir ist doch sicher klar, dass es ziemlich anstrengend wird, Vater ganz allein zu versorgen? Tante Kitty und Tante Christabel werden nicht ewig bleiben können, um dir zu helfen. Natürlich weiß ich sehr gut, dass ihr euch keine Pflegerin leisten könnt – mein Medizinstudium verschlingt schließlich eine Menge Geld. Aber weißt du was? Ich gehe von der Uni ab und helfe dir, ihn gesund zu pflegen.«

Annie blieb abrupt stehen und sah ihrer Tochter ins Gesicht. »Das wirst du schön bleiben lassen! Wir haben nicht all die Jahre hindurch gespart, damit du mitten im Studium aufgibst!«

»Entschuldigung, so war es wirklich nicht gemeint!« Heather hob ergeben die Hände. Ihre Mutter konnte recht heftig werden, wenn ihr etwas gegen den Strich ging. »Ich dachte ja nur, es könnte dir zu viel werden.«

»Ich habe schließlich Helfer.«

»Wen denn?«

»Ackker zum Beispiel. Und Gamin. Und Aeneas. Außerdem ist George ja auch noch da. Er kann wirklich gut mit Vater umgehen.«

»Aber das sind alles Männer, Mutter!«

»Du erzählst mir nichts Neues.«

»Und obendrein ziemlich alt. Na ja, Ackker und Gamin sind alt. Dafür ist George … Gut, er ist jung, aber er ist eben nur der Butler. Und abgesehen von dir hat hier niemand eine medizinische Ausbildung.«

Auch wenn Heather von der auf Glengarth herrschenden Situation alles andere als angetan war, so bot sie ihr doch eine Ausrede, das Studium in Edinburgh abzubrechen. Sie fühlte sich weder willens noch in der Lage, Ärztin zu werden. Es war die Idee ihrer Eltern gewesen, sie Medizin studieren zu lassen – vor allem ihre Mutter, die mit Leib und Seele Krankenschwester gewesen war, hatte großen Wert darauf gelegt.

»Wir bekommen das schon irgendwie hin. Und kein Wort mehr von einer Unterbrechung deines Studiums, um deinen Vater zu pflegen! Du weißt sehr genau, dass ihm das absolut nicht recht wäre. Und er ist nun mal ein Dickkopf – manchmal sogar ein ziemlich unerträglicher. Komm, lass uns noch nach den Gräbern sehen, ehe noch mehr Schnee fällt.«

Auf dem kleinen Gräberfeld unter den Kiefern lagen oberhalb von Loch Garth nicht nur Lindsay und sein kleiner Sohn aus der Ehe mit Lady Iona, sondern auch andere Mitglieder der Familie. Annie pflegte alle Gräber mit liebevoller Hingabe, doch natürlich lag ihr die Grabstätte von Laird Lindsay besonders am Herzen. Heather konnte nicht nachempfinden, warum die Seele ihrer Mutter an diesem traurigen Platz zu hängen schien.

Wie ihre Geschwister wusste Heather, dass ihr ältester Bruder Jamie unehelich geboren war; sie wusste auch, dass in den sozialen Kreisen, in denen ihre Eltern verkehrten, ein illegitimes Kind noch immer als Stigma und Verunzierung des Stammbaums galt.

Alles war herausgekommen, als Duncan, der Zweitälteste, vor vier Jahren einen schrecklichen Streit mit Jamie begonnen hatte, in dessen Verlauf er alle mit der bis dahin verheimlichten Wahrheit konfrontiert hatte. Heather war damals dreizehn gewesen und hatte noch nicht richtig verstanden, worum es ging. Duncan hatte durch Zufall herausgefunden, dass Jamie der uneheliche Sohn von Annie und dem verstorbenen Laird Lindsay war. Nach Lindsays Tod hatte Lindsays Bruder Rory Annie geheiratet und wieder zur ehrbaren Frau gemacht, ehe er Jamie rechtmäßig adoptierte.

Duncan jedoch sprach seinen Eltern diesbezüglich jede Respektabilität ab. Für ihn war klar, dass nicht Jamie als Ältester Glengarth erben durfte, sondern er selbst als Erstgeborener aus der legitimen Ehe Ansprüche auf das Anwesen hatte. Die Auseinandersetzung war schrecklich gewesen, und Heather scheute noch heute jeglichen Gedanken an Erbschaften und Nachlässe.

Sie beobachtete ihre Mutter, die an Lindsays Grab beschäftigt war, und sagte mit trauriger Stimme: »Du liebst ihn immer noch mehr als unseren Vater, nicht wahr?«

Erschrocken blickte Annie ihre Tochter an. Mit hängenden Armen stand das Mädchen vor ihr, die Schuhe halb im Schnee des Inchnadamph vergraben. Dunkle Wolken zogen über den Himmel und kündigten weitere Schneefälle an. Sie wirkten auf Annie so bedrohlich und kalt wie die Anschuldigung ihrer Tochter.

»Ich weiß wirklich nicht, was du meinst«, erwiderte sie knapp.

»Du verbringst mehr Zeit damit, ihn zu lieben, als dich um Pa zu kümmern.«

»Heather!« Annie stand auf und betrachtete das junge Mädchen, das mit so viel Verbitterung in der Stimme zu ihr sprach.

»Wir wissen es doch alle. Kitty und Kiss wissen es. Duncan, Andrew, Bruce und die Zwillinge auch. Aber Pa vor allem!«

»Was wollt ihr wissen?« Annie säuberte ihre erdigen Hände langsam mit einem Taschentuch.

»Dass du Lindsay mehr geliebt hast als Vater – und dass du es noch immer tust!«

»So, so, das weißt du also. Wie kommt es, dass du so gut über mein Eheleben informiert bist? Woher willst du wissen, was Liebe ist? Du bist erst siebzehn Jahre alt und musst noch viel lernen.«

»Aber du brauchst dich deiner Liebe doch nicht zu schämen, Mutter! Die Zeit mit Lindsay ist Vergangenheit. Du solltest dich nicht länger von den Gespenstern von Glengarth einschüchtern lassen. Es ist nur so: Wir hätten die Wahrheit über deine Beziehung zu Onkel Lindsay lieber von dir und Pa erfahren, nicht von Duncan.«

»Wie kommst du auf den Gedanken, einer von euch wüsste etwas über *meine* Vergangenheit? Ich wisst nichts – überhaupt nichts!« Annie wandte ihrer Tochter den Rücken zu, rief die Hunde und machte sich hastig auf den Heimweg.

»Mutter, bitte!«, rief Heather verzweifelt hinter ihr her. »Mutter! Es tut mir so leid! Entschuldige, ich wollte dir nicht wehtun! Wir wissen doch alle, wie sehr du Pa liebst …«

Erst in der Eingangshalle von Glengarth gelang es Heather völlig außer Atem, mit Seitenstichen und hochrotem Gesicht, ihre Mutter einzuholen. Verblüfft registrierte sie, wie fit Annie mit ihren fast fünfzig Jahren noch war.

Auf dem Weg in ihr Zimmer wurde Annie von George aufgehalten, der ihr auf einem angelaufenen Silbertablett, das seit Monaten kein Poliertuch gesehen hatte, ein Telegramm reichte. Mit zitternden Fingern riss sie den Umschlag auf. Telegramme brachten Unglück – das war schon immer so gewesen.

Keuchend erreichte Heather den Treppenabsatz. »Mutter, es tut mir so unendlich leid! Ich wollte doch nicht …«

»Pst!«, machte Annie und las die getippten Buchstaben auf dem Unheil verkündenden, offiziellen Papier.

»Schlechte Nachrichten? Etwa die Jungs? Bitte lieber Gott, nicht noch mehr schlechte Nachrichten! Vaters Krankheit ist schon schlimm genug.«

Am Ende ihrer Kräfte ließ sich Heather auf ein staubiges Sofa auf dem Treppenabsatz sinken. In letzter Zeit war alles ein bisschen viel für sie gewesen: durchwachte Nächte, ein todkranker Vater, die Angst vor dem Studium … Manchmal kam es ihr vor, als würde ihre Familie vom Unglück geradezu verfolgt und als versagten alle Roskillens immer gerade dann, wenn sie hätten Ehre erlangen können. Duncan hatte einige dieser unrühmlichen Vorfälle der Familiengeschichte ausgegraben.

So hatte vor langer Zeit Bonnie Prince Charlie vergeblich auf den Clan Roskillen warten müssen, als er in der Schlacht auf dem Moor von Culloden versucht hatte, die englischen Rotröcke zu schlagen. Und viele Jahre später war Heathers Großvater James Beauly nach einer Tätlichkeit von einem alten indischen Sadhu mit einem Fluch belegt worden. *»Heute war ich Zeuge des unerträglichen Stolzes und der barbarischen Ungerechtigkeit unserer Eroberer, und aus diesem Grund, du falscher, verlogener Mensch, du unehrenhafter Wilder, der in das Gewand seiner verdorbenen Zivilisation gekleidet ist, werden Zwietracht und Zerstörung deine Strafe sein. Bei den heiligen Sternen, die Zeugen dieser Nacht der Grausamkeit und des Bösen sind, die einem anderen zuteil wurden, den du, weißer Mann zu deinem Sklaven gemacht hast, werden die unlöschbaren Feuer des Moloch das zweiundeinhalbfache dessen verschlingen, was dir gehört. Für alle Zeit soll dieser Fluch dich und die Deinen verfolgen …«*

Der Fluch des Sadhu … Heather brach in Tränen aus.

Annie setzte sich neben ihre Tochter und nahm sie fest in die Arme.

»Keine Sorge, Kleines. Gott sei Dank hat das Telegramm nichts mit deinen Brüdern zu tun. Es stammt von der verrückten Jenny.«

»Wer ist das?« Heather schniefte, wie auch die Hunde, die sich eifrig um das Sofa drängten, und wischte sich mit dem behandschuhten Handrücken die Nase. »Ist sie gestorben?«

»Viel schlimmer. Sie kommt uns besuchen.«

»Oje! Erzähl mir von ihr.«

Annie zog Heathers rotgoldenen Kopf an ihre Schulter. Das Haar ihrer Tochter hatte die gleiche Farbe wie das von Rory in jungen Jahren. Aber auch sonst ähnelte das Mädchen seinem Vater in vielerlei Hinsicht – es war ebenso unverschämt, ebenso aufgeblasen, ebenso schön und ebenso verwirrend.

»Eigentlich solltest du unsere verrückte Jenny kennen. Ihr richtiger Name lautet Susan Jenny Roebling, und sie ist eine der reichsten Frauen Amerikas.«

Annies zauberhaft grüne Augen waren noch immer so geheimnisvoll und hell wie in ihrer Jugend; es waren die Augen einer Meerjungfrau, eines Moorgnoms oder der Geister des Meeres, an dessen Ufer sie ihr ganzes Leben verbracht hatte. Jetzt aber blitzten sie voller Mutwillen.

»Meinst du etwa Lizzies hässliche Schwester, Mutter?« Heather setzte sich kerzengerade auf. »Bloß nicht! Sag, dass das nicht wahr ist!«

»Was hast du gegen sie?«

»Alles, was irgendwie mit Lizzie zu tun hat, wirft Vater um Jahre zurück. So, wie du noch immer um Laird Lindsay trauerst, trauert er noch immer um Lizzie.«

Sie sprang auf und baute sich vor Annie auf, die mit dem Telegramm in der Hand auf dem Sofa saß.

»Nie im Leben werde ich verstehen, wie du und Pa zusammengekommen seid! Ihr müsst beide in einer tiefen Krise gesteckt haben, als ihr euch aufeinander eingelassen habt!«

Wie wenig meine eigene Tochter über mich weiß, dachte Annie. Sie holte tief Luft.

»Lassen wir die Geister der Vergangenheit ruhen, Kind. Sehen wir lieber nach, welche Geister deinem Vater zu schaffen machen – abgesehen von seiner Schwester Christabel. Gib mir deine Hand, und hilf mir auf. Ich fürchte, die Federn dieser Couch müssen dringend erneuert werden!«

»Schglaubsgehtbsser«, murmelte Rory.

Annie beugte sich über ihn und brachte ihr Ohr ganz nah an seine Lippen. Kitty stand neben dem Bett, sie umklammerte Rorys bleiche Hand. Christabel saß am Fußende und blies Rauchringe in die Luft des Krankenzimmers. Heather flüsterte: »Also, Gälisch ist das nicht.«

»Aber auch nicht die Sprache von Robert Burns!«

Wie sehr wünschte sich Annie, dass Rory bald wieder vollständig gesund wurde!

»Schglaubsgehtbsser.«

Entzückt hob Annie den Kopf. »Er sagt, er glaubt, dass es ihm besser geht.«

Kitty drückte voller Freude die Hand ihres Bruders. Auch sie hatte Angst, ihn zu verlieren – und dann auch noch gerade jetzt, wo sein fünfzigster Geburtstag vor der Tür stand.

»Erinnerst du dich, Rory, wie unser Vater – Gott hab ihn selig, oder schmort er etwa in der Hölle? – diesen Sadhu in Indien behandelt hat?«, begann Christabel.

»Pst!« Mit verärgertem Blick legte Kitty den Finger auf die Lippen.

Doch Christabel scherte sich nicht um Kitty. Unbeirrt fuhr sie fort: »Indien, liebster Bruder! Weißt du noch, was er zu uns sagte, ehe wir nach dem Tod unserer Mutter nach England zurückkehren mussten – du, ich, Kitty und Lindsay?«

»Scherinneremichkiss ...«

Annie blickte Christabel an.

»Er sagt, er erinnert sich.«

»Weißt du, mein Lieber, schon in der Kindheit zeigt sich, wie der Mann einmal wird. Wir reden hier von Mumm, Rory. Von einem mutigen, draufgängerischen Clan Roskillen, der vielleicht nicht rechtzeitig vor Ort war, als er von Bonnie Prince Charlie auf dem Schlachtfeld von Culloden gebraucht wurde, aber später bei der Flucht des Prinzen nach Frankreich eine heldenhafte Rolle spielte. Bonnie Prince Charlie ist von hier aus aufgebrochen. Von Glengarth! Wir Roskillens haben die Sache der Jakobiter vorangebracht, Rory!«

Rory versuchte zu lächeln. Es wurde zu einem schiefen Grinsen auf dem einstmals gutaussehenden Gesicht, das von den Narben der Schlacht auf Jütland für immer gezeichnet und durch seinen Kampf gegen namenlose, irdische Dämonen vorzeitig gealtert war.

»Johnmil … tonkis … erlore … nesparadis!«, flüsterte er.

»John Milton, Das Verlorene Paradies«, übersetzte Annie.

Christabel lächelte und blies einen perfekten Rauchring in die Luft. Sie hatte viele Jahre gegen ihre eigenen Dämonen gekämpft.

»Gut gemacht, Rory! John Milton. Aber nicht verlorenes, sondern wiedergewonnenes Paradies!«

»Tschuldigungkiss … Nicht Jakobiter. Glengarth … für König George … tschuldigungkiss …«

Rory brachte es einfach nicht heraus: Wir haben die schottische Sache verraten. Die Anstrengung war zu groß. Ermattet schloss er die Augen und schlief ein.

Christabel ging zur Tür. Sie hatte genug von diesem Krankenzimmer und genug von dieser aussterbenden Dynastie. Am Ausgang wurde sie um Haaresbreite vom Butler umgerannt.

»George, mein Lieber, wohin so eilig?«

»Madam, Mylady, soeben hat eine Dame vorgesprochen. Sie wartet unten in der Eingangshalle.«

»Hat sie ihren Namen genannt?«

»Sie sagte nur, dass sie beinahe überfallen worden ist und dass sie wegen des Laird gekommen sei. Ich wusste gar nicht, dass es so etwas in den Highlands heutzutage noch gibt!«

»Was gibt?«

»Straßenräuber.«

Christabel lachte laut auf. George wurde dunkelrot, weil er genau wusste, dass sie ihn auslachte. Sie lehnte sich entspannt an die Tür, die Zigarettenspitze zwischen den perfekt manikürten Fingern, und genoss das Wissen, dass nun endlich wieder Leben in das langweilige, von den Schatten des Krieges gebeutelte Glengarth kommen würde.

»Das muss Miss Roebling sein. Begrüßen Sie sie freundlich, mein Guter, und lassen Sie sie hinaufkommen.«

»Eins wollte ich dir noch sagen, ehe wir Susan Jenny treffen«, wandte sich Annie an Christabel. »Ich möchte dir ganz herzlich danken, dass du mir und Kitty hier Gesellschaft geleistet hast.«

Christabel sah Annie lange ernst an.

»Ich bin die älteste Schwester von Laird Lindsay und Laird Rory. Ich war schon lange da, ehe du auftauchtest, Annie Gowrie. Ich war die älteste Tochter von James Beauly Roskillen, viele Jahre, bevor Lindsay oder dein Ehemann in Amt und Würde kamen. Weder mein Vater noch Lindsay tolerierten Narren. Unabhängig von unseren Meinungsverschiedenheiten, und was auch immer mit Rory geschieht – ich mache dir keine Vorwürfe. Du hast viel für Glengarth und seine Erben getan. Allerdings bin ich nicht bereit, deine unrechten Ansprüche auf das Vermächtnis meiner Familie zu tolerieren. Sollte Rory sterben und Duncan versuchen, sein Erbe anzutreten, werde ich mit allen Mitteln dagegen vorgehen. *Ich* bin nämlich zufällig die Nächste in Glengarths Erbfolge. Jamie zählt nicht – er wird ohnehin aufgrund seiner … nennen wir es ›unschicklichen‹ Herkunft enterbt. Aber über das Salische Gesetz sind wir längst hinaus; das werden wir bestimmt nicht anwenden.«

Erschrocken lauschte Kitty dem gefühllosen Monolog ihrer Schwester, der umso überraschender war, als Annie ihr soeben ein Friedensangebot gemacht hatte.

»Meine Güte, Kiss, wie kannst du so reden! Du meldest Ansprüche auf Glengarth an – ob sie gerechtfertigt sind oder nicht, muss ohnehin erst entschieden werden –, während unser Bruder auf dem Krankenbett liegt. Aber er lebt, vergiss das nicht, und er wird bald wieder gesund!«

Noch nie hatte Annie einen derartigen Ausbruch bei Kitty erlebt. Kitty war immer die Friedfertige gewesen, die sich lieber die Zunge abbiss, als ihrer älteren Schwester zu widersprechen.

»Kitty, mein Mädchen, hier geht es nicht gegen dich, sondern gegen einen illegitimen Familienzweig, der versucht, uns um unser Erbe zu bringen.« Mit diesen Worten drehte sich Christabel um und stürmte an Annie vorbei. Sie wollte Susan Jenny als Erste begrüßen, obwohl sie sich am liebsten in ihre eigene Suite zurückgezogen hätte. Seit sie als kleines Mädchen nach dem Tod ihrer Mutter mit ihrem Vater und den Geschwistern aus Indien zurückgekehrt war, bewohnte sie bei ihren Aufenthalten in Glengarth immer die gleiche Suite im Ostturm. Sie hatte ihre Ansprüche auf das Schloss nie hinterfragt. Sie wollte alles, nicht nur Anteile, und fühlte sich, als hätte man sie auf hinterlistige Weise enterbt. Für Glengarth war sie bereit, bis zum Letzten zu kämpfen, weil sie das Anwesen als älteste Tochter von James Beauly Roskillen für ihr rechtmäßiges Erbe hielt.

Annie spürte Christabels gärende Wut sehr wohl und verstand sie sogar. Sie selbst kannte diese Art Zorn nur allzu gut. Plötzlich schien sich alles zu einem Ganzen zusammenzufügen.

Heather hatte sich bei Christabels Auftritt im Hintergrund gehalten, aber jetzt ging sie zu ihrer Mutter und drückte ihr die Hand. »Kümmere dich nicht um Tante Christabel«, sagte sie. »Sie sehnt sich nur nach ein bisschen Abwechslung, ich glaube, sie ist einfach nur einsam.«

Mit Heathers tröstenden Worten im Herzen machte sich Annie auf den Weg nach unten, um Lizzies Schwester zu begrüßen. Susan Jenny war eine der reichsten Frauen Amerikas und hatte ein Recht auf eine angemessene Begrüßung, wenn sie sich schon mit dem einfachen Volk von Ross-Shire einließ.

Susan Jenny sah umwerfend aus. Niemand wusste, wie sie es geschafft hatte, aber sie war in wenigen Jahren vom hässlichen Entlein zu einem wundervollen, inzwischen zweiundvierzigjährigen Schwan herangereift. In einen herrlichen Silberfuchsmantel gehüllt stand sie in der Halle und wartete.

Vielleicht hatte ihre Verwandlung damit zu tun, dass sie nach dem Tod ihrer großen Schwester endlich aus deren Schatten hatte heraustreten können. Vielleicht lag es aber auch an den vielen Millionen Dollar, die sie von Vater und Schwester geerbt hatte. Beide waren im texanischen Ölgeschäft tätig gewesen; Lizzie hatte zudem einige Schifffahrtslinien besessen und eine der ersten Fluglinien etabliert.

Susan Jenny selbst kümmerte sich kaum um Geld. Sie war so reich, dass sie für den Rest ihres Lebens keinen Finger krumm machen musste. Sie arbeitete weder in der Chanin-Beauly-Reederei oder für die Roebling-Chanin-Fluggesellschaft, wie ihre Schwester es getan hatte, noch für Devanna Oil wie seinerzeit ihr Vater. Die Geldquellen sprudelten auch ohne ihr Zutun schneller, als sie die Einkünfte ausgeben konnte. Schon immer hatte sie ihrem Vater und ihrer Schwester alle Arbeit überlassen; sie war immer sicher gewesen, niemals mit ihnen konkurrieren zu können, und so hatte sie es gleich gelassen.

So dumm, wie alle vor einem Vierteljahrhundert angenommen hatten, war Susan Jenny durchaus nicht. Sie hatte sich lediglich zurückgehalten und als ruhiges »Mauerblümchen« – so hatte Rory sie einmal tituliert – gewartet, bis sich das Schicksal zu ihren Gunsten wendete. Als ihre Chance endlich gekommen war, hatte Susan Jenny sie beim Schopf ergriffen und das Beste daraus gemacht. Sie begann, ihr Leben zu verändern. So behauptete Christabel voller Überzeugung, dass Susan Jenny sich inzwischen mindestens einmal hatte liften lassen – in solchen Dingen kannte Christabel sich aus.

Und nun war sie hier. Für ihr persönliches Wohl hatte sich Lizzies Schwester auf dieser Reise einen Guru als Lebensberater mitgebracht. In Amerika, dem Schmelztiegel so vieler Rassen und Kulturen, einem Land, das sich im Gegensatz zur restlichen Welt nicht im Krieg befand, waren Gurus nämlich in Mode. Weiterhin wurde Susan Jenny von ihrem privaten Koch begleitet, einer Kammerfrau, einem Sekretär, einem Tanz- und Konditionstrainer, einem Finanzberater, einem Banker und last not least von einem ausschließlich für sie zuständigen buddhistischen Mönch in safrangelber Kutte, den sie irgendwo im Ausland aufgetrieben hatte.

Christabels kornblumenblaue Augen glänzten. Zufrieden rauchte sie Kensitas aus ihrer Asprey-Zigarettenspitze. Vor ihr stand genügend Geld, um Glengarth bis ins Jahr 2020 zu unterhalten! Von ganzem Herzen hieß sie Susan Jenny im Schloss willkommen.

»Schön, dich endlich wiederzusehen!« Sie legte ihre Cold-Cream-gepflegte Wange an das sanft von texanischer Sonne gebräunte Gesicht der Besucherin. »Das letzte Mal, bei der Trauerfeier für Lizzie, waren die Umstände nicht sehr erfreulich.«

»Hi, Süße, nimm's nicht persönlich – aber wer bist du überhaupt?« Susan Jenny musterte Christabel mit kurzsichtigem Blick.

»Christabel Roskillen, Rorys älteste Schwester.«

»Ich wusste nicht mal, dass er eine Schwester hat. Wo ist seine Frau?«

Annie trat vor und streckte Susan Jenny die Hand entgegen. »Herzlich willkommen auf Glengarth!«

»Ja, dich erkenne ich wieder. Du hast mich damals schwer beeindruckt. Eine echte Lady! Du zierst dich nicht, und auf dich kann man jederzeit zählen, Süße.«

Annie war beeindruckt. Beim Anblick von so viel Reichtum sagte sie fast entschuldigend: »Leider kann ich dir als Unterkunft nur eine Zimmerflucht im Westturm anbieten.«

»Wie du meinst, Süße. Hauptsache, ich habe ein Dach über dem Kopf. Irgendwie hat mich dieses gute alte Europa immer angezogen. Da bin ich wie Lizzie – möge Buddha ihre Seele auf dem nächsten Schritt ins Nirwana begleiten. Ich bin gekommen, um nach meinen Wurzeln zu suchen, Annie. Du weißt ja, wir Amerikaner kehren gern in die Länder zurück, aus denen wir stammen. Wenn ich mir allerdings dieses kalte, nasse graue Klima hier anschaue, weiß ich ehrlich gesagt nicht recht, warum wir uns diesen Ort antun.«

Schulterzuckend sah sie Annie an.

»Tu so, als ob wir gar nicht da wären, Annie. Kümmere dich einfach weiter um deine Arbeit; ich finde mich schon zurecht. Und was meinen Hofstaat angeht – du kannst die Leutchen unterbringen, wo es dir gefällt. Mit einer Ausnahme: Sayadaw Min Thaw Lee. Er schläft am Fußende meines Bettes, und zwar auf dem Boden. Er ist sehr genügsam, braucht kein Bett und isst aus seiner Bettelschale. Er betet dafür, dass Lizzies Seele so bald wie möglich ins gelobte Nirwana eingeht; das ist – wie soll ich sagen? – sozusagen eine Art Niemandsland, wo ich auch irgendwann hin möchte. Ich habe mich nämlich vor einiger Zeit dem buddhistischen Glauben angeschlossen.«

Annie begleitete Susan Jenny zum Westflügel, der mit seinen feuchten Mauern und der von den Wänden abblätternden Farbe alles andere als ein gelobtes Nirwana darstellte.

Wer weiß, dachte Annie, vielleicht versteht Susan Jenny ja den dezenten Hinweis und kümmert sich von allein um Abhilfe. Doch sofort schob sie den Gedanken beiseite. Wie hoffnungslos zynisch sie doch geworden war!

Susan Jenny brannte darauf, Rory so bald wie möglich zu sehen. Annie versuchte, ihren Mann schonend auf den Besuch vorzubereiten.

»Denk dir nur, Susan Jenny ist auf Glengarth. Erinnerst du dich an Lizzies kleine Schwester?«

»Weißt du noch, Süßer?« Susan Jenny wirbelte in das Krankenzimmer. »Wir haben uns auf Breedon Hall kennengelernt, auf einer Wahnsinns-Geburtstagsparty. Jemand namens Humphrey …«

»*Meinvetter* …«, brachte Rory mühsam hervor.

»Genau! Und jetzt habe ich eine Botschaft von Lizzie für dich …«

»Lizzie!« Rory kämpfte sich aus seinen Kissen und versuchte, Susan Jenny zu umarmen. Doch er sank kraftlos zurück.

Susan Jenny gab ihm einen schallenden Kuss. »Aber, aber – ich bin doch nicht Lizzie, Süßer! Lizzies Knochen modern in ihrem texanischen Mausoleum vor sich hin. In einem Glassarg, wie sie es sich gewünscht hat. Und neben ihr liegt unser lieber Daddy. Aber weißt du was? Lizzie schickt mir Botschaften aus dem Jenseits.«

Heather, die ebenso wie Kitty am Bett ihres Vaters ausgeharrt hatte, verdrehte die Augen und wechselte einen Blick mit ihrer Mutter und ihrer Tante.

Die texanische Millionärin rüttelte Rorys Schulter. »Hörst du mir überhaupt zu? Lizzie hat mir nämlich eine besondere Botschaft für dich übermittelt!«

Rory nickte müde. *»Scherinneremich … Lizzie …«*

»Prima! Sie sagt, sie ist nicht weit weg …«

»Woisslizzie …?«

»Sie ist auf dem Pfad der Freiheit von allem Leid, Süßer. Natürlich hat sie das Nirwana noch nicht erreicht, aber mit jeder Wiedergeburt wird ihre Seele ein wenig mehr geläutert, bis sie irgendwann nicht mehr an irdische Dinge gebunden ist. Das Problem ist, dass du ihre Seele festhältst. Du hinderst sie daran, ihren Weg ins Nirwana weiterzugehen. Sayadaw Min Thaw Lee schlägt vor, dass du ihr im Garten von Glengarth einen Schrein bauen lässt, wo wir opfern und Weihrauch abbrennen können, um ihr den Weg zu erleichtern. Hast du verstanden, Süßer?«

Aber Rory war eingeschlafen, und Annie konnte es ihm nicht verdenken. Sie begriff nicht ganz, was sie da gerade gehört hatte. Ein Schrein? Opfergaben? Weihrauch? Was wohl der Ortspfarrer dazu sagen würde?

»Freust du dich, dass ich zurückgekommen bin, Süßer?«, fuhr Susan Jenny fort. »Für uns geht das Leben schließlich weiter. Aber eines Tages werden wir Lizzie wieder begegnen, irgendwo auf dem Weg in die Freiheit, auf dem Pfad des rechten Glaubens, rechten Strebens, rechten Lebens, rechten Bemühens, der rechten Sprache und der rechten Begeisterung.«

»Lass gut sein, Susan Jenny«, ging Annie dazwischen. »Ich glaube, Rory ist sehr müde. Wir sollten sein Gehirn nicht überanstrengen – nicht, dass er noch einen Rückfall bekommt!« Sanft griff sie nach Susan Jennys Arm und führte sie von Rorys Bett fort.

»Aber sicher! Klar, ich verstehe.«

Trotzdem wandte sie sich noch einmal zu dem Kranken um.

»Rory, ich habe dich schrecklich lieb! Unsere gute Annie verzeiht mir bestimmt, dass ich so etwas sage, aber ich muss es endlich einmal tun. Weißt du, dass du der einzige Mann bist, der mich je gebeten hat, eine ganze Nacht mit ihm durchzutanzen? Nie werde ich vergessen, was du für mich getan hast. Du hast mir das Gefühl gegeben, eine richtige Frau zu sein, auch wenn ich damals erst vierzehn war. Dafür bin ich dir unendlich dankbar. Morgen komme ich dich besuchen; vielleicht meditieren wir ein wenig mit Sayadaw Min Thaw Lee. So, und jetzt gehe ich, wie Annie gesagt hat. Aber morgen bitte ich die Angestellten, den kleinen Schrein im Garten zu bauen; Lizzie soll ihren Frieden bekommen. Aber der Schrein wird auch den Seelen aller, die hier auf Glengarth wohnen, Friede und Erleuchtung bringen.«

Kapitel Drei

Gamin kratzte sich den grauen Lockenkopf, ehe er seine Kappe wieder aufsetzte.

»Die spinnt! Diese Frau spinnt komplett!«

Ackker nickte zustimmend. Er war dabei, Bretter für den Schrein zu sägen. »Wir brauchen keine weiteren Gedenkstätten für Lizzie. Immerhin haben wir schon das Monument, das der Boss ihr zu Ehren oberhalb des Loch hat errichten lassen. Lady Anne hat damals ganz schön geschluckt, weil es wirklich nicht in die Gegend passt.«

»Stimmt.« Gamin griff nach einem Schraubenzieher. »Trotzdem sieht es toll aus. Vor allem, wenn die Sonne scheint. Eine unsterbliche Lizzie aus Gold und Silber.«

»So war sie ja auch.« Ackker machte eine Pause und sägte grimmig. »Weißt du noch, wie sie in Pendine Sands in diesem Rennwagen saß? Ganz in Pelz gehüllt. So etwas Tolles hatte ich noch nie gesehen, selbst damals nicht, als wir bei den feinen Pinkeln gearbeitet haben.«

»Was meinst du? Das Auto oder Lizzie?«

Ackker grinste. »Genau genommen hast ja auch nur du bei den feinen Pinkeln gearbeitet. Chauffeur bei Lord Austen, auweia! Ich habe Rory erst auf Strangfords Werft kennengelernt und wurde dann später sein Kammerdiener. Ich wusste nicht einmal, was ein Kammerdiener ist; das habe ich erst bei den Fatzkes auf der Burg der Verdammten erfahren. Ach, Bengy, das waren noch Zeiten!«

»Du sagst es, Reggie. Aber jetzt solltest du dich mit deiner Schrauberei sputen. Das Ding soll heute Abend stehen, damit wir ihr ein Licht auf ihrem Weg anzünden können. Gott allein weiß, was für ein Weg da gemeint ist. Man wird ja irre mit den ganzen Ausländern hier.

Manchmal habe ich den Eindruck, gar nicht mehr in Schottland zu sein; hier geht es zu wie in Burma oder sonstwo.« Gamin wedelte mit den Händen und machte weitschweifige Gesten.

»Apropos Lizzie und Silber«, sinnierte Ackker. »Da gab es doch mal dieses Auto …«

»Silver Lizzie, Brookland 1910. Ein wunderbarer Wagen!«

»Wusste ich's doch! Bengy, du bist und bleibst ein alter Autonarr. So, und jetzt vorwärts, es ist verdammt schattig hier draußen …« Ackker hielt inne und betrachtete mit kühlem Blick den Butler, der gerade den Innenhof aus der Richtung des Büros überquerte.

»Ei sieh an, unser Mister Proben! Was haben Sie im Büro Seiner Lordschaft zu suchen?«

»Lady Annie bat mich, die Wirtschaftsbücher zu holen, *Mister* Ackker.«

»Ach ja? Und wo haben Sie die Bücher? Im Übrigen, Freundchen, heißt die Dame für Sie immer noch Lady Roskillen.«

»Ich konnte die Bücher nicht finden.«

»Aber rumgeschnüffelt haben Sie, nicht wahr?« Gamin und Ackker hatten sich vor dem jungen Mann aufgebaut. Ackker packte George am Revers. »Ich werde Ihrer Ladyschaft Bericht über Ihre Neugier erstatten.«

»Zum Teufel mit Ihnen. Hände weg!« George Proben knuffte Ackker gegen die Schulter. Der Schlag war zwar nicht besonders heftig, aber hart genug, um den Stolz des Kammerdieners zu verletzen. Gamin und Ackker packten den Butler, schleiften ihn zu einem eben erst frisch aus den Stallungen angekarrten Misthaufen und ließen ihn dort fallen. Reginald Ackker rieb sich zufrieden die Hände.

»Der Mist steht Ihnen ausgezeichnet, Proben! Wieso sind Sie eigentlich nicht beim Militär? Falls Sie es vergessen haben sollten: Da draußen herrscht Krieg, und Sie sind doch ein großer, tapferer Bursche!«

»Es geht Sie zwar ums Verrecken nichts an, aber ich habe Plattfüße und Probleme mit den Ohren. Selbstverständlich werde ich mich bei Ihrer Ladyschaft über Sie beide beschweren. Sie haben mich beschimpft, Hand an mich gelegt und mich beleidigt. Und damit Sie es wissen: Als Butler bin ich dem Chauffeur und dem Kammerdiener im Rang überlegen!« Er rappelte sich auf und stolzierte erhobenen Hauptes in seinem besudelten Anzug davon.

»Wir wissen sehr wohl, wo wir Sie einordnen müssen, Proben«, rief Ackker ihm hinterher. »Und weinen Sie sich ruhig bei Lady Roskillen aus. Als ob die Chefin nicht schon genug Ärger um die Ohren hätte! Sie stinken übrigens nach Pferdemist!«

Dem buddhistischen Mönch gefiel der Schrein, den Ackker und Gamin gebaut hatten, ausnehmend gut. Susan Jenny schloss sich seiner Meinung an.

»Süß!«, schwärmte sie, obwohl sie im schneidenden Wind fast zum Eiszapfen gefror.

Trotz der Eiseskälte trug Sayadaw Min Thaw Lee unter seinem safrangelben Gewand nackte Schultern zur Schau. Er schien weder Kälte noch Hitze zu spüren und keinerlei Schmerz zu empfinden. Über irdisches Ungemach war er längst hinaus. Anlässlich der Einweihung des Schreins, der neben Rory nur Lady Annie und Lady Kitty fernblieben, erklärte er den Anwesenden, dass auch er auf der Suche nach dem Pfad des Friedens sei, sein eigener und Lizzies Weg würden eines schönen Tages aufeinandertreffen.

Die unschuldige Reinheit der buddhistischen Lehre beeindruckte Heather zutiefst; vor allem die Idee der Reinkarnation gefiel ihr. Bei ihren medizinischen Studien wurde sie so oft mit der Vergänglichkeit von Leben konfrontiert, dass ihr der Gedanke an Wiedergeburt tröstlich erschien.

Annie und Kitty ließen sich mit Hinweis auf die Pflegebedürftigkeit des bettlägerigen Laird entschuldigen; in Wirklichkeit jedoch mochten sie beide nicht an einer Zeremonie teilnehmen, die ihrem Glauben in jeder Hinsicht widersprach. »Und es gibt noch einen Grund«, vertraute Annie ihrer Schwägerin Kitty an. »Über einen Verstorbenen soll man ja nichts Schlechtes sagen, aber ich habe nicht das Bedürfnis, jeden Tag daran erinnert zu werden, wie hell Lizzies Stern hier auf Glengarth geleuchtet hat.« Kitty nickte voller Verständnis.

Nach der Einweihungszeremonie brachte die Köchin Haferplätzchen und Kuchen, die im Schrein aufgestellt wurden. Christabel zündete eine Kerze an, und Susan Jenny hängte Blumengirlanden auf.

Heather aber streifte durch die Höfe auf der Suche nach dem Mann, der es ihr angetan hatte. Sie fand ihn in der Küche, wo er frisches Gemüse schälte und in die hauchzarten Streifen einer Julienne verarbeitete. Er übernahm solche Arbeiten gern selbst, weil er weder dem Küchenmädchen noch der rabiaten Köchin die richtige Vorgehensweise zutraute. Frisches Gemüse war in Kriegszeiten eine Seltenheit, dem seiner Ansicht nach besondere Aufmerksamkeit zukommen sollte.

»Hallo Raoul!«

In seinem gestärkten weißen Kittel, der schwarz-weiß karierten Hose und dem ebenfalls schwarz-weiß karierten Halstuch, das er fesch um den Hals gebunden hatte, war Susan Jennys junger französischer Koch eine wahre Augenweide. Sein widerspenstiges, dunkles Haar wurde nicht von Brillantine gezähmt, seine grauen Augen hatten die Farbe des Minch an einem Regentag. Die sinnlichen Lippen, so fand Heather, luden zum Küssen ein.

»Bonjour Mademoiselle 'eather.« Ohne Heather einen weiteren Blick zu schenken, wischte er sich die Augen mit dem Küchentuch ab, das in seinem Gürtel steckte. Zog Monsieur le Chef den Anblick seines Gemüses etwa dem einer hübschen, jungen Frau vor? Heather war enttäuscht, nahm sich aber vor, das baldmöglichst zu ändern. Irgendwo hatte sie gehört, dass Franzosen gute Liebhaber sein sollten, und sie war wild entschlossen, selbst herauszufinden, ob das stimmte.

»Ich habe Ihnen ein kleines Geschenk mitgebracht«, sagte sie.

Überrascht blickte er auf. »Pourquoi, Mademoiselle 'eather?«

»Ich fahre morgen zurück nach Edinburgh. Das hier soll Sie an mich erinnern.«

»Wie freundlich, Mademoiselle.« Er wischte sich die Hände an seinem Küchentuch ab.

»Mein richtiger Name lautet Heather, und das bedeutet Heidekraut. Dies hier ist ein Zweig weißes Heidekraut, wie man es an einigen Stellen auf dem Inchnadamph findet. Die Schleife hat die Farben unseres Familien-Tartans, und das Gedicht, das ich beigelegt habe, stammt von unserem Nationaldichter Robert Burns. Er ist Schotte, wie ich, und in dem Gedicht geht es um das Gericht Haggis. Wissen Sie, bei uns auf Glengarth gibt es eine schöne, alte Tradition: Wir feiern Burns' Geburtstag immer mit einem zünftigen Haggis-Essen. Da der Geburtstag meines Vaters in die gleiche Zeit fällt, verbinden wir die beiden Feste meist zu einem, obwohl mein Vater kein waschechter Schotte ist, er hat auch englische Vorfahren. Trotzdem feiern wir auch ihn grundsätzlich mit viel, viel Haggis. Mein Vater wird übrigens demnächst fünfzig. Ich denke, angesichts der Umstände wird meine Mutter ein spezielles Haggis für ihn auftischen lassen – eins ohne Whisky. Vielleicht können Sie das Rezept vorher schon einmal ausprobieren. Sie sind ein so ausgezeichneter Koch, dass mein Vater den Unterschied bestimmt nicht merkt.«

»Merci beaucoup, Mademoiselle H-eather!« Es bereitete ihm große Schwierigkeiten, das »H« auszusprechen. Heathers Geschenk schien ihn zu rühren.

»Wir sind übrigens alle ganz begeistert von Ihrem Kakao«, fügte Heather hinzu. »Sogar Vater liebt ihn. Er hat gesagt, dass wir Sie unbedingt nach dem französischen Rezept fragen müssen.«

Raoul zuckte die Schultern. »Es ist ganz leischt. Isch nischt koche die Milch kaputt, wie eure Köchin, die nur denkt, sie ist ein Köchin. In Wirklischkeit sie ist Mörder, die verdirbt jede gute Fleisch und andere Dinge. Pardon, aber das ist wahr, Mademoiselle H-h-h …«

Heather fürchtete bereits, er würde über die Gemüsejulienne niesen.

»... H-eather!«

Sie lächelten einander an, und ein warmes Gefühl von Verständnis einte sie.

»Wie zum Teufel bringt sie es fertig, mitten im Winter und mitten im Krieg frische Blumen zu organisieren?« Ackker und Gamin wärmten sich in ihrer gemeinsamen Wohnung über dem Torhaus auf.

Gamin kratzte sich den Kopf. »Sie hat sie aus Indien kommen lassen. In einem von ihren hübschen Flugzeugen, von denen übrigens noch nie eins abgeschossen worden ist.«

»Na jaaa«, erwiderte Ackker, wobei er Susan Jennys gedehnte Aussprache imitierte, »sie ist halt reich genug, um sich wirklich alles erlauben zu können. Wie damals ihre Schwester. Ach, Bengy, würden wir mal so im Geld schwimmen!«

»Du könntest sie doch heiraten, Reggie.«

»Oder du!«

»Ach ja, man müsste zwanzig Jahre jünger sein!«, seufzte Gamin, ehe sich die beiden alten Herren wieder ihrem Kartenspiel und der Flasche Malt Whisky zuwandten, die sie aus dem Büro ihres Chefs hatten mitgehen lassen.

Am folgenden Morgen bemerkte Mary, die Köchin von Glengarth, dass sich der Schrein im Hof in ein wahres Vogelhaus verwandelt hatte. Viele verschiedene gefiederte Kreaturen umschwärmten es und pickten von den auf dem Altar dargebotenen Opfergaben. Lediglich die Elstern hatten es eher auf die silbernen Schalen als auf die Plätzchen abgesehen.

Auch mit der Kerze gab es Probleme, denn der eisige Wind pustete das Flämmchen immer wieder aus. Doch egal wie oft die Kerze auch erlosch, Susan Jenny eilte jedes Mal zum Schrein, verscheuchte die Vögel, legte neue Opferspeisen auf den Altar und entzündete aufs Neue die Flamme, die dem Geist ihrer Schwester den Weg weisen sollte.

Die Bewohner von Glengarth zeigten sich gerührt. »Jeder braucht etwas, an das er glaubt«, sagte Kitty zu Annie. »Vor allem, wenn man so reich ist wie sie und nichts hat, an dem man sich orientieren kann.«

Am nächsten Tag sortierte Annie die Post. Seitdem Rory krank war, hatte sich die Anzahl der eingehenden Briefe verdoppelt. Als Annie ein junges Mädchen gewesen war – das schien ihr endlos lang her zu sein – wurde die Post zwei Mal in der Woche mit dem Schiff gebracht. Inzwischen kam sie zwei Mal täglich vom Postamt in Drumbarry. Der Ort hatte an Bedeutung gewonnen, seitdem auf der anderen Seite des Tales ein Kraftwerk errichtet worden war, das West-Schottland und die Inseln mit Energie versorgte. Aus Drumbarry war eine kleine Stadt geworden. Nur noch der ausgedehnte Hochwald, der zum Gebiet von Glengarth gehörte, lag zwischen dem Schloss und dem Städtchen.

Der Hochwald jedoch war eines der Probleme, die Rory und Annie großes Kopfzerbrechen bereiteten. Die Bäume waren das Vermächtnis von Lindsay, der vor vielen Jahren begonnen hatte, das Gelände aufzuforsten. Sie waren gewachsen und gut gediehen, jetzt brauchte der Wald jedoch dringend Pflege. Alle Holzarbeiter des Gutes aber waren zum Militärdienst eingezogen worden. Annie hatte keine Ahnung, wie sie die Wälder mit dem verbliebenen Personal von Glengarth in Schuss halten sollte; obendrein musste der Gutsbetrieb der Regierung in festgelegten Abständen eine bestimmte Menge Holz für den Krieg liefern. Lindsay hätte die Herausforderung mit Sicherheit nicht nur angenommen, sondern sich daran auch erfreut. Rory hingegen interessierte sich mehr für – ja, wofür eigentlich? Annie hätte es nicht sagen können. Jedenfalls nicht für Holzwirtschaft. Auch Annie selbst konnte den Wäldern, abgesehen von ihrer Schönheit, nichts abgewinnen. Dennoch mussten sie handeln, und zwar bald. Auch Rorys Schwestern konnten ihnen in diesem Punkt nicht mehr helfen, sie waren inzwischen abgereist. Und Heather befand sich wieder in Edinburgh.

Annie öffnete einen weiteren Umschlag. Er war braun. Vermutlich enthielt er eine Rechnung oder wieder einmal eine Forderung der Regierung. Aber während sie das Schreiben überflog, legte sich ein Lächeln auf ihre Lippen. Erleichtert sprang sie auf und lief zu Rory hinüber.

»Rory, Liebster, die Forstverwaltung schickt uns ein Dutzend Holzarbeiter! Ist das nicht fantastisch?«

Rory hatte gerade Nachrichten gehört. Mühsam und noch ein wenig linkisch brachte er es fertig, die Lautstärke des Transistorradios neben seinem Bett ohne fremde Hilfe zu drosseln. Er war eindeutig auf dem Weg der Besserung. So konnte er sich inzwischen bereits aufsetzen und selbstständig essen. Dr. Buckie hatte recht behalten: Dieses Mal war Rory noch einmal mit dem Schrecken davongekommen.

»Wunderbar, Annie!«, sagte er jetzt. Auch seine Aussprache war viel deutlicher geworden, was er Sayadaw Min Thaw Lee und Susan Jenny zu verdanken hatte. Die beiden hatten jeden Tag mit ihm geübt – auch in der Absicht, Rory zum Buddhismus zu bekehren. Der burmesische Mönch pflegte täglich bis zu vier Mal mit Rory zu meditieren, wobei er immer Rücksicht auf den Zustand des Kranken nahm. Auch wenn Annie gewisse Vorbehalte gegenüber diesen ihrer Ansicht nach heidnischen Praktiken hatte, musste sie zugeben, dass die Texanerin und der Mönch bei Rory wahre Wunder vollbracht hatten.

Annie hatte den kleinen, sanften, immer heiteren Mönch ins Herz geschlossen, der in seiner safrangelben Robe, mit rasiertem Schädel und nackten Füßen in offenen Sandalen der bitteren Kälte des schottischen Winters trotzte und Glengarth so viel Respekt entgegenbrachte, als wäre das Schloss ein buddhistisches Kloster. Immer, wenn er im Flur jemandem begegnete, legte er die gefalteten Hände an die Stirn und sagte auf Englisch: »Friede sei mit dir.« Oh ja, Susan Jennys spiritueller Lehrer brachte tatsächlich so etwas wie Frieden und Ruhe nach Glengarth.

Und nun waren auch Annies Gebete erhört worden. Nächtelang hatte sie wach gelegen und sich gefragt, was mit Lindsays geliebten

Wäldern geschehen sollte. Es kam ihr fast wie ein Wunder vor, dass ihr wie aus heiterem Himmel endlich doch noch Holzarbeiter zugeteilt worden waren. Die Unterbringung der Männer würde keine Probleme bereiten – die Arbeiter konnten in den Hütten wohnen, die man vor vielen Jahren eigens für die Waldarbeiter in der damaligen Schonung errichtet hatte.

»Wir müssen – vorsichtig sein. Vielleicht – sind es – Kriegs – Kriegsgefangene.«

»Kriegsgefangene?«

»Deutsche. Oder – Kriegsdienst – Kriegsdienstverweigerer.«

Die Worte sprudelten noch nicht so flüssig wie früher aus seinem Mund. Nun hielt er inne, um sich den Speichel vom Mund zu wischen; verglichen mit dem, was er zur Zeit durchmachte, empfand er den unkontrollierten Speichelfluss allenfalls als minimale Beeinträchtigung. Viel schwerer fiel ihm der Umstand, nicht laufen und sein Leben selbst in die Hand nehmen zu können.

»Andere – Männer – für den – Job – sind zur Zeit – nicht verfügbar.«

Daran hatte Annie in ihrer Begeisterung überhaupt noch nicht gedacht. Worauf würden sie sich da einlassen?

»Pass – auf – die – Mädchen – auf. Vor – allem – auf Heather. Sie – ist – so – hübsch …«

»Ganz bestimmt, Rory. Ich verspreche es!«, versicherte Annie. Dabei war sie sich durchaus nicht sicher, wie sie mit den wenigen Frauen und noch weniger Männern, die sich noch auf dem Gut befanden, Heather vor einem Dutzend Kriegsgefangenen in den Wäldern beschützen sollte.

Doch die wahre Überraschung stand ihr erst noch bevor. Zwei Tage später verkündete George Proben mit undurchdringlicher Miene die Ankunft der von der Forstbehörde abkommandierten Waldarbeiter.

»Sie warten unten in der Eingangshalle, Mylady.«

»Danke George. Ich komme sofort.«

Als Annie die Eingangshalle betrat, warteten dort, brav nebeneinander aufgereiht, ein Dutzend junger Mädchen. Sie trugen Kniebundhosen und Stiefel sowie einheitliche, mit dem Emblem der Forstbehörde gekennzeichnete Pullover. Wie angewurzelt blieb Annie stehen. Sollte das etwa ein Witz sein?

Das größte und stabilste Mädchen trat einen Schritt vor und begrüßte Annie auf militärische Weise, wobei sie ihre Augen fest auf das Porträt eines Roskillen-Vorfahren an der Wand heftete.

»Die Forstbehörde schickt uns, Madam. Wir sind zur Waldarbeit abkommandiert. Mein Name ist Judy Parfitt, und ich bin die Gruppenleiterin.«

Mühsam unterdrückte Annie einen Lachreiz und fragte Judy nach Alter und Herkunft.

»Ich bin zweiundzwanzig, Madam, und stamme aus Kent.«

Annie schritt die Reihen ab, sechs Mädchen auf der einen und sechs auf der anderen Seite, und fühlte sich wie der König von England bei einer Truppeninspektion, zumal jede der jungen Damen salutierte und ihre persönlichen Daten herunterrasselte:

»Ich heiße Gwen Thomas, Madam, stamme aus Glamorgan in Wales und bin achtzehn Jahre alt.«

»Mein Name ist Suzy Fenton. Ich bin neunzehn und stamme aus Sussex.«

»Ich bin Jeanne MacDermott und in Kanada geboren, wo mein Vater in einem Forstbetrieb arbeitet. Ich bin einundzwanzig Jahre alt.«

Und so ging es weiter. Annie wünschte, Kitty wäre noch auf Glengarth – selbst Christabel wäre ihr in diesem Augenblick willkommen gewesen; ihre beiden Schwägerinnen wären mit der Situation sicher erheblich besser fertig geworden. Und so holte Annie tief Luft, wandte den wartenden Mädchen ihr Gesicht zu und bemühte sich, das Zittern in ihrer Stimme zu verbergen.

»Ich weiß nicht recht, wie ich beginnen soll. Zunächst einmal heiße ich Sie alle auf Glengarth herzlich willkommen. Sicher verstehen Sie, dass ich zunächst den Eindruck verarbeiten muss, dass meinem bettlägerigen Mann und mir hier ein Streich gespielt worden ist.« Sie räusperte sich. »Mein Mann würde Sie ebenfalls gern begrüßen; er ist allerdings aus gesundheitlichen Gründen noch nicht dazu in der Lage, ich werde ihm aber mitteilen, dass uns für den Forstbetrieb junge Damen zugeteilt worden sind. In unserer abgelegenen Gegend sind wir möglicherweise nicht ganz auf dem Laufenden, was die Situation außerhalb unseres Gutes betrifft. Wahrscheinlich halten Sie Glengarth nicht ganz zu Unrecht für tiefste Provinz. Nehmen Sie es nicht persönlich, aber Sie werden zugeben, dass es sich hier um eine ungewöhnliche Situation handelt. Aber irgendwie werden wir sicher damit fertig. Wissen Sie, wie man Bäume fällt und die Stämme zum Transport vorbereitet? Haben Sie Erfahrung im Aufforsten?«

Wieder trat Judy Parfitt vor.

»Nein, Madam, leider nicht. Aber wir lernen schnell. Man hat uns einen pensionierten Forstbeamten zugeteilt, der uns das Nötigste beibringen wird«, sagte sie mit ernstem Gesicht.

Überhaupt wirkten alle Mädchen sehr ernst; nicht eins von ihnen lächelte.

»Wenn Sie noch weitere Fragen haben, stehe ich Ihnen selbstverständlich gern Rede und Antwort, Lady Roskillen. Ansonsten jedoch möchte ich darum bitten, dass man uns unsere Unterkünfte zeigt; einige von uns sind nach der langen Anreise sehr müde.«

Annie entschuldigte sich. Dann sagte sie: »Sie werden in Hütten draußen im Wald schlafen.«

»Genau das hatten wir erwartet, Lady Roskillen. Morgen bei Tagesanbruch werden wir mit unserer Arbeit beginnen.«

Mit einer gewissen Hilflosigkeit nahm Annie die Entschlossenheit der jungen Frauen zur Kenntnis.

»Unser Verwalter Aeneas Hamilton wird Sie zu den Blockhütten in der ehemaligen Schonung begleiten.«

»Vielen Dank, Madam.«

Annie ging in den Nebenraum, wo sie George Proben beim Polieren eines Wappens vorfand.

»George, würden Sie bitte Mr Hamilton in der Forest Lodge anrufen? Er soll die Mädchen zu den Blockhütten bringen. Bitten Sie ihn, umgehend nach Glengarth zu kommen.«

»Gerne, Madam«, antwortete George und legte den Lappen beiseite.

Annie hörte, wie Judy Parfitt in der Eingangshalle den Mädchen Marschbefehl erteilte. Sie verließen das Schloss, um im Hof auf den Verwalter zu warten, der ihnen ihre Unterkünfte zeigen sollte. Ungeduldig rannte Annie die Treppe hinauf. Sie konnte es kaum erwarten, Rory die Neuigkeiten zu überbringen. Er saß in einem Lehnstuhl am Fenster, mit einer Decke über seinen Knien.

»Rory, stell dir vor, wir haben keine Kriegsgefangenen bekommen. Man hat uns *Mädchen* geschickt!«

»Wie – bitte?«

»Mädchen, Liebster. Ein Dutzend junge Frauen, die von der Forstverwaltung dazu abkommandiert worden sind, Bäume zu fällen und Stämme zu sägen, und … und …!«

»Immer mit – der Ruhe, mein – Schatz. Und jetzt noch – einmal langsam – zum Mitschreiben: – Mädchen – sagst du?«

Annie wiederholte langsam ihren Bericht.

Rorys Gesicht verzog sich zu dem breiten Grinsen, das sie so an ihm liebte. »Das muss ich unbedingt sehen!« Mit einer einzigen Bewegung riss er die Decke beiseite.

»Oh nein, mein Lieber! Nicht, ehe Ben es erlaubt.« Annie legte die Decke wieder über seine Beine.

»Weißt du was?«, fragte Rory mit düsterer Miene.

»Was denn?«

»Damals, als ich so hilflos wie jetzt im Marinekrankenhaus von Kingseat lag, kam eines Tages eine herrschsüchtige Krankenschwester daher, versprach mir das Blaue vom Himmel und bombardierte mich mit Liebeserklärungen und dem Versprechen ewiger Unterordnung unter meine Wünsche; dafür sollte ich sie heiraten.«

»So etwas habe ich nie getan!«

»Aber sicher hast du, Annie Roskillen, geborene Gowrie! Und jetzt, wo ich mir nichts wünsche, als mich dort draußen auf dem Erbe meiner Väter umzusehen, verweigerst du mir das. Du bist die widersprüchlichste Frau, die ich kenne!«

»Du bist derjenige, der widersprüchlich ist, Rory. Schon immer. Sogar als …«

»… als Lindsay noch lebte? Aber ja, meine Süße. Komm doch für einen Augenblick her …«

»Dir geht es wirklich besser«, erwiderte sie lediglich knapp. »Vielleicht sollte ich Ben Buckie informieren.«

Rory seufzte. In den letzten Jahren war Annie ihm immer weiter entglitten, ohne dass er wusste, woran es lag. Ihn überkam das übermächtige Bedürfnis, den letzten Jahrgang seines eigenen Destillats zu verkosten, obwohl er sehr genau wusste, dass ihm nie wieder ein Tropfen Whisky gestattet war. Hilfe suchend wandte er sich einem Buch mit Tipitaka-Texten zu, das der buddhistische Mönch ihm geschenkt hatte. Sayadaw Min Thaw Lee war inzwischen in Rorys Zimmer übergesiedelt; Tag und Nacht saß er im Lotussitz vor dem Krankenbett. Zu schlafen schien er nie.

»Du brauchst dir keine Sorgen um ihn zu machen«, hatte Susan Jenny gesagt, in dem Versuch, Annie zu beruhigen. »Er lebt in seiner eigenen Geisteswelt. Dort braucht er weder Schlaf noch Wärme.«

»Wer?«

»Na, der Mönch, Süße! Wer sonst?«

»Das ist ja alles gut und schön, aber er stört, wenn wir Rorys Bettwäsche wechseln oder ihn waschen und anziehen. Außerdem finde ich diese lebende Buddha-Statue am Fußende von Rorys Bett irgendwie heidnisch. Woher kommt der Kerl eigentlich?«

»Er ist ein echter Mönch. Sayadaw bedeutet so viel wie Abt oder Vorsteher eines Klosters.«

»Aber was hat er dann hier zu suchen?«, wollte Annie wissen. »Wieso ist er nicht in seinem Kloster? Susan Jenny«, fügte sie argwöhnisch hinzu, »du denkst doch nicht etwa darüber nach, hier etwas in dieser Art aufzuziehen?«

»Aber ganz und gar nicht«, lachte Susan Jenny und legte Annie tröstend die Hand auf die Schulter. Annie mochte Susan Jennys gutmütige Art. Susan Jenny und der buddhistische Mönch hatten bei Rory etwas erreicht, was noch vor kurzem keiner für möglich gehalten hätte. Daher empfand Annie tiefe Dankbarkeit.

Rory befand sich auf dem Weg der Besserung und brauchte sie jetzt mehr denn je. Oft fühlte er sich rastlos, langweilte sich und wurde dickköpfig. Annie bemühte sich, seine Launen zu ertragen. Sie ging sogar so weit, gemeinsam mit ihm die heiligen Tipitaka-Texte zu lesen – Hauptsache, die Lektüre lenkte ihn von seiner Sehnsucht nach *Glengarth Single Malt* ab.

Ackker und Gamin machten sich derweil große Sorgen. Hatte die Chefin tatsächlich angeordnet, die Destille vollkommen stillzulegen?

»Das kann ich mir einfach nicht vorstellen«, sagte Gamin. »Schließlich bringt uns der Whisky gutes Geld.«

»Wer weiß?«, erwiderte Ackker. »Vielleicht meint sie es wirklich so. Lady Annie trinkt keinen Alkohol.«

»Das weiß ich auch!«

»Bestimmt handelt es sich um ein Missverständnis!« Ackker schüttelte den Kopf. »Nie und nimmer glaube ich, dass die Destille komplett stillgelegt werden soll.«

»Mit anderen Worten: Wir halten uns nicht daran. Was, Reggie?«

»Du sagst es, mein Freund Bengy!«

Kapitel Vier

Das Frühjahr war in einen heiteren, freundlichen Frühsommer übergegangen, das Wetter ließ nichts zu wünschen übrig. Den Weltkrieg, der sich vor ihrer Haustür abspielte, erlebten die Bewohner von Glengarth nicht in unmittelbarer Lebensgefahr. Dennoch – die vier Söhne befanden sich bei der Marine und in der Armee. Zwei Töchter hingegen waren in Amerika relativ sicher. Heather, die nach wie vor in Edinburgh studierte, kam mindestens jedes Wochenende, manchmal auch öfter, nach Hause. Annie freute sich ehrlich über Heathers Unterstützung bei Rorys Betreuung. Das Mädchen war immer fröhlich, gut gelaunt und eine angenehme Gesellschaft. Annie war sehr glücklich, dass wenigstens eines ihrer Kinder in ihrer Nähe lebte.

Dies war nun schon der zweite Krieg, den Rory miterleben musste, und er stimmte ihn unendlich traurig. Da bedeutete es ihm nur einen kleinen Trost, dass Hitler offenbar nicht die Absicht hatte, dem mächtigen Großbritannien den Krieg zu erklären. Kein Wunder, waren doch Deutschland und England über die englische Königsfamilie sozusagen miteinander verwandt! Ein Fünftel der Weltkarte zeigte die rosa Färbung des Commonwealth; damit war das Reich der britischen Krone größer als das Römische Reich. Nie und nimmer, dachte Rory, würde sich eine solche Macht von einem hässlichen kleinen Diktator namens Adolf Hitler in einen Krieg hineinziehen lassen. Dennoch – man durfte Hitler nicht unterschätzen.

Die Mädchen im Wald arbeiteten zur vollsten Zufriedenheit der Gutsbesitzer. Die jungen Frauen legten breite Feuerschneisen frei, das Sägewerk lief Tag für Tag. Im Gegensatz zu den früheren Waldarbeitern beachteten die Mädchen sogar alle Sicherheitsvorkehrungen peinlich genau und trugen bei der Arbeit grundsätzlich Schutzbrillen und Helme.

In der Hauptsache wurden auf Glengarth Stützbalken für Minen sowie Planken für die Schiffe seiner Majestät, des Königs hergestellt. So lag zur Zeit das größte je gebaute Passagierschiff, die *Queen Mary*, in der Clydemündung auf Reede, sie würde ihre Jungfernfahrt als Truppentransporter machen. Auch hierfür wurde Holz aus Glengarth verwendet.

Oft saß Rory im Rollstuhl im Hof und beobachtete das Werkeln oben im Wald mit dem Feldstecher. Die jungen Mädchen fällten Bäume, als wären sie gestandene Männer, sie sägten, pflanzten und beschnitten. Überdies waren sie nett anzusehen, und manchmal applaudierte Rory herzlich aus der Ferne.

»Sie halten sich besser als unsere früheren Waldarbeiter«, sagte er zu seinem Vetter Aeneas Hamilton, der ihn im Rollstuhl in den Wald hinaufschieben wollte. Rory wehrte sich.

»Ich glaube, das kann ich jetzt allein.«

»Bist du sicher?«

»Ganz sicher. Du kannst ruhig heimgehen.«

Doch so schnell ließ sich Aeneas nicht wegschicken. Annie hatte Rory in seine Obhut gegeben und ihn gewarnt.

»Du weißt ja, wie er ist, Aeneas. Lass ihn keine Sekunde aus den Augen.«

Aeneas war ein Mann, der sich niemals einer Regel widersetzte. Jedenfalls heute nicht mehr. In seinem früheren Leben mochte das anders gewesen sein, doch hier und heute gab es nur zwei wichtige Aufgaben, die Lady Annie ihm ans Herz gelegt hatte und die er peinlich genau erledigen würde: den Rollstuhl mit dem Laird nicht loszulassen und ein Dutzend junge Mädchen zu überwachen, die im Hochwald von Glengarth ihrer Arbeit nachgingen. Aeneas wusste, dass er große Verantwortung trug.

Daher scheuchte Rory, als er Aeneas nicht loswerden konnte, seinen Cousin lediglich beiseite und machte sich daran, den Rollstuhl aus eigener Kraft zu bewegen. Seine Armmuskulatur hatte sich in den vergangenen Wochen deutlich entwickelt.

Wenn der Berg nicht zum Propheten kommt, dachte er, dann muss der Prophet eben zum Berge gehen.

Im selben Maß, in dem der Hochwald von Glengarth in Ordnung gebracht wurde, wurde es im Innern des Schlosses chaotisch. Annie hatte so viel zu tun, dass sie oft nicht wusste, wo ihr der Kopf stand. Gemeinsam mit Aeneas versuchte sie, zusätzlich zu ihrem eigenen Arbeitspensum Rorys Aufgaben zu bewältigen. Sie kümmerte sich um die Korrespondenz und besuchte in seinem Namen die unterschiedlichsten politischen Versammlungen in Edinburgh, Glasgow und London. Sie nahm auch am Treffen der Hoteliers von Gairloch teil, außerdem an einer Sitzung des Fischerei-Komitees von Ullapool sowie an der Zusammenkunft des Bürger-Beschwerde-Ausschusses von Drumbarry. Sie beantwortete Dankschreiben, nahm Botschaften vom Oberhaus entgegen, schrieb Beileidsbekundungen – kurz, sie genügte, so gut es eben ging, den vielfältigen Verpflichtungen der Roskillens.

Nun saß sie an Rorys Schreibtisch, lehnte sich in seinen Arbeitssessel zurück und ließ ihr gemeinsames Leben Revue passieren. Wie oft hatte sie ihn beschuldigt, immer nur im Büro herumzusitzen, die Füße auf dem Tisch, das Telefon und ein Glas Glengarth Malt Whisky in Reichweite. Sie hatte ihn beneidet, weil er von seinen Lakaien umschwänzelt wurde, die ihm jeden Wunsch von den Augen ablasen, während sie selbst sich eher wie eine Dienerin vorgekommen war. Bis zu dem Augenblick, in dem sie befürchten musste, ihn für immer zu verlieren.

Plötzlich war ihr klar, dass sie seine Arbeit völlig unterschätzt hatte. Während sie sich selbst bemitleidet hatte, hatte er ein immenses Pensum bewältigt, sich angesichts eines drohenden Krieges samt seinen drückenden Steuerlasten darum gekümmert, dass das Gut weiterlief, und sie obendrein dabei unterstützt, die Kinder zu mündigen, verantwortungsvollen Bürgern zu erziehen.

Während Rorys Krankheit und in der Genesungsphase hatte sich Annie klaglos durch die fast unübersehbare Korrespondenz gequält. Doch nun, da er seine Pflichten wenigstens teilweise wieder übernehmen konnte und zunehmend weniger ihrer Hilfe bedurfte, überließ sie den häufig sinnlosen Papierkram leichten Herzens Aeneas. Sie nahm sich vor, wenigstens eine der buddhistischen Lehren zu beherzigen, die Sayadaw Min Thaw Lee immer wieder predigte: Sei stark und lebe nur für das Heute!

Zusätzlich trug Susan Jennys französischer Koch zu dem auf Glengarth herrschenden Chaos bei. Raoul Christophe Clermont hatte die Schlossküche Marys Gewalt entrissen und sich dort breitgemacht. Monsieur duldete die Art nicht, mit der Mary Fleisch und Sauce mit dem Gemüse zusammen auf dem gleichen Teller anrichtete. Monsieur verabscheute Marys Lammbraten mit Minzsauce. Und Monsieur hasste Marys Puddings.

»Sie fabrizieren Pampe, Madame«, schimpfte er. »Widerliche, grauen'afte Pampe. Mehl und Fett, Melasse und Sahne. Ekel'aft! Sie ermorden diese Speise!«

»Was erlauben Sie sich!«, keifte Mary und schwang die Teigrolle, um ihren Nachtisch zu verteidigen. »Ein Grünschnabel wie Sie will mir erklären, wie ich kochen soll? Nicht mit mir, auch wenn Sie noch so gut aussehen!«

Ackker und Gamin beobachteten den Streit der beiden und hofften insgeheim, Mary würde dem Franzosen mit ihrer Teigrolle eins überziehen.

»Sie haben kein Recht, sich in meine Aufgaben einzumischen. Kochen Sie meinetwegen Froschschenkel für Susan Jenny, aber überlassen Sie es gefälligst mir, zu entscheiden, wie ich dem Laird und der Lady ein anständiges Stück schottisches Rind oder Wild zubereite!«

»Isch 'abe sehr wohl das Rescht, Sie zu kritisieren, Madame. Rind und Wild sind 'eutzutage seltene und wertvolle Nahrungsmittel. Sie 'aben es nicht verdient, von Ihnen ein zweites Mal umgebracht zu werden. Man muss sie zart und rosa zubereiten, nischt wie ein Schuhsohle.«

Annie hatte sich bisher kaum um die Streitereien unter den Dienstboten und Angestellten gekümmert, zumal sie den französischen Koch durchaus nicht unsympathisch fand. Mary hatte schon früher immer gern gedroht, den Dienst zu quittieren, wenn ihr etwas nicht passte.

Auch Susan Jennys persönlicher Sekretär, ihr Banker und alle weiteren Geschäftsleute störten Annie nicht, wenn sie den Empfangssaal zeitweilig in ein Büro verwandelten, um Susan Jennys Goldesel in Form von Ölfeldern oder Fluglinien am Leben zu erhalten.

Selbst den Tanzmeister, der auf den merkwürdigen Namen Janus Harpsinger hörte, ertrug Annie guten Mutes. Janus bot den Bewohnern von Glengarth eine völlig neue Form von Entspannung und Bewegungstherapie an. Seine Kurse besuchte nicht nur Susan Jenny und ihr Hofstaat, sondern auch die Mädchen aus dem Wald kamen in ihrer Freizeit oft und gern; außerdem – man höre und staune – ließ sich George fast keine Stunde entgehen. Jawohl, der Butler!

»Auf, nieder! Auf, nieder! Knie beugen, und hoch! Hopp, hopp, hopp! Und rechts, und links ... George, fassen Sie sich nicht ständig in den Schritt, keiner stiehlt Ihnen da etwas ... wenn Sie zur Toilette müssen, dann gehen Sie ... Und beugen, und beugen, ein bisschen tiefer ... zack, zack, zack ...«

Während der Tanzstunden wurde viel gelacht. Annie fühlte sich an die Zeit erinnert, als die Kinder noch klein waren und berühmte Hollywood-Größen nach Glengarth in die Sommerfrische gekommen waren. Sie dachte an Lizzie, die immer auf der Suche nach Zerstreuung gewesen war und in ihrem Kielwasser oft berühmte Schriftsteller und Dichter nach Glengarth geschleppt hatte. Damals war das Haus noch voller Leben gewesen!

Auch Annie freute sich auf die heiteren Bewegungsstunden, die täglich zwischen zehn und elf Uhr morgens und zwischen sechs und sieben Uhr abends im Sonnenzimmer stattfanden. Ihr war gleich, was die anderen über sie dachten. Eine Lady, die sich zum Narren macht? Na und? Wenn Rory seine Unterweisung im Buddhismus genießen durfte, dann wollte sie nicht zurückstehen – und die Tanzerei machte ihr einen Riesenspaß.

Ganz anders hingegen verhielt es sich mit den Mahlzeiten. Gewisse Traditionen mussten aufrechterhalten werden, darauf legte Annie großen Wert. So hatte das Essen pünktlich um acht Uhr abends auf dem Tisch zu stehen. Der alte Uhrenturm gab die Stunde vor, an die sich ausnahmslos alle zu halten hatten. Und auch, was die Zubereitung der Mahlzeiten anging, duldete Annie keinerlei Abänderung der überlieferten Rezepte.

Eines Abends, nachdem die Köchin wieder einmal schäumend vor Wut gekündigt hatte, hielt Annie den französischen Koch zurück.

»Was soll das hier sein?«

»Das ist ein Appetit'appen, Mylady. *Escargots à la Bourguignonne.*«

»Schnecken?«

Alle Anwesenden außer dem Laird legten wie auf Kommando ihre Gabeln beiseite.

»Du musst dir einfach vorstellen, es wären Muscheln«, bemerkte Rory und kaute ruhig weiter.

Susan Jennys sechsundzwanzigjähriger Koch verteidigte sich.

»Schnecken sind ein ausgezeischnete, sehr billige Vorspeise, Madame. In Europa 'errscht Krieg. Schnecken aber findet man in diesem feuschten Klima überall am Wegrand; sie sind fett und schmack'aft, man kann sie einfach einsammeln, und sie kosten nischts.«

»Also ehrlich!«, protestierte Annie. Dabei versuchte sie, sich nicht anmerken zu lassen, wie sehr sie sich ekelte. Hastig stand sie auf und zog sich ins Sonnenzimmer zurück. Glengarth braucht eigentlich alle diese Leute nicht, auch wenn sie Abwechslung bieten, dachte sie. Weder Texaner noch Buddhisten, weder Speichellecker noch Leute wie meine Schwägerin Christabel. *Geht doch hin, wo ihr hingehört!*, flehte sie innerlich. *Lasst uns einfach nur unser eigenes Leben leben!* Doch sie war zu feige, ihre Gedanken laut auszusprechen.

Susan Jenny und Rory, der sich inzwischen mit Hilfe zweier Krücken selbstständig fortbewegen konnte, fanden Annie am großen Erkerfenster, von dem aus man den Minch überblickte. Sie weinte leise vor sich hin.

»Was ist los, Süße?«, fragte Susan Jenny und nahm Annie fest in die Arme. Schon machte Annie Anstalten, sich für ihr Benehmen zu entschuldigen, als ihr ein Satz einfiel, den Lindsay ihr vor vielen Jahren mit auf den Weg gegeben hatte: Entschuldige dich niemals bei jemandem, der im Rang unter dir steht. Auch dann nicht, wenn du im Unrecht bist. Man würde nur dein Urteilsvermögen in Frage stellen. Doch Annie hatte ihren sozialen Status noch nie gegen andere ausgespielt – sie hätte nicht einmal gewusst, wie sie dabei vorgehen sollte – und entschuldigte sich daher bei Susan Jenny.

»Mein Benehmen vorhin tut mir wirklich leid. Aber es ist nun einmal so, dass Rory und ich unseren eigenen Geschmack haben. Wir mögen unser schottisches Essen.«

»Raoul ist ein Koch von Weltruf, Annie.«

»Das glaube ich dir gern. Aber er hat Mary so zur Weißglut gebracht, dass sie wieder einmal gekündigt hat. Das tut sie zwar öfter, und bisher ist sie auch immer zurückgekommen, aber ich möchte sie auf keinen Fall endgültig verlieren. Rory liebt ihre Scones und Haferplätzchen. Und auch, wenn er es nie zugeben würde – er ist und bleibt eben doch zur Hälfte Engländer –, ist er ganz verrückt nach Roastbeef mit Yorkshire-Pudding und Meerrettichsauce oder Lammbraten mit Minzsauce. Auch Fish and Chips mag er, oder Erbsbrei mit Tomatensauce, Sherry-Trifle, frische Kirschen aus Kent, Sirupkuchen, Spotted Dick, Apfelstreusel – eben gute Hausmannskost.«

Susan Jenny lauschte aufmerksam.

»Schreib doch die Rezepte einfach einmal auf. Ich bin sicher, Raoul wird sie liebend gern für dich und Rory nachkochen. Er bereitet dir zu, was du möchtest, das verspreche ich dir. Und Mary soll ruhig zurückkommen – ich werde Raoul schon klarmachen, dass sie die Chefin in deiner Küche ist, und nicht er.«

Doch Annie konnte sich nur allzu gut vorstellen, was geschehen würde, wenn man von dem hitzköpfigen jungen Mann erwartete, sich der alten Köchin unterzuordnen; der Ärger war geradezu vorprogrammiert.

»Dann kündigt er dir den Dienst auf, Susan Jenny.«

Die Texanerin ließ ein trockenes Lachen hören.

»Das glaube ich kaum. Er weiß sehr wohl, was er an mir hat. Ich bezahle ihm ein kleines Vermögen, und er wird das tun, was ich ihm sage – und wenn es ein Barbecue unten im Hof ist. Annie, wenn wir dir auf die Nerven gehen, dann sag es mir einfach ganz ehrlich. Wir können sofort verschwinden. Vielleicht miete ich ein ganzes Hotel in Gairloch, dann kann Raoul für die Jungs von der Marine kochen, die dort auf Landgang kommen.«

Keine schlechte Idee, dachte Annie. Susan Jenny war überdies reich genug, sich ihr eigenes Hotel in Gairloch, Ullapool oder Drumbarry zu kaufen.

»Warum bist du eigentlich ausgerechnet nach Glengarth zurückgekommen?«, fragte sie neugierig. »Dir steht doch wirklich die ganze Welt offen.«

»Wie ich schon sagte, ich bin gekommen, um nach meinen Wurzeln zu suchen. Und weil es mir hier gefällt«, lautete die einfache Antwort. »Ich habe Glengarth vom ersten Augenblick an geliebt. Weißt du noch, ich war gerade zum ersten Mal hier, als Duncan mit einer Kugel in der Brust aus dem Spanischen Bürgerkrieg heimkehrte. Ich habe damals geholfen, ihn gesund zu pflegen. Und dann kam ich zu Lizzies erster Trauerfeier. Ich spreche bewusst von der ersten, denn nachdem wir sie in ihrem Glassarg nach Texas ausgeflogen hatten, bekam sie natürlich noch eine. Und jetzt bin ich zum dritten Mal da und finde es einfach nur schön. Weißt du, wenn man ständig mit fremden Leuten zusammen ist, wird man auf Dauer ganz schön einsam. Zumal die meisten Menschen nicht an mir, sondern an meinem Geld interessiert sind.«

Arme Susan Jenny, dachte Annie. Sie hat wirklich alles verloren, woran ihr Herz hing. Ihre Mutter, die bei ihrer Geburt starb, hat sie nie kennengelernt. Dann hat ihr geliebtes schwarzes Kindermädchen Nanna das Zeitliche gesegnet. Und Vater und Schwester, die einzige Familie, die Susan Jenny geblieben ist und die den Grundstock für ihr Vermögen gelegt hat, sind nun ebenfalls tot. Was aber nutzt ein großes Vermögen, wenn man nicht geliebt wird? Kein Wunder, dass Susan Jenny sich mit Leuten wie Janus Harpsinger und Sayadaw Min Thaw Lee umgibt, die ihr einen Weg weisen, das Leben eher als langfristige Investition denn als vergängliches Dasein auf Erden anzusehen, das von vergänglichen Produkten wie Öl oder Geld gekennzeichnet ist.

Schließlich hat das letzte Hemd keine Taschen – nichts, aber auch gar nichts kann man mitnehmen, wenn es eines Tages heißt: Erde zu Erde, Staub zu Staub, Asche zu Asche. Zum Schluss bleiben einem zweieinhalb Quadratmeter Boden, auch wenn man zu Lebzeiten halb Texas besessen hat.

Schon Lizzie ist nach Glengarth gekommen, um sich selbst zu finden, dachte Annie. Sie erkannte die gleichen Symptome – dieses Bedürfnis, eine unendliche Leere zu erfüllen – auch bei Susan Jenny. Willkommen an Bord, Susan Jenny, dachte sie.

Susan Jenny lächelte und drehte sich zu Rory um, der versuchte, seinem Transistorradio einen Sender zu entlocken.

»Du bekommst deine Hausmannskost, Rory. Keine Schnecken mehr! Ehrenwort!«

Rory, das Ohr dicht am Radio, hielt eine Hand hoch. Der Empfang war aber auch wirklich schlecht hier in Wester-Ross.

»Was ist los?«

Rory war plötzlich bleich geworden und schwankte. Annie und Susan Jenny halfen dem Laird in einen Sessel.

»Hast du dich überanstrengt?«

»Hol George her, Annie«, sagte Rory nur.

»Was ist? Geht es dir nicht gut?«

»Nein, nein«, wehrte er ab. »George kennt sich mit diesen Transistordingern besser aus als sonst irgendwer. Ich muss unbedingt die Nachrichten hören. Irgendetwas ist mit unseren Streitkräften … verdammt noch mal, Annie, nun reg dich doch nicht ständig auf!«

Er beobachtete, wie sie sich blass und mit in die Herzgegend gepresster Hand in den Sessel ihm gegenüber fallen ließ.

»Der heutige Abend war dramatisch genug, will mir scheinen.«

Susan Jenny klingelte nach dem Butler, der sofort erschien und binnen kürzester Zeit das Radio so eingestellt hatte, dass man die BBC-Nachrichten klar und deutlich empfangen konnte.

Die deutsche Wehrmacht war in Boulogne einmarschiert.

Calais war nach heftigem Widerstand gefallen.

Rory und Annie klebten geradezu an dem kleinen Empfänger; sie erwarteten das Schlimmste. Denn Duncan, Andrew und Bruce standen mit den englischen Streitkräften in Dünkirchen in Nordfrankreich.

Am nächsten Tag kapitulierte Belgien.

Die Operation Dynamo lief an. Als Winston Churchill sich im Radio an seine Landsleute wandte und sie auf schwere Zeiten vorbereitete, war Susan Jenny sofort zu allem entschlossen.

»Rory, die Regierung braucht sämtliche verfügbaren Schiffe, um englische Soldaten aus Frankreich zu evakuieren!«

»Was willst du tun? Frankreich ist tausend Kilometer entfernt«, gab Rory zu bedenken.

»Scheiße, Rory, ich besitze ein Wasserflugzeug! Lass uns deine Jungs da rausholen!«

»Dazu ist er nicht gesund genug«, wandte Annie hastig ein.

»Oh doch, Annie, das bin ich. Genau genommen habe ich mich selten besser gefühlt.«

»Zumindest ist er gesund genug, um still neben mir zu sitzen und mir mit einer Karte und seiner Ortskenntnis durch den Nebel zu helfen«, ereiferte sich Susan Jenny. Sie war wild entschlossen, Rorys Söhne aus Frankreich herauszuholen. Fliegen konnte sie, das hatte sie in Texas gelernt.

Wie sie doch ihrer verstorbenen Schwester gleicht, dachte Annie. Sie hatte nicht nur Angst um Rory, sondern auch um sich selbst. Diese amerikanischen Power-Frauen!

Kapitel Fünf

Susan Jenny war eine Draufgängerin, genau wie ihre Schwester Lizzie es gewesen war. Es gab nicht ein Argument, das sie oder Rory zur Vernunft bringen konnte. Und wäre es nicht um die Evakuierung ihrer Söhne aus Dünkirchen gegangen, hätte sich Annie vielleicht noch mehr ins Zeug gelegt, die geplante Reise zu verhindern. So aber sah sie ergeben zu, wie Susan Jennys gelbes Wasserflugzeug mit dem beziehungsreichen Namen »Yellow Rose of Texas« von der glatten Oberfläche des Loch startete, einem langen, tief ins Land reichenden Meeresarm, der aufgrund seiner Lage schon zwei Jahrzehnte zuvor von der Admiralität für Kriegszwecke genutzt worden war. Das Flugzeug beschrieb einen weiten Bogen nach Osten, ehe es südlich in Richtung Ärmelkanal abdrehte.

Heather hatte sich nach einem verzweifelten Anruf ihrer Mutter zwar sofort auf den Weg nach Glengarth gemacht, war aber zu spät gekommen, um ihrem Vater noch ins Gewissen reden zu können.

»Dieser Irrsinn wird ihn umbringen«, sagte sie zu ihrer Mutter.

»Dein Vater lässt sich nichts vorschreiben, Liebes. Das hat er von seinen Vorfahren. Die waren samt und sonders Dickköpfe, aber eben auch Abenteurer, Siedler und Gründer ganzer Dynastien. Im Gegensatz zu seinem Bruder Lindsay ist es ihm nie leicht gefallen, die Zwänge eines Lebens als Laird von Glengarth auf sich zu nehmen, das er trotz seiner Gebrechen mit Bravour meistert. Rory ist genau wie sein Vater. Auch James Beauly hatte sich einem hedonistischen Streben verschrieben, das ihn schließlich das Leben kostete.«

»Ich weiß nicht recht, ob man Jütland oder Dünkirchen unbedingt ein hedonistisches Streben nennen sollte.«

»Gut, nennen wir es eben Pflichterfüllung«, erwiderte Annie.

Sie gingen hinein. Heather war müde und zog sich auf ihr Zimmer zurück. Auf dem Flur traf Annie auf Raoul. Da Mary schmollte und sich nach wie vor weigerte, auf Glengarth zu kochen, herrschte er immer noch in der Küche.

»Isch wollte Ihrer Ladyschaft mitteilen, dass isch ein anderer Job in Aussischt 'abe«, erklärte der junge Franzose jetzt theatralisch.

»Weiß Ihre Chefin davon?«

»*Non.* Das Angebot ist eben erst zu mir gekommen, aber sie ist auf und davon in der 'immel entschwebt.«

»Um was für eine Art Job handelt es sich denn, Raoul?«

»Isch 'abe bekommen ein Angebot von Marcel Auguste Boulette. Er ist ein sehr berühmter *chef de cuisine* in Frankreisch.«

»Werden Sie uns bald verlassen?« Im Grunde hatte Annie nichts dagegen, ihn ziehen zu sehen und endlich ihre Küche wieder für sich und die dann hoffentlich versöhnte Mary zu haben.

»Isch weiß noch nischt, Madame. Marcel ist 'ier in Schottland. Er macht ein TV-Programm.«

»TV-Programm? Was ist denn das?«

»TV heißt Tele-Vision oder auch Fernse'en. Es ist ein neuartiges Kommunikationsmedium, Madame.«

Kommunikationsmedium? Das Wort erinnerte Annie an Agatha Kemster, die ehemalige Haushälterin von Glengarth, die seit vielen Jahren wegen des Mordes an der Gouvernante im Gefängnis saß.

»Ich glaube, ich verstehe nicht«, sagte sie.

»Tele-Vision, Mylady. Es ist wie ein kleine Kinoleinwand in Ihre Wohnzimmer. Man sieht Bilder, die sisch bewegen.«

»Bilder, die sich bewegen?«

»Genau. Und Nachrischten.«

»Also Radio mit bewegten Bildern?«

»*Oui,* genau das, Mylady.«

»Dann brauche ich also nicht mehr nach Drumbarry zu fahren, um mir einen Film oder die Wochenschau anzusehen?«

»*Oui*, Mylady.«

»Erzählen Sie.«

Sie begleitete ihn in die Küche. Dieses neue Medium machte sie neugierig, außerdem versprach sie sich von Raouls Bericht ein wenig Zerstreuung. Die Sorge um ihre in Frankreich eingekesselten Söhne machte ihr schwer zu schaffen.

»Marcel Auguste Boulette 'at gekocht für BBC Fernse'en schon 1937«, sagte Raoul und machte sich an die Vorbereitungen des Abendessens.

»Ehrlich gesagt habe ich den Namen noch nie im Leben gehört. Aber sprechen Sie weiter.«

»Das 'abe isch mir nischt ausgedacht, Mylady.« Raoul wandte ihr ein tränenüberströmtes Gesicht zu, was allerdings daran lag, dass er gerade dabei war, Zwiebeln zu schneiden.

»Ich glaube Ihnen, Raoul. Aber was hat dieser Boulette mit Ihnen zu tun?«

»Isch 'abe gelernt in Paris bei Monsieur Boulette. Er ist wirklisch ein fantastischer Koch, Mylady. Normal er kocht für reische und berühmte Leute. Er 'at auch ein Restaurant in London. Aber jetzt 'at gefragt BBC wegen schottische Nahrungsmittelkurs in London in 'erbst. Boulette soll 'ausfrauen zeigen, wie man kocht mit keine gute Zutaten, wegen Krieg, wissen Sie. Zeug wie Eipulver! Eipulver – brr, das klingt ganz schrecklisch!«

Raoul schüttelte sich vor Abneigung. Auf Glengarth gab es glücklicherweise noch immer frische, schmackhafte Eier von glücklichen Hühnern. Raoul atmete tief ein und fuhr fort: »Monsieur Boulette, das bedeutet – wie sagt man bei Ihnen? – Frikadelle?«

»Keine Ahnung. Auch wenn ein wenig englisches Blut in unseren Adern fließt, sind wir vom Herzen her Schotten!«, konterte Annie.

»Für misch ist das alles gleisch: England, Schottland, Wales und Irland.«

»Und so etwas wagen Sie mir in meiner Küche ins Gesicht zu sagen, Raoul Clermont?«, fuhr Annie auf.

Der junge Koch zuckte zusammen.

»In Großbritannien gibt es viele kulturelle Unterschiede, die uns aber gerade erst zu dem machen, was wir sind – zu einer ganz besonderen Nation«, wies Annie ihn zurecht.

»Entschuldigung, isch nischt wollte Sie ärgern, Mylady. Jedenfalls 'at Marcel misch gefragt, ob isch sein Assistent sein mag, weil isch auch auf die Insel bin. Und auch noch in ein Schloss. Isch misch freue, dass Marcel misch 'aben will. Vielleischt isch werde eines Tages auch so berühmt wie mein Lehrer.«

»Das ist ja wunderbar, Raoul. Sagen Sie, wird dieses TV in London gemacht? Kann man dabei vielleicht zuschauen?«, fragte Annie.

»*Mais oui*, aber natürlisch, Mylady. Isch werde besorgen gute Eintrittskarte für Mylady.«

»Vielleicht auch eine für meine Tochter Heather?«

»Sehr gerne. Sie bekommen so viele Eintrittskarten, wie Sie wollen. Es ist für misch und Marcel eine Ehre, wenn zwei eschte schottische Ladys zuschauen.«

Während Raoul sich um das Essen auf dem Herd kümmerte, verließ Annie die Küche mit einem vielsagenden Lächeln. Nicht eine Sekunde lang glaubte sie die Geschichte, die Raoul über diesen Koch zum Besten gegeben hatte. Ein französischer Koch mit dem Namen Marcel Auguste Boulette! Und dann dieses neue Medium TV! Bestimmt ein Schwindel.

Von Susan Jenny und Rory hörten sie nichts. War das kleine Flugzeug etwa über dem Meer abgestürzt? Zu den Nachrichtensendungen drängten sich alle um das Radio, doch wirkliche Informationen wurden offensichtlich nicht preisgegeben. Annie argwöhnte, dass die

Nachrichtensperre bezüglich der Evakuierung englischer Soldaten aus Frankreich dazu dienen sollte, die Moral der Nation nicht zu untergraben. Man durfte das Volk nicht wissen lassen, dass Deutschland nur neun Monate gebraucht hatte, um das Land in die Enge zu treiben.

Heather kam inzwischen in jeder freien Minute nach Hause, um ihrer Mutter beizustehen, die sich nicht nur um ihre Söhne, sondern jetzt auch noch um ihren verschwundenen Ehemann sorgte. Dabei gestattete sich Heather wann immer es ging einen Besuch bei Raoul in der Küche, mit dem sie mittlerweile zärtliche Bande verknüpften.

»Komm doch mit in mein Zimmer«, sagte er eines Tages, als sie sich wieder einmal heimlich trafen und ihre Sehnsucht kaum zügeln konnten. Er bewohnte einen Raum in den Bedienstetenunterkünften. Es war das Zimmer der ehemaligen Wirtschafterin.

Auf der Schwelle wich Heather zurück. »Nicht hier, Raoul. Ich … kann das nicht.«

»Was ist los, mein kleine 'eather?« Er strich ihr über das Haar.

»Hier hat früher unsere Haushälterin gewohnt. Sie hieß Agatha und hat die Gouvernante ermordet. Einzig der Intervention meines Vaters ist es zu verdanken, dass sie nicht am Galgen endete. Irgendwie habe ich das Gefühl, dass ihr Geist hier noch in jeder Ecke lauert. Ich kann es nicht erklären … aber …«

»Isch verschtehe schon, Chérie. *Comment te le dire en Anglais?* Wie 'eißt auf Englisch? Du disch nischt aufregen. Aber wo wir sollen uns treffen? Der Schloss ist so groß, aber nirgends ist Platz für uns zu sein allein.«

»Wem sagst du das?«, erwiderte Heather. »Schließlich bin ich hier aufgewachsen. Man kann nicht nur nirgends allein sein – hier gibt es auch Geister. Die Gespenster irgendwelcher verblichenen Verwandten lauern hinter jedem Wandteppich, in jedem Turm. Und manchmal treiben auch längst verstorbene Hausangestellte ihr Unwesen …«

Er verschloss ihr den Mund mit einem leidenschaftlichen Kuss.

Und dann führte Heather ihn zu einem verschwiegenen Plätzchen an der Flanke des Inchnadamph, wo sie in der flirrenden Hitze dieses Junitages endlich allein sein konnten. Sie konnte nicht wissen, dass dieser Ort eben jene Stelle war, wo der junge Rory Roskillen das Herz des schönen Fischermädchens Annie Gowrie erobert hatte und damit die Geschichte von Glengarth völlig neu schreiben würde.

Im hohen, warmen Gras schmiegte sich Heather an Raoul, und sie küssten sich. Es waren Küsse, von denen Heather nicht zu träumen gewagt hatte – ganz anders als die flüchtigen, gestohlenen Küsse, die sie bisher getauscht hatten. Heathers Sinne gerieten in süßen Aufruhr.

Sie wollte mehr. Nie hätte sie gedacht, dass dieser Körper, in dem sie seit fast achtzehn Jahren zu Hause war, solche Sehnsucht und solch wunderbare Gefühle empfinden konnte. Es war wie Traum und Verlangen, wie Hunger und Hitze, wie Entbehrung und Überfluss, wie Qual und Ekstase. Atemlos gab sie sich dem Taumel hin.

Raoul lächelte über ihre unschuldige Verliebtheit. Wie süß und naiv war dieses junge Mädchen! Auch er genoss die ihm dargebotenen Gefühle; dennoch schreckte er davor zurück, ihre Hingabe bis zur Neige auszukosten. Ihm wurde bewusst, wie viel Lebenserfahrung er Heather voraus hatte – er stellte für sie eine fremdartige, aufregende Art von Leben dar, von dem sie weder gewusst noch geträumt hatte – und dass es in seiner Hand lag, sie entweder ganz zu besitzen oder Zurückhaltung zu üben.

Raoul entschied sich für die zweite Möglichkeit.

»'eather, isch glaube, wir sollten langsam nach 'ause gehen.«

»Aber warum denn, Raoul?« Erneut zog sie ihn hinunter ins warme Gras.

»Chérie …« Er sah auf die Uhr. »Isch 'abe nischt so viel Zeit, und isch möschte auch nischt, dass meine Reputation leidet. Isch muss das Abendessen vorbereiten …«

»Vermaledeites Abendessen!«

»Verm – ale – dei… Was bedeutet das?«

»Ach, vergiss es«, schmollte Heather und zog einen Flunsch.

Sie wusste nicht, ob sie lachen oder weinen sollte. In diesem Augenblick hätte sie ihm alles geschenkt, sie hätte sich ihm mit Haut und Haaren hingegeben. Ihre aufgewühlten Gefühle konnten ihm kaum verzeihen, dass er ihren Liebestaumel so plötzlich unterbrochen hatte.

Doch auch Raoul war zutiefst unzufrieden, sich von ihr losreißen zu müssen. Mit ihren grün-grauen Augen, die an das Meer an warmen Junitagen erinnerten, dem Kupferton ihrer rotgoldenen Locken einer Seejungfrau und dem Glengarth eigenen Duft nach Ozean und Fichten erschien Heather ihm wie das Urbild einer wunderschönen Frau, einer Frau, die jeden Mann um den Finger wickeln konnte. An diesem Tag trug sie ihr Haar nicht aufgesteckt, wie man es während des Studiums von ihr verlangte, sondern es wellte sich locker über ihre Schultern. Sie sah aus wie die Sirene aus einer alten schottischen Legende, die auf einem einsamen Felsvorsprung saß, sehnsuchtsvolle Lieder sang und Schiffe, die das Cape of Wrath passierten, mit Mann und Maus ins Verderben riss.

»Was ist los, Raoul? Magst du mich plötzlich nicht mehr? Habe ich dich irgendwie verärgert?«

»*Mais non, ma chérie*, es 'at wirklisch nischts mit dir zu tun. Isch 'abe Angst vor mir selbst.«

»Angst? Aber warum?«

»Du bist eine wunderschöne junge Mädchen, *ma chérie*, aber du bist auch ein reische Erbin und stehst gesellschaftlisch 'och über mir.«

»So ein Quatsch!«, entfuhr es Heather.

»Aber es ist wahr. Und isch 'abe kein Lust, dass dein Vater mir den Arsch aufreißt.«

»Dir den Arsch aufreißt? Wo hast du denn den Ausdruck aufgeschnappt?«

Er grinste verlegen. »Das 'abe isch irgendwo ge'ört. Darf man das nischt sagen?«

»Na ja, ich glaube, ich weiß, was du ausdrücken möchtest.«

Heather setzte sich auf und strich sich den Rock glatt. Noch immer spürte sie die Verwirrung ihres Körpers, noch immer sehnte sich jede Faser ihres Wesens nach dem Mann, der neben ihr lag. »Versprich mir wenigstens, dass du mich immer lieben wirst, Raoul. Eines Tages werden wir vielleicht so weit sein, dass wir einander ohne jeden Rückhalt angehören können.«

Die Antwort fiel ihm schwer. Er schluckte.

»Bitte, Raoul«, flehte sie. »Alle anderen sind mir egal. Ich liebe nur dich. Am liebsten würde ich nie mehr nach Edinburgh zurückgehen, sondern für immer hier bei dir bleiben.«

»Aber ja, *ma chérie*«, brachte er schließlich heraus, »*je t'aime.* Und isch will immer für disch dasein. 'ier in Glengarth. Aber jetzt ist nischt der richtige Zeit für uns. Erst muss isch Freund werden zu deine Mutter und dein Vater.«

»*Je t'aime*«, antwortete Heather heiser. Er nahm sie in die Arme, und sie spürte sein wild pochendes Herz. In ihrem verzweifelten Wunsch, ihm ganz und gar zu gehören, beschloss sie, sich nie einem anderen Mann hinzugeben, bis sie eines Tages heiraten konnten. Denn darum ging es ihm wohl, wenn er davon sprach, die Freundschaft ihrer Eltern gewinnen zu wollen, nicht wahr? Ihr persönlich war es egal. Sie wünschte sich nur, dass er sie liebte, und zwar sie ganz allein!

Selbstverständlich verstand Heather Raouls Vorbehalte in Bezug auf ihren unterschiedlichen Gesellschaftsstatus nur allzu gut. Er war Koch und damit ein Angestellter ihrer Eltern. Aber wen störte das?

Widerstrebend löste sie sich aus seinen Armen, und sie schlenderten zusammen zurück zum Schloss, als wären sie einfach nur gute Freunde.

»Hör endlich auf, mich abzukanzeln, als wärst du meine Hausärztin, Heather! Bis dahin dauert es noch eine Weile!«, schimpfte Annie.

»Stimmt! Es dürfte noch ziemlich viel Zeit ins Land gehen, ehe ich Ärztin bin, Mutter. Ich studiere zwar Medizin, aber kein Mensch will eine Frau als Arzt haben. Selbst wenn ich alle Examina schaffe, wird es wohl ziemlich schwierig werden, tatsächlich einen Job zu finden.«

»Keine Sorge, das kriegst du schon hin. Du bist ein schlaues Mädchen, und die Medizin liegt dir im Blut.«

»Geisteskrankheit auch!« Heathers grüne Augen blitzten ihre Mutter kampflustig an. »Entschuldige, aber du brauchst mir nicht ständig deine Erfolge in Kingseat vor hunderttausend Jahren unter die Nase zu reiben!«

»Und du solltest meine Ausbildung nicht lächerlich machen! So altmodisch war sie auch wieder nicht, auch wenn es damals noch kein Penicillin gab.«

»Immerhin eine schottische Entdeckung«, sagte Heather versöhnlich. »Übrigens hält Alexander Fleming bei uns in der Fakultät Gastvorlesungen über Bakteriologie.«

»Der Ärmste. Wenn alle weiblichen Studenten sich so rebellisch gebärden wie du, kann ich ihn nur bemitleiden.«

Annie wechselte nachdenklich das Thema.

»Ich habe solche Angst um deinen Vater. Wenn er nun wieder einen Schlaganfall erlitten hat? Womöglich irgendwo über der Dogger Bank …«

Auch Heather machte sich große Sorgen. »Weißt du was«, schlug sie jetzt vor, »ich gehe in die Küche und mache uns einen schönen heißen Kakao.«

Sie rannte die Treppen hinunter und warf sich in die Arme des jungen *Chef de cuisine*.

»Hol mich hier raus, Raoul«, flehte sie. »Ich muss weg, sonst drehe ich noch durch!«

»Und wo sollen wir ’ingehen?«

»Vielleicht ins Paradies?«

Er gab ihr einen liebevollen Kuss. »Das Paradies ’abe isch doch schon ’ier in meinen Armen. Und außerdem ’abe isch für disch und deine Mutter einen leckeren Kakao gemacht.«

Er küsste sie zärtlich und voller Wärme. Wie gut, dass wir kaum noch Personal haben, dachte Heather dankbar. So können wir uns wenigstens ab und zu ungestört sehen.

»Wenn es disch so aufregt, solltest du vielleischt besser nicht so oft nach 'ause kommen«, schlug Raoul vor.

»Aber ich komme doch nur deinetwegen nach Glengarth!«

»Wie lieb von dir. Das macht mir Mut!«

»Mir leider nicht so sehr. Warum laufen wir nicht einfach davon, heiraten in Gretna Green und fangen ein neues Leben an? Worauf warten wir noch?«

»Darauf, dass mein 'eimat endlisch nicht mehr besetzt ist von deutschem Feind.«

Eine Woche nach Beendigung der Operation Dynamo, bei der die englischen Streitkräfte aus Frankreich evakuiert worden waren, beschäftigte Annie sich langsam mit dem Gedanken, Witwe zu sein. Sie stand wie verloren in ihrer peinlich sauberen Käserei, umgeben von Molke, Dickmilch und dem reifen, duftenden Käse, den sie aus der Milch ihrer schönen, mit Heidekraut gemästeten Ziegen herstellte, und fühlte sich entsetzlich einsam. Langsam ging sie in die angrenzende Vorratskammer. In den Regalen blinkten Gläser voller Honig und Konfitüre, Gemüsekonserven standen neben Chutney, eingemachtem Obst und den köstlichen Tayberrys vom Inchnadamph. Glengarth in Gläsern! Oh ja, sie würde sich beschäftigen müssen, sie würde arbeiten, arbeiten, arbeiten, um über den Verlust von Ehemann und Söhnen hinwegzukommen.

Aber wer sollte das männliche Oberhaupt auf Glengarth werden?

Als möglicher Nachfolger bot sich Aeneas Hamilton an, obwohl er kein Vollblut-Roskillen war. Aber wenigstens gehörte er als Cousin von Rory zur Familie.

Annie war noch ganz in Gedanken versunken, als plötzlich draußen ein wahrer Wirbelsturm loszubrechen schien. Die schwere Tür wurde aufgestoßen, und eine schnatternde Mädchenschar in schmutzigen Gummistiefeln stand auf der Schwelle.

»Keinen Schritt weiter«, schrie Annie. »Bleibt, wo ihr seid!«

»Sie sind zurück!«, keuchte Judy Parfitt von der Tür aus. »Das Wasserflugzeug! Es ist gerade eben auf der Förde gelandet. Wir sind ganz schnell losgerannt, um es Ihnen zu sagen!«

Annie verlor keine Zeit damit, Schürze und Gummihandschuhe auszuziehen. Im Laufschritt eilte sie, begleitet von den Waldarbeiterinnen, zum Loch hinüber, um ihre verschollen geglaubten Lieben zu begrüßen. Susan Jenny und Rory waren kaum wiederzuerkennen, ölverschmiert, schmutzig und müde wie sie waren. Anschließend ging es im Triumphzug nach Glengarth, wo alle erst einmal mit eilig von George herbeigeholtem Champagner anstießen – alle, außer Rory, der sich mit Limonade begnügen musste.

Doch erst nachdem sich der erste Jubel gelegt hatte und die Waldarbeiterinnen und Angestellten an ihre Arbeit zurückgekehrt waren, begannen Susan Jenny und Rory im engsten Familienkreis, Annies drängende Fragen zu beantworten.

»Also, was ist passiert? Wieso habt ihr euch die ganze Zeit nicht gemeldet? Im Radio haben sie gesagt, dass die letzten Eingeschlossenen schon vor etwa einer Woche von allen möglichen Helfern evakuiert worden sind.«

»Richtig, Süße.« Susan Jenny, die noch immer in ihrem verschwitzten Overall steckte, kaute Kaugummi. Nun, da sie die Schutzbrille abgenommen hatte, sah sie mit ihren hellen Augen in einem rußgeschwärzten Gesicht wie ein sehr dünner Panda aus. Nur ihre Lippen leuchteten rot. »Wir sind ein wenig vom Weg abgekommen.«

»Dann habt ihr also niemanden gerettet?«

»Oh doch. Wie viele mögen es gewesen sein, Rory?«

»Bestimmt eine Million!«

»Wenn ihr nicht ernst bleiben könnt, gehe ich ins Bett – oder wieder in meine Käserei«, schimpfte Annie, der die Sorgen der letzten Tage tief in den Knochen steckten.

»Wo sind die Jungen?«

»Na ja, ich sagte ja bereits, dass wir eine Million …«

»Rory, ich rede von Duncan, Andrew und Bruce!« Annies Stimme überschlug sich fast.

Rory wünschte sich mehr denn je ein Glas *Glengarth Single Malt*. »Liebste!«, versuchte er jetzt, seine Frau zu beruhigen. »Da waren hunderttausend junge Männer. Gesichtslose, müde, ausgebrannte Soldaten, die von den Deutschen in Schach gehalten wurden. Noch nie im Leben habe ich so viel Elend gesehen, außer vielleicht in Jütland. Und weißt du was?«

»Was denn?«, fragte Annie beunruhigt. Sie stellte sich ihre Söhne vor, wie sie auf dem Rückzug von den Deutschen eingekesselt worden waren. Wer weiß, vielleicht hatte man auf sie geschossen oder Bomben abgeworfen … Lieber Gott, flehte sie innerlich, mach, dass sie gerettet worden sind!

»Es war das Heldenhafteste, was ich je in meinem Leben gesehen oder erlebt habe!«, fuhr Rory fort. »Das Anrührendste, Schönste und Schrecklichste, dessen ich je Zeuge geworden bin. Und ich habe schon so einiges zu Gesicht bekommen. Du darfst nicht vergessen, was der Sadhu geweissagt hat. Ich bin der unglückliche Sohn, der Sohn des Todes.«

»Unfug!«, protestierte Annie. »Warum sagst du so etwas?«

»Erinnerst du dich nicht an diesen tragischen Sadhu, der damals meinen Vater verflucht hat? Lindsay und ich waren dabei. Aber was ich eigentlich sagen wollte: Wäre ich ein Künstler, ich würde dieses Heldentum malen, ein Gedicht darüber schreiben oder es in Stein hauen, und ich würde es den *Geist von Dünkirchen* nennen. Es war einfach unglaublich. Von Susan Jennys kleinem Wasserflugzeug aus sahen wir Schiffe – Hunderte von Schiffen. Schlachtschiffe, Trawler, kleine Schiffe, große Schiffe, kleine Boote, große Boote, Fischerboote,

Ruderboote, Privatyachten, und alle, wirklich alle kamen über den Kanal, um unsere Soldaten zu retten. Das nenne ich wahres Heldentum! Unsere Truppen wurden von den Stränden geholt und in Sicherheit gebracht. Der Kampf Davids gegen Goliath …« Rorys Stimme bebte vor Rührung.

»Aber was ist mit unseren Söhnen?«, hakte Annie voller Unruhe nach.

»Ich weiß es nicht, Annie.« Rory setzte sein leeres Limonadenglas ab und wischte sich mit zitternder Hand über die Stirn. »Lizzie und ich haben ein paar Dutzend Soldaten aus dem Wasser gefischt …« Er stockte kurz und korrigierte sich. »Ich meine natürlich: Susan Jenny, Rosie und ich …«

»Wer ist denn Rosie?«

»Die *Yellow Rose of Texas* – Susan Jennys Flugzeug. Wusstest du, dass die gelbe Rose das Wahrzeichen von Texas ist?«

»Nein.«

»Nun, jedenfalls flogen wir immer wieder zwischen Dover und Dünkirchen hin und her. Wir nahmen Soldaten auf, setzten sie in der Heimat ab und starteten sofort wieder nach Frankreich. Es war oft beängstigend und manchmal schrecklich, aber es musste einfach getan werden. Wir hatten übrigens einmal auch Soldaten unserer *Highland Divisions* an Bord, unter anderem von den *Seaforth and Cameron Highlanders*; leider waren unsere Söhne nicht dabei. Ich kann nur hoffen, dass eins der Schiffe sie in Sicherheit gebracht hat.«

»Ihr seid also die ganze Zeit ständig hin und her geflogen und habt weder Duncan noch Andrew oder Bruce gesehen?«, fragte Annie zögernd.

»Ja, die ganze Zeit. Wir konnten bei jeder Tour nur maximal zwölf Soldaten an Bord nehmen, mehr schafft Rosie einfach nicht. Drei Nächte und vier Tage sind wir ohne eine andere Unterbrechung als unsere Tankstopps geflogen, bis auch der letzte Soldat wieder in England war. Natürlich wurden wir auch beschossen. Rosie hat zwar jetzt ein paar ordentliche Löcher im Rumpf, aber sie hat tapfer durchgehalten.«

»Und was habt ihr gemeint, als Susan Jenny eben sagte, ihr wärt vom Weg abgekommen?«

»Nun, wir haben einen Abstecher zu Winnie gemacht.«

»Winnie?«

»Winston Churchill. Als er von einem gelben Wasserflugzeug mit amerikanischem Rufzeichen hörte, das sich an der Rettungsaktion beteiligte, wollte er uns kennenlernen und hat uns rufen lassen.«

Annie misstraute Rorys Hang zu fantasievoll ausgeschmückten Berichten. Gleichzeitig atmete sie erleichtert auf, als sie hörte, dass Rorys eben erst wiederhergestellte Gesundheit nicht gelitten hatte.

»Der alte Knabe saß im Schloss von Dover in einem Bunker und beobachtete die Rettungsmaßnahmen. Wir landeten im Hafen von Dover mitten zwischen den Überresten unserer geschlagenen Armee und wurden zu Churchill gebracht. Denk dir nur, er hat seinen eigenen Wagen geschickt, um uns abzuholen!«

»Warum das denn?«

»Weil ich den Berg nicht hochgekommen wäre. Die Straße zum Schloss ist verdammt steil.«

»Und warum wollte Churchill ausgerechnet euch kennenlernen? Woher wusste er überhaupt, wer ihr seid?«

»Er wusste es gar nicht.«

»Aber wieso …?«

»Geheimsache, Liebste. Ich darf es dir leider nicht verraten. Sag einmal, würde es dir sehr viel ausmachen, wenn ich nach Ackker oder Gamin schickte und mich zu Bett bringen ließe? Ich bin fix und fertig. Und wie ich sehe, ist Susan Jenny auch schon eingeschlafen.«

»Aber natürlich darfst du schlafen gehen.« Annie warf einen Blick auf Susan Jenny, die auf der Bank vor dem Erkerfenster in sich zusammengesunken war und tief und fest schlief.

»Rory, Liebster?«

»Was ist, mein Schatz?«

»Ich habe die ganze Zeit dafür gebetet, dass du heil und gesund zurückkehrst und unsere Söhne mitbringst. Ich liebe dich – ist dir das eigentlich noch bewusst?« Sie konnte die Tränen nicht mehr zurückhalten. Zu viel Anspannung hatte sie in den letzten Tagen aushalten müssen.

Rory streckte die Arme aus. »Komm her, mein dummes Mädchen. Ich liebe dich doch auch. Nichts und niemand wird uns je trennen. Wir beide werden noch viele schöne Jahre erleben und bestimmt über hundert Jahre alt werden.«

»Sag bloß nicht so etwas! Ich bin mir gar nicht sicher, ob ich über hundert Jahre alt werden möchte«, protestierte sie, flüchtete sich aber glücklich in seine Arme. Für einen Moment vergaß sie die Sorgen um ihre Söhne. Wie dankbar war sie, dass sie ihren Mann warm und lebendig neben sich spüren durfte und dass er nicht in einer Holzkiste zurückgekommen war, wie sie befürchtet hatte.

Teil Zwei

Und noch viele schöne Küsten
gibt es außer Engellands;
Nur nicht blöde, liebe Schnecke,
komm geschwind mit mir zum Tanz!

Lewis Caroll, Alice im Wunderland

Kapitel Sechs

Rory saß am Küchentisch und kämpfte mit der Tageszeitung und einem Vergrößerungsglas, das er wegen seines stark nachlassenden Augenlichtes schon seit langer Zeit zum Lesen brauchte. In der Seeschlacht vor dem Skagerrak hatte der Held von Jütland nicht nur ein Bein verloren, sondern seine Augen waren so stark in Mitleidenschaft gezogen worden, dass der behandelnde Arzt bereits unmittelbar nach dem Krieg die Gefahr einer Erblindung prognostiziert hatte. Damals war Rory jung und heißblütig gewesen und hatte dem Arzt nicht geglaubt.

In der Küche hatte sich nicht nur die verbliebene Familie Roskillen nebst Susan Jenny und ihrem Gefolge versammelt, auch die beiden alten Gefolgsleute und alle anderen Angestellten außer George, der sich mit Besorgungen hatte entschuldigen lassen, saßen mit am Tisch. Grund dafür war nicht allein Rorys soziale Einstellung, sondern ganz banal die Tatsache, dass man auf diese Weise Heizmaterial einsparen konnte. Jetzt legte Rory die Zeitung ab und brachte diesen Punkt zur Sprache.

»Liebe Leute, wir müssen uns dringend ein paar Gedanken darüber machen, wie wir die Kosten auf Glengarth eindämmen können … Du sagst bitte jetzt nichts, Susan Jenny.« Er hob die Hand, um sie am Sprechen zu hindern. »Du bist genau wie deine Schwester Lizzie. Natürlich weiß ich, dass du genug Geld hast, um Glengarth bis in die nächste Generation zu unterstützen. Aber ich habe auch meinen Stolz – jedenfalls vorerst noch. Lasst uns aber zunächst mal unsere Teetassen auf das erheben, was wir gerade vollbracht haben: Immerhin haben wir eine Menge britische Soldaten aus Dünkirchen gerettet!« Er prostete den anderen mit seiner Tasse zu.

»Auf Ihr Wohl, Mylaird!« Die Anwesenden klatschten.

»Hier steht es: Dreihundertachtunddreißigtausend Männer waren in Dünkirchen eingeschlossen. Zweihundertneunundneunzig britische Kriegsschiffe und schätzungsweise vierhundertzwanzig andere Schiffe und Flugzeuge haben sie da rausgeholt. Und wir waren dabei! Ein Hoch auf Susan Jenny und ihre *Yellow Rose of Texas*!«

Die Anwesenden jubelten. Judy Parfitt und ihre Freundin Jeanne MacDermott, die junge Kanadierin, die sich in geradezu unglaublicher Weise mit Flora und Fauna auskannte, warfen die Arme in die Luft. Janus Harpsinger gab sich so begeistert wie in seinen Gymnastikstunden, und selbst der zurückhaltende Sayadaw Min Than Lee wurde ein wenig lebhafter.

Annie servierte Porridge – und für die eingefleischten Schotten Salz dazu – und betrachtete Susan Jenny mit einem warmen Blick. Die Amerikanerin konnte dem salzigen Porridge nichts abgewinnen, sondern schälte sich einen Apfel. Neben ihr am Tisch saß gedankenverloren der junge hübsche Küchenchef und warf der unruhig wirkenden Heather sehnsüchtige Blicke zu. Ihre Tochter war nicht sie selbst, das hatte Annie längst bemerkt. Raoul spürte Annies Augen auf sich ruhen und kehrte in die Wirklichkeit zurück.

»*Pardon*, Mylady, 'aben Sie schon den Speiseplan für 'eute Abend gemacht? Mit den *Demoiselles* aus dem Wald sind wir ungefähr dreißig Personen.«

Rory ärgerte sich über die profane Unterbrechung des Berichtes über seine Heldentaten.

»Raoul, alter Junge, könnten Sie das vielleicht auf später verlegen? Ich wollte gerade etwas Wichtiges über diesen Krieg sagen, in den unsere beiden Länder verwickelt sind. Jetzt habe ich Ihretwegen den Faden verloren!«

»Entschuldigung, das war nischt meine Absischt.« Raoul schenkte dem Hausherrn ein breites, gutmütiges Grinsen. »Darf isch Ihnen nur schnell ein Menü vorschlagen?« Raoul verbeugte sich leicht vor Annie, griff nach Papier und Stift und stand wie ein Schulmeister vor der versammelten Mannschaft.

»Als Vorspeise schlage isch Sauerkraut vor. Als 'auptgang gibt es Sauerkraut mit Wurst und als Dessert Sauerkraut mit Kirschwasser«, sagte er augenzwinkernd.

Kaum hatte er gesprochen, als er sich auch schon eilig ducken musste. Von allen Seiten wurde er mit Sachen beworfen: Zeitungspapierkugeln, Stifte, ein Stück Kohle; ja sogar ein Ei klatschte an die Küchentür – eine fürchterliche Verschwendung in Kriegszeiten!

Annie hatte alle Hände voll zu tun, um einigermaßen Ruhe herzustellen.

»Seid friedlich, Leute! Sauerkraut ist eigentlich gar keine so schlechte Idee, immer noch besser als Schnecken … Wir haben jede Menge eigenen Weißkohl, unsere Schweine liefern hervorragende Würste, und …«

»Annie!« Rory stand so ungeduldig auf, dass sein Stuhl auf die alten Steinfliesen kippte, und griff blindlings nach seinem Gehstock.

»Der Vorschlag mit dem Sauerkraut ist wohl hoffentlich nicht dein Ernst! Wir servieren keinen Adolf-Hitler-Fraß mitten im Krieg, schon gar nicht jetzt, wo Frankreich kurz vor der Kapitulation steht. Aber wir kämpfen weiter«, verkündete Rory enthusiastisch. »Großbritannien wird mit seinen Verbündeten bis zum letzten Atemzug gegen diesen Feind vorgehen. Wenn ihr ab und zu Nachrichten hören würdet, wüsstet ihr das!«

Mit diesen Worten hinkte Rory aus der Küche. Er verschmähte sogar die Hilfe seiner beiden Getreuen, die wie geschlagene Hunde an den Küchentisch zurückkehrten.

Raoul legte pathetisch die Hand aufs Herz und murmelte niedergeschlagen:

»Mein Land, mein armes Land … aber isch misch nischt 'ätte lustigmachen dürfen über mein Chef.«

»Stopp, Süßer!« Susan Jenny versetzte ihm unter dem Küchentisch einen schmerzhaften Tritt gegen das Schienbein. »Deine Chefin bin immer noch ich!«

Raoul war nicht zum Lachen zumute. »Isch bin wirklisch froh, dass ihr Amerikaner immer noch Verbündete 'abt, genau wie die Briten und wir Franzosen früher auch.« Die bevorstehende Kapitulation Frankreichs nahm ihn sichtlich mit. Ob auch Paris fallen würde? Seine Vaterstadt?

»Weiß jemand, ob die Deutschen Paris schon erreischt 'aben?«

»Bis jetzt noch nicht«, antwortete Gamin mit einer gewissen Schadenfreude.

»Dann isch bin froh …« Raoul stützte nachdenklich den Kopf in seine Hände. Er hatte das dringende Bedürfnis, seinen Landsmann und Meister Boulette anzurufen und mit ihm über die Situation zu reden.

»Du willst uns doch nicht etwa verlassen wie die Ratten ein sinkendes Schiff?«, fragte Heather beunruhigt, als er die Hand zum Küchentelefon ausstreckte, nachdem die anderen den Raum verlassen hatten, um die Tagesaufgaben zu erledigen.

Er blickte ihr tief und gerade in die Meerjungfrauenaugen. Ihre Kupferlocken glänzten in einem Sonnenstrahl, der durch die geöffnete Küchentür fiel. Wie ähnlich sie ihrer feurigen Mutter jetzt war! Er schluckte, um das aufwallende Verlangen zu unterdrücken, und antwortete tapfer:

»*Mais non*, isch bin doch kein Feigling. Isch verlasse nie ein sinkendes Schiff, Mademoiselle 'eather.«

»Vor allen Dingen jetzt, wo du demnächst mit Monsieur Boulette ins Fern-Sehen kommst, nicht wahr?« Sie sah ihn keck an. »Du denkst doch hoffentlich an die Eintrittskarten für Mutter und mich?«

»Aber sicher. Isch 'abe es deiner Mutter schon lang versprochen.«

»Machst du uns einen Kakao, Raoul?«

»Jetzt, Mademoiselle?« Er unterbrach sich und veränderte den Tonfall. »Es ist doch erst Frühstückszeit, meine Süße …«

Heather lächelte zärtlich. »Ich meinte doch heute Abend …«

Er erwiderte ihr Lächeln. Sie verstanden sich ohne große Worte.

Annie und Rory erhielten Post vom Kriegsministerium. Man teilte ihnen mit, dass Andrew und Bruce nach der Kapitulation von Dünkirchen in deutsche Kriegsgefangenschaft geraten waren. Duncan hingegen befand sich auf dem Heimweg; er sollte sich auf Glengarth von einem Beinbruch erholen.

Annie war zumindest erleichtert zu hören, dass die beiden jüngeren Söhne lebten und vorerst nicht mehr am Kriegsgeschehen teilnahmen, auch wenn die Kriegsgefangenschaft sicher nicht leicht für sie werden würde. Doch die drängenden Fragen blieben. Wo in Deutschland wurden Andrew und Bruce festgehalten? Und wie ging es Jamie, ihrem Ältesten? Von ihm gab es nach wie vor keinerlei Nachricht. Zumindest Duncan würde zurückkehren nach Glengarth. Er war schon einmal verwundet worden. Im Spanischen Bürgerkrieg hatte er einen Lungendurchschuss erlitten, der ihm lange zu schaffen gemacht hatte. Dennoch: Wie die sprichwörtliche Katze schien er über neun Leben zu verfügen.

Auch damals hatte sich Susan Jenny auf Glengarth aufgehalten und hatte geholfen, Duncan gesund zu pflegen. Vorsehung? Ein Schauder lief über Annies Rücken.

Während des Sommers überschlugen sich die Ereignisse. Italien schlug sich auf die Seite Nazi-Deutschlands und beteiligte sich am Krieg gegen England und Frankreich. Die Geschehnisse waren wie immer Gegenstand der Gespräche beim Frühstück. Annie war schockiert, doch Rory stellte nur lakonisch fest, dass diese Haltung wieder einmal typisch für die »Itaker« war.

»Aber wieso?«, fragte Annie. »Was ist daran typisch?«

»Nun, sie haben abgewartet, wer gewinnt, und sich dann auf die Seite des Siegers gestellt. Aber warte nur ab. Die Engländer werden

Hitler und Mussolini schon zeigen, wie der Hase läuft. Mein Vater hat nicht umsonst im Dschungel Indiens gegen Tiger gekämpft.«

»Sondern?«

»Im Grunde war es ein Kampf für das Empire. Trotzdem bin ich mir nicht ganz sicher, ob unser Land nicht dabei draufzahlt. Manchmal habe ich das komische Gefühl, dass es nach diesem Krieg mit unserer Weltmacht zu Ende geht.«

Annie seufzte. Sie dachte an Jamie, der vor dem Krieg in Italien heimlich seine große Liebe Maria Floriana di Bonelli geheiratet hatte. »Ist dir eigentlich bewusst, dass unsere Schwiegertochter und unsere Enkelin von jetzt an unsere Feinde sind?«, fragte sie. Jamie war zwar nicht Rorys leiblicher Sohn, im strengen Sinne galt also weder die junge Frau als seine Schwiegertochter noch die kleine Cleo als seine Enkelin. Andererseits hatte Rory den Sohn seines Bruders rechtmäßig adoptiert. Oh doch, er machte sich sicher Sorgen um die beiden. Sie waren Teil seiner weit verzweigten Familie, ebenso wie Aeneas Hamilton dazu gehörte.

Annie hingegen entstammte keiner großen Dynastie – ganz im Gegenteil. Sie hatte ihre Zugehörigkeit nur der Liebe zu verdanken – einer Liebe, für die sie alles opfern würde.

Ihr Leben hätte sich durchaus auch anders gestalten können. Ebenso gut wäre es möglich gewesen, dass sie bis ans Ende ihrer Tage als Küchenmädchen im Schloss gearbeitet hätte, ohne später eine Ausbildung zur Krankenschwester zu absolvieren. Aber wie sagte doch Sayadaw Min Thaw Lee so schön? Sie hatte eine gute Aura. Sie war nämlich im Jahr der Ziege geboren. Zwar bedeutete ihr das Tierkreiszeichen nicht das Geringste, doch der buddhistische Mönch hielt sie für ein Glückskind, zumal sie auch noch am achten Tag des Monats das Licht der Welt erblickt hatte. Welch positives Karma, hatte Sayadaw Min Thaw Lee geschwärmt. Aber hatte Annie nicht längst selbst gewusst, dass das Glück auf ihrer Seite war? Nicht nur, dass sie der unsäglichen Armut ihrer Kindheit entkommen war, sie hatte es auch zur Schlossherrin von Glengarth gebracht.

Apropos Ziege! Plötzlich fiel Annie ein, dass die Ziegen von Glengarth dringend gemolken werden mussten. Die preisgekrönten Tiere gaben so viel Milch, dass sie damit das Tal hätte überschwemmen können, doch die von der Regierung auferlegten Milchquoten drückten. Also an die Arbeit! Schließlich produzierte das Gut keinen Whisky mehr, der das Budget ein wenig hätte aufbessern können.

Duncan, der mit den meisten der Waldarbeiterinnen beim zweiten Frühstück saß, das Gipsbein auf einer Ecke des Küchentischs, und sich Haferkekse und Kakao schmecken ließ, konnte sich einer leisen Kritik an seinem Halbbruder nicht enthalten.

»Ich verstehe bis heute nicht, warum er die Italienerin überhaupt geheiratet hat.«

»Könnte es vielleicht mit Liebe zu tun haben?«, neckte ihn Susan Jenny und zwinkerte ihm zu.

Duncan errötete, und Annie verspürte ein gewisses Unbehagen. Da bahnte sich Ärger an, das spürte sie.

»Oh, welch verworren Netz wir weben, wenn wir der Arglist uns ergeben«, zitierte Duncan Sir Walter Scott und sah Annie geradezu unverschämt direkt in die Augen.

In diesem Augenblick kam auch die junge Kanadierin in die Küche und rettete die Situation. Sie hatte ein verpupptes Insekt gefunden und zeigte es stolz herum.

»Was wird das, wenn es fertig ist?«, wollte eine ihrer Kolleginnen wissen. »Eine Motte oder ein Schmetterling?«

»Ein ziemlich seltener, sehr schöner Schmetterling. Er heißt Chlosyne janais.«

»Woran siehst du, was für ein Schmetterling es einmal wird, solange er noch in der Puppe steckt?«

»Bis gestern wusste ich es auch noch nicht. Aber oben am Inchnadamph habe ich noch andere gefunden. Einige davon schlüpfen gerade. Sie sind nicht größer als ein Daumennagel, zart und wunderschön.«

Unwillkürlich ertappte sich Annie bei dem Gedanken, wie schön es wäre, wenn Duncan sich mit einem Mädchen wie Jeanne zusammentun würde. Die junge Kanadierin machte einen ruhigen, einfühlsamen Eindruck, arbeitete in der Sägerei so zupackend und zuverlässig wie ein Mann, wirkte aber auch in dicken Gummistiefeln und Schutzkleidung wie eine Dame. Eines Tages würde sich das nette Mädchen wie ein Schmetterling in eine perfekte Ehefrau und Mutter verwandeln, die hervorragend zu Duncan passen könnte – zu dem Mann, der als nächster den Titel eines Laird von Glengarth tragen sollte …

Träume sind Schäume, dachte Annie und wandte sich wieder der Realität in Form des Postboten zu, der soeben in die Küche gestapft kam. Angus Cawdor war früher Bahnarbeiter gewesen und trug, seit er in Rente gegangen war, die Post aus. Seit einiger Zeit hatte er sich angewöhnt, die Briefe nicht mehr im Büro abzugeben, wo sie von Aeneas sortiert und weiter verteilt wurden, sondern sie höchstpersönlich in der Schlossküche zu deponieren. Hamilton, der ein eher säuerlicher Zeitgenosse war, kümmerte sich nämlich nicht weiter um den Postboten, während in der Küche fast immer Tee und Kekse für Angus bereitstanden.

»Sie haben Paris eingenommen«, verkündete er düster.

»Wer?«

»Na, die Krauts natürlich!«

»Mon Dieu!« Der erschrockene Ruf kam aus der Spülküche, wo Raoul dem etwas linkischen Küchenmädchen beim Zerkleinern von Gemüse half. Mit gezücktem Messer stürmte der junge Koch in die Küche. »Wie ist denn so etwas möglisch? Wir 'aben doch die Maginot-Linie zu unserem Schutz!«

»Wir Engländer dachten auch, dass der Ärmelkanal einen gewissen Schutz bietet«, belehrte ihn Duncan.

»Die Krauts sind um diese Maggi-Line einfach herum marschiert«, trumpfte Angus auf, der sich bei zahllosen Gesprächen mit Postkunden im ganzen Tal kundig gemacht hatte.

Raoul wischte sich mit einem Zipfel seiner Schürze Tränen aus den Augen. »Ich muss nach Frankreisch, unserer glorreische Armee unterstützen! Sie brauchen bestimmt ein guter Koch!«

Hastig band er sich die Schürze ab.

»An Ihrer Stelle würde ich das nicht tun«, murmelte Rory.

»*Pourquoi*, Mylaird?«

»Sie sollen doch mit Monsieur Boulette im Fernsehen auftreten, oder?«

»Rischtig. Aber isch bin ein gute Patriot und möschte für mein Land kämpfen.«

»Lassen Sie ihn doch, Mylaird!« Angus hielt mit seiner Geringschätzung nicht hinter dem Berg. »Monsieurs Landsleute haben sich längst ergeben. Typisch Franzmann! Wahrscheinlich nehmen sie jeden, der den Karren noch mit aus dem Dreck holen will – sogar einen Koch. Ist vielleicht noch ein Schluck Tee da?«

Susan Jenny goss frisch aufgebrühten Tee in eine angeschlagene Steinguttasse; das gute Porzellan vertraute man Angus vorsichtshalber nicht an. Nachdem der Postbote sich gleich drei Stücke Zucker genommen hatte, rückte Annie die Zuckerschüssel aus seiner Reichweite.

»Unsere Vorräte sind recht knapp«, erklärte sie streng. »Wir alle müssen heutzutage sparsam leben. Wie ist es eigentlich mit Ihnen, Angus?«, fuhr sie fort. »Ich hoffe doch sehr, dass auch Sie sich für die *Glengarth Home Guard* melden.«

»Deswegen bin ich hier, Mylady. Ich wollte heute bei seiner Lairdschaft unterschreiben.«

»Sie wissen aber sicher, dass mein Mann nur administrative Tätigkeiten verrichtet, nicht wahr? Den Außendienst müssen unter anderen Freiwilligen auch Sie wahrnehmen. Dann werden Sie wohl kaum noch Zeit haben, in meiner Küche zu sitzen, Kekse zu essen und sich drei Stücke Zucker in den Tee zu tun.«

»Wer behauptet, dass ich keinen Außendienst leisten kann?«, erkundigte sich Angus stirnrunzelnd. Hatte Ben Buckie Glengarth etwa einen heimlichen Besuch abgestattet und Annie seine ärztlichen Bedenken mitgeteilt?«

»Ich behaupte es«, erwiderte Annie. »Sie sind nicht fit genug, und das wissen Sie auch. Sie und Duncan, ihr beiden Einbeinigen seid mir gerade die Richtigen!«

Heather musste kichern, obwohl sie ansonsten nur Augen für den hübschen Küchenchef hatte. Annie bedachte sie mit einem grimmigen Blick.

»Du fährst doch heute nach Edinburgh zurück – solltest du nicht längst gepackt haben? Der Zug wartet bestimmt nicht auf dich!«

»Gamin hat gesagt, dass er mich fährt.«

»Ach, hat er das? Hat er denn deinen Vater um Erlaubnis gebeten, den Rolls nehmen zu dürfen?«

»Pa, dürfen wir den offenen Wagen haben? Schließlich ist Sommer.«

»Warum fragst du nicht gleich Susan Jenny, ob sie dich fliegt?«, giftete Rory, doch sein Sarkasmus stieß bei Heather auf taube Ohren.

»Prima Idee!«

Raoul sah seine Gelegenheit kommen. »Isch könnte doch fahren Miss 'eather!«, schlug er vor. »Meine kleine Auto steht unten – isch sie benutze viel zu selten, und isch 'abe kein Problem, nach Edinburgh fahren.«

»Aber ich«, wandte Annie ein. »Nachdem Sie mir Mary vergrault haben, brauche ich Sie hier. Heather fährt mit dem Zug, und damit basta!«

»Mary will übrigens zu Ihnen zurück, Mylady«, mischte sich in diesem Augenblick Angus in die Auseinandersetzung ein. »Allerdings nur unter einer Bedingung.«

»Ach ja?« Annie betrachtete den Briefträger aufmerksam. »Hat Ihre Frau Ihnen aufgetragen, mir das zu sagen?«

Raoul hatte sofort verstanden. Trotzig warf er die dunklen Locken zurück. »Schon gut, Mylady. Isch 'abe nischts dagegen, dass Mary wiederkommt. Isch sowieso wollte nach Frankreisch zurückkehren und misch bei Armee melden. Isch fahre nach Paris, sobald isch mein Tasche gepackt 'abe.«

»Süßer, ohne meine Zustimmung gehen Sie nirgends hin«, erklärte Susan Jenny. »So viel wie bei mir verdienen Sie nirgends auf der ganzen Welt – schon gar nicht als Feldkoch bei einer Armee, die sich Mister Hitler längst ergeben hat. Und wissen Sie was? Ich habe schon längere Zeit darüber nachgedacht, aber wenn Sie sich partout nicht mit Angus' Frau als Mitköchin anfreunden können, kaufe ich uns nicht nur ein eigenes Hotel in Edinburgh oder Glasgow, sondern auch einen Fernsehkanal, und dann bringen wir Sie ganz groß als Starkoch raus. Sie werden berühmter als Monsieur Boulette.«

»Non!« Entschlossen schüttelte Raoul den Kopf. »Isch muss zurück in meine 'eimat und kämpfen mit die *Résistance*!«

Annie ertappte ihre Tochter dabei, Raoul verzweifelte Blicke zuzuwerfen, und auch Rory schien den jungen Franzosen mit großem Interesse zu beobachten. Schließlich trank der Laird den letzten Schluck Kakao, der sich noch in seiner Tasse befand, und sagte ernst:

»Wissen Sie was, Raoul, ich halte das für eine durchaus vernünftige Idee. Duncan, was meinst du – könnten wir drei uns kurz unter sechs Augen unterhalten? Kommen Sie doch bitte mit in mein Zimmer.«

Susan Jenny blickte den beiden mit offenem Mund nach.

»Haben Sie keine Briefe mehr auszutragen, Angus?«, erkundigte sich Annie mit schneidender Stimme bei dem Postboten, der die Szene neugierig verfolgt hatte.

»Nein, Mylady. Glengarth ist immer meine letzte Station nach Inverdune und dem Staatsanwalt, Sir John.« Dabei blinzelte er sie vielsagend an.

»Ich weiß, wer Sir John ist, Angus. Und da ich ohnehin den Eindruck habe, dass Sie nichts für sich behalten können, dürfen Sie ihm auf dem Heimweg eine Nachricht von mir überbringen. Er soll mich doch bitte aufsuchen, weil ich mit ihm über Hafturlaub für eine bestimmte Person sprechen möchte. Und sagen Sie Ihrer Frau, dass sie selbstverständlich zurückkommen darf. Allerdings stelle ich ebenfalls eine Bedingung.«

»Und die wäre, Mylady?«

»Dass sie sich friedlich verhält, weder mit dem Küchenpersonal noch mit mir herumzankt und die Haushaltsbücher ordnungsgemäß führt.«

»Das sind aber drei …«

»Richten Sie es ihr einfach aus!«

»Wird gemacht, Mylady.« Angus setzte seine Postlermütze auf und schob mit einem breiten Grinsen auf dem wettergegerbten Gesicht seinen Stuhl zurück.

»Und sie hat gefälligst keine Ziegenmilch mehr zu stibitzen«, fügte Annie hinzu. »Ich weiß, dass Trockenmilch im Tee nicht so gut schmeckt, aber wir haben unsere Quoten zu erfüllen.«

»Aber Mylady! Meine Frau stibitzt nicht! Nie und nimmer!«, entrüstete sich Angus.

»Von Herzen gern gebe ich ihr ab und zu ein wenig ab, aber sie soll fragen und nicht einfach abzweigen. Sagen Sie ihr das.«

»Aye, Mylady!« Angus tippte sich an die Mütze und ging. Annie konnte sich einer gewissen Zufriedenheit nicht erwehren, dass sie endlich Marys kleine Mausereien zur Sprache gebracht hatte.

Kapitel Sieben

Seit einer Stunde saß Raoul Rory und Duncan gegenüber. Sein sonst so fröhliches Gesicht war sehr blass geworden, und seine Stimme gehorchte ihm kaum.

»Isch bin aber doch nur ein einfacher Koch! Trotzdem schlagen Sie mir allen Ernstes vor, dass isch … Spion werde? Spion für Großbritannien?«

»Natürlich auch für Frankreich.« Rory lächelte. »Allerdings ist ›Spion‹ genau genommen nicht die richtige Bezeichnung, Raoul.«

Sie saßen hoch oben in Duncan's Tower, einem der Türme von Glengarth, umgeben von zwei Meter dicken Mauern. Seit seiner Krankheit hatte Rory es sich zur Gewohnheit gemacht, das Turmzimmer aufzusuchen, wenn er allein sein wollte. Die steinerne Wendeltreppe, die zur dicken Eichentür des Turmzimmers führte, wurde von einer Kamera überwacht; so konnte Rory sicher vor unerwünschten Eindringlingen sein und brauchte nicht zu befürchten, dass jemand sein Gespräch mit Raoul belauschte.

In früheren Zeiten war in diesem Turm gefoltert worden, was Rory nicht gewusst hatte, bis Annie ihm eines Tages das bizarre, den schwärzesten Stunden des Clans Roskillen gewidmete Mausoleum gezeigt hatte.

Der einzige Nachteil von Rorys neuerdings vor dem Trubel des Gutsbetriebs gewähltem Asyl bestand darin, dass das Zimmer sommers wie winters bitterkalt war. Die kleine Elektroheizung, die er hatte installieren lassen, wurde mit den Eisschranktemperaturen hinter den dicken Mauern einfach nicht fertig. Trotz der draußen herrschenden sommerlichen Hitze wechselte Raouls Gesichtsfarbe allmählich fast ins Bläuliche. Rory bot ihm und Duncan einen *Glengarth Single Malt* an, den der junge Koch dankbar akzeptierte und dabei bewundernd feststellte, dass der Laird sich tatsächlich an die Mahnungen seines Arztes hielt und selbst auf den zugegebenermaßen ausgezeichneten Tropfen verzichtete.

»Sehen wir es einmal von der positiven Seite, mein Freund. Zwar hat Frankreich kapituliert, aber damit enden auch die Feindseligkeiten der Deutschen gegenüber Ihrem Land.«

»Trotzdem ist die Situation nischt sehr ehrenhaft für mein Land.«

»Und jetzt muss verhandelt werden. Nur so kann man dem Feind ein Schnippchen schlagen.«

»Schnipp … Leider isch nicht 'abe verstanden.«

»Ihr Herr und Meister …«

»Monsieur Boulette?«

»Nein, Charles de Gaulle …«

»Ach so! Aber isch verstehe noch immer nischt.«

»Nun, Charles de Gaulle hat sich geweigert, zu kapitulieren, als Paris in die Hände der Deutschen fiel. Er befindet sich inzwischen im Exil in London und braucht Männer wie Sie«, sagte Duncan.

»Wie misch? Und was ist mit Marcel?«

»Den lassen wir lieber außen vor. Er ist ein wenig zu alt für solche Dinge.«

»Was isch müsste tun? Entschuldigung, aber isch bin ein wenig verwirrt über plötzlisches Angebot.«

»Keine Sorge, wir erklären Ihnen alles. Es ist so, dass sich in Frankreich eine Widerstandsbewegung gegründet hat.«

Raouls dunkle Augen leuchteten auf.

»Und de Gaulle will, dass isch in die *Résistance* gehe?«

»Als Spion kommen Sie mit Ihrem Akzent allerdings keinesfalls in Frage. Man würde Sie sofort enttarnen.«

Raoul schien enttäuscht.

»Isch würde aber gern ein Spion für die *Résistance* sein.«

»Sie können Frankreich und Großbritannien auf andere Weise helfen, und zwar, ohne akuter Gefahr ausgesetzt zu sein, solange die Deutschen nicht in England einmarschieren. Sollte dies allerdings geschehen, garantiere ich für nichts. Dann könnte es sogar passieren, dass Sie hier in diesem Turm gefoltert werden.«

Zwar hatte Rory sich vorgenommen, Raoul gegenüber nicht zu dramatisch zu klingen, doch das war ihm leider gründlich misslungen. Er würde Winston Churchill gegenüber bei nächster Gelegenheit eingestehen müssen, dass er sich trotz seiner vielen Orden und Auszeichnungen nicht als Rekrutierungsbeauftragter für das Außenministerium eignete, diese Gespräche sollte er besser Duncan überlassen.

»Passen Sie auf: Wir schlagen Ihnen vor, Ihre so gut wie fließenden Englischkenntnisse zu nutzen und Ihrer Aussprache den letzten Schliff zu geben. Sie werden in London eine Sprachausbildung erhalten und in kurzer Zeit wie ein waschechter Brite sprechen lernen. Französisch können Sie ja schon!«

Raouls Augen strahlten. »Und dann isch werde Spion für Frankreich!«

»Nicht ganz. Anschließend werden Sie Meldungen ver- und entschlüsseln.«

»Das 'abe isch nischt ganz verschtanden.«

»Das kommt noch. Sie werden verschlüsselte Meldungen in französischer und englischer Sprache abfassen, und wenn wir solche Meldungen erhalten, werden Sie sie entschlüsseln. Ich weiß, dass Sie perfekt Englisch verstehen; nur Ihre Aussprache lässt noch zu wünschen übrig. Doch dagegen tun wir etwas. Später arbeiten Sie eng mit Ihren im englischen Exil lebenden Landsleuten zusammen, unter anderem auch mit General de Gaulle.«

Allmählich tat auch der Whisky seine Wirkung. Raoul fühlte sich von einer warmen Woge durchströmt. Endlich würde er die Kochmütze abnehmen und seine Schürze an den Nagel hängen können. Eines Tages würde er als hoch dekorierter Held zurückkehren, ohne

Minderwertigkeitsgefühle in die meergrünen Augen der schönen Tochter des Laird von Glengarth blicken und sie um ihre Hand bitten.

Doch schnell holte ihn die Wirklichkeit wieder ein. Ihm fiel auf, dass da noch ein Haken war – ein ziemlich großer Haken sogar. Raoul runzelte die Stirn. Das Whiskyglas war leer. Rory griff zur Karaffe und schenkte dem jungen Mann noch einmal nach. Duncan winkte ab.

»Aber isch 'abe Vertrag mit die Amerikanerin. Was isch soll ihr sagen? Sie wird nischt wollen und mir sagen, dass sie bezahlt mir mehr als de Gaulle und alle anderen Franzosen zusammen.«

Unwillkürlich musste Rory grinsen.

»Zumal Sie in Frankreich inzwischen in Deutschen Mark bezahlt würden! Entschuldigen Sie, das war nicht sehr nett von mir! Keine Sorge, *mon ami!* Miss Roebling ist auf unserer Seite und arbeitet ebenfalls für den Widerstand. Aber Sie müssen mir bei allem, was Ihnen heilig ist, schwören, dass Sie schweigen wie ein Grab. Nichts von dem, was wir hier besprochen haben, darf je nach außen dringen. Ist das klar?«

»Mais oui«, versicherte Raoul. »Kein Sterbenswort kommt über meine Lippen. Auch nischt, wenn ich werde gefoltert. Übrigens isch misch freue auf London. Dort es ist wärmer, und es nischt regnet so viel. Sie mir sischer sagen, was isch 'abe als Nächstes zu tun.«

Duncan schob einige Papiere über den Schreibtisch und bat Raoul sie durchzulesen. Dort stand: Raoul Christophe Clermont. Ledig, männlich, geboren 1914 in Paris, Frankreich. Französischer Staatsbürger. Keine Kinder. Beruf: Koch. Derzeitiger Wohnort: Schloss Glengarth, Besitz von Rory Roskillen, Laird von Glengarth. Ein weiterer Passus enthielt die Information, dass der Kandidat im Auftrag der französischen Exilregierung unter General Charles de Gaulle überprüft worden war und keine Einwände bestanden, ihn zu Kriegszwecken in der Perfektionierung der englischen Sprache zu schulen.

Duncan reichte Raoul einen Stift.

»Wenn Sie alles aufmerksam gelesen und für richtig befunden haben, unterschreiben Sie bitte mit vollem Namen und Datum. Bei diesen Papieren handelt es sich um offizielle Dokumente. Sobald Sie registriert sind, wird man Sie vereidigen und zur Geheimhaltung verpflichten – das wissen Sie ja inzwischen.«

»Werde isch weiter'in mit Ihre Tochter schpreschen dürfen, Mylaird?«

»Mit wem?«

»Ihre Tochter, Mylaird.«

»Ich habe drei Töchter. Welche meinen Sie?«

»'eather.«

»Ach so. Tja … ich weiß nicht recht, wieso …«

»Isch liebe 'eather, und isch sie möschte eines Tages 'eiraten, wenn sie mich will.«

Duncan grinste. »Nun«, sagte Rory, »das kommt mir jetzt ein bisschen plötzlich. Sie hätten es mir ruhig ein wenig früher mitteilen dürfen. Ich wusste ja nicht, dass Sie beide … Passen Sie bloß auf, dass Heathers Mutter keinen Wind von der Sache bekommt, sonst haben Sie nichts zu lachen. So, und jetzt unterschreiben Sie bitte. Ich werde sehen, was ich für Sie und meine Tochter tun kann.«

Da kannst du lange warten, fügte er im Stillen hinzu.

Raoul blätterte die Papiere durch, ohne sie sorgfältig zu lesen, und unterzeichnete den Rekrutierungsvertrag sofort.

Duncan klopfte dem jungen Franzosen auf die Schulter. »Willkommen an Bord, mein Sohn«, sagte Rory und stand auf. Er schüttelte dem hübschen jungen Mann über den Schreibtisch hinweg die Hand und ärgerte sich, dass er sich hatte hinreißen lassen, den früheren Koch »mein Sohn« zu nennen. »Von heute an dürfen Sie sich als halben Engländer ansehen. Den Status hatte ich auch einmal, ehe ich völlig integriert wurde. Allerdings muss ich gestehen, dass die älteren Jahrgänge unten im Süden immer noch gewisse Probleme damit haben, mich ganz und gar als Engländer zu akzeptieren.«

Raoul verstand nicht, was Roskillen mit dieser Bemerkung meinte, und konzentrierte sich daher auf den Gedanken, Heather noch einige Zeilen zu schreiben, ehe er Glengarth verließ.

Doch die Mühe konnte er sich sparen. Heather kam ihm auf halbem Weg im Treppenhaus entgegen. Beide wussten nicht, dass Rory und Duncan sie mit Hilfe der geheimen Kamera beobachten konnten.

»'allo, meine süße 'eather.«

»Was hast du dort oben bei meinem Vater gemacht?«, fragte Heather atemlos.

Oben in seinem neuen Arbeitszimmer verfolgte Duncan angespannt die Szene. Rory ärgerte sich fast schwarz. Wäre Heather nicht seine Tochter gewesen, er hätte sie … hätte … Ihm fiel nichts ein. Stattdessen lauschte er gespannt Raouls Antwort.

»Isch 'abe deinen Vater gefragt, ob er etwas dagegen 'at, dass wir 'eiraten.«

»Und was hat er geantwortet?«, erkundigte sich Heather halb erstickt.

»Er 'at gesagt, er denkt darüber nach.«

Ausgezeichnet! Rory ließ die Fäuste hochschnellen. Raouls Intelligenz und Schlagfertigkeit würden einen hervorragenden Freiheitskämpfer aus ihm machen. Der junge Mann hatte die richtige Entscheidung getroffen: zuerst das Vaterland, dann die Liebe. Und du, meine kleine Heather, fügte Rory im Stillen hinzu, siehst dich besser nach einer anderen großen Liebe um.

Doch Rory hatte sich zu früh gefreut. So schnell gab Heather nicht auf.

»Wolltest du mich nicht mit dem Auto nach Edinburgh bringen? Wir könnten einen kleinen Umweg über Gretna Green machen.«

»Äh …« Hilflos blickte sich Raoul nach der dicken, mit Eisennägeln beschlagenen Eichentür um.

»'eather, Liebes, isch muss fahren nach London. Man 'at mir eine Stelle in einem sehr großen 'otel angeboten. Im Dorchester.«

»Lass dich doch von meinem Vater nicht verleiten, Dinge zu tun, die du eigentlich gar nicht willst, Raoul. Vater ist ein Meister im Manipulieren von Menschen und Duncan um keinen Deut besser. Glaubst du denn, ich weiß nicht, worauf er hinauswill? Meine Eltern wollen dich möglichst schnell loswerden, und zwar meinetwegen. Aber glaube ja nicht, dass ich …«

In diesem Augenblick öffnete Rory die Tür.

»Lass den armen Kerl in Frieden, Heather!«, schimpfte er. »Du fährst jetzt nach Edinburgh, und zwar ein bisschen plötzlich. Du willst doch sicher nicht, dass ich deiner Mutter erzähle, was hier vorgeht, oder?«

»Mist!« Heather drehte sich auf dem Absatz um und stürmte die steile Wendeltreppe hinunter, dicht gefolgt von Raoul. Als sie unten ankamen, schlang er seine Arme um ihre Taille, und sie küssten sich atemlos, lachend und leidenschaftlich. Sollten die Eltern doch denken, was sie wollten!

Als Raoul sie endlich losließ, konnte Heather kaum sprechen.

»Pass auf«, sagte er, »besser ist, man uns nischt sieht zusammen. Meine kleine Auto parkt 'inter den Ställen. Isch disch bringe nach Edinburgh, dann isch fahre nach London.«

Mit klopfendem Herzen und hochrotem Gesicht ging Heather ihr Gepäck holen, das bereits im offenen Wagen verstaut war. Gamin hatte geduldig auf sie gewartet.

»Da sind Sie ja, Miss Heather. Ich dachte schon, Sie wären im Heuschober eingeschlafen.«

»Ich fahre nicht mit Ihnen, Gamin. Monsieur Clermont nimmt mich mit.«

Gamin runzelte die Stirn.

»Ich weiß nicht recht, Miss. Ich sollte Sie zum Bahnhof bringen.«

»Nun, Sie brauchen sich nicht mehr zu bemühen.« Heather wuchtete ihre Reisetasche aus dem Kofferraum und knallte den Deckel zu.

»A bientôt!« Heiter winkte sie dem alten Faktotum zu. Gamin ahnte sehr wohl, was ihre leuchtenden Augen und die roten Wangen zu be-

deuten hatten. Er stieg aus dem Auto und ging langsam zum Garagentelefon.

Heather machte sich auf den Weg zu Raouls Auto, das hinter den Pferdeställen stand. Raoul saß bereits auf dem Fahrersitz. In diesem Augenblick kam Susan Jenny in ihrer Fliegerkombi um die Ecke.

»Ach, da seid ihr ja! Gamin wartet vorne auf dich, Heather. Und Sie, Raoul, brauchen Ihre alte Schrottschleuder gar nicht erst anzuwerfen. Das Dorchester-Hotel braucht Sie sofort, Süßer. Ich bringe Sie mit der *Yellow Rose of Texas* hin.«

Gamin brachte Heather zum Bahnhof. Er arbeitete seit dreißig Jahren auch als Chauffeur für die Familie Roskillen und genoss trotz seines versehrten Armes das ganze Vertrauen seiner Arbeitgeber. Während der gesamten Fahrt machte das junge Mädchen ein finsteres Gesicht.

»Das war nicht sehr nett von Ihnen, Gamin«, sagte sie schließlich.

»Was denn, Miss Heather? Was habe ich getan?«

»Das wissen Sie ganz genau. Ich bin schließlich kein Kind mehr!«

»Nein Miss, das sind Sie ganz gewiss nicht. Aber genau deswegen machen sich ihre Eltern Sorgen um Sie.«

»Es ist nicht schön, wenn man erfahren muss, dass die eigenen Eltern einem misstrauen.«

»Ihnen trauen sie schon, Miss«, erwiderte der alte Mann. »Es geht ihnen wohl mehr um den jungen Mann. Immerhin ist er Franzose.«

»Was Sie nicht sagen! Ich hatte ihn tatsächlich für eine Siamkatze gehalten!«

»Franzosen genießen nicht gerade den besten Ruf, was ihr Verhalten gegenüber jungen Damen angeht, Miss.«

Doch was scherte Heather der Ruf der Franzosen! Sie hatte keine Lust, Gamin ihre Gefühle für Raoul anzuvertrauen, und so versank sie für den Rest der Fahrt in Schweigen. Sie rief sich die heißen Küsse des jungen Mannes ins Gedächtnis zurück, die süßen Gefühle, die sie übermannten, wenn er sie in die Arme nahm, und die erregenden Empfindungen, die sie in ihrem Versteck im hohen Gras des Inchnadamph überwältigt hatten. Das alles würde sie schon bald wieder erleben. Sie würde ihn in London besuchen. Dazu brauchte sie ihren Eltern nur zu erklären, dass sie im Krankenhaus von Edinburgh dringend gebraucht wurde und die freien Wochenenden bis auf weiteres ausfielen.

Nach seiner Rückkehr nach Glengarth erstattete Gamin Bericht.

»Alles ist gut gegangen, Lady Annie. Ich habe Heather eigenhändig in den Zug gesetzt. Sie ist auf dem Weg nach Edinburgh.«

»Gott sei Dank!« Annie stieß einen Seufzer der Erleichterung aus. Zu ihrer Beruhigung trug auch das Wissen bei, dass der junge Koch auf dem Weg nach London war und Mary in den nächsten Stunden auf Glengarth zurückerwartet wurde.

Mit brummenden Motoren flog die *Yellow Rose of Texas* in Richtung Süden. Susan Jenny und Raoul sprachen kaum miteinander. Zu viel gab es, worüber der junge Franzose nachdenken musste; Susan Jenny hingegen hatte alle Hände voll zu tun, den Flak-Batterien auszuweichen, die im dichten Nebel nicht zwischen Freund und Feind zu unterscheiden wussten.

Kapitel Acht

Kaum einen Monat nach der Rettungsaktion von Dünkirchen fielen die Kanalinseln in deutsche Hand. Der Kampf um England begann. Eine kleine, unvorbereitete Insel stand einem gut organisierten, mächtigen Feind gegenüber.

Auf dem Heuboden über den Ställen, die die unbezahlbare Autosammlung des Laird von Glengarth beherbergten – unter anderem stand dort eine echte, von Ackker, Gamin und Rory Roskillen selbst liebevoll restaurierte »Tin Lizzie« –, nahm der neue Butler des Schlosses die Kopfhörer ab, schaltete den Sender aus und versteckte ihn.

»Colditz!«, rief Annie. Allein der Klang des Namens brachte ihr Herz zum Frieren.

Endlich hatte Rory Nachricht vom Roten Kreuz erhalten. Man hatte ihm mitgeteilt, dass die Leutnants Andrew Beauly Roskillen, 19 Jahre alt, sowie Bruce Beauly Roskillen, 18 Jahre alt, bei Dünkirchen in die Hände des Feindes gefallen und als Kriegsgefangene in die sächsische Kleinstadt Colditz an der Mulde verbracht worden waren.

Sofort setzte sich Annie mit der Leitung des Roten Kreuzes in Verbindung, wo man ihr aber keinen anderen Rat geben konnte, als Päckchen zur Unterstützung der Gefangenen nach Colditz zu schicken.

Daraufhin rief Annie ihre Schwägerin an.

»Christabel, hast du immer noch Kontakt mit einer gewissen Jane Barbington? Lady Jane Barbington?«

»Meinst du etwa die Vorsitzende des Britischen Roten Kreuzes?«

»Genau die.«

»Was ist passiert, Annie?« Glücklicherweise schien Christabel weder in Champagnerlaune noch sonst in irgendeiner Weise zerstreut zu sein.

»Andrew und Bruce sind in deutscher Gefangenschaft. Man hat sie nach Colditz gebracht.«

»Großer Gott – noch mehr Helden in der Familie! Das ist jetzt schon die dritte Generation Roskillen, die es partout darauf anlegt, sich mit Ruhm zu bekleckern.« Am anderen Ende der Leitung entstand eine lange Inhalationspause, ehe Christabel fortfuhr: »Mach dir keine Sorgen, Annie. Keiner meiner Neffen wird in der Gefangenschaft verhungern.«

»Es geht mir nicht um Rot-Kreuz-Päckchen, Kiss.«

Die nun folgende Pause kam Annie so lang vor, dass sie bereits befürchtete, dass die Verbindung unterbrochen worden war. Doch Christabel war noch da.

»Annie Gowrie«, sagte sie sehr langsam, »Wir kennen uns jetzt schon viele, viele Jahre. Ist dir bewusst, dass du mich heute zum ersten Mal Kiss genannt hast?«

Wir kennen uns, hatte Christabel gesagt. Nicht etwa: Wir sind verwandt oder gar befreundet.

»Wir sollten allmählich über das Alter des Katz- und Maus-Spiels unter Schwägerinnen hinaus sein, Kiss«, erwiderte Annie.

Christabels Lächeln und die Wolke von Zigarettenrauch waren geradezu hörbar.

»Eins zu null für dich, Annie. Ich verspreche dir, dass ich mein Bestes für meine Neffen tun werde. Sie sollen es so gut wie möglich haben, dort in … wie hieß der Ort noch?«

»Colditz.«

»Verdammte Scheiße!«

»Kennst du ihn?«

»Ich habe während meiner ehrenamtlichen Tätigkeit davon gehört. Muss alles andere als angenehm sein.«

»Davon gehe ich aus. Tu bitte alles, was in deiner Macht steht. Und danke, Christabel.«

Annie legte den Hörer auf. Manchmal war es tröstlich, Freunde und Verwandte an wichtigen Stellen zu besitzen.

Im September sah es so aus, als ob der lange, blutige Konflikt die auf den Schulkarten rosa gekennzeichneten Gebiete des Commonwealth nach und nach anknabbern würde. Adolf Hitler schien den Plan der völligen Vernichtung seiner Feinde tatsächlich wahr zu machen. Deutschland rückte gnadenlos vor.

Bis zu dem Tag, als die Luftwaffe ins Spiel kam.

Wieder einmal hatten sich die Waldarbeiterinnen zum zweiten Frühstück um den großen, zur Zeit von Rorys Großvater aus einem einzigen Baumstamm geschnittenen Tisch in der Schlossküche versammelt. Hier war der ideale Platz, um miteinander zu reden oder Pläne auszuarbeiten.

Judy Parfitt las, um Rory eine Freude zu machen, laut aus der Zeitung vor.

»London widersetzt sich den deutschen Feindseligkeiten mit dem heftigsten Luftangriff seit Beginn der Auseinandersetzungen.«

Die Mädchen jubelten.

»Die Luftschlacht endete mit einem Sieg der Engländer«, fuhr Judy fort. »Die Verluste der Deutschen werden mit eintausendsiebenhundertdreiunddreißig Flugzeugen beziffert, die Royal Air Force verlor neunhundertfünfzehn Maschinen.«

»Ein Hoch auf die Royal Air Force!«

Auch Annie freute sich. Wer weiß, vielleicht war dieser Krieg zu Weihnachten bereits Vergangenheit!

Alle hegten diese Hoffnung. Doch als die deutschen Truppen Rumänien besetzten und einen Monat später das Konvoi-Begleitschiff *HMS Jervis Bay* torpediert wurde und sank, schmolz die Hoffnung auf einen schnellen Sieg.

»Wenigstens war Jamie nicht an Bord der *Jervis Bay*«, tröstete sich Rory. »Gut, dass er nach der Meuterei von Invergordan damals auf die *Prince of Wales* versetzt wurde.«

»Obwohl er keine Schuld an der Meuterei hatte«, fügte Annie hastig hinzu. Rory blieb die Antwort schuldig. Er mochte nicht mehr an diese Geschichte erinnert werden; es war eine Zeit seines Lebens, an die er nicht gern zurückdachte.

In dieser Nacht bedankte sich Annie im Gebet dafür, dass bisher keinem ihrer Söhne etwas wirklich Schlimmes zugestoßen war, auch wenn Andrew und Bruce in deutsche Gefangenschaft geraten waren und niemand wusste, wo sich Jamie zur Zeit aufhielt; die Royal Navy gab seinen Standort noch nicht einmal den ängstlich auf ein Lebenszeichen wartenden Eltern preis.

Und Duncan? Wo war er überhaupt?

»Duncan!«, rief Annie aus Leibeskräften durch die geöffnete Küchentür in den dichten Herbstnebel hinaus.

»Was ist, Mutter?«

Mit dem Jagdgewehr über der Schulter tauchte Duncan wie ein Schemen aus dem Dunst auf. In der Hand hielt er einige erlegte Hasen. Oh ja, dieser Junge war ein echter Schotte. Mit einem leisen Stich im Herzen musste Annie erkennen, wie sehr er Lindsay glich, obwohl er Rorys Sohn war.

Die Ähnlichkeit war wirklich frappierend. Von allen ihren Kindern besaß Duncan zwar den wenigsten Charme, doch er verfügte über das Selbstbewusstsein und eine angeborene Autorität, die auch Lindsay ausgezeichnet hatte. Jamie hingegen, Lindsays leiblicher Sohn, war warmherzig, charismatisch und benahm sich in etwas altmodischer Weise wie ein echter Gentleman. Jamie und Duncan stammten zwar von verschiedenen Vätern, aber derselben Mutter ab. Ihr Leben lang waren sie gleich behandelt worden, und sie waren unter den gleichen Bedingungen aufgewachsen. Dennoch hätten ihre Charaktere kaum unterschiedlicher sein können.

Merkwürdig, wie sich alles wiederholte! Auch die leiblichen Brüder Lindsay und Rory waren unterschiedlich wie Tag und Nacht gewesen – bei ihnen waren es die Lebensumstände, die sie geprägt und verändert hatten.

Annie war nicht glücklich über die Rivalität der beiden Halbbrüder. In der Kindheit hatte sie sie wenigstens ausschelten können, wenn sie einander zu hart anfassten. Aber jetzt? Sie waren erwachsene Männer und ihr weit über den Kopf gewachsen.

Kurz hinter Duncan tauchte Susan Jenny aus dem Nebel auf. Sie hielt ihr Gewehr im Anschlag und genau auf Annie gerichtet.

»Könntest du das Ding bitte anders halten?«, bat Annie.

»Ach du bist es!«, lachte Susan Jenny. »Du hast uns ja richtig Angst gemacht! Was ist los?«, sagte sie und legte Duncan ein Bündel erlegte Hasen vor die Füße.

»Duncan, du musst zurück zu deinem Regiment«, wandte sich Annie an ihren Zweitältesten. »Der Kommandeur hat angerufen. Fünf Monate Genesungsurlaub sind seiner Meinung nach genug. Und laut Dr. Buckie ist dein Bein völlig ausgeheilt.«

»Das Bein vielleicht, aber was ist mit meiner Seele? Seit Dünkirchen leide ich unter schweren Alpträumen und kann weder richtig essen noch schlafen.«

»Trotzdem, Duncan. Du kannst dir nicht für alle Zeit hier einen Lenz machen. Weißt du eigentlich, wie peinlich dein Verhalten für Vater und mich ist?«

»Soll das etwa heißen, dass du mich für einen Feigling hältst, liebste Mutter?«

»Ich habe dir lediglich mitgeteilt, dass dein Marschbefehl da ist.«

»Und wann soll es losgehen?«

»Frag deinen Vater. Er kennt die Einzelheiten.«

»Mist! Ich bin einfach nicht für den Krieg geschaffen. Schade, dass man nicht einfach kündigen kann. Ich glaube, ich bin Pazifist – wie mein Onkel Lindsay.« Er bückte sich nach den Hasen.

»Lindsay war durchaus kein Pazifist und wäre sicher in den Krieg gezogen, hätte er Gelegenheit dazu gehabt. Du weißt selbst, dass er vor Ausbruch des Ersten Weltkriegs ums Leben gekommen ist.« Annie trat einen Schritt auf Duncan zu und legte ihre Arme um ihn. Auch ihr fiel es nicht leicht, ihn gehen zu sehen. »Duncan, du musst wirklich zurück zur Truppe. Vater und ich können dich nicht länger schützen. Und du willst doch sicher nicht als Deserteur angesehen werden.«

Duncan erwiderte Annies Umarmung nur flüchtig.

»Tut mir leid, dass ich dir und Pa so viel Ärger mache. Ich werde nicht von ungefähr das Schwarze Schaf der Familie genannt.«

Sein Lachen klang brüchig, und er ließ seine Mutter so schnell los, als hätte er sich verbrannt. Allzu enger Körperkontakt war ihm ein Gräuel.

Annie hingegen empfand einen gewissen Widerwillen bei dem Geruch nach feuchtem Fell und frischem Blut, der an der Jacke ihres Sohnes haftete. Sie hatte sich noch nie dafür erwärmen können, dass man Gottes unschuldigste Kreaturen hinmetzelte und das Ganze auch noch Sport nannte – aber schließlich war sie auch keine geborene Roskillen, denen das Jagdfieber im Blut zu liegen schien.

»Du brauchst dich nicht zu entschuldigen, mein Sohn«, sagte sie sanft.

Was Annie allerdings gar nicht behagte, war die Tatsache, dass Susan Jenny ihrem Sohn auf Schritt und Tritt zu folgen schien. Wo Duncan auch hinging – Susan Jenny war nicht weit. Annie nahm sich vor, an diesem Abend mit Rory über das Problem zu sprechen.

»Immerhin ist sie zwanzig Jahre älter als er!«

Annie saß am Frisiertisch und bürstete ihre langen Haare. Ihr früher dichtes, rabenschwarzes Haar war dünner geworden, und die silbernen Fäden, die es durchzogen, wurden täglich zahlreicher. Verständlicherweise war Annie nicht sehr glücklich darüber.

»Hörst du mir überhaupt zu?«

Sie wandte sich um. Rory saß, gemütlich in die Kissen gelehnt, im Bett und döste vor sich hin. Auf Annies Bettseite hatte er eine Kiste mit Papieren abgestellt.

»W… as hast du gesagt?« Es kostete ihn sichtlich Mühe, wach zu werden.

»Susan Jenny ist über zwanzig Jahre älter als Duncan.«

»Ja und?«, fragte er schläfrig. Annie musste ihren Ärger runterschlucken.

»Ja und – ja und«, äffte sie ihn nach. »Wie kannst du einfach nur so daliegen und eine solche Frage stellen, Rory? Sie hat ein Auge auf Duncan geworfen. Dabei ist der Junge noch nicht mal Mitte zwanzig, sie aber schon zweiundvierzig. Eine ungesunde Beziehung, sage ich.« Annie schnaubte voller Geringschätzung. »Sie ist genau wie ihre Schwester.«

»Was soll das heißen?« Rory spürte, dass Streit in der Luft lag.

»Glaubst du etwa, ich hätte vergessen, dass Lizzie deine Geliebte war?«

»Und du warst Lindsays Geliebte.«

Seine Bemerkung nahm ihr den Wind aus den Segeln. Sie starrte ihn an. Noch nie hatte er ihr das Verhältnis zu seinem Bruder zum Vorwurf gemacht.

Annie legte die Haarbürste beiseite.

»Räumst du mein Bett frei, oder muss ich diese Nacht in der Küche schlafen?«

Rory räumte die Kiste auf den Boden. »Entschuldige. Und jetzt komm ins Bett, und hör auf, dich wie eine alte Hexe zu gebärden.«

»Was soll das überhaupt?«

»Keine Ahnung. Es ist ja nicht so, dass sie gleich heiraten wollen. Lass den Jungen doch. Er soll sich ruhig die Hörner abstoßen; wer weiß, ob er morgen noch am Leben ist.«

»Nein, ich meine das Zeug da.« Annie zeigte auf die Kiste.

»Ach, das sind alte Papiere, die ich gerade mit Aeneas durchsehe. Es geht um Pachtverträge für Lagerplätze am Clyde aus der Zeit von Old Neptune.«

»Old Neptune?«

»Hamish MacDearg, dem einzigen Bruder meiner Mutter.«

»Ich weiß, wer Hamish MacDearg ist … war. Du liebe Zeit, Rory, wir leben lange genug zusammen, dass mir bekannt sein dürfte, wer dich ins Hafengeschäft gebracht hat. Allerdings wusste ich nicht, dass er am Clyde Lagerplätze verpachtet hat.«

»Lindsay hat es herausgefunden. Er und Aeneas' Vater stellten dann irgendwann in den Kopien der Dokumente einen Fehler fest. Als wir bei unseren Anwälten in Edinburgh Einsicht in die Originaldokumente nahmen, entdeckten wir, dass da, wo in den Kopien die Zahl Fünf steht, im Original eine Acht ist. Die Pacht lief also über achtzig und nicht über fünfzig Jahre. Das bedeutet, dass Lindsay bis 1937 über das Gelände am Clyde hätte verfügen können. Nun ist er ja 1914 gestorben, und ich bin als Erbe in seine Verträge eingestiegen.«

»Und was hat das zu bedeuten? Wenn der Pachtvertrag 1937 ausgelaufen ist, spielt das doch jetzt, drei Jahre später, sicher keine Rolle mehr.«

Rory strich sich über das Kinn.

»Der Vertrag wurde 1857 zwischen Hamish und meinem Großvater geschlossen. Gemeinsam kauften sie ein großes Gelände von *Middow and Strait*, einer der großen Werften am Clyde. Das Land war ziemlich sumpfig und eigentlich zu nichts zu gebrauchen, daher verpachtete Hamish es als Lagerplatz. Als mein Großvater bankrottging, verkauften er und Hamish das Gelände an die Stadt Renfrew und den Clyde Trust, die dort eine neue Werft bauen wollten – zum damaligen Zeitpunkt schien es ein lukratives Geschäft zu sein. Allerdings kamen die Stadt und der Clyde Trust ihren Zahlungsverpflichtungen nicht nach. Und so behielten sowohl Hamish als auch Großvater Roskillen Anteile an dem Gelände. Hamish hinterließ mir seinen Anteil in Wertpapieren; auf diese Weise bin ich ins Hafengeschäft eingestiegen. Was ich dir aber bisher nie erzählt habe: Lindsay hat damals versucht, mich über Hamishs Anspruch an dem Gelände zu täuschen. Er erzählte mir, dass der Verkauf nicht rechtmäßig war, und ich habe ihm geglaubt. Damals hatte ich nämlich mehr Interesse daran, mich zu vergnügen – ja, richtig, mit Lizzie! Aber ich habe schließlich auch hart gearbeitet …«

»… und da dachtest du, dass dir etwas zusteht!«

»Tja, und dann fand Lindsay den Original-Kaufvertrag mit *Middow and Strait*. Willst du wissen, wo?«

»In einer Teedose?«

»Nein. Im Herzen von Midlothian.«

»Och! Ach! Die Lowlands! Wer hätte schon gedacht, dass dort ein Schatz vergraben wär'?«

»Glaubst du, ich erkenne Walter Scott nicht – du Spaßvogel!«

»Was hat das alles zu bedeuten, Rory?« Annie war jetzt wirklich sehr müde.

»Lindsay hat mir sechs Jahre Pacht für etwas abgeknöpft, das rechtmäßig mir gehörte. Und er wusste es, im Gegensatz zu mir. Er hat mich übers Ohr gehauen – mein eigener Bruder! Natürlich machte es im Ende nichts aus, weil ich nach seinem Tod ohnehin seinen Anteil geerbt habe.«

Annie schüttelte den Kopf. Sie verstand nicht, warum Rory derart in der Vergangenheit kramte. Was geschehen war, war geschehen und konnte nicht mehr rückgängig gemacht werden.

Rory klopfte sein Kopfkissen zurecht und versuchte, sich bequem hinzulegen.

»Der langen Rede kurzer Sinn: Ich hatte die ganze Geschichte eigentlich längst vergessen. Aber jetzt ist mir eingefallen, dass die Stadt und der Clyde Trust nie den vollen Kaufpreis für das Gelände gezahlt haben. Sie schulden mir also nicht nur die Pacht von 1914 bis 1937, sondern auch die Zinsen – alles in allem also einen nicht ganz unerheblichen Betrag. Und nachdem auf *meinem* Stück Hafengelände demnächst das größte Passagierschiff der Welt vom Stapel läuft, soll mich die Stadt gefälligst dazu einladen. Ich möchte dem Stapellauf der *Queen Mary* in vorderster Reihe beiwohnen – wenn nicht, werde ich die Stadt und die Gesellschaft wegen Vertragsbruch vor Gericht zitieren.«

»Lass uns schlafen, Rory. Es ist spät.«

Annie glaubte ihm kein Wort. Rory hatte schon immer eine lebhafte Fantasie gehabt, während Lindsay der akribischere von beiden gewesen war. Und wenn es tatsächlich irgendwelche ungeklärten Erbschaften gab, hätten die Anwälte der Familie längst Alarm geschlagen. Nebenbei bemerkt – wer würde sich schon mit der Stadt Renfrew und dem Clyde Trust anlegen? Diese beiden Kontrahenten waren sicherlich eine Nummer zu groß. Nie im Leben würde Rory es wagen, sie nach dreiunddreißig Jahren zu belangen.

Und doch – wenn jemand dazu in der Lage war, dann Rory!

Einerseits gab er sich oft sehr großzügig, konnte aber auf der anderen Seite auch recht knauserig sein. Annie brauchte nur an ihr Haushaltsgeld zu denken. Und wenn es um Geld für Glengarth ging, war es Rory zuzutrauen, dass er kämpfte wie ein Löwe.

Plötzlich musste Annie niesen.

»Das habe ich nur diesen staubigen Akten zu verdanken!«

Rory drehte sich zu ihr um und nahm sie in die Arme.

»Ich liebe dich, Annie. Entschuldige bitte, das mit der Geliebten habe ich nicht so gemeint!«

»Gut, vergessen wir das. Nicht zu entschuldigen ist allerdings deine hässliche alte Prothese, die seit zweiundzwanzig Jahren Nacht für Nacht neben dem Bett liegt – und die Tatsache, dass du mir nicht zuhörst, wenn ich mir Sorgen um deinen Sohn und sein Betthäschen mache.«

»*Weib!*«, rief er. Die freche Bemerkung über seine Beinprothese, die er zärtlich Long John Silver nannte, sollte sie bereuen! Er begann sie zu kitzeln.

»Aufhören! Rory … bitte … hör auf! Ich warne dich …« Annie keuchte vor Lachen. Rory gluckste nur, ließ aber nicht von ihr ab.

Duncan und Susan Jenny, die gerade den Flur entlangschlichen, schoss das Blut in die Wangen.

»Widerlich!«, knurrte Duncan. »Und das in ihrem Alter!« Es war ihm peinlich, die eigenen Eltern dabei zu ertappen, sich körperlichen Genüssen hinzugeben.

»Hey, Süßer – also ich finde es nett, dass sie noch so viel Spaß miteinander haben. Komm, kümmern wir uns nicht um sie. Lass uns lieber über uns reden. Ich werde dich gewaltig vermissen, wenn du morgen zu deinem Regiment zurückkehrst. Pass bloß auf, dass es dir nicht wieder ans Leder geht.«

»Aye! Aber bekanntlich sind ja aller guten Dinge immer drei.«

Susan Jenny hätte ohne mit der Wimper zu zucken ihr gesamtes Vermögen geopfert, wenn sie den jungen Mann damit für den Rest seines Lebens hätte schützen können. Doch sie war auch ein tief gläubiger Mensch, und als solcher vertraute sie dem guten Karma, das Duncan Beauly Roskillen umgab.

Kapitel Neun

Kaum war der Zug im Bahnhof von Edinburgh zum Stehen gekommen, als Heather auch schon mit einem Satz auf den Bahnsteig sprang und nach dem Stationsvorsteher suchte.

»Dürfte ich kurz Ihr Telefon benutzen? Ich bin Ärztin. Es handelt sich um einen Notfall.«

Der Beamte knurrte unwirsch, er habe noch nie im Leben eine derart junge und zugegebenermaßen hübsche Ärztin gesehen, ließ sich aber überzeugen und führte sie in sein Büro.

Heather rief in dem Schwesternwohnheim an, in dem sie wie die anderen wenigen weiblichen Medizinstudenten während des Studiums wohnen musste. Die Mädchen waren fröhlich und nett und standen im Notfall immer füreinander ein.

Heather erklärte der diensthabenden Schwester, sie habe eine schwere Sommergrippe und müsse sich zu Hause auf Glengarth erst einmal richtig auskurieren.

»Sie klingen wirklich nicht gut, Sie Ärmste. Erholen Sie sich schnell, und kommen Sie möglichst bald zurück, denn wir sind ganz schrecklich unterbelegt. Jedenfalls werde ich Ihren Professor informieren wie heißt er noch?«

»MacCulper.«

»O. K. Gute Besserung!«

»Danke, Schwester.«

Nach einer schier endlosen Wartezeit, während der immer wieder Truppentransporte ohne Halt durch den Bahnhof rauschten, ergatterte Heather schließlich einen Platz in einem Bummelzug nach London, der geschlagene sechzehn Stunden bis zur Paddington Station brauchte – doppelt so lang wie in Friedenszeiten. In London kannte sich Heather recht gut aus; ihre Familie besaß Immobilien in der Stadt, und das junge Mädchen war schon oft mit seinen Eltern dort gewesen.

Mit dem Taxi fuhr sie zum Hotel Dorchester, das sich in der ehemaligen amerikanischen Botschaft befand. Zehn Jahre zuvor hatte die reiche Familie McAlpine das Gebäude aufgekauft und in ein exquisites Hotel verwandelt, dessen großartige Art-Deco-Fassade die Park Lane dominierte. Überall standen Militärposten herum. Erst später sollte Heather erfahren, dass sich General Eisenhower in London aufhielt und im Dorchester logierte.

Mit ihrer Reisetasche in der Hand ging sie zögernd auf die Rezeption zu. Nach der langen Reise fühlte sie sich schmuddelig und zwischen den selbst in Kriegszeiten glamourös wirkenden Hotelgästen reichlich fehl am Platz.

»Guten Tag. Ich möchte gern Ihren neuen Chefkoch, einen gewissen Raoul Christophe Clermont, sprechen. Es geht um meine persönliche Diät.«

Der reptiliengesichtige Mann am Empfang beäugte Heather misstrauisch von oben bis unten. Trotz ihrer abgerissenen Erscheinung hatte die junge Dame ihn in einem befehlsgewohnten Ton angeredet, der von einer noblen Abstammung zeugte. Sie sprach mit dem angenehm melodiösen Akzent der Schotten, sah trotz des zerdrückten Strohhuts ausgesprochen hübsch aus und entsprach ganz und gar nicht den aufgetakelten Zicken, die immer wieder versuchten, sich entweder in die Küche zu mogeln oder im Bett eines reichen Gastes zu landen.

»Dürfte ich Sie um Ihren Namen bitten?«, fragte der in Ehren ergraute Empfangsangestellte.

»Heather Roskillen.« Natürlich hätte sie hinzufügen können, dass sie die Tochter des Laird von Glengarth war, doch sie fürchtete, dass der Bedienstete ihre Eltern anrufen könnte.

»Soweit ich informiert bin, haben wir keinen neuen Küchenchef, Miss Roskillen. Der Name Raoul Christophe Clermont ist mir nicht bekannt.«

»Sind Sie sicher?«

»Ganz sicher.«

»Kennen Sie einen gewissen Monsieur Marcel Auguste Boulette?«

»Aber natürlich. Er ist häufig Gast im Dorchester. Heute allerdings nicht, so leid es mir tut.«

»Monsieur Clermont hat gesagt, dass er ins Dorchester geht, da bin ich mir ganz sicher. Möglicherweise als Gast? Vielleicht als Gast von Monsieur Boulette?«

»Hier im Hotel steigen viele Franzosen ab. Übrigens auch reiche Exilanten.«

»Dürfte ich Sie bitten, in Ihrem Belegungsplan nachzuschauen?«

Betont lustlos blätterte der Mann am Empfang in seinen Büchern. Schließlich schüttelte er bedauernd den Kopf.

»Tut mir leid, hier logiert kein Monsieur Clermont. Vielleicht ist er in einem anderen Hotel abgestiegen. Es könnte aber auch sein, dass er sich nicht unter seinem eigenen Namen eingeschrieben hat.« Allmählich wurde er ungeduldig.

»Bestimmt nicht. Er sprach vom Dorchester. Könnte ich bitte mit Sir Robert oder Lady McAlpine sprechen?«

Der Reptiliengesichtige hob verblüfft die Augenbrauen und kratzte sich den kahlen, gewölbten Schädel.

»Das ist leider unmöglich, Miss.«

»Und warum nicht? Sie sind seit Jahren mit meinem Vater befreundet und wissen mit Sicherheit besser als Sie, wer sich in ihrem Hotel aufhält und wer nicht.« Wenn Heather wollte, konnte sie recht scharfzüngig werden.

»Darf ich fragen, um wen es sich bei Ihrem werten Herrn Vater handelt, Miss Roskillen?«

Heather verabscheute die herablassende Art des Mannes. Bestimmt war er in der Vergangenheit, als das Dorchester noch die amerikanische Botschaft gewesen war, auf der Poststelle beschäftigt gewesen.

Ein junger Mann ging mit einem mit leeren Gläsern beladenen Tablett vorüber.

»Sag einmal, Roy«, rief der Reptiliengesichtige ihm zu, »haben wir einen neuen Chefkoch? Ist der alte vielleicht rausgeflogen?«

»Nicht, dass ich wüsste«, antwortete der Barmann.

»Es soll sich um einen gewissen Monsieur Clermont handeln – Raoul Christophe Clermont.«

»Nie gehört, Mr Grant.«

Das Reptil mit Namen Grant wandte sich schulterzuckend an Heather.

»Roy kennt wirklich Krethi und Plethi in diesem Hotel, Miss. Ich fürchte, Sie müssen es anderswo versuchen. Oder noch besser, Sie fragen Ihre Eltern, die sich ja, nach Ihren Worten zu schließen, hervorragend mit der Firmenleitung verstehen.«

Mit diesen Worten ließ er Heather stehen und begrüßte ein auffällig herausstaffiertes amerikanisches Paar. Die Frau trug ein dunkelgrünes Kleid mit weitem, schwingendem Rock und einem eng geschnürten weißen Gürtel zu einem breitkrempigen, mit grünen Federn geschmückten Hut, der keck auf ihren dunklen Locken saß; die Uniform des Mannes strotzte nur so von Rangabzeichen und Auszeichnungen. Im Dorchester hielten sich offensichtlich auch hochrangige amerikanische Soldaten auf.

Jetzt erst spürte Heather, wie hungrig sie war. Sie wollte sich gerade dem Restaurant zuwenden, als Mr Grant ihr über die Köpfe des amerikanischen Paars hinweg zurief:

»Entschuldigen Sie, Miss, aber der Ausgang ist dort drüben!«

»Mit ist bekannt, wo sich der Ausgang befindet«, gab Heather schnippisch zurück. »Zufällig habe ich jedoch seit vierundzwanzig Stunden nichts gegessen und beabsichtige, etwas zu mir zu nehmen, ob es Ihnen gefällt oder nicht, Mr Grant. Setzen Sie die Mahlzeit einfach auf die Rechnung meines Vaters, Laird Rory Roskillen. Oder auf die meiner Tante, Gräfin Tapstock von Oakham. Oder auf die von Lady Christabel Roskillen, die ebenfalls meine Tante ist. Ich weiß, dass Lady Christabel häufig hier speist; schließlich wohnt sie gleich um die Ecke.«

Hocherhobenen Hauptes stolzierte sie mit ihrer Reisetasche ins Restaurant. Der uniformierte Amerikaner, der als Begleitung von General Eisenhower fungierte, klatschte grinsend in die Hände.

»Bravo. Ein Hoch auf die britische Aristokratie. Die kleine Miss Schottland weiß wenigstens, wie man uns Normalsterblichen zeigt, wer hier das Sagen hat!«

Seine Frau versetzte ihm einen Rippenstoß. Er solle leiser sein, zischte sie, schließlich sei man hier in England und nicht in Amerika.

Nach einem ausgezeichneten Mittagessen und einem großen Glas Rotwein, die Heather auf die Rechnung ihres Vaters setzen ließ, setzte sich das amerikanische Ehepaar auf einen Kaffee an ihren Tisch. Im Anschluss an ein anregendes und kurzweiliges Gespräch machte sich Heather auf den Weg zu ihrer Tante Kiss, die in der Tat ganz in der Nähe wohnte.

Christabel lebte seit dem Tod ihres Bruders Lindsay im Stadthaus der Familie Roskillen, das zwar nominell Rory gehörte, von Christabel jedoch als persönliches Eigentum gesehen wurde. Sie zahlte weder Miete, noch hatte sie um Erlaubnis gefragt, als sie das Haus von dem berühmten Oliver Messel ganz im modernen Art-Deco-Stil ausstatten ließ.

Die Rechnung für den Innenausbau hatte sie nach Glengarth schicken lassen. Als Rory sie deswegen zur Rede stellte, hatte sie lediglich geantwortet, dass er als ihr in Amt und Ehren befindlicher Bruder sowohl die moralische als auch die finanzielle Verpflichtung habe, seine alleinstehende, kinder- und mittellose Schwester nach allen Kräften zu unterstützen. Rory hatte sie daraufhin an das von ihrem Vater nach dem Tod der Mutter für sie und Kitty angelegte Vermögen erinnert, was allerdings nicht zum erwünschten Erfolg geführt hatte.

Christabel wunderte sich nicht schlecht, als ihre Nichte völlig unerwartet, etwas zerzaust und in ziemlich aufgelöster Gemütsverfassung vor ihr stand. Es war reiner Zufall, dass sie selbst die Tür geöffnet hatte; gerade erst hatte ihr Butler gekündigt, um sich bei der Armee zu melden, und zuverlässiges Personal war in Kriegszeiten schwer zu bekommen.

»Was um aller Welt machst du hier in London? Ich denke, du bist in Edinburgh und studierst Medizin!«

»Das war einmal. Ich habe das Studium aufgegeben.«

»Und warum?«

»Das möchte ich dir lieber ein anderes Mal erzählen, Tante Kiss. Was ist das da in deinem Glas? Gin Tonic? Könnte ich bitte auch einen bekommen?«

Heather ließ die Reisetasche fallen und warf den Strohhut auf den Boden. Sie folgte ihrer Tante ins Wohnzimmer, das ganz in Blau, Weiß und Silber gehalten war und sehr beruhigend wirkte. Die vermutlich sündhaft teuren Möbel entsprachen genau Heathers Geschmack.

»Bist du von zuhause weggelaufen?«, fragte Christabel. »Wundern würde es mich nicht – deine Mutter kann ein ziemlicher Dragoner sein!«

»Findest du? Ganz bestimmt weniger als du. Jedenfalls habe ich noch nie erlebt, dass sie nach einem Bediensteten geklingelt hätte, um eine Schaufel Kohle auf den Ofen zu werfen oder die Vorhänge zuzuziehen, wie du es tust. Solche Dinge macht sie grundsätzlich selbst.«

»Mein liebes Kind, ich wurde nicht dazu erzogen, etwas selbst zu tun. Wir hatten immer genügend Angestellte, die uns zur Hand gingen. Du bist genau wie dein Vater, Heather. Auch er ist mit siebzehn von zuhause ausgerissen, um sich unter das gemeine Volk zu mischen.«

»Ich bin fast achtzehn und stolz darauf, dem – wie du es nennst – gemeinen Volk anzugehören.«

»Mag sein. Aber du lebst in einem schottischen Schloss, vergiss das nicht.«

»Trotzdem habe ich nicht das Gefühl, etwas Besseres zu sein. Und außerdem bin ich so gut wie erwachsen. Mädchen reifen schließlich viel schneller als Jungen. Leider haben meine Eltern noch immer nicht verstanden, dass nicht ich es bin, auf die man rund um die Uhr aufpassen muss, sondern eher Duncan.«

»Du überraschst mich.« Christabel verbiss sich ein Lächeln. »Falls du aber gekommen bist, um mich um Obdach zu bitten, bist du auf dem falschen Dampfer, mein liebes Kind.«

»Ich bin weder dein liebes Kind, noch bin ich gekommen, um dich um etwas zu bitten. Ich habe gerade im Dorchester zu Mittag gegessen. Auch dort hat man mich zunächst behandelt wie ein Kind. Aber als ich dann wie von ungefähr meinen Namen und meinen gesellschaftlichen Rang erwähnte, hättest du die Leute mal springen sehen sollen! Ich habe übrigens ein äußerst liebenswürdiges amerikanisches Ehepaar aus Seattle kennengelernt. Der Mann gehört zur Begleitung von General Eisenhower.«

»Der Ärmste«, murmelte Christabel.

»Er hat mir erzählt, dass die Amerikaner Mr Churchill im Kampf gegen Hitler mit Panzern und Flugzeugen aushelfen wollen. Tut mir leid, dass ich so bei dir hereingeplatzt bin, aber ich weiß im Augenblick nicht, wo ich hingehen soll. Zumindest nicht, bis ich meinen Liebling gefunden habe. Ich hoffe, dass er mir einen Antrag macht. Wenn wir verheiratet wären, könnte ich bei ihm hier in London bleiben. Allerdings bestimmt nicht im Dorchester.«

Mit leicht zitternder Hand goss Christabel ihrer Nichte einen sehr knapp bemessenen Schuss Gin ins Glas, das sie mit viel Tonic und Eis auffüllte, damit Heather nicht noch fahriger wurde, als sie es ohnehin schon war.

»Was hast du gegen das Dorchester?«

»Ich fände es gar keine schlechte Idee, hier bei dir zu wohnen, das heißt, wenn es dir nichts ausmacht. Immerhin gehört das Haus meinem Vater. Danke, Tante Kiss. Prost!«

Durstig stürzte Heather die Mix-Spezialität ihrer Tante herunter, für die Rory bei seinen früheren Besuchen in London sogar seinen *Glengarth Single Malt* stehengelassen hatte.

Christabel, die gerne die Kontrolle über alles hatte, fühlte sich von der Anwesenheit ihrer draufgängerischen Nichte völlig überrumpelt. Sie mixte sich einen Gin Tonic mit der doppelten Portion Gin, obwohl die Sonne noch hoch am Himmel stand, und ließ ihren Blick nachdenklich auf Heather ruhen. Sie war nicht daran gewöhnt, mit selbstbewussten jungen Dingern umzugehen, und wurde den Verdacht nicht los, dass ihre Schwester Kitty vermutlich erheblich besser mit der Ausreißerin fertig geworden wäre. Immerhin hatte Kitty sechs eigene Kinder großgezogen und war stolze Großmutter eines ganzen Stalls von Enkeln.

Christabel setzte sich und warf einen Blick auf ihre Cartier-Uhr. Wie sollte sie sich verhalten? Wie konnte sie die Situation auf schnelle und befriedigende Weise klären?

»Du erinnerst mich sehr an deine Mutter«, sagte sie und wusste sofort, dass sie einen Fehler gemacht hatte.

»Gerade eben sagtest du noch, dass ich meinem Vater ähnele.«

»Schon, aber du hast mehr von deiner Mutter. Du bist ebenso stolz, kühn und unbeugsam, und wenn du liebst, dann tust du es ohne Wenn und Aber.«

Heather wurde rot.

»Oje, mein Mädchen – wenn du wirklich erwachsen sein willst, musst du aber noch fleißig üben.«

»Erzähl mir von Mutter. Und von dir. Und warum verstehst du dich nicht mit Mutter? Pa liebt dich nämlich genau so innig wie Kitty, obwohl er es vor Mutter lieber verbirgt.«

»Nein. Erzähl mir lieber von dir.« Christabels Stimme klang rau, was vermutlich an den vielen Zigaretten lag. Heather fand sie ausgesprochen sexy. Warum hat Kiss bloß nie geheiratet?, fragte sich Heather zum wiederholten Mal. Sie hatte da so eine Idee, traute sich aber nicht zu fragen.

»Ich habe keine Lust, mein Dasein als alte Jungfer zu fristen. Unverheiratete Frauen gelten nichts in der Gesellschaft. Ich möchte auf jeden Fall irgendwann heiraten!«, platzte sie heraus.

Christabel erkannte in ihren Worten sofort den Glengarth'schen Geist.

»Hast du das etwa von deiner Mutter?«

»Nein, von Pa.«

»Typisch Rory! Ich finde, du bist noch viel zu jung, um dir über solche Dinge Gedanken zu machen.«

»Ich bin nicht jünger als Mutter, als sie … als sie Jamie bekam. Und da war sie nicht verheiratet!«

Christabel nahm einen tiefen Zug aus ihrer Zigarette und ließ sich lange Zeit mit der Antwort.

»Dann weißt du es also?«

»Duncan hat es herausgefunden.«

Christabel drang nicht weiter in sie ein. Auf keinen Fall wollte sie sich in die Vergangenheit vertiefen. Doch auf Heathers große Liebe war sie richtig neugierig.

»Wer ist es denn, der es dir so angetan hat? Ein netter junger Arzt aus dem Krankenhaus? Oder vielleicht ein Student?«

»Du kennst ihn bereits. Es ist Raoul Clermont.«

Christabel verschluckte sich und bekleckerte ihre Bluse mit Gin To nic.

»Doch nicht etwa der Koch, dem ständig die Nase lief und die Augen tränten?«

»Das liegt doch nur daran, dass er die Zwiebeln selbst schneidet und es nicht dem Küchenmädchen überlässt.«

»Grundgütiger, Heather!« Christabel konnte nur den Kopf schütteln. »Du solltest dir wirklich zu schade sein, einen Koch heiraten zu wollen! Und dann auch noch einen Franzosen! Einen Flüchtling! Einen Heimatlosen! Willst du nicht auf die wirklich große Liebe warten?«

Ausgerechnet Christabel musste ihr so etwas sagen? Heather war enttäuscht.

»Aber wir lieben uns!«

»Du hast doch keine Ahnung, was dieses Wort bedeutet, Dummerchen.«

»Du etwa? Du hast doch dein Leben lang nur dich selbst geliebt …«

Erschrocken schlug Heather die Hand vor den Mund.

»Entschuldige, Tante Kiss! Ich wollte wirklich nicht …«

Christabel blies nachdenklich einen großen Rauchring in die Luft. Sie wusste sehr wohl, woher Heathers letzte Bemerkung stammte – das war Annie Gowrie, wie sie leibte und lebte.

»Dein Leben fängt gerade erst an, Heather. Du bist jetzt siebzehn, oder fast achtzehn, und damit noch viel zu jung, um zu wissen, was genau du vom Leben erwartest. Mein Vorschlag wäre, dass du zunächst dein Studium beendest. Natürlich verstehe ich dich – dein kleiner Franzose ist ein wirklich gut aussehender junger Mann und besitzt durchaus das, was man Sexappeal nennt. Aber das allein zählt nicht. Er mag zwar ein Händchen für Omeletts haben, aber er entspricht weder deinem Stand noch deiner Ausbildung, und ein Held wie dein Vater ist er schon gar nicht. Auch dein Vater war früher jung und schön, aber sieh ihn dir heute an! Nach seinem Gesicht würde sich keine Frau mehr umdrehen, und die hübschen roten Locken gehören lange der Vergangenheit an. Was er aber nie verloren hat, sind seine noble Herkunft und seine Glaubwürdigkeit. Was hat dir dein Raoul in dieser Beziehung zu bieten?«

»Sich selbst, Tante Kiss.«

»Das ist nicht genug, Heather. Erst recht nicht in diesen Zeiten. Sieh dich doch einfach noch ein wenig um!«

»Aber das will ich nicht. Ich liebe Raoul.«

»Überleg doch mal, Heather«, wandte Christabel ein, »deine Mutter war meinem Bruder Lindsay mit Haut und Haaren verfallen. Aber als sie dann deinen Vater kennenlernte, verliebte sie sich trotzdem in ihn.«

»Ich weiß. Aber vielleicht war die Liebe zu meinem Vater einfach größer.«

»Das wage ich zu bezweifeln«, sagte Christabel sanft. »Vielleicht war es einfach eine andere Art von Liebe.«

Heather hätte sich am liebsten die Ohren zugehalten. Gerade wollte sie ihre Tante anschreien, endlich zu schweigen, da fiel ihr die Szene am Grab von Laird Lindsay wieder ein.

»Liebe verändert sich eben manchmal«, fauchte sie.

»Genau das versuche ich dir die ganze Zeit zu erklären, Heather.«

»Liebe verändert aber auch die Menschen. Ich zum Beispiel habe mich verändert. Ich liebe plötzlich nicht mehr nur mich selbst oder meine Eltern, sondern eine andere Person. Ich bin nicht mehr die Heather Roskillen von früher. Ich bin ein anderer Mensch geworden, weil ich etwas Wertvolles gefunden habe.«

»Dann vergeude es nicht. Ich habe nicht behauptet, dass Annie Rory weniger liebt, als sie Lindsay geliebt hat. Liebe zeigt sich in vielerlei Facetten, und meist überkommt sie uns, wenn wir es am wenigsten erwarten.«

»Genau das sagt Mutter auch.«

»Weiß sie von dir und diesem Raoul?«

»Mit gefällt nicht, dass du ihn ›diesen Raoul‹ nennst.«

»Entschuldige bitte.«

Es war noch nicht oft vorgekommen, dass sich Christabel bei Heather entschuldigt hatte, und das junge Mädchen nahm es dankbar zur Kenntnis.

»Sie weiß nichts Genaues.«

»Und das bedeutet im Klartext?«

»Zum Beispiel weiß sie nicht, dass ich hier in London bin, um ihn wiederzusehen.«

»Um ihn wiederzusehen oder um mit ihm zu schlafen?«, hakte Christabel mit schonungsloser Offenheit nach.

Heather errötete und zuckte gleichgültig die Schultern.

»Ist doch egal.«

»Oh nein, ganz und gar nicht!« Christabel stellte ihr Glas ab und sprang auf. »Absolut nicht!«

Sie ging hinaus in den Flur.

Heather stand auf und lief hinter ihr her. Hätte sie doch bloß nicht all den Alkohol getrunken! Ihr Kopf schmerzte jämmerlich.

»Rufst du etwa jetzt meine Eltern an, Tante Kiss? Ich glaube, das würde ich dir nie verzeihen.«

»Damit kann ich leben. Ich habe auch die Missbilligung deiner Mutter all die Jahre hindurch ganz gut weggesteckt.«

»Dann müsstest du aber doch wissen, wie es sich anfühlt, wenn man hintergangen wird.«

Christabel knallte den Hörer auf die Gabel und drehte sich wütend um.

»Was soll ich denn sonst tun, Heather?«

»Hilf mir, ihn zu finden.«

»Wozu? Soll ich etwa zulassen, dass du Schande über die Familie bringst, wie damals deine Mutter?«

»Ach ja?«, keifte Heather. »Und was ist mit dir und deinen verrückten Ideen? Ich erinnere nur an deinen Hang zu freier Liebe, lesbischen Gespielinnen, schwulen Freunden – und für kommunistische Propaganda warst du dir auch nicht zu schade!«

Sie rannte zurück ins Wohnzimmer und ließ sich hemmungslos weinend auf die Couch fallen. Christabel ging ihr hilflos nach.

Als das Schluchzen nachließ, setzte sie sich neben ihre Nichte und nahm sie in die Arme.

»Kleines, du bist völlig übermüdet. Pass auf, du gehst jetzt nach oben und nimmst ein schönes langes Bad. Du darfst dich gern an meinen Toilettenartikeln bedienen. In der Zwischenzeit lasse ich dir das Gästezimmer herrichten, und dann schläfst du, solange du magst. Morgen reden wir dann weiter.«

Heather nickte ergeben. Sie fühlte sich ausgelaugt und konnte einfach nicht aufhören, an Raoul zu denken. Wo mochte er sein? Er fehlte ihr so sehr!

Christabel brachte ihre Nichte nach oben. Nach einem entspannenden Bad ließ sich Heather in ein kühles sauberes Bett in einem kühlen sauberen Zimmer fallen, seufzte noch einmal tief und schlief sofort ein.

Kapitel Zehn

Mit einem lauten Schrei wachte Heather sehr früh am nächsten Morgen auf. Sie sprang aus dem Bett und lief geradenwegs hinüber in Christabels Schlafzimmer.

»Wach auf, Tante Kiss! Wach auf! Mir ist gerade etwas eingefallen. Ich glaube, ich habe es geträumt – jedenfalls habe ich von Raoul geträumt, und …«

Verwirrt setzte Christabel sich auf, tastete nach der Nachttischlampe, nahm die Ohrstöpsel heraus und die Augenmaske ab. Ihr Gesicht glänzte vor Fettcreme.

»Was ist denn los? Wie viel Uhr ist es, um Himmels willen?« Sie warf einen Blick auf die Uhr und stöhnte auf. »Halb vier! Bist du von Sinnen?«

Wieder einmal beglückwünschte sie sich, dass sie nie eigene Kinder gehabt hatte. Ihre Neffen und Nichten waren schlimm genug! Da hatte man endlich einmal eine Nacht ohne Luftalarm, und dann so etwas! Christabel hätte Heather am liebsten erwürgt.

»Mir ist Marcel wieder eingefallen.«

»Etwa noch eine große Liebe?« Christabel ließ sich in die Kissen zurücksinken.

»Nein! Ich meine Marcel Auguste Boulette. Raouls Lehrer. Er führt ein eigenes Restaurant in der Sloane Street. Raoul hat mit ihm in Paris zusammengearbeitet, ehe er den Job bei Susan Jenny annahm. Boulette arbeitet übrigens auch im Radio und Fernsehen für die BBC.«

»Wie kann man denn als Chefkoch für das Radio arbeiten?«, fragte Christabel müde.

»Keine Ahnung. Es hat wohl irgendetwas mit Rezepten zu tun. Jedenfalls könnten wir ihn über die BBC ausfindig machen.«

»Wen?«

»Na, Raoul natürlich. Boulette wird sicher wissen, wo er sich aufhält. Möglicherweise arbeitet Raoul jetzt ja selbst bei der BBC. Dann können wir ihn vielleicht im Funkhaus auftreiben.«

»So, jetzt möchte ich bitte alles der Reihe nach hören.« Christabel stand auf, zog einen weißseidenen Morgenmantel über und verrieb die Fettcreme in ihrem Gesicht. Sie griff nach den Zigaretten auf ihrem Nachttisch, zündete sich eine an und fühlte sich sofort besser.

»O. K. Aber du sagst meinen Eltern doch nicht, dass ich bei dir bin? Bitte, tu es nicht!«, bat Heather, bevor sie mit ihren Erklärungen begann. »Also, Raoul sollte zusammen mit Monsieur Boulette in einem Fernsehprogramm auftreten, in dem es um Rezepte mit Lebensmittelersatz geht. Das Programm ist dazu gedacht, Hausfrauen zu helfen, besser mit ihren Rationen auszukommen. Soweit ich weiß, sind vier Sendungen geplant: eine für England, eine für Wales, eine für Schottland und eine für Nordirland. Bitte, bitte Tante Kiss«, flehte sie Christabel an, »könntest du nicht bei der BBC anrufen und dich erkundigen, ob Raoul mit Monsieur Boulette zusammenarbeitet?«

»Sicher nicht jetzt mitten in der Nacht«, murrte Christabel.

»Dann versprich mir wenigstens, dass du es gleich morgen früh tust!«

»Und dann?«

»Wenn er für die BBC arbeitet, könnten wir uns treffen. Wenn nicht, weiß vielleicht Monsieur Boulette, wo er sich aufhält.«

»Nehmen wir einmal an – natürlich rein hypothetisch – dass Raoul gar nicht möchte, dass du ihn findest – was dann?«

»Nein, so einer ist er nicht, das weiß ich ganz genau. Irgendetwas muss passiert sein, dass er nicht wie geplant im Dorchester aufgetaucht ist.«

»Und wenn er wieder nach Frankreich zurückgekehrt ist?«, warf Christabel vorsichtig ein.

»Daran habe ich auch schon gedacht«, gab Heather zu. »Aber ich bin sicher, dass er nicht gegangen wäre, ohne mir vorher Bescheid zu geben.«

»Vielleicht hatte er gar nicht die Möglichkeit dazu. Du weißt sicher, dass Frankreich von den Deutschen besetzt ist. Falls er etwas mit der Résistance zu tun hat, war er möglicherweise nicht in der Lage, Kontakt mit dir aufzunehmen.«

Doch Heather – ganz Annies Tochter – beharrte dickköpfig auf ihrer Meinung. »Er hätte bestimmt Mittel und Wege gefunden.«

»Und wenn er es längst versucht hat?«

»Wie meinst du das?«

»Vielleicht hat er dir einen Brief an dein Krankenhaus geschickt. Schließlich geht er davon aus, dass du dich dort aufhältst. Vernünftigerweise wird er eher nach Edinburgh als nach Glengarth schreiben, um nicht den Argwohn deiner Eltern zu wecken. Woher soll der arme Kerl wissen, dass du hier bei mir in London bist?«

Heather schwieg eine Weile.

»Das wäre natürlich durchaus möglich«, sagte sie schließlich nachdenklich.

»Am besten, du fährst gleich morgen früh nach Edinburgh zurück«, schlug Christabel vor. Sie musste sich eingestehen, dass sie Heather lieber heute als morgen loswürde.

»Aber erst rufen wir bei der BBC an – oder besser noch, wir sprechen selbst vor. Du kennst doch hier in London Gott und die Welt, Tante Kiss. Vielleicht können wir zusammen zum Funkhaus gehen und herausfinden, was da los ist.«

Armes liebeskrankes Mädchen! Christabel läutete nach ihrer Zofe.

»Aileen, Sie haben doch nicht etwa den Luftangriff verschlafen?«, wies sie ihre schlaftrunkene Bedienstete zurecht, »würden Sie uns bitte zwei Tassen warme Milch bringen? Wir gehen hinunter ins Wohnzimmer. Meine Nichte kann nicht mehr schlafen, und mir geht es ebenso.«

Müde schlurfte die Zofe in die Küche.

Am folgenden Morgen gingen Heather und Christabel zum Funkhaus und erkundigten sich nach Marcel Auguste Boulette. Niemand konnte ihnen sagen, wo der berühmte Koch sich aufhielt, und niemand hatte je von einem Raoul Christophe Clermont gehört.

Sie waren eindeutig in einer Sackgasse gelandet. Allmählich fragte sich Christabel, ob sie ihrer Nichte tatsächlich weiter bei der Suche nach einem Mann helfen sollte, der offenbar gar nicht gefunden werden wollte. Nach einer weiteren schlaflosen Nacht – dieses Mal gab es tatsächlich einen Luftangriff – war Christabel am Ende ihrer Kräfte.

»Warum fragst du nicht deinen Vater nach ihm?«, fragte sie Heather. »Du hast mir doch erzählt, dass die beiden sich zusammen mit deinem Bruder über eine Stunde lang in Duncan's Tower eingeschlossen hatten.«

»Aber doch wohl nur, weil Mutter nicht wollte, dass Raoul noch länger auf Glengarth arbeitet.«

»Warum denn das?«

»Sie hat gehofft, dass Mary dann zurückkommt. Mary spricht schließlich Gälisch. Außerdem hat Vater angeblich das fremdländische Essen nicht vertragen. Mutter behauptet, er sei allergisch gegen Schnecken, Knoblauch und Froschschenkel. Dabei hat Raoul so etwas nie serviert – bis auf ein einziges Mal, weil selbst gesammelte Schnecken nun einmal wirklich billig sind und Mutter streng aufs Geld achtet. Er wollte doch nur akzeptiert werden!«

»Er hat Schnecken serviert? Liebes Kind, da ist ein Mal wirklich genug. Kein Wunder, dass sie ihn nicht in ihrer Küche duldete.«

»Weißt du, Vater lässt sich im Allgemeinen eher rasch besänftigen, und er ist nicht nachtragend.«

In diesem Moment klingelte das Telefon. Rorys besorgte Stimme meldete sich.

»Kiss, ist Heather bei dir?«

»Wie kommst du darauf?«, fragte Christabel vorsichtig.

»Gerade hat der Manager des Dorchester Hotels bei mir angerufen und mir erzählt, dass sich ein junges Mädchen mit rotem Haar, grünen Augen und einer Reisetasche dem Personal gegenüber als meine Tochter ausgegeben und für elf Pfund und acht Schilling auf meine Rechnung gegessen hat. Was zum Teufel hat sie bestellt? Champagner und Trüffelpastete?«

»Vielleicht nur eine Flasche wirklich guten französischen Wein. Rory, sie ist verliebt.«

»Erzähl das ihrer Mutter! Heather hat eine ordentliche Tracht Prügel verdient. Schick sie sofort nach Hause! Oder besser noch, bring sie sofort her!«

»Ich weiß nicht recht.« Christabel zögerte. »Ich habe den Eindruck, auf Glengarth nicht sehr willkommen zu sein.«

»Was ist bloß mit euch Weibern los?«, tobte Rory am anderen Ende der Leitung.

»Ach weißt du, das sind nur die Wechseljahre.« Wider Willen musste Christabel lachen. »Aber davon verstehst du nichts, Rory. Jedenfalls hat sich deine süße Tochter in einen Kerl verliebt, der nicht etwa Chef eines großen Clans ist, sondern einfach nur Koch. Raoul, du kennst ihn doch. Unsere feine Familie ist auf dem absteigenden Ast. Merkst du es nicht auch, Rory?«

Christabel konnte die Wut ihres Bruders fast durch die Telefonleitung spüren.

»Bring sie nach Glengarth, und zwar sofort, Kiss. Und lass sie bloß keine Sekunde aus den Augen.« Rorys Stimme überschlug sich fast.

»Schon gut!«, lenkte Christabel ein. »Wir kommen mit dem nächsten Zug. Vielleicht lässt sich Heather ja belehren und geht in ihr Krankenhaus zurück. Sie ist Annie sehr ähnlich, und Annie hatte immer eine fürsorgliche Ader.«

»Halt den Mund und komm, sonst hetze ich dir die Polizei auf den Hals!«

»Spiel dich nicht auf, Rory. Wir sind schon so gut wie unterwegs.« Mit zufriedenem Lächeln legte Christabel den Hörer auf.

Im Taxi zum Bahnhof sagte sie zu ihrer Nichte: »Wenn du das nächste Mal davonläufst, solltest du vielleicht ein wenig mehr Feingefühl an den Tag legen, Kleines.«

»Wie meinst du das?«

»Wenn du Ärztin sein willst, darfst du dich nicht vor Blut ekeln. Und wenn du deine Liebe ausleben willst, musst du dich diskret verhalten. Wenn du überall an die große Glocke hängst, dass du die Tochter des Laird von Glengarth bist, darfst du dich über die Folgen nicht wundern.«

»Tut mir leid.«

»Schon gut, Kleines.« Christabel fasste ihre Nichte tröstend um die Schultern.

»Überlass es mir, mit deinen Eltern zu reden. Ob ich für dich und Raoul etwas tun kann, weiß ich noch nicht. Aber ich werde versuchen, herauszufinden, wo sich dein Herzallerliebster befindet. Nicht dass du dir noch mehr Ärger einhandelst!«

»Weißt du was?«

»Was denn?«

»Ich hasse meine Eltern«, platzte Heather heraus.

»Darüber wirst du hinwegkommen. Ich kenne das Gefühl.«

»Na, vielen Dank«, brummte Heather.

Christabel nahm ein Päckchen Zigaretten aus der Handtasche und hielt es ihrer Nichte unter die Nase.

»Nimm dir eine, Kleines. Rauchen beruhigt ungemein. Und außerdem hilft es, nicht fett zu werden.«

Kapitel Elf

»Wie sollen wir dir bloß je wieder vertrauen?«

Annie war nicht nur verärgert, sondern fühlte sich sehr enttäuscht. Auch wenn sie es geahnt hatte – wie hatte Heather ihr so etwas antun können? »Ausgerechnet ein Koch! Der kann dir doch nicht das Wasser reichen. Immerhin bist du die Tochter des Laird von Glengarth!«

Verwundert starrte Heather ihre Mutter an. Ausgerechnet sie sagte solche Dinge? War sie nicht in ihrer Jugend ein einfaches Fischermädchen gewesen? Hatte sie nicht selber als Küchenmädchen gearbeitet, bevor sie ihre Ausbildung zur Krankenschwester begann? Kein Wunder, dass Tante Christabel sie nicht für voll nahm.

Sie schwieg. Auf diese Gesprächsebene wollte sie sich gar nicht erst herablassen.

»Was ist nur in dich gefahren? Du läufst einem Mann nach, obendrein noch einem Ausländer, und belügst nicht nur uns, sondern auch die Schwestern in Edinburgh nach Strich und Faden!«

Annie fand keine Worte mehr. Kopfschüttelnd betrachtete sie ihre Tochter und überlegte, wie eine angemessene Strafe aussehen könnte. Nicht nur, dass sie mit Heathers Liebschaft und Schwänzerei fertig werden musste, die sie unangenehm an Jamies Rolle bei der Meuterei von Invergordan erinnerte, sondern sie hatte obendrein auch noch Christabels Anwesenheit auf Glengarth zu ertragen. Ihre eigenen Probleme mit Christabel wurden noch dadurch verschlimmert, dass Susan Jenny und Rorys Schwester sich nicht ausstehen konnten. Bei den beiden war Streit geradezu vorprogrammiert.

Heather blieb dickköpfig.

»Als du so alt warst wie ich, hast du dich in Onkel Lindsay verliebt. Wir alle wissen, dass Jamie sein Sohn ist und unehelich zur Welt kam.«

Annie war schockiert. Wie konnte ihre Tochter es wagen? Dafür hätte sie eine ordentliche Ohrfeige verdient, doch Annie brachte es einfach nicht übers Herz, ihre Tochter zu schlagen.

»Halt den Mund!«, fuhr sie sie an. »Du hast doch keine Ahnung!«

Verärgert drehte sie sich zu Rory um, der friedlich im Erker des Sonnenzimmers saß, seine Zeitung las und die Mühsal der Gardinenpredigt wieder einmal ihr überließ. »Würdest du bitte auch einmal etwas sagen? Muss ich mir diese Beleidigungen tatsächlich anhören, ohne dass du einschreitest?«

»Was soll ich denn noch sagen? Das hast du doch schon alles erledigt. Sie hat ihren Fehler sicher längst eingesehen.«

»Welchen Fehler?«, meldete sich Heather zu Wort. »Tante Kiss hat mir übrigens geraten, mich bei dir nach Raouls Verbleib zu erkundigen.«

»Oh, bitte, lasst mich außen vor!« Christabel drückte ihre Zigarette aus, stand auf und ging zur Tür. »Ich will damit nichts zu tun haben. Ich habe nur den verloren gegangenen Wertgegenstand zurückgebracht, Gott sei Dank heil und intakt …«

Sie schloss die Tür hinter sich.

»… das hoffe ich jedenfalls«, murmelte sie mit schiefem Lächeln auf dem Weg in ihre Suite vor sich hin.

Heather wollte sich auf keinen Fall von den ihrer Meinung nach altmodischen Wertvorstellungen ihrer Eltern entmutigen lassen. Sie hielt deren Haltung für Heuchelei und war immer noch der Überzeugung, nichts Falsches getan zu haben. Was war Anstößiges daran, dass sie Raoul hatte finden und nach den Gründen für seine überhastete Abreise aus Glengarth fragen wollen?

Immer noch ohne Zweifel, dass ihr Vater nach seinem langen Gespräch unter sechs Augen mit Raoul genau Bescheid wusste, wo der junge Mann sich aufhielt, hakte sie nach.

»Wo ist er, Vater? Im Dorchester arbeitet er jedenfalls nicht.«

»Hat er dir das etwa gesagt?«

»Hat er. Ich kam mir vielleicht blöd vor, als ich dort nach einem neuen Chefkoch namens Raoul Christophe Clermont gefragt habe!«

»Das geschieht dir ganz recht!«, schimpfte Annie. »Was hast du dir bloß dabei gedacht, dem Jungen nachzulaufen? So etwas tut ein wohlerzogenes Mädchen einfach nicht!«

Und weil sie nicht wusste, was sie mit ihrer Tochter anfangen sollte, schickte sie sie auf ihr Zimmer.

Nachdem Heather in ihrem eigenen, kleinen Bereich einigermaßen zur Ruhe gekommen war, seufzte sie tief auf. Warum wohnte sie nicht in einem normalen Haus und hatte normale Eltern? Warum war es ihr Schicksal, ausgerechnet in diesem alten Schloss geboren zu werden?

Glengarth war im Mittelalter ursprünglich als Festung zum Schutz vor Eindringlingen von der Seeseite erbaut worden. Die klobige, vierschrötige Architektur hatte jedoch im Verlauf der Zeit viele Veränderungen erfahren; vor allem im sechzehnten Jahrhundert waren dank der von Maria Stuart mitgebrachten französischen Einflüsse viele Umbauten vorgenommen worden. Inzwischen wirkte Glengarth eher wie ein französisches Lustschloss; von der alten Festung war nur noch Duncan's Tower übrig geblieben.

Wenn ich doch nur wie Rapunzel mein Haar hinunterlassen könnte, dachte Heather. Ob Raoul hochklettern würde? Doch mein Haar ist ohnehin nicht lang genug …

Von der Vorderseite des Schlosses hatte man einen wunderbaren Blick auf den Minch und die schroffen Berge der Insel Skye. Die hohen Fenster des Sonnenzimmers, dem neben der Küche am meisten benutzten Raum auf Glengarth, boten häufig das Schauspiel traumhafter Sonnenuntergänge. Als Kinder hatten Heather und ihre Geschwister oft zum Entsetzen der Eltern auf den breiten Fensterbrettern gestanden und Kieselsteine den Berg hinunter ins Meer kollern lassen.

Ihr persönlich gefiel die Aussicht aus ihrem eigenen Zimmer eigentlich sogar noch besser. An grauen Tagen konnte das Meer sehr traurig aussehen. Von ihrem Schlafzimmer aus, das nach Osten hinausging, überblickte man das silbrige Gewässer des Loch, über den sich der Beinn Claidheamh Mor erhob, und man sah auf das Inchnadamph. Rings umher wogte das samtige Grün des alten Hebridenwaldes.

Glengarth war wirklich ein hübsches Schloss in einer wunderschönen Landschaft. Im Grunde wusste Heather genau, dass sie großes Glück hatte, in dieser herrlichen Umgebung mit einer Familie leben zu dürfen, von der sie geliebt wurde und die sich um sie kümmerte. Trotzdem hätte sie im Augenblick ihr Leben liebend gern gegen das einer Fabrikarbeiterin in Glasgow getauscht, wenn sie auf diese Weise den Mann hätte heiraten können, in den sie sich verliebt hatte.

Ob ich vielleicht meine Betttücher zusammenknoten und auf diese Weise flüchten sollte?, fuhr es ihr durch den Kopf.

Es machte keinen Sinn, sich den Eltern zu widersetzen. Sie hatten ohnehin genug Sorgen. Alle vier Söhne befanden sich im Krieg. Dulcie und Marjorie saßen in Amerika und konnten wegen der ständigen Bedrohung nicht nach Hause zurückkehren. Hinzu kam, dass Glengarth irgendwie weitergeführt werden musste, und zwar des Mangels an Personal, des Mangels an Lebensmitteln und des Mangels an Geld zum Trotz. Glengarth schien eine Art Monster zu sein, das Bargeld fraß, um immer noch mehr Rechnungen und Steuerforderungen zu produzieren. Manchmal fragte ihr Vater spaßeshalber, ob die Regierung vielleicht annehme, dass das Geld auf den Bäumen wachse.

Überhaupt – die Bäume! Heather wusste längst, dass man für die Forste einen langen Aufwand in Kauf nehmen musste, um eines Tages gewinnbringend verkaufen zu können. Es musste doch Möglichkeiten geben, das Aufforstungsprogramm zu beschleunigen! Heather war sich sicher, dass sie einige gute Ideen zum Vorankommen von Glengarth beizusteuern hatte. Die Frage war nur, ob ihre Eltern ihr zuhören würden.

Und dann war da noch ihr Medizinstudium. Sollte sie wirklich aufgeben? Es würde die endgültige Rückkehr nach Glengarth bedeuten, unter die Fittiche einer Mutter, die sie nach den Ereignissen der letzten Tage sicher keine Minute aus den Augen lassen würde. Sicher war es besser, den Status quo zu akzeptieren. Ihre Eltern wollten nur ihr Bestes. Und da sie immer noch keine Nachricht von Raoul erhalten hatte, schien es offensichtlich, dass er sie gar nicht mehr sehen wollte. Heather überlegte hin und her und beschloss schließlich, ihr Studium fortzusetzen.

Am nächsten Tag entschuldigte sie sich bei ihren Eltern für ihr gedankenloses Verhalten.

»Tut mir leid, dass ich mich so dumm benommen habe. Nachdem Raoul mich ja offenbar nicht mehr sehen möchte, werde ich den Teufel tun und mein Studium seinetwegen aufgeben. Schließlich ist er nur Koch, wie ihr immer wieder betont habt, und ich habe schon eine Menge Arbeit in meine Ausbildung investiert. Morgen kehre ich nach Edinburgh zurück.«

Annie runzelte die Stirn, Rory strahlte, und Christabel blies nachdenklich einen Rauchring in die Luft.

»Ich fliege dich hin«, verkündete Susan Jenny heiter.

»Du spinnst doch komplett«, schimpfte Christabel. »Bis du das Ding in der Luft hast, ist sie längst in ihrem Schwesternheim. In Leith zu wassern dürfte längst nicht so sicher sein, wie mit der Eisenbahn zu fahren.«

»Sie ist eine ausgezeichnete Pilotin«, verteidigte Rory die Amerikanerin.

»Und was ist mit der Benzinrationierung?«

»Susan Jenny kann es sich leisten; als Amerikanerin ist sie davon ausgenommen.«

»Bist du da ganz sicher, liebster Bruder?«

»Vielen Dank, Susan Jenny«, wandte sich Heather an die Texanerin. »Ehrlich gesagt fahre ich lieber mit dem Zug. Du bist mir doch nicht böse, oder?«

Christabel grinste erleichtert. Der Familienkrach schien vorüber zu sein.

»Wenn es dir nichts ausmacht, Rory, würde ich gern ein paar Tage zu Kitty fahren«, sagte Christabel.

»Das halte ich für eine ausgezeichnete Idee«, murmelte er und versuchte, die Erleichterung in seiner Stimme zu verbergen.

Susan Jenny machte keine Anstalten, Lady Christabel einen Flug nach Rutland anzubieten. Rory und Annie jedoch konnten endlich entspannen. Die Lösung schlug zwei Fliegen mit einer Klappe.

»Cadaverin ... es ist selbst durch die Maske zu riechen. Es wird auch Ptomain, Leichenbase oder Leichenalkaloid genannt und ist eine Bezeichnung für die bei der Eiweißfäulnis durch bakterielle Zersetzung von Lysin und Ornithin entstehenden biogenen Amine. Cadaverin und Putrescin sind ein Grund für den Verwesungsgeruch von Leichen. Daneben spielen auch Schwefelverbindungen wie Schwefelwasserstoff eine Rolle. Sie müssen sich daran gewöhnen und den Geruch erkennen können.«

Professor MacCulper hielt sich ein schneeweißes, frisch gewaschenes Taschentuch vor die Nase.

Heather wurde übel. Die Leiche, die zum Sezieren auf dem Tisch lag, war kein schöner Anblick. Es handelte sich um eine junge Frau aus schwierigen Verhältnissen, die ihren Ehemann umgebracht hatte und im Gefängnis bei einer Totgeburt gestorben war. Da es keine Familie gab, die den Leichnam begraben wollte, wurde die Tote der Uni versität zur Verfügung gestellt und lag nun nackt, hässlich und bläulich verfärbt vor den Studenten.

Heather, die einzige weibliche Studierende, die am Pathologiekurs teilnahm, bat den Professor, sie zu entschuldigen. Sie verließ den Raum, bemühte sich aber, Haltung zu bewahren. Das war sie sich selbst und anderen Studentinnen, die sich nach ihr in das Wagnis Medizin stürzen würden, ihrer Ansicht nach einfach schuldig.

Fünf Minuten später spähte ein rötlicher Lockenkopf um die Ecke. Heathers Kommilitone Hamish Hambro grinste sie an.

»Der Prof lässt nachfragen, ob Sie so weit sind, Miss Roskillen. Das post partum Gebärmuttertrauma ist zwar noch frisch, aber er möchte, dass Sie es sich ansehen, ehe es sich zersetzt … Oh, mein Gott!«

Entsetzt wich der junge Mann zurück. Eilig rannte er in den Hörsaal, um dem Professor Bericht zu erstatten.

»Ich fürchte … ich glaube … sie ist tot!«

»So ein Quatsch! Sie ist höchstens ohnmächtig geworden.«

»Nein wirklich, Sir, ich glaube, sie ist tot. Sie sieht aus wie die Frau auf dem Tisch.«

»Ich habe nichts zu bieten als Blut, Mühsal, Tränen und Schweiß. Sie fragen, was unsere Politik ist? Es ist Krieg zu führen, zu Wasser, zu Land und in der Luft, mit all unserer Macht und mit all der Kraft, die Gott uns geben kann … Sie fragen, was unser Ziel ist? Ich kann in einem Worte erwidern: Es ist der Sieg! Sieg um jeden Preis – Sieg trotz aller Schrecken, Sieg, wie lang und hart auch immer der Weg sein mag, denn ohne Sieg gibt es kein Überleben …«

Heather lag in einem Zustand zwischen Traum und Wachen im Lazarett des Pflegepersonals. Bruchstücke von Dingen, die sie gehört oder erlebt hatte, schwirrten durch ihren Kopf und ließen ihr keine Ruhe. Viele ihrer Gedanken drehten sich um den Krieg, sie umfassten auch die Sorge um ihre Geschwister

Meine Geschwister … wo befinden sie sich?

Jamies Schiff ist nach Osten abkommandiert worden, nachdem es das deutsche Schlachtschiff Bismarck erfolgreich versenkt hat.

Der liebe Jamie … immer schon war er ein guter Jäger gewesen. Wie sein Vater, der verstorbene Laird Lindsay. Sicher hat er die Verfolgung genossen. Er schwebt in Gefahr …

Und Duncan? Er ist wieder zu seinem Regiment zurückgekehrt. Susan Jenny verfolgt ihn mit ihrer Zuneigung und bietet ihm ein besseres Leben in Texas an.

Andrew und Bruce sitzen in deutscher Gefangenschaft und sinnen auf Möglichkeiten, aus Colditz zu entkommen, vergeblich.

Wie geht es Marjorie und Dulcie? Sie hatten das Glück, rechtzeitig nach Amerika gereist zu sein, und bewegen sich in den Kreisen der großen Hollywood-Stars …

Die Stimmen in Heathers Kopf nahmen allen Raum ein.

»Quoi qu'il arrive, la flamme de la résistance française ne doit pas s'éteindre et ne s'éteindra pas.«

Richtig: Die Flamme des französischen Widerstands darf wirklich nicht verlöschen und wird es auch nicht tun.

Die Worte formten sich wie von selbst. Zwar konnte Heather hören und verstehen, doch sie war wie gelähmt und nicht in der Lage, sich mitzuteilen.

»Wir werden weder nachlassen noch aufhören. Wir machen weiter bis zum Ende … Wir verteidigen unsere Insel, was immer es kosten möge; wir kämpfen an Stränden und Landeplätzen, wir kämpfen auf Straßen und Hügeln. Wir werden uns niemals ergeben …«

Auch ich werde weder nachlassen noch aufhören. Bis zum bitteren Ende werde ich für die Bürger dieser friedlichen Insel kämpfen, die für die Kriege anderer Völker zu den Waffen gerufen werden. Ich möchte sein wie Johanna von Orléans!

Heather öffnete die Augen und sah mit einem Mal alles hell und klar vor sich. Und dieses Mal hatte jemand sie gehört.

»Ich hatte einen ganz merkwürdigen Traum.«

»Nämlich?«, fragte eine Stimme unmittelbar neben ihr, die ihr dennoch unendlich fern vorkam.

»Ich habe von Jeanne d'Arc geträumt.«

Die Stimme antwortete nicht.

»Außerdem habe ich geträumt, dass der Mann, den ich liebe, für Churchill arbeitet. Komisch! Aber ganz realistisch. Man hat meinen Eltern doch hoffentlich nichts erzählt, oder?«

Verwirrt blickte Hamish die junge Patientin an. »Was sollen wir erzählt haben?«

»Dass da ein junger Franzose an der Küste Nordfrankreichs für Churchill kämpft. Sie wissen doch, dass Krieg ist, oder?«

Die Studenten hatten sich während Heathers Ohnmacht ständig abgelöst, um bei ihrer einzigen weiblichen Kommilitonin zu wachen. Jetzt beugte Hamish sich über sie und überprüfte ihren Puls.

»Viel zu schnell, Miss Roskillen. Wenn Sie mich fragen – Sie sind noch nicht wieder auf dem Damm. Außerdem halluzinieren Sie.«

»Was ist überhaupt passiert?«

»Sie sind ohnmächtig geworden. Der Professor hat etwas von Überanstrengung und unregelmäßigem Herzschlag gesagt, aber so genau kann ich mich nicht erinnern.«

»Meine Güte, Sie erinnern sich nicht einmal an meine Diagnose? Und wenn ich nun sterben müsste?«

»In diesem Fall würde meine Diagnose lauten: Sie starb an gebrochenem Herzen.«

»Schweigen Sie!«, fuhr Heather auf.

»Nichts für ungut. Kann ich irgendetwas für Sie tun?«

»Nein … oder doch …«

In diesem Augenblick ging die Tür auf, und die diensthabende Schwester betrat zusammen mit dem Professor das Krankenzimmer.

»Guten Tag, Miss Roskillen«, grüßte der Mediziner freundlich. »Sie haben uns ja einen ganz schönen Schrecken eingejagt! Ehrlich gesagt weiß ich noch immer nicht, was genau – außer einem offensichtlichen

Schlafmangel und einem Überfluss an Informationen, den das weibliche Gehirn nun einmal nachweislich nicht verkraften kann – zu Ihrem Zusammenbruch geführt hat. Aber ich freue mich, dass Sie nun aufgewacht sind. Ich bedauere sehr, dass die Anatomie-Stunde Sie derart mitgenommen hat.«

»Vielen Dank, Professor, aber mit der Leiche auf dem Seziertisch hatte mein Zusammenbruch auf keinen Fall zu tun.«

»Ach, tatsächlich? Womit denn dann?«

»Mir ist bewusst geworden, dass ich in die Zukunft sehen kann.«

»Wie bitte?«

»Ich weiß im Voraus, was …«

»Ich weiß, was das bedeutet«, schnitt er ihr das Wort ab. »Und wie soll sich das äußern?«

»Ich habe in dieser Art Traum Dinge über meine Familie gesehen: Meine Brüder Andrew und Bruce sitzen in einem Ort namens Colditz in deutscher Kriegsgefangenschaft. Aber sie werden sterben. Mein Halbbruder Jamie befindet sich an Bord der *HMS Prince of Wales* irgendwo im Pazifik und ist in schrecklicher Gefahr. Auch er wird sterben. Und dann mein Bruder Duncan, den man nach seiner Kriegsverletzung – genau genommen nach zwei Kriegsverletzungen – wieder an die Front geschickt hat. Er wird sterben …«

Sie sprach hinter einem vorgehaltenen Taschentuch weiter über Tod und todgeweihte Männer und Frauen und redete so fahrig, als hätte das Wissen ihre Seele zersplittert.

Professor MacCulper wandte sich an die Schwester.

»Zustand nach Schädeltrauma«, flüsterte er ihr zu. »Sie hat sich den Kopf an der Wand gestoßen, als sie das Bewusstsein verlor. Manchmal gebärden sich solche Patienten beim Aufwachen etwas seltsam.« Dann sagte er noch etwas, was Hamish, der sich beim Eintritt des Professors ein wenig zurückgezogen hatte, leider nicht verstehen konnte.

»Miss Roskillen«, wandte sich der Professor an Heather, »ich verstehe sehr gut, dass Ihnen das Schicksal Ihrer Familie – insbesondere

Ihrer Brüder – zu schaffen macht. Kein Wunder, dass Sie unter Druck stehen. Vielleicht haben Sie ja deshalb in letzter Zeit so häufig gefehlt. Ich bin der Meinung, dass Sie eine Auszeit brauchen. Nicht nur, um wieder zu Kräften zu kommen, sondern auch, um das versäumte Pensum aufzuholen. Daher schlage ich Ihnen ein Sabbatjahr vor, obwohl Sie Ihre siebenjährige Ausbildungszeit noch nicht einmal zur Hälfte absolviert haben. Darf ich fragen, im wievielten Jahr Sie bei uns studieren?«

»Im ersten, Herr Professor.«

»Aha.«

»Mit anderen Worten: Sie wollen mich hinauswerfen.«

»Nun, Miss Roskillen, drücken wir es einmal so aus: Ihre theoretischen Kenntnisse sind hervorragend, in der Praxis allerdings …«

»Sparen Sie sich alles Weitere!«

Heather warf die Bettdecke zurück und enthüllte ihre schlanken Beine. Hamish bekam Stielaugen und schluckte.

»Ich gehe. Ich exmatrikuliere mich. Ich habe keine Lust darauf zu warten, dass Sie mich hinauswerfen. Setzen Sie sich bitte mit meinen Eltern in Verbindung. Allerdings mache ich Sie darauf aufmerksam, dass mein Vater sicher auf Ersatz der Studiengebühren drängen wird.«

»Immer mit der Ruhe, meine Liebe«, sagte die Schwester leise und deckte Heather wieder zu. »Ihre Mutter Annie hat hier in diesem Krankenhaus ihre Ausbildung gemacht und später im Ersten Weltkrieg als Krankenschwester viele Auszeichnungen erhalten. Enttäuschen Sie sie nicht. Ihre Aussichten sind weit besser als die Ihrer Mutter.«

»Das glaube ich nicht.« Erschöpft ließ sich Heather in die Kissen zurücksinken. »Ich glaube, Herr Professor, Sie haben recht. Ich brauche eine lange Erholungspause.«

Der Professor lächelte sie an und wandte sich an die Krankenschwester. »Schicken Sie die junge Dame bitte nach Hause zu ihrer Familie. Sie leidet lediglich an nervöser Erschöpfung und muss somit auch nicht im Krankenhaus liegen.«

»Oh bitte«, mischte Heather sich ein, »ich möchte lieber zu meiner Tante Christabel nach London. Meine Eltern hätten ohnehin kaum Zeit, sich um mich zu kümmern, denn mein Vater ist krank und meine Mutter hat mit dem Gutsbetrieb alle Hände voll zu tun. Aber Tante Christabel nimmt mich gern auf.«

»Ganz wie Sie wollen, meine Liebe.« Der Professor sah auf die Uhr und ging in Begleitung der Schwester durch die Tür.

Heather war erschöpft. Sie bat Hamish, die Tür zu schließen, und winkte ihn dann zu sich heran.

»Ich möchte Sie bitten, mir einen Gefallen zu tun«, sagte sie dann.

»Was denn?«

»Würden Sie einen Brief für mich fälschen?«

»Auf keinen Fall!«

»Bitte.« Heather blickte ihn bittend an.

Unentschlossen trat Hamish von einem Bein auf das andere.

»Es müsste ein Brief von meiner Tante Christabel sein. Ich erkläre es Ihnen später. Die Schwester kommt jeden Augenblick mit meinen Papieren zurück. Am besten, wir treffen uns in einer Stunde im Speisesaal. Ich werde einfach behaupten, ich hätte einen Bärenhunger – habe ich übrigens tatsächlich, wenn ich es recht bedenke – und müsste unbedingt etwas essen, ehe ich meine Sachen packe.«

»Sie sind ganz schön verschlagen«, erklärte er mit verhaltener Bewunderung und wandte sich zum Gehen.

Heather lächelte.

»Ich bevorzuge das Wort geheimnisvoll«, rief sie Hamish hinterher.

Der Professor hält mich also für hysterisch, dachte sie. Ein hysterisches Weib, das gleich umfällt, wenn es eine Leiche sieht. Na, dem werde ich es zeigen!

Eine Stunde später traf sie sich mit Hamish im Speisesaal.

»Sie haben doch eine Reiseschreibmaschine, nicht wahr?«

»Richtig.«

»Könnten wir darauf den Brief schreiben?«

»Sicher. Ich bringe sie gleich rüber ins Schwesternzimmer.«

»Nein, dort ist es zu laut, und außerdem sind alle so verdammt neugierig. Besser, Sie übernehmen das. Hier, ich habe einen Brief entworfen.«

Als Absender war eine Adresse in der Park Lane in London angegeben.

»Das ist die Adresse meiner Tante Christabel«, erklärte Heather. »Jetzt müssen Sie diesen Brief nur noch tippen, und dann unterschreiben Sie ihn.«

Sie zeigte Hamish eine Geburtstagskarte mit Lady Christabels Unterschrift. »Sehen Sie diese selbstbewusste, gar nicht damenhafte Schrift?«

»Und warum machen Sie das nicht selbst?«, fragte Hamish.

»Erstens bin ich nicht künstlerisch begabt, und zweitens kann ich, falls die Sache auffliegt, immer noch einigermaßen wahrheitsgemäß behaupten, dass ich diesen Brief weder geschrieben noch die Unterschrift gefälscht habe. Es wäre keine Lüge, nicht wahr?«

Die Logik der Frauen!, seufzte Hamish innerlich.

»Ich möchte aber erst lesen, was ich da schreiben und unterschreiben soll. ›*Sehr geehrte Schwester Bartholomew, meine Nichte hat mich telefonisch darüber informiert, dass sie erkrankt ist und nach Hause zurückkehren soll, wo sie individelle Pflege be…*‹ Müsste es hier nicht ›individuelle‹ heißen?«

»Ach, meinen Sie? Dann ändern Sie es doch einfach. Kann ich Ihnen denn als Gegenleistung auch einen Gefallen tun?«

»Oh ja!«

»Nämlich?«

»Schlafen Sie mit mir.«

Heather war amüsiert, ließ sich aber nichts anmerken. Sie sah ihm gerade in die Augen, ehe sie mit süßer Stimme antwortete: »Aber das geht doch nicht! Ich bewahre mich für den Mann, den ich eines Tages heirate.«

»Gut, dann heiraten Sie mich.«

Sie strich ihm über die roten Locken.

»Ich werde darüber nachdenken.«

»Sie wissen ja, ich habe Ihre Londoner Adresse. Ich werde Sie finden, glauben Sie mir.«

»Kann schon sein. Aber Tante Christabel wird nicht zulassen, dass wir uns sehen. Außerdem bin ich noch viel zu jung, um mich zu verlieben – schon gar nicht in einen einfachen Medizinstudenten. Meine Familie hegt die Absicht, mich mit dem Prinzen von Wales zu verheiraten.«

»Der ist doch längst vergeben.«

»Richtig. Aber es tut gut zu wissen, dass Sie immerhin das Tagesgeschehen verfolgen, liebster Hamish. Seit der Mann auf den Thron verzichtet hat, um diese Amerikanerin zu heiraten, musste ich meine Ansprüche ein wenig herunterschrauben.«

»Warum bitten Sie nicht einfach Ihre Tante, diesen Brief zu schreiben?«

»Weil sie sich in Rutland aufhält.«

Hamish schüttelte verzweifelt den Kopf. »Schon gut, ich schreibe den Brief. Aber Sie schulden mir einen Gefallen, Miss Roskillen.«

»Ich werde es nicht vergessen.«

Heather schob ihren Stuhl zurück und hauchte dem verblüfften jungen Mann einen Kuss auf die Stirn. Ihre roten Locken ringelten sich über sein sommersprossiges Gesicht.

»Morgen muss der Brief in der Post sein. Ich habe den Umschlag schon adressiert und frankiert.«

»Du liebe Zeit, Sie sind wirklich mit allen Wassern gewaschen. Ich wünschte, Sie könnten Gefallen an mir finden«, sagte Hamish mit leisem Bedauern.

Kapitel Zwölf

Heather hatte den Schlüssel des Hauses in der Park Lane nach ihrem letzten Aufenthalt ohne große Worte einfach behalten.

Im Haus war es dunkel, still und leer. Tücher lagen auf den Möbeln. Ihren wenigen Bediensteten hatte Lady Christabel freigegeben.

Genau das hatte Heather eingeplant. Sie kannte Christabel. Mit Sicherheit würde die Tante es sich noch einige Zeit bei ihrer Schwester gemütlich machen, sich die Tage vertreiben und die auf London fallenden Bomben zu vergessen suchen. Wie es ihre Art war, würde sie bleiben, bis man sie hinauswarf oder bis ihr das Landleben langweilig wurde. Und so begann Heather ihre Suche nach dem verlorenen Geliebten.

Es fiel ihr nicht schwer, im Dorchester Hotel eine Stelle als Zimmermädchen zu finden. Personal war knapp, die Arbeit in den Munitionsfabriken brachte mehr Geld ein und war besser angesehen als die Tätigkeit in einem Hotel.

Gleich in den ersten Tagen freundete sie sich mit dem jungen Barkeeper Roy an. Er erkannte Heather nicht, obwohl es noch nicht lange her war, dass sie im Foyer des Hotels einen mittleren Aufruhr verursacht hatte.

Ihre Freizeit verbrachte Heather hauptsächlich in der Umgebung des Funkhauses. Obwohl sie absolut nichts vom Kochen verstand, saß sie bei allen möglichen Kochshows des noch jungen Fernsehens, das allerdings nur im Südosten Englands zu empfangen war, im Publikum. Eines Tages stand zu ihrer großen Freude endlich der weltberühmte Küchenchef Marcel Auguste Boulette auf dem Programm, der eine Sendung über das Backen von Brot präsentieren sollte. Raoul hatte also die Wahrheit gesagt.

Die Mitwirkung des Publikums sei erwünscht, verkündete das Programm. Heather störte sich nicht daran. Schließlich ging es nur um Brot.

Sie stellte sich um eine Eintrittskarte an und hatte Glück; sie wurde sogar ausgewählt, mit dem Meister auf der Bühne zu stehen. Sie wusste, wie ihre Mutter zu Hause auf Glengarth immer den Brotteig knetete, und verkündete zur großen Freude des Produzenten überzeugt: »Das kann ich.«

Und so lernte sie den großen Boulette kennen.

»Was bedeutet uns Brot?«, fragte er in die Kamera. »Ich werde es Ihnen zeigen. Und was bedeutet uns Brot in diesen Kriegszeiten? Auch das werde ich ihnen zeigen.«

Heather stand zwischen Tiegeln und Töpfen und musste ein Gedicht über Teig vorlesen. Anschließend stellte Boulette verschiedene Brotsorten vor, ehe er näher auf das Not-Brot einging.

»Ja, Not-Brot! Es ist ein ganz besonderes Rezept. Ich möchte einen Satz wiederholen, den ich bereits in meiner Kolumne in der *Vogue* erwähnt habe: Kochen ist nicht nur reine Chemie. Man braucht Instinkt und Geschmack – exakte Maße haben häufig nicht viel Sinn. Unser Not-Brot können wir aus den folgenden Zutaten herstellen: Bohnen, Erbsen, Buchweizen …«

»Das ist doch Tierfutter!«, rief jemand aus dem Publikum – wahrscheinlich eine Bäuerin.

»In Notzeiten, meine Dame, muss man manchmal auch Tierfutter zu sich nehmen, um überleben zu können«, entgegnete der berühmte Koch charmant, ehe er fortfuhr: »Es gibt aber durchaus schmackhaftere Rezepte für Kriegsbrot. Man nehme ein Pfund geriebene Pastinaken, ein Pfund zerdrückte Kartoffeln und …«

In diesem Augenblick jaulten die Sirenen los. Luftalarm! Alle Anwesenden, auch der Meister höchstselbst, mussten das Studio verlassen, um sich im Luftschutzkeller in Sicherheit zu bringen.

Und dort sah Heather endlich die lang ersehnte Möglichkeit gekommen. Sie setzte sich neben den Koch.

»Monsieur le Chef, mein Name ist Heather Roskillen. Ich …«

»Ich weiß, wer Sie sind. Man hat mir bereits von Ihnen berichtet.«

»Wer? Wer hat Ihnen von mir erzählt?«

»Die Verantwortlichen bei der BBC. Die Leute arbeiten wirklich gut. Ärgerlich, diese Unterbrechung …«

»Kennen Sie einen jungen Mann namens Raoul Christophe Clermont?«

»Sicher kenne ich ihn. Er hat in Paris bei mir studiert. Allerdings war er nicht sehr begabt.«

Heather war zwar irritiert, aber sie freute sich. Endlich wusste jemand etwas über ihn. Beinahe wäre sie dem alten Mann um den Hals gefallen.

»Können Sie mir seine Adresse nennen?«

»Non!«

Das war deutlich!

»Wollen Sie nicht, oder können Sie nicht?«

»Ich kenne sie nicht.«

»Aber Sie kannten sie mal?«

»Damals in Paris schon.«

Heather druckste eine geraume Weile herum, ehe sie sich traute, die nächste Frage zu stellen.

»Was für ein Mensch ist Raoul, Monsieur Boulette?«

Er dachte eine Zeitlang nach. »Vor allem ist er nicht wankelmütig, Miss Roskillen. Er fängt nie etwas an, von dem er nicht genau weiß, dass er es zu Ende bringen wird. Manchmal hätte ich mir gewünscht, dass er den Kurs bei mir vorzeitig aufgeben würde. Der Junge kann einfach nicht wirklich kochen! Wobei ich sagen muss, dass es für England vielleicht gerade so eben reicht.«

»Danke, das behauptet meine Mutter auch«, sagte Heather. Dann schwieg sie gedankenversunken.

Schließlich gab es Entwarnung. Alle verließen den Schutzraum, als der berühmte Koch sich noch einmal an Heather wandte. »Es war mir eine Freude, mit Ihnen zu arbeiten, Miss Roskillen. Sie sollten sich ernsthaft überlegen, ob Sie nicht beruflich im Fernsehen auftreten wollen. Es bereitet Ihnen doch sicher mehr Freude als das Wischen und Betten machen im Dorchester, oder?«

»Leider bin ich keine gute Köchin.«

»Ich habe da auch eher die Präsentation im Auge. Sie bewegen sich auf eine so natürliche Art, die vor der Kamera ausgesprochen wichtig ist. Jedenfalls empfand ich es als Privileg, Sie bei mir in der Show haben zu dürfen, auch wenn die Show recht kurz war. Ihre weiche schottische Aussprache und Ihr hübsches Gesicht unterstreichen meine Kochkunst.«

»Vielen Dank, Monsieur Boulette.«

Seine Augen unter den buschigen Augenbrauen musterten sie eindringlich. »Sie scheinen wirklich ernsthaft in diesen hoffnungslosen Koch verliebt zu sein, nicht wahr?«

»Oh ja, ich liebe ihn sehr und möchte ihn unbedingt finden. Allerdings bin ich mir gar nicht sicher, ob er überhaupt gefunden werden will. Ich weiß, dass er mich nicht angelogen hat, als er mir auf Glengarth seine Liebe gestand. Und wir haben wirklich nichts Unrechtes getan«, fügte sie treuherzig hinzu. »Im Grunde habe ich nur eine einzige Erklärung für sein Schweigen: Er könnte für den Geheimdienst tätig sein. Natürlich möchte ich ihm in keiner Weise schaden.«

Marcel Auguste Boulette sah Heather lange nachdenklich an. »Wissen Sie, so ist es nun einmal – sowohl in der Liebe als auch im Krieg. Vernunft und Ruhe schwinden dahin, wenn es um das Verlangen geht, sei es das Verlangen nach einem Menschen oder die Gier nach Land. Glauben Sie mir, ich habe mit meinen zweiundsechzig Jahren meine Erfahrungen, ich bin ein alter Mann.«

»Zweiundsechzig ist aber noch kein Alter!«

»Oh doch, Mademoiselle, das ist es. Und gemessen an Ihrer Jugend bin ich sogar sehr alt. Trotzdem will ich versuchen, Ihnen zu helfen.«

»Wie denn?«

»Mit Intelligenz, Miss Roskillen.« Er tippte sich an die Nase. »Wie ich eben schon sagte, Sie würden sich geradezu perfekt für die Präsentation von Sendungen eignen. Sie haben eine wunderschöne Stimme. Ich würde Sie gern empfehlen.«

»Empfehlen? Inwiefern?«

»Nun, Sie könnten in meinem Kochprogramm mitwirken. Und wer weiß, vielleicht hört oder sieht Ihr Freund Sie eines Tages, kehrt zu Ihnen zurück und gesteht Ihnen seine ewige Liebe.«

»Glauben Sie das im Ernst?«

»Nein.« Das war deutlich.

»Nennen Sie es meine romantische Ader. In Wirklichkeit denke ich eher praktisch. Und meiner Meinung nach sollte die Tochter des Laird von Glengarth nicht im Dorchester Hotel die Toiletten schrubben, auch wenn es eines der ersten Häuser in der Stadt ist.«

»Wissen Sie, ich bin ja auch nicht wirklich Zimmermädchen. Ich studiere Medizin und nehme gerade ein Sabbatjahr.«

»So, so. Aber wenn Ihr Herz Ihnen etwas anderes sagt als Ihr Kopf, liegt die Entscheidung allein bei Ihnen, welchem Körperteil Sie folgen. Sollte es Ihr Kopf sein, dann wissen Sie, wo Sie mich finden. Ich wäre glücklich, Sie zu meiner Assistentin machen zu dürfen. Wenn Sie allerdings mehr auf Ihr Herz hören wollen, dann werde ich dafür beten, dass Sie eines Tages finden, was Sie suchen. Und wenn Sie meinen Rat hören wollen: Sie sind noch sehr jung. Fahren Sie nach Glengarth, und warten Sie dort den Krieg ab.«

Sie hatten jetzt den Eingang des Funkhauses erreicht. Plötzlich fühlte sich Heather wieder wie ein ganz kleines Mädchen, wenn sie ins Schlafzimmer der gefürchteten alten Dame gehuscht war. *Nichts anfassen! Kinder haben zu schweigen, Kinder hören zu!* Agatha hatte die Dame geheißen und war Mutters Haushälterin gewesen. Inzwischen saß sie im Gefängnis, weil sie den Mord an der Gouvernante Miss Arbuthnot gestanden hatte.

Nein, nach Glengarth wollte sie zunächst nicht zurückkehren. Dort lauerten zu viele unangenehme Erinnerungen.

Und dann, als sie sich gerade von Monsieur Boulette verabschieden wollte, sagte er: »Versuchen Sie es beim BCRA.«

»Was bedeutet das?«

»Bureau Central de Renseignements et d'Action.«

»Und was ist das?«

»Ein kürzlich von General de Gaulle ins Leben gerufener Nachrichtendienst. Mit den amerikanischen und britischen Diensten war er nicht immer ganz zufrieden.«

»Woher wissen Sie solche Dinge, Monsieur?«

»Weil ich ein alter Mann bin, Miss Roskillen. Ein alter Franzose. Die Vorgänge in meinem Land haben mir mein patriotisches Herz gebrochen.«

Mit diesen Worten entließ er sie auf den mit Sandsäcken verbarrikadierten Bürgersteig.

Teil Drei

Aufgrund seiner flexibleren Handhabung, und dem gegenüber dem gedruckten Wort deutlich stärkeren emotionalen Einfluss, sucht das Radio als Mittel der psychologischen Kriegsführung seinesgleichen.

Charles Rollo

Kapitel Dreizehn

In den vergangenen Tagen hatte Heather immer wieder das ungute Gefühl gehabt, beobachtet zu werden. Bewusst konnte sie nichts Verdächtiges wahrnehmen; lediglich ihr sechster Sinn warnte und veranlasste sie, sich immer wieder umzusehen.

Eines Tages, als sie nach getaner Arbeit das Hotel verließ und nach Hause in die Park Lane zurückkehren wollte, hielt ein Taxi vor dem Dorchester. Heather blieb stehen, weil sie annahm, dass der Wagen in die Auffahrt vor dem Haupteingang einbiegen wollte. Ehe sie jedoch wusste, wie ihr geschah, sprangen zwei Männer in Trenchcoats und mit tief in die Stirn gezogenen Hüten aus dem Taxi, packten sie und stießen sie unsanft auf den Rücksitz des schwarzen Autos.

Eine Hand im Lederhandschuh verschloss ihr fest und unnachgiebig den Mund. Heather bekam kaum noch Luft, bis sie es schließlich schaffte, ihre Zähne tief in die erstickende Hand zu graben. Gleichzeitig trat sie dem zweiten Mann mit voller Wucht gegen das Schienbein.

»Verdammt«, zischte der Getroffene, zog eine Rolle Klebeband hervor und verklebte Heather die Lippen.

»Fahren Sie los«, befahl der Mann, der Heather immer noch festhielt. Der Taxifahrer steckte offensichtlich mit den Entführern unter einer Decke, er schien zu wissen, wo er hinfahren sollte.

In Höhe des Hyde Park Corner verbanden die Männer Heather die Augen, und so konnte sie den weiteren Weg nicht verfolgen.

»Hören Sie endlich auf, sich zu wehren«, schnauzte einer ihrer Entführer sie in bewusst gekünstelter Aussprache an. »Wenn Sie sich weiter so benehmen, packen wir Sie in einen Sack und werfen Sie in die Themse.«

»Mmmm«, war alles, was Heather mit ihrem zugeklebten Mund darauf erwidern konnte.

Irgendwann hielt das Taxi an. Heather wurde aus dem Auto gezerrt und in einen Aufzug verfrachtet. Als sie nach kurzer Fahrt ausstiegen, gingen sie über einen dicken Teppich. Alle Laute, die Heather wahrnahm, klangen gedämpft. Irgendwo klingelte ein Telefon, leise Schritte waren zu hören. Jemand machte eine erstaunte Bemerkung, die ihre Begleiter zu einem sorglosen Lachen animierte. Heather wurde in ein Zimmer geführt; die Tür fiel hinter ihr mit einem sanften Klicken ins Schloss.

»Auffälliger ging es wohl nicht?«, sagte eine tiefe, warme Stimme, die Heather sofort erkannte. »Ich hatte euch gebeten, diskret vorzugehen.«

»Anders hätten wir es nicht geschafft«, verteidigte sich einer von Heathers Kidnappern. »Sie hat sich gewehrt wie eine Wildkatze. Ohne diese Vorsichtsmaßnahmen hätte sie uns vermutlich die Augen ausgekratzt.«

»Dann nehmt ihr jetzt gefälligst die Augenbinde und das Klebeband ab. Wir wollen schließlich mit ihr reden, und nicht, dass sie uns erstickt! Ihr seid mir vielleicht zwei Blödiane!«

Eine unsanfte Hand riss ihr das Klebeband von den Lippen. Heather stöhnte auf.

»Stellen Sie sich nicht so an. Schließlich sind Sie kein altes Weib mit Damenbart … Hey!« Die beiden Männer mussten Heather an den Handgelenken festhalten, denn sie wollte sich auf ihren Chef stürzen.

»Heather, Kleines, nun reg dich doch nicht so auf!«

»Ich bring dich um, Duncan Roskillen, so wahr mir Gott helfe!«

»Du brauchst dich gar nicht zu bemühen, Schwesterchen. Das schafft Gott schon ganz allein. Möchtest du dich nicht setzen?«

Auf sein Zeichen hin brachte man ihr einen Stuhl.

Duncan trug eine einfache Khaki-Uniform ohne die Insignien der

Seaforth Highlander. Der einzige Hinweis darauf, dass er dem Militär angehörte, bestand in einer Reihe bunter Schildchen und Medaillen, die auf seine Vergangenheit als Kämpfer und seine Verwundung im Spanischen Bürgerkrieg verwiesen.

Wütend biss Heather die Zähne zusammen, ließ sich auf den Stuhl fallen und warf ihren Entführern finstere Blicke zu. Die beiden hatten sich ihrer Hüte und Mäntel entledigt und trugen darunter die gleiche kakifarbene Uniform.

»Darf ich dir meine beiden Burschen Andy und Jock vorstellen? Wir waren zusammen in Dünkirchen. Beide wurden verwundet, genau wie ich. Deshalb hat man uns jetzt an den Schreibtisch verbannt.«

Duncan gab sich so locker, als hätte er am Whisky seines Vaters genascht.

»Ich dachte, man hätte dich nach Frankreich zurückgeschickt«, sagte Heather verwirrt.

»Mit einem gebrochenen Bein?«

»Dein Bein war doch längst geheilt!«

Jemand brachte Heather ein Glas Wasser.

»Trotzdem bin ich dienstuntauglich«, erklärte Duncan.

»Untauglich? Das passt zu dir!«

Dankbar nippte Heather an ihrem Glas. Sie erinnerte sich einer Zeit, kurz nachdem Jamie seine Ausbildung an der Marineakademie aufgenommen hatte, als sie Duncan nachgelaufen war wo er ging und stand. Er war ihr Held gewesen. Endlose Stunden hatte sie auf den steinernen Stufen von Duncan's Tower gesessen und auf ihn gewartet, während er drinnen verbittert die Familienchronik durchwühlte, weil er beweisen wollte, dass er der rechtmäßige Erbe von Glengarth war.

»Was wird hier gespielt, Duncan?«

Duncan nickte seinen beiden Burschen zu, die diskret und leise das elegant möblierte Zimmer verließen, in dem nichts an den draußen wütenden Krieg, die Luftschutzkeller und die Sandsäcke auf den Bürgersteigen erinnerte.

»Wo sind wir hier?«

»In Whitehall.«

»Whitehall?«

»Na, im Außenministerium.« Er grinste. »Überrascht? Entschuldige die unbequeme Fahrt, aber du hast dich nicht gerade wie die liebe kleine, warmherzige Heather verhalten. Du entwickelst dich so langsam zum Schwarzen Schaf der Familie.«

Heather schnaufte verächtlich. »Nein, dieser Titel gebührt bereits dir. Ich möchte dir keinesfalls deinen Platz in der Einschätzung unserer Eltern streitig machen.«

»Eins zu null für dich. Du hast ganz schön dazugelernt.«

»Zwangsläufig. Schließlich befinden wir uns im Krieg, falls du es noch nicht bemerkt haben solltest.«

»Oh doch, und wie ich es bemerkt habe, Schwesterherz.«

»Und warum stehst du dann nicht an der Front wie andere junge Männer in deinem Alter? Immerhin hast du als Kind ausgesprochen gern Soldat gespielt, wenn ich mich recht erinnere. Ich wüsste wirklich allzu gern, was hier los ist.«

»Weißt du, Dünkirchen mag im Hinblick auf die Massenevakuierung ein Erfolg gewesen sein, aber die Tatsache, dass wir unsere gesamte Ausrüstung zurücklassen mussten, hat unsere Truppen empfindlich geschwächt. Glücklicherweise haben die Deutschen es noch nicht bemerkt.«

»Ja und? Weiter?«

»Jetzt fehlen uns die Waffen und Panzer, die wir zurücklassen mussten.« Duncan war sehr ernst geworden. »Du bist dir sicher darüber im Klaren, dass unser Gespräch absolut vertraulich ist und geheim gehalten werden muss. Ich weiß, dass ich mich auf dich verlassen kann.«

»Natürlich kannst du dich auf mich verlassen.« Heather wartete gespannt darauf, dass ihr Bruder endlich auf den Punkt kam.

»Ich darf dir nicht alle Einzelheiten verraten. Es muss genügen, wenn ich dir erkläre, dass wir zwar Männer haben, die willens und in der Lage wären, als Kämpfer nach Frankreich zurückzukehren, dass wir aber nicht über die Ausrüstung verfügen, um sie an die Front zu schicken. Wenn Adolf auf die Idee kommen sollte, seine ›Festung Europa‹ zu erweitern, geht es uns an den Kragen.«

Plötzlich fiel Heather der Alptraum ein, den sie im Lazarett gehabt hatte. Sollte er sich bewahrheiten? Sollten tatsächlich alle ihre Brüder ihr Leben lassen müssen? Sollte der Fluch von Glengarth Wirklichkeit werden?

»Für Churchill war Dünkirchen ein Sieg, und so lässt er es auch im Radio verkünden. Aber wenn die Krauts vorstoßen, ehe wir hier fertig sind, dann Prost Mahlzeit! Ich meine es bitterernst. Im derzeitigen Zustand haben wir nicht die geringste Chance.«

»Würdest du dich bitte ein wenig klarer ausdrücken, Duncan?«

»Dünkirchen war ein Fiasko. Trotzdem tut Churchill so, als könnten wir den Deutschen kalt lächelnd die Stirn bieten. Natürlich muss er die Moral der Soldaten aufrechterhalten, denn die Deutschen dürfen auf keinen Fall Wind davon bekommen, dass wir mit dem Rücken zur Wand stehen.«

»Und woher weißt du das alles? Was ist das überhaupt für eine Uniform, die du da trägst?«

»Es ist … Ich arbeite für den britischen Geheimdienst.«

»Ist das etwas Wichtiges?«

»Und wie! So wichtig, dass wir ständig unsere Namen und Identität wechseln müssen.«

»Und das bedeutet?«

»Zur Zeit nenne ich mich zum Beispiel Major John Duncan, SOE.«

»Was heißt dieses SOE?«

»Special Operations Executive. Wir kümmern uns um Spezialeinsätze.«

»Mein Gott, das gibt's doch nicht!«

»Weißt du, ich habe meinen Glauben an einen gütigen Gott verloren. Ich habe in Dünkirchen meinen beiden Burschen das Leben gerettet, mittlerweile hat man mich sogar für meine Tapferkeit ausgezeichnet.«

»Die meisten Offiziere haben meines Wissens überhaupt nur einen Burschen.«

»Ich habe die beiden aus Loyalität behalten. Jock hat unseren Bruder Andrew aus dem Wasser gezogen, und Andy hat sich um Bruce gekümmert. Wir befanden uns unter Dauerbeschuss, weil unsere schottischen Divisionen – wie eigentlich immer – für die Engländer die Kastanien aus dem Feuer holen durften und die Nachhut bilden mussten. Dann kamen keine Schiffe mehr, und wir blieben zurück. Unsere Brüder wurden von den Deutschen erwischt, den Rest kennst du.«

»Und du?«

»Es war schrecklich. Wir haben uns bis zum Hals in den Sand eingegraben, um nicht gefunden zu werden. Der Rest des Bataillons hat sich entweder ergeben oder – sofern die Männer nicht zu schwer verwundet waren – versucht, irgendwie durchzukommen.«

»Waren Andrew und Bruce verwundet?«

»Als ich sie zuletzt sah, ging es ihnen recht gut. Aber letztendlich weiß ich es nicht genau. Sie versuchten zu entkommen, wie alle anderen auch.«

In diesem Augenblick hasste Heather ihren Bruder. Sie hasste ihn, weil er die eigene Haut gerettet, seine beiden jüngeren Brüder aber dem Feind überlassen hatte. Am liebsten hätte sie ihn grün und blau geprügelt.

»Du elender Feigling!«

»Ja, vielleicht war ich wirklich feige. Aber es ging nicht anders: Jeder musste für sich selbst sorgen. Ich bin weiß Gott nicht stolz darauf, dass ich die beiden sich selbst überlassen habe.«

Dennoch hatte er eine Tapferkeitsmedaille erhalten und arbeitete nun in Churchills Stab. Heather fiel auf, dass sie ihm vielleicht Unrecht tat. Sie war nicht dabei gewesen und hatte kein Recht, über ihn zu urteilen.

»Also, ihr habt euch eingegraben. Und was geschah dann?«

»Wir haben gewartet, gewartet, gewartet. Und schließlich kam dann doch noch ein Schiff. Ein winziges Fischerboot aus Guernsey. Es hat uns gerettet.«

»Und dafür haben wir sie aufgegeben.«

»Wie bitte?«

»Na, die Kanalinseln. Einschließlich des Fischerbootes, das euch gerettet hat. Und auch Andrew und Bruce sind aufgegeben worden. Genau wie der Rest deines Bataillons.«

»Es war die Regierung, die uns aufgegeben hat. Schließlich wusste sie, was auf uns zukam. Wir konnten nicht länger durchhalten, und wir konnten uns nicht länger verteidigen, Heather. Unsere Ausstattung ist einfach ein Witz gegenüber dem, was die Deutschen aufbieten. Sie haben seit dem Vertrag von Versailles ständig aufgerüstet. Dabei sollten sie eigentlich mit diesem Vertrag klein gehalten werden. Davon kann allerdings wirklich nicht mehr die Rede sein. Inzwischen hat Hitler sich nicht nur Polen und die Kanalinseln, sondern auch Norwegen und große Teile Europas unter den Nagel gerissen. Trotzdem – auch wenn wir die erste Schlacht nicht gewinnen konnten, der Krieg ist noch lange nicht verloren, Schwesterherz.«

Welches Land wird wohl das nächste sein?, überlegte Heather. Die Britischen Inseln vielleicht? Bis zu den Kanalinseln sind die Deutschen immerhin schon vorgedrungen. Schreckliche Vorstellung!

»Weiß Vater, was du hier tust?«

»Aber sicher. Er arbeitet auch für uns. Übrigens habe ich ihn rekrutiert. Aber das ist nicht der Grund, warum wir dich hergeholt haben«, wechselte Duncan das Thema. »Du hast uns ziemliche Kopfschmerzen bereitet und dich obendrein selbst in Gefahr gebracht.«

»Wem habe ich Kopfschmerzen bereitet?«

»Winston Churchill, dem Außenministerium, unserer Familie – vor allem Vater – und … Raoul Clermont.«

Heather war irritiert. Ihrem Vater? Wusste der etwa, dass sie in London war? Und Raoul? Wieso ihm?

Duncan steckte sich eine Zigarette an. Auch er war zum Kettenraucher geworden, genau wie Tante Christabel.

»Darf ich bitte auch eine haben?«, fragte Heather schüchtern.

»Heather!«

»Brich bitte nicht den Stab über mich, Duncan. Ich will jetzt einfach eine haben.«

Er sah sie lange an und fragte dann: »Aber es ist nicht deine erste, oder?«

»Oh nein, in dieser Beziehung bin ich weiß Gott nicht mehr jungfräulich! Bei Tante Kiss habe ich Geschmack an Kensitas gefunden. Aber ich sehe, dass du Gauloises rauchst. Genau wie Raoul. Hat er sie dir etwa gegeben?«

»Sieh dich vor, Schwesterherz«, sagte er, reichte ihr aber das Päckchen.

Der starke Tabak verursachte ihr Hustenreiz. Millionen Fragen wirbelten in ihrem Kopf herum. Was war mit Raoul? Das beharrliche Versteckspiel ihres Bruders machte Heather wütend.

»Du weißt anscheinend nicht recht, wo du hingehörst. Hast du etwa Angst? Du solltest dich einmal sehen – wie lächerlich dein Soldatenspiel wirkt! Was willst du eigentlich? Ein großer Kriegsheld werden? Mit Susan Jenny in Texas leben? Oder Glengarth erben? Vergiss nicht, da ist immer noch Jamie!«

»Ich möchte jetzt nicht über Jamies Stellung in der Familie diskutieren«, versuchte Duncan ihren Redefluss zu unterbrechen.

»Lass mich gefälligst ausreden! Jetzt bist du also beim Geheimdienst. Na toll! Und? Wie geht es weiter mit diesem Krieg? Habt ihr etwa Lösungen?«

»Jetzt mach mal einen Punkt, Heather. Wie sollen wir denn eine Lösung finden? Der letzte Krieg ist gerade einmal zwanzig Jahre her, und er sollte der letzte sein – der Krieg, der alle anderen Kriege beendet!«

»Ja, ja, das hat man uns immer wieder erzählt. Aber was ist mit dir? Weißt du denn genau, was du willst?«

»Diese Frage könnte ich ebenso gut dir stellen, Schwesterherz.«

»Manchmal habe ich den Eindruck, dass sich das, was du vom Leben erwartest, und das, was ich vom Leben erwarte, im Grunde sehr gleicht – es ist nämlich unerreichbar. Und ich weiß nicht recht, ob ich dir überhaupt noch Glauben schenken *will*!«

»Stell dich nicht dümmer, als du bist, Heather. In diesem Krieg geht es nicht um Romantik wie im Film. In diesem Krieg geht es um Größeres!«

»Ich stelle mich absolut nicht dumm. Und was deine Kritik an romantischen Filmen angeht, vergiss nicht, dass unsere Zwillinge ihren Beitrag zur moralischen Unterstützung der Truppe genau mit dieser Art von Filmen leisten.«

»Heather, nun lass mich bitte mal ausreden! Du weißt sicher, dass der Funkverkehr stark zugenommen hat. Wir Briten belauschen alle möglichen Länder, und andere Länder belauschen uns. Nur Deutschland und Russland bilden da eine Ausnahme – sie besitzen Codes, die nicht so einfach zu knacken sind.«

»Und was hat das mit Raoul und mir zu tun?«

»Ich kann dir nur sagen, dass du zur Gefahr für unsere Sicherheit geworden bist. Deshalb haben wir dich holen lassen.«

»Aber wieso?«

»Weil du überall in der Stadt herumgelaufen bist und Raoul gesucht hast.«

»Soll das heißen, dass ich …?«

»Man hat dich verfolgt, dich belauscht und dir nachgespürt, liebste Heather.«

»Verdammt noch mal, Duncan, hast du etwa Raouls Abreise aus Glengarth zu verantworten? Du hast eben gesagt, dass du auch Vater in diesen Geheimkrieg des Herrn Churchill mit hineingezogen hast. Hat Pa etwa oben in Duncan's Tower eine eigene Funkstation? Schließt er sich deshalb immer wieder da oben ein?«

Duncan ging nicht auf Heathers Fragen ein.

»Raoul hat uns eine Menge zu bieten«, sagte er stattdessen. »Ich fände es nett, wenn du mir etwas über ihn erzählen könntest.«

»Den Teufel werde ich tun, Duncan. Die Drecksarbeit könnt ihr allein erledigen!«

»Komm, stell dich nicht so an. Wie seid ihr zusammengekommen?« Duncan ließ sich nicht beirren. Und er fragte mit einem so dämlichen Grinsen, dass Heather ihm am liebsten die Augen ausgekratzt hätte.

»Willst du mich etwa verhören?«

»Ja sicher!«

»Was habe ich euch denn schon zu bieten, dir und diesem …«

»Meinst du Churchill? Oder Pa? Oder gar Raoul? De Gaulle vielleicht? Nein, es geht darum, was *wir dir* bieten – nämlich Schutz.«

»Ich brauche euren Schutz nicht.«

»Oh doch, den brauchst du. In den vergangenen Wochen bist du nicht nur für uns, sondern auch für dich selbst zum Sicherheitsrisiko geworden, weil du ständig hinter Raoul her läufst. Mutter hat schon recht: Er ist deiner unwürdig.«

»Aber ich liebe ihn.«

»Dann lass ihn in Frieden. Es wäre besser für euch beide. Du bist schließlich noch keine achtzehn.«

»Und du erst zweiundzwanzig.«

Duncan lehnte sich mit unbeteiligtem Blick zurück.

»Nelson war auch erst einundzwanzig, als er Kapitän seines Schiffes wurde. Und außerdem bin ich in meiner derzeitigen Identität bereits sechsundzwanzig.«

»Du hast tatsächlich dein Alter und deine Kriegserfahrung gefälscht?«

»Ich habe so viel erlebt, dass es mir gerechtfertigt scheint. Denk an Spanien. Und an Dünkirchen.«

So war er, ihr lieber, heldenhafter Bruder! So lange sich Heather erinnern konnte, hatte er überall mehr oder weniger am Rand mitgemischt, um so viele Auszeichnungen wie möglich einzuheimsen. Und trotz des dauernden Aufhebens um seine Selbstaufopferung floh er sofort nach Hause und versteckte sich hinter Mutters Schürzenzipfel, sobald er auch nur den kleinsten Kratzer abbekam.

»Du würdest einen fantastischen Politiker abgeben, Duncan.«

»Mir macht die Schreibtischarbeit tatsächlich Spaß«, gab er zu.

»Sagst du mir jetzt endlich, wo Raoul sich aufhält?«

»Ehrlich gesagt weiß ich es nicht, aber selbst wenn ich es wüsste, würde ich es dir nicht sagen.«

»Das ist unfair! Verrate mir wenigstens, warum er so plötzlich von Glengarth verschwinden musste!«

»Im Jahr 1914, dem Jahr, als Onkel Lindsay starb, beschlagnahmte die Britische Admiralität Glengarth als Standort für ihre geheimen Unterseeboote; Loch Garth ist tief genug und hat einen unmittelbaren Zugang zum offenen Meer. Unser Vaterhaus liegt an einem strategisch wichtigen Punkt, Heather, was unter anderem natürlich auch einer der Gründe ist, weshalb die alte Festung genau an dieser Stelle gebaut wurde. Unser Land liegt einsam. Es ist unzugänglich, recht dünn besiedelt und auf der einen Seite vom Meer, auf der anderen von den Bergen begrenzt. Natürlich spielten auch die familiären Verbindungen eine Rolle. Die Verwandtschaft unseres Vaters setzt sich aus Grafen, Fürsten und anderen Adeligen zusammen. Ich persönlich halte nichts von so viel blauem Blut, was nicht bedeuten soll, dass ich meinem Land nicht loyal verbunden bin. Ich denke nur, dass es nicht von der Geburt sondern vom Verhalten abhängig sein sollte, welche soziale Stellung man bekleidet. Denn eins habe ich gelernt: Ein paar von den Idioten, die einzig aufgrund ihrer adeligen Geburt im Ersten Weltkrieg das Kommando hatten, gehörten eigentlich ohne viel Aufhebens an die Wand gestellt, denn sie haben arme, unwissende Soldaten ins Unglück gestürzt. Aber wie dem auch sei – Glengarth jedenfalls ist nach wie vor ein sicherer Hafen für bestimmte Schiffe der Royal Canadian Navy.«

»Wie zum Beispiel die *Dreadnought*?«

»Ach was, viel neueren Datums. So, und Raoul ist Ausländer. Ein Franzose, dessen Land zudem noch vom Feind besetzt ist. Die Admiralität hatte etwas dagegen, dass er in der Gegend herumschnüffelt und möglicherweise Dinge herausfindet, die ihn nichts angehen. Er hätte militärische Geheimnisse weitergeben können, ohne es zu wissen.«

»Das ist doch absoluter Schwachsinn. Und deswegen wolltet ihr ihn loswerden?«

»Genau.«

»Das saugst du dir doch bloß aus den Fingern, um mich daran zu hindern, ihn zu suchen.« Heather war außer sich. »Was sollte die strategische Lage von Glengarth mit einem französischen Koch zu tun haben?«

»Er ist schon längst kein Koch mehr. Mag sein, dass er in seiner Freizeit ab und zu noch für seine Kameraden kocht, aber hauptamtlich arbeitet er für de Gaulle und die Résistance.«

Heather sprang auf und ging unruhig im Zimmer umher. Ihr Herz pochte zum Zerspringen. War Raoul etwa noch in England? »Na ja, er ist Franzose und natürlich seinem Geburtsland verbunden. Was ist daran so verwerflich?«

»Nichts. Wäre er zu Hause geblieben und hättest du dein Studium in Edinburgh fortgesetzt, hätte niemand etwas dagegen gehabt. Aber du musstest ja unbedingt hinter ihm her schnüffeln. Deshalb haben wir eingegriffen.«

»Wer wir? Du und Pa?«

»Genau.«

»Und wer weiß wie viele andere. Vielleicht sogar de Gaulle höchstpersönlich? Raoul ist euer Bauernopfer im Kampf gegen Hitler. Du entscheidest einfach so über Menschen, Duncan. Mit Jamie hast du etwas Ähnliches versucht.«

»Halt den Mund, und hör mir zu. Raoul war wirklich ein völlig harmloser Bürger seines Landes, bis Paris in die Hände der Deutschen fiel und de Gaulle ins Exil ging. De Gaulle ist ein Dorn im Auge Churchills.«

»Weißt du so gut Bescheid, weil du zu seinem Stab gehörst?«

»Meinst du de Gaulle?«

»Nein, Churchill natürlich. Vater redet auch immer so familiär von diesem Engländer. Wir sind Schotten, du verdammter Heuchler!«

»Mensch Heather! Was man kennt, soll man auch nutzen.«

»Ich weiß, wie du tickst. Du hast so etwas schon einmal versucht. Erinnerst du dich, wie du mich damals erpresst hast, als Jamie sich in Maria verliebt hat?«

»Das steht jetzt nicht zur Debatte. Unsere Vorfahren haben lange in Indien gelebt und ...«

»Was hat Indien damit zu tun?«

»Ich sagte doch schon, das steht jetzt nicht zur Debatte.«

»Für mich schon!«

Duncan seufzte. »Heather, bitte!«

»Wir sollten unser Gewissen erforschen, was wir den Menschen in unserem Land angetan haben, Duncan. Mitglieder unserer Familie haben sich mit Engländern und mit englischem Geld verheiratet. Wir waren die Herren, als die Säuberungsaktionen in den Glens stattfanden. Hältst du das lediglich für die Sünden unserer Ahnen? Nachdem sie Schottland ausgebeutet hatten, gingen sie nach Indien, um dort weiter auszubeuten und noch reicher zu werden. Ich erinnere nur an den Tee und Jutehandel auf dem Seeweg. Nun, die See hat Jamies leiblichen Vater geholt. Vielleicht war er das Opfer, das Glengarth den mächtigen Göttern des Krieges, dem Moloch und dem Mammon, schuldete ...«

Außer Atem hielt Heather inne.

»Lindsay war keinen Deut besser als unser Großvater«, gab Duncan zu bedenken. »Du musst dir nur vor Augen halten, was er unserer Mutter angetan hat.«

»Seit Großvater James Beauly liegt ein Fluch auf unserer Familie. Lindsays Verhalten gegenüber unserer Mutter hat diesen Fluch verdoppelt und verdreifacht.«

»Das ist doch völliger Quatsch, Heather!«

Sie beachtete den Einwurf ihres Bruders nicht.

»Jamie ist durch seine uneheliche Geburt ohnehin gestraft genug. Ich halte den Fluch von Glengarth für eine ungeheuer starke Verwünschung. Immerhin hat unser Großvater einen Rikscha-Fahrer zu Tode geprügelt. Der heilige Mann, dieser Sadhu, hat die Wahrheit verkündet. Wusstest du, dass das Wort Sadhu auch für die Suche nach der Wahrheit steht?«

»Immer mit der Ruhe, Heather. Mach dich nicht lächerlich. Es gibt keine Flüche und Verwünschungen. Wir leben in einer modernen Welt, und wir haben Krieg. Da ist kein Raum für solchen Schnickschnack.«

»Du hältst diese Dinge für lächerlich? Sieh dir doch unsere Eltern an. Ihr Leben lang haben sie sich abgerackert, ohne auf einen grünen Zweig zu kommen. Wir hatten jede Menge Unfälle, es hat Tote gegeben, Irrsinn, Krankheit, Unglück und vieles mehr.«

»Wie in jeder anderen Familie auch«, schnitt ihr Duncan das Wort ab.

»Ach ja?«, konterte Heather schnippisch. »Auch so unschöne Dinge wie unglückliche Liebesgeschichten, die zu Selbsttötung führen?«

»Wen meinst du? Von wem sprichst du?« Duncan bekam es mit der Angst zu tun. Wollte Heather etwa …?

»Von Miss Arbuthnot.«

»Miss … Ach, ich erinnere mich. Elly Arbuthnot.« Vor Duncans Augen entstand das Bild seiner ehemaligen Gouvernante. »Sie war doch nicht ganz richtig im Kopf! Wie viele Selbstmordversuche hat sie wegen dieses amerikanischen Soldaten verübt? Jedenfalls einige. Bis dann schließlich Mutters Haushälterin … wie hieß sie noch? Agatha … irgendwie.« Er schnalzte mit den Fingern.

»Kemster.«

»Genau. Sie hat dann das erledigt, was Elly selbst nicht auf die Reihe brachte.«

»Du solltest diese tragische Figur nicht so ins Lächerliche ziehen, Duncan.«

»Das tue ich ganz bestimmt nicht, Heather. Weißt du, Kleines, ich möchte nur, dass du glücklich bist. Genau wie Vater und Mutter auch.«

Heather ließ sich auf den Stuhl fallen und vergrub ihr Gesicht in den Händen. Bloß jetzt nicht weinen!

»Wenn ihr alle mein Glück wollt, dann macht mich doch einfach glücklich! Ich liebe Raoul.«

Duncan betrachtete gerührt Heathers rotblonden Scheitel. Wie leidenschaftlich sie immer war! Sie tat ihm leid, als er begriff, wie innig ihr Herz an diesem jungen Franzosen hing. Doch er wusste auch, dass persönliches Glück in Kriegszeiten oft zurückzustehen hatte.

»Heather, Liebes, alles wird gut. Ich verspreche es.«

»Was willst du von mir, Duncan?« Ihre Stimme klang erstickt.

»Du solltest keine Kontakte zu Menschen pflegen, die nichts für dich tun können und für die du nichts tun kannst.«

Sie hob den Kopf und blickte ihn aus ihren meergrünen Augen an. »Weißt du, ich sehe die Welt nicht so wie du – immer nur auf meinen Vorteil bedacht!«

»Du verstehst mich nicht. Familie bedeutet mir mehr als alles auf der Welt, ich würde alles tun, um sie zu schützen …«

Duncan schluckte. Er spürte sie, diese Gefahr einer Invasion, die sie alle bedrohte. Dünkirchen hatte alle Hoffnung auf ein schnelles und einfaches Ende des Krieges gegen Adolf Hitler zerstört. Seit Wilhelm dem Eroberer, der im Jahr 1066 über den Kanal eingedrungen war, hatte es keine Invasion fremder Mächte mehr in England gegeben. Allein bei der Vorstellung, eines Tages könne die Hakenkreuzfahne auf dem Buckinghampalast gehisst werden, wurde ihm übel.

Eine Weile schwiegen die Geschwister sich an.

»Ehe Raoul in Susan Jennys Flugzeug stieg, sagte er etwas sehr Schönes«, brach Heather schließlich das Schweigen. »Er meinte, irgendwo über Frankreich stünde immer noch ein Regenbogen.«

»Du solltest fest daran glauben, Heather.«

»Aber du und Pa, ihr habt ihn weggeschickt.«

»Er musste gehen. Es war zu seinem eigenen Besten.«

»Bisher hast du es nicht zugegeben. Um Himmels willen, Duncan!« Heather sprang auf und hängte sich an den Hals ihres Bruders. »Solange er lebt und solange wir uns lieben, spielt alles andere keine Rolle.«

»Oh doch, es spielt eine Rolle.« Vorsichtig löste er ihre enge Umklammerung. »Und wie es eine Rolle spielt!« Er zog sein Taschentuch aus der Tasche und tupfte ihr die Tränen von den Wangen. »Wir kämpfen in einem Krieg, den es nie hätte geben dürfen. Man hatte uns versprochen, dass der vorige Krieg der letzte sein würde. Aber es stimmt nicht, und es wird nie stimmen. Der eine Krieg, der alle anderen Kriege beendet, ist ein politischer Traum.«

»Du machst mir Angst.«

»Heather, unser Traum von einer besseren Welt für uns, unsere Kinder und unsere Enkel – er ist vorbei.«

»Du machst mir sogar große Angst.«

»Das muss auch so sein. Churchill hat nur noch ein einziges Ziel: Hitler zu vernichten, koste es, was es wolle. Und im Namen aller Eltern, die ihrer Söhne beraubt worden sind, aller Ehefrauen, deren Männer nicht mehr nach Hause kommen, und aller Kinder, deren Väter an der Front geblieben sind, beschwöre ich dich – lass ihn gehen. Lass ihn los, Heather.«

»Ha! Du weißt also, wo er ist!«

»Ich will aber nicht, dass du es erfährst.«

»Aber warum?«

»Weil es seine Position in Frage stellt. Deine übrigens auch.«

»Als ob mir das etwas ausmachte!«

»Dann denke wenigstens an ihn. Sei nicht so egoistisch.«

War Liebe nicht in gewisser Weise immer egoistisch? Duncan bemerkte ihre Verwirrung und versuchte, den Schlag ein wenig abzumildern. »Denk an seine Zukunft. Und an deine.«

»Genau das tue ich doch die ganze Zeit. Ich denke an ihn und an mich. Und deshalb möchte ich wissen, was aus ihm geworden ist!«

Duncan seufzte entnervt. Sie ließ einfach nicht locker! Er suchte Zuflucht in einem letzten Vorwurf.

»Du kennst ihn doch kaum!«

»Das ist keine Antwort. Monsieur Boulette hat mich übrigens an ein Bureau Central de Renseignements et d'Action, BCRA, verwiesen. Was mag ein weltbekannter Kochkünstler, der seine Kochsendungen nicht nur im Radio, sondern auch im Fernsehen präsentiert, mit dieser Institution zu tun haben?«

»Ich weiß nichts über den BCRA.«

»Raoul hat bei Boulette in Paris gelernt. Aber das tut nichts zur Sache. Er kam lediglich nach Glengarth, weil er bei Susan Jenny angestellt war. Den neuen Job hat er übernommen, nachdem er erfahren hatte, dass Boulette in London eine Fernsehsendung aufzeichnen wollte. Ich gebe zu, die Einleitung ist etwas dürftig, aber vielleicht kannst du mir ja weiterhelfen.«

»Leider nicht.«

»Kannst du nicht, oder willst du nicht?«

Duncan antwortete nicht, und Heather forschte nicht weiter.

»Man hat ihn in eine Spezialeinheit beordert, nachdem er einen Schnellkurs im Dechiffrieren von codierten Nachrichten gemacht hat«, sagte Duncan nach einer Weile leise und fast widerwillig.

»Wer? Raoul?«

»Wer sonst?«

»Wo ist er, Duncan? Ist er in Frankreich? Warum sagst du es mir nicht?«

Er zuckte die Schultern.

»Frankreich kämpft um sein Leben«, wich er der Frage aus. »Wir haben immerhin noch das Glück, demokratisch regiert zu werden. Aber auch wir müssen alles tun, was in unserer Macht steht, um diesen Krieg zu beenden. Ich verstehe sehr gut, wie unser Vater sich fühlt – immerhin macht er diesen Irrsinn schon zum zweiten Mal mit. Und genau das war auch der Grund, warum er sich zum Berater Churchills hat berufen lassen. Er hat Erfahrung und kann unseren Geheimdiensten wertvolle Hilfe leisten.«

»Hast du dich deswegen bei dieser Organisation anheuern lassen?«

»Was meinst du, Heather?«

»Was weiß ich: SOE, BCRA – wie sie alle heißen! Hast du nicht noch ein paar mehr Abkürzungen auf Lager? Da kennt sich ja kein vernünftiger Mensch mehr aus!«

»Du weißt, dass ich dir darauf nicht antworten darf. Aber eines sage ich dir – sobald alles vorbei ist, kandidiere ich für den Distrikt Ross-Shire im Parlament, und zwar als Pazifist.«

Er lehnte sich zurück und schlug ein Bein über das andere. Heather bemerkte seine soliden Militärstiefel. Auf dem Gesicht ihres Bruders, das durch den Schnurrbart älter wirkte, lag ein breites Grinsen. Heather hatte Mühe, sich vorzustellen, dass Duncan tatsächlich erst zweiundzwanzig war und eigentlich in Oxford studieren würde, hätte der Krieg ihm nicht einen Strich durch die Rechnung gemacht.

Er wirkt wie ein erfahrener Veteran, dachte sie. Und wie er reden kann! Bestimmt würde er einen guten Politiker abgeben.

»Braucht man bestimmte Qualifikationen, um beim SOE angenommen zu werden?«, erkundigte sie sich.

»Nicht viele. Man muss Englisch in Wort und Schrift beherrschen, und Fremdsprachen sind natürlich von Vorteil. Auch sollte man sich einigermaßen in Geographie auskennen und über eine hohe Schmerztoleranz verfügen.«

»Das ist ja nicht sonderlich viel.«

»Nein, nicht sehr viel.«

»Käme ich als Kandidatin in Frage?«

Verständnislos starrte Duncan seine Schwester an. »Du?«

»Warum nicht? Außer Englisch spreche und schreibe ich Französisch, Deutsch und Italienisch, und meine Schmerztoleranz ist weiß Gott hoch.« Sie wusste, dass die letzte Aussage nicht ganz der Wahrheit entsprach – immerhin war sie vor nicht allzu langer Zeit beim Anblick einer Leiche zusammengeklappt. Aber genau genommen hatte so etwas ja nichts mit Schmerzen zu tun.

»Das ist doch dummes Zeug, Heather.«

»Wie bitte? Wieso?«

»Vor allem, weil du viel zu jung bist.«

»Ich könnte vorgeben, ich sei sechsundzwanzig. Und meine Identität wechseln, wie du selbst und offenbar auch Raoul es getan habt. Deswegen konnte ich ihn im Dorchester auch nicht finden. Wahrscheinlich ist Dorchester ebenfalls ein Codename; wer weiß, wohin mich meine Suche noch geführt hätte.«

»Geh nach Hause, Heather. Heim nach Glengarth.«

»Das geht nicht. Die Eltern – vor allem Mutter – bringen mich schier um den Verstand.«

»Dann nimm dein Studium in Edinburgh wieder auf.«

»Auch das ist unmöglich. Ich ertrage es einfach nicht, Wöchnerinnen und ihre tot geborenen Babys aufzuschnibbeln, auch wenn es sich bei den Frauen um verurteilte Kriminelle handelt.«

Duncan dachte nach. Das letzte Argument konnte er nur allzu gut nachvollziehen.

»Dann geh nach Glengarth«, drängte er erneut.

»Und was soll ich dort machen?«

»Darauf warten, dass Raoul zu dir zurückkehrt.«

Wieder kehrte Schweigen ein.

»Ich kann dir nicht helfen, Heather«, fuhr Duncan schließlich fort.

»Gut, dann bleibe ich eben im Haus von Tante Christabel.«

»Das unserem Vater gehört.«

»Und später dann vermutlich dir.«

»Sie wissen Bescheid über dich, wusstest du das?«

»Wer? Deine Geheimdienste?«

»Nein. Unsere Eltern.«

Heather schluckte. »Und was wissen sie?«

»Zum Beispiel, dass du nicht mehr in Edinburgh studierst. Dass du im Stadthaus wohnst. Und auch, dass du hinter deinem verhinderten Liebhaber herläufst.«

»Hast du ihnen das alles erzählt?«

»Richtig.«

»Ich weiß zwar noch immer nicht, warum ihr hinter mir her spioniert – aber macht ihr das Tag und Nacht?«

»Selbstverständlich.«

»Ich dachte es mir fast. Ihr wart es auch, die Tante Christabel dazu gebracht habt, so lange wegzubleiben. Ihr wolltet mich erst schnappen. Bin ich wirklich eine solche Bedrohung für eure Pläne?«

»Das bist du.«

»Mein Gott«, seufzte Heather.

Wieder versanken die Geschwister in brütendes Schweigen. Schließlich fasste sich Heather ein Herz.

»Bitte, Duncan, ich flehe dich an – wo ist Raoul?«

»Geh zurück nach Glengarth, Heather. Geh, ehe dir etwas zustößt.«

Er meinte es ernst.

Kapitel Vierzehn

Nachdem Heather eingesehen hatte, dass es nicht die geringste Chance für sie gab, Raoul in London oder auf Glengarth wiederzusehen, gab sie nach; sie entschloss sich, ihr Studium ganz abzubrechen und nach Schottland zurückzukehren.

Heather warf ihren spärlichen Besitz in die kleine Reisetasche. Dabei wurde sie das Gefühl nicht los, dass sich die Augen ihrer Tante Christabel trotz deren Abwesenheit tief in ihre Seele bohrten. Sie hatte die ganze Zeit Bescheid gewusst! Was für eine schreckliche Familie, in die sie da hineingeraten war! Jeder schien jeden auszuspionieren.

Als sie fertig gepackt hatte, überlegte Heather, was sie mit den Schlüsseln machen sollte. Am besten, sie schloss ab und warf den Bund in den Briefkasten. Oder? Wer weiß, ob sie sie nicht noch einmal brauchen konnte! Sie beschloss, die Schlüssel doch zu behalten. Für alle Fälle!

Heather hatte bereits ihren Hut aufgesetzt, als sie hörte, wie sich leise ein Schlüssel im Schloss drehte. Sie wurde starr vor Angst. Sollte tatsächlich jemand hinter ihr her sein? Jemand vom Geheimdienst vielleicht? Und alles nur, weil sie sich in einen Franzosen verliebt hatte, dessen Vaterland von den Deutschen besetzt worden war?

Heather floh in die Küche und versteckte sich in der Vorratskammer. Schritte kamen näher. Sie hielt den Atem an.

In diesem Augenblick vernahm sie eine flüsternde Stimme:

»Heather? Bist du da?«

Die Stimme klang nach Raoul.

Ihr erster Impuls war, auf ihn zuzulaufen und ihm um den Hals zu fallen, doch ihr Instinkt warnte sie. Steckte vielleicht doch Duncan dahinter? Vorsichtig spähte sie durch einen Riss in der Tür der Vorratskammer.

Er war es! Er war es wirklich! Seinen dunklen Schopf hätte sie unter Tausenden erkannt.

Mit einem erstickten Freudenschrei stieß sie die Tür auf und lief auf ihn zu.

»Raoul! Raoul! Endlich!«

Vor lauter Begeisterung hätte sie ihn beinahe umgeworfen.

Er lachte, nahm sie in die Arme und schwenkte sie herum.

»Alors! Da ist sie ja, die Frau meiner Träume. Mein Gott, wie habe ich dich vermisst! Ich hatte schon Angst, du wärst bereits fort …«

»Wieso … warum …?« Heather konnte nur noch stammeln. Seine Küsse bedeckten ihr Gesicht. Sie war ja so glücklich!

Schnell jedoch fiel ihr auf, dass Raoul sich verändert hatte. Er trug die gleiche, unbestimmbare Khaki-Uniform ohne jegliches Rangabzeichen wie Duncan und seine beiden Burschen. Sein Käppi hatte er unter die linke Epaulette gesteckt. Er war ein Mann ohne eigene sichtbare Identität geworden; ein Mensch, der sich jederzeit unter die mit Soldaten durchmischte Bevölkerung Londons mischen konnte, ohne erkannt zu werden.

»Komm, setzen wir uns ins Wohnzimmer«, schlug er vor. »Ich werde dir alles erklären. Eine Tasse Tee würde jetzt gut tun.«

»Mache ich uns sofort«, erwiderte Heather eifrig. Doch dann fiel ihr etwas Besseres ein. »Wir könnten auch französischen Champagner trinken. Tante Christabel hat welchen im Keller.«

»Gibt es überhaupt anderen als französischen Champagner?«, lächelte er. »Lieb von dir, aber nein danke. Tee ist jetzt genau das Richtige.«

Der französische Akzent, über den Rory so gern gespöttelt hatte, war fast völlig verschwunden, und Heather verspürte eine leise Enttäuschung. Schade, offensichtlich musste man selbst die liebenswerten Eigenheiten ablegen, wenn man für den Geheimdienst arbeitete!

Nachdem sie den Tee bereitet hatte, setzten sie sich eng aneinandergekuschelt auf die Couch.

»Ich habe nicht viel Zeit«, flüsterte Raoul. »In zwei Stunden muss ich zurück sein.«

»Zurück? Wo denn?«

»An meinem Schreibtisch.«

»Und wo steht der?«

»An einem geheimen Ort.«

»In Whitehall? Oder im Dorchester?«

Raoul lächelte sie auf seine unvergleichliche Art an. Wie schön er doch war! Wie hatte Tante Christabel noch gesagt? Er hat Sexappeal – genau, das war es! Und er saß ganz nah neben ihr.

»Es tut mir wirklich leid, dass ich so schnell wieder fortmuss, aber es ist schön, dass wir wenigstens etwas Zeit miteinander haben. Und ich muss mich dafür entschuldigen, dass ich verschwunden bin, ohne dir zu sagen, wo ich zu finden war. Aber es ging nicht anders.«

»Weil du wie mein Bruder als Spitzel arbeitest?«

Er spielte mit ihren Fingern, küsste die Spitzen und streichelte ihre Handflächen.

»Ich hatte solche Angst, dass du mich nicht mehr willst«, sagte sie zaghaft.

»Dich nicht mehr wollen?«, wiederholte er mit gerunzelter Stirn.

»Dass du mich nicht mehr liebst.«

Er streichelte ihre Locken von der Farbe eines Sonnenuntergangs über einem Fluss aus Feuer. »Warum sollte ich dich nicht mehr wollen?«

»Ich hatte eben Angst davor. Ich dachte immer wieder an Glengarth, an unsere Kakao-Orgien und an die schönen Dinge, die du mir damals gesagt hast. Erinnerst du dich?«

»Wie sollte ich das je vergessen?«, erwiderte er leise. Er ließ ihre Hände nicht los.

»Vielleicht hast du ja gedacht, dass ich mich dir an den Hals geworfen habe oder dass ich … na ja, dass ich mich ein wenig billig gemacht habe.«

Zur Antwort zog er sie fest in seine Arme. Sie fühlte sich dahinschmelzen.

»Warte«, flüsterte sie atemlos, »eins muss ich noch wissen: Wie hast du mich gefunden?«

»Ich bin dir gefolgt.«

Sie starrte ihn an.

»Du? Du warst das also?«

»Richtig.«

»Mein Bruder ist wirklich ein Ekelpaket! Warum das Ganze?«

»Keine Ahnung. Ich habe nur getan, was mir befohlen wurde. Und nachdem ich erfahren hatte, dass du im Hotel Dorchester nach mir gefragt hattest, bin ich …«

»Halt, nicht so schnell!« Heather presste ihre Hände gegen die Schläfen. »Hat die Geschichte etwas mit Duncan zu tun?«

»Mit Duncan?«

Spielte er seine Ahnungslosigkeit nur?

»Na, Duncan. Mein Bruder«, sagte sie eine Spur schärfer als beabsichtigt.

»Ach so, du meinst Major John Duncan«, sagte Raoul augenzwinkernd.

»Ja. Duncan hat dir also erzählt, dass ich mich in unserem Stadthaus aufhalte«, fuhr sie fort. Wie beiläufig bemerkte sie: »Du hast dir übrigens während der letzten Monate ein bemerkenswert gutes Englisch zugelegt, Raoul.«

»Ich habe immer schon gut Englisch gesprochen«, protestierte er.

»Stimmt, aber da war dein ausgeprägter Akzent. Duncan sagte übrigens, du wärst in Frankreich gewesen.«

»Da war ich auch. Früher.«

»Etwa in Dünkirchen?«

»Natürlich nicht. Wie sollte das gehen? Frankreich gehört inzwischen den Deutschen.«

»Nun sag endlich, was hier gespielt wird! Mein Bruder rückt nämlich nicht mit der Sprache heraus.«

Raoul sah sie bewundernd an. Welch ein Feuer, welch eine Leidenschaft zeigte sich in diesem jungen Mädchen!

»Gut, aber lass uns ins Schlafzimmer gehen. Ich fürchte, das Wohnzimmer ist verwanzt.«

»Verwanzt?«

»Abhörgeräte. Oh ja, so etwas gibt es. Ich muss es wissen, schließlich arbeite ich tagtäglich damit. Im Schlafzimmer sind wir sicherer.«

»Das glaube ich kaum.«

Vielleicht gibt es dort zwar keine Abhörgeräte, dachte sie, während sie ihn unerbittlich in die Küche schob, aber sicherer ist es dort nicht – zumindest nicht für mich.

Sie kauerten sich auf den Boden der Vorratskammer, was Heather an Monsieur Boulette und ihr vertrauliches Gespräch im Luftschutzkeller erinnerte. Weiter ging die Ähnlichkeit allerdings nicht. Raoul sah tausendmal besser aus als sein ehemaliger Lehrer. Er gehörte zu den Männern, die in Uniform eine ausgezeichnete Figur machten, und Heather musste sich anstrengen, sachlich zu bleiben.

»Ich muss gerade daran denken, wie Pa uns immer von seinem ersten Stelldichein mit einer sehr reichen amerikanischen Erbin erzählte. Es fand in einer Vorratskammer statt, unten im Süden, in Breedon Hall. Tante Christabel ist gerade dort zu Besuch. Außerdem hat Pa uns immer eingebläut, uns grundsätzlich in die Vorratskammer zu flüchten, wenn etwas Unvorhergesehenes passiert – in einer Vorratskammer stirbt man nämlich zumindest nicht den Hungertod.«

»Hat er das gesagt?« Raoul näherte sein Gesicht dem ihren. Seinem warmen Atem fehlte der übliche Hauch von Knoblauch, den Heather immer für sehr französisch gehalten und gern gerochen hatte. Allerdings gab es seit den Bombardements in London auch keinen Knoblauch mehr zu kaufen. Er nahm sie in die Arme, umschlang ihre Beine mit seinen und ließ seine Finger durch ihre herrlichen Locken gleiten. Welch wunderschönes Geschöpf, dachte er. Und es macht ihr nichts aus, zu meinen Füßen zu sitzen, Knie an Knie, obwohl sie von adeliger Herkunft ist und ihre Familie weit über der meinen steht.

Heather hielt seine Hände fest und begann, von Glengarth zu plaudern. Raoul hatte nicht die geringste Lust, über vergangene Großtaten belehrt zu werden. Er sehnte sich danach, mit ihr zu schlafen; er wollte sie leidenschaftlich und inbrünstig lieben. Wer konnte wissen, ob ihnen überhaupt noch ein Morgen vergönnt war.

Doch er hörte ihr zu.

»Pa hatte Lizzie irgendwann in Glengarth kennengelernt. Sie war eine der reichsten Erbinnen Amerikas.«

»Dein Vater ist ein weiser Mann«, murmelte er, um sich den Anschein von Interesse zu geben.

»Meine Familie scheint eine gewisse Affinität zu Vorratskammern zu haben«, fuhr Heather fort. »Schade, dass es hier in dieser kaum etwas zu essen gibt. Ich esse gern, wenn ich auch nicht kochen kann. Es war reiner Zufall, dass man mich ausgewählt hat, Monsieur Boulette in seiner Kochshow beizustehen.«

Raoul kannte die Show, hatte er sie doch, krank vor Sehnsucht, heimlich bei der BBC beobachtet.

»Meist esse ich im Hotel oder in einem kleinen, ruhigen Pub auf dem Weg. Hier im Haus habe ich normalerweise keine Vorräte – höchstens saure Milch und muffige Kekse, im Ernstfall müssten wir in dieser Vorratskammer also doch verhungern.«, sagte sie lächelnd. Und dann, ernster: »Ach du, es tut mir immer noch leid, dass man dich so mir nichts dir nichts von Glengarth verjagt hat.«

»Schon gut«, flüsterte er und bemächtigte sich wieder ihrer Hände. In Gedanken sehnte er sich zurück an eine bestimmte Stelle im hohen Gras des Inchnadamph.

»Weißt du, meine Eltern leben zwar in einem großen, alten Schloss, haben aber so gut wie kein Geld. Seit dem Tod von Onkel Lindsay dümpelt das Gut am Rand des Bankrotts dahin, obwohl Lindsay zu seinen Lebzeiten Tausende von Bäumen gepflanzt hat, die eigentlich unser Einkommen steigern sollten. Stattdessen wachsen die Steuern ins Unermessliche. Aber natürlich ist selbst das immer noch angenehmer, als ausgebombt zu werden.«

Raoul nickte abwesend. Plötzlich wirkte er meilenweit von ihr entfernt.

»Was ist los, Raoul?«

»Ich denke an uns, Heather.«

»An uns?«

Er griff nach ihren Schultern und sah ihr fest in die Augen.

»Ich würde dir gern so vieles erzählen. Aber es geht nicht. Ich darf nicht.«

»Warum denn nur?«

»Weißt du, dass ich morgen abreise?«

»Schon wieder? Wohin?«

»Ich muss meine vaterländische Pflicht erfüllen. Du ahnst gar nicht, wie schwer mir das fällt, nachdem ich dich jetzt wieder in meinen Armen gehalten habe. Aber es muss sein. Ich kann dir nicht mehr sagen, als dass ich an einem geheimen, von Churchill und de Gaulle entworfenen Programm arbeite, mit dem Ziel, die deutschen Besatzer in Frankreich zu vernichten. Ich war mir zunächst nicht sicher, wie viel dein Bruder dir schon enthüllt hatte, aber ich glaube, diese paar Details darf ich preisgeben.«

»Das hat Duncan dir erlaubt?«

»Ich befinde mich in einer ausgesprochen verzwickten Situation, Heather. Ich habe es weiß Gott nicht leicht gehabt!«

»Du bist doch nicht etwa gefoltert worden?«, fragte Heather entsetzt.

»Nein, ganz so schlimm war es nicht«, beruhigte er sie. »Der Druck war mehr psychologischer Natur. Dein Vater und dein Bruder hielten mich nämlich für einen ausländischen Spion, und ich hatte viel Mühe, sie vom Gegenteil zu überzeugen.«

»Das darf doch nicht wahr sein!«, stotterte Heather schockiert.

»Ist es aber. Dein Vater und dein Bruder haben mich ausgequetscht wie eine Zitrone. Es war das erste Mal, dass ich Zutritt zu Duncan's Tower bekam, und ich wünsche mir, nie wieder einen Fuß dort hineinsetzen zu müssen.«

Ein äußerst überzeugender Schauder überlief ihn.

»Mein armer Liebling!« Heather warf die Arme um Raouls Hals und drückte ihn fest an sich. »Dieser Duncan – eines Tages bringe ich ihn um!«, fauchte sie, ehe sie ruhiger hinzusetzte: »Und was geschah dann?«

»Ich habe versucht, ihnen zu erklären, dass meine Stärken eher auf dem Gebiet der fachmännischen Zubereitung eines gebratenen Rebhuhns liegen, und dein Vater hat mir geglaubt. Anschließend haben dein Vater und dein Bruder mich gefragt, ob ich bereit wäre, mitzuhelfen, mein Land von den Nazis zu befreien.«

»Und du hast ja gesagt.«

»Ich habe ja gesagt.«

»Ich bin stolz auf dich. Und weiter?«

»Sie boten mir nicht nur einen Sprachkurs an, der meine Aussprache verbessern sollte, sondern ich sollte auch Dechiffrieren und Codieren sowie ein wenig Deutsch lernen. Schließlich werden auch von Glengarth aus angeblich Funksprüche abgesetzt. Ein solches Angebot konnte ich einfach nicht ablehnen.«

»Und du hast dich entschieden, mich zu verlassen, um für dein Vaterland zu kämpfen.«

»Aber nicht für immer, Heather. Über kurz oder lang wäre ich auf jeden Fall zu dir zurückgekommen.« Er drückte tröstend ihre Hände, und irgendwie glaubte sie ihm. Immerhin war er da, ganz nah bei ihr.

»Hat man je herausgefunden, wer auf Glengarth Funksprüche absetzte?«

»Keine Ahnung. Was für einen Sinn hätte es, so hoch im Norden Botschaften zu senden oder zu empfangen? Außer Möwen gibt es doch dort nichts! Seither arbeite ich im Untergrund gegen Verrückte, die die Welt ohne Rücksicht auf Verluste unter Kontrolle bringen wollen. Und weißt du was? Ich halte es tatsächlich für das Beste, wenn du dein Medizinstudium beenden würdest.«

Diese Wendung gefiel Heather ganz und gar nicht.

»Duncan schickt mich nach Glengarth, Du rätst mir zu Edinburgh … Was wollt ihr eigentlich alle von mir? Kümmert euch doch um euren eigenen Kram!«

»Hör zu, Liebes, ich habe dir bereits alles gesagt, was ich sagen durfte. Ich arbeite für das Bureau Centrale …«

»Kenne ich!«, unterbrach ihn Heather. »Erst gestern erzählte mir Duncan, dass du für den SOE arbeitest. Ihr beiden lernt anscheinend schnell und werdet noch schneller befördert.«

»Ich arbeite dafür, dass Frankreich von seinen Feinden befreit wird, Heather«, sagte Raoul schlicht und ehrlich.

»Hauptsache, du und Duncan und mein Vater lasst euch eine tolle Abkürzung für eure Organisation einfallen. SOE, BCRA, was auch immer! Wie wäre es mit GSMW für *Glengarth Single Malt Whisky?* Verdammte Scharade!«

»Mach dich ruhig über mich lustig«, erwiderte Raoul traurig.

»Hör auf, Raoul!«, schrie Heather.

»Genau genommen war mein ehemaliger Lehrer ebenfalls nicht ganz unschuldig an der Wendung, die mein Leben genommen hat«, fuhr Raoul unbeeindruckt von Heathers Ausbruch fort.

»Ja, ja, der berühmte Monsieur Marcel Auguste Boulette!«, höhnte Heather.

Raoul sah sie an und verstand, dass sie hinter diesen Angriffen nur ihre Angst zu verbergen suchte.

»Er war mir immer ein guter Lehrer. Und er hat nie einen Hehl aus seinem Patriotismus gemacht. Jetzt müssen wir uns damit abfinden, von der anderen Seite des Ärmelkanals, der uns von unserem Geburtsland trennt, für Frankreichs Freiheit zu kämpfen. Wir befinden uns auf der verwunschenen Insel und arbeiten für den grünen Edelstein, *La Douce France.*«

Wie lyrisch er doch werden konnte! Da saß er vor ihr und summte leise vor sich hin.

»Was machen wir jetzt?«, fragte Heather. »Nach allem, was du mir da erzählst, ist dein Leben in großer Gefahr.«

»Wir alle sind in Gefahr, Heather. Denk nur an die Bomben, die auf London fallen.«

»In Paris passiert das nicht, oder?«

»Du darfst Frankreich nicht vorwerfen, dass es den Kampf aufgegeben hat, um sein Volk und seine schönen Städte zu schützen.«

»Ja, London war früher auch so schön wie Paris. Aber wie geht es jetzt weiter? Mit uns, meine ich.«

»Am liebsten wäre mir, du würdest dein Medizinstudium wieder aufnehmen. Tu es um unseretwillen.«

»Was hat mein Studium mit uns zu tun?«

»Wir könnten uns näher sein.«

»Edinburgh liegt fast 800 Kilometer entfernt!«

»Und wenn du dich in London immatrikulieren würdest?«

Sie starrte ihn verblüfft an. Auf diese Idee war sie noch nicht gekommen. Langsam breitete sich ein Lächeln über ihre Lippen: »Ein wirklich pfiffiger Einfall.«

Er liebkoste ihr Gesicht. »Was glaubst du, wieso der Geheimdienst ausgerechnet auf mich gekommen ist?«

»Mein Schlauberger«, erwiderte sie und küsste ihn sanft. »Das Schlafzimmer von Tante Christabel ist übrigens im dekadentesten Art-Deco-Stil eingerichtet, den du dir vorstellen kannst. Hättest du Lust, es dir anzusehen?«

Kapitel Fünfzehn

Obwohl sich Raoul als wirklich einfühlsamer Liebhaber erwies, der ihrem schlanken, hellen Körper die wundervollsten Gefühle entlockte, ließ sich Heather in Bezug auf ihre Lebensplanung von ihm keine Vorschriften machen.

Sie behielt einen klaren, kühlen Kopf und bemühte sich, grundsätzlich einen Schritt weiter zu denken als alle anderen. In dieser Beziehung war sie ganz Annies Tochter. Annie hatte es nie zugelassen, dass sich jemand ihrer Lebensplanung in den Weg stellte, und damit etwas erreicht, wovon die meisten Frauen aus bescheidenen Verhältnissen nur träumen konnten.

Heather hatte nicht die geringste Absicht, ihr Medizinstudium wieder aufzunehmen. Sie hasste es, menschliche Leichen zu zerstückeln, nachdem sie in den Vorbereitungskursen bereits Luft in die Luftröhre toter Kaninchen hatte blasen müssen, um ihr Lungenvolumen zu bestimmen. Auch das Gefäßsystem toter Ratten freizulegen oder sich mit der Zusammensetzung von Urin, Fäzes, Erbrochenem, Eiter oder Blut zu beschäftigen bereitete ihr nicht nur kein Vergnügen, sondern verursachte ihr einfach nur Ekel.

Nie würde aus ihr die vertrauenswürdige Hausärztin werden, die ihren Patienten die Hand hielt und zuhörte, wie der alte Familienarzt Ben Buckie es tat. Heather spürte, dass ihr dazu die Hingabe fehlte. Sie verspürte auch keinerlei Lust, ihr Leben lang gegen den Feind Krankheit anzukämpfen, der sich auf leisen Sohlen anschleichen und über Nacht oder auch binnen weniger Stunden Leben vernichten konnte.

Ihr Professor hörte sie an, stimmte ihr zu und ließ sie gehen. Die

Frage war nur, ob auch ihre Eltern Verständnis für ihren Entschluss aufbringen würden.

Nach Dünkirchen und dem Bombardement von London hatte die englische Luftwaffe eingegriffen; seither befand sich Großbritannien mitten im Krieg, und friedliche Zeiten waren auf lange Sicht nicht abzusehen.

Wieder einmal stand Weihnachten vor der Tür, doch die Nachrichten, die um die Erde gingen, ließen kaum weihnachtliche Gefühle aufkommen.

Heather stapfte in Gummistiefeln über die heimatlichen Hügel und führte die Hunde spazieren. Dem Thema ihrer Exmatrikulation aus der medizinischen Fakultät in Edinburgh war sie bisher behutsam aus dem Weg gegangen, hatte sich jedoch vorgenommen, es an diesem Tag endlich zur Sprache zu bringen. Doch Annie kam ihr am selben Tag in der Küche zuvor.

»Bist du noch krankgeschrieben, Heather? Ich finde es ungewöhnlich, dass du auf Glengarth und nicht in Edinburgh bist.«

Annie konnte sehr direkt sein.

»Ich leide unter nervöser Erschöpfung, Mutter. Das weißt du doch!«

»Ehrlich gesagt – nein.«

»Es ist dieser verdammte Krieg! Die Unsicherheit, was das Schicksal meiner Brüder angeht, ganz zu schweigen davon, wie es Jamies Familie in Italien gehen mag. Ist es nicht schrecklich, dass wir die kleine Cleo noch nie zu Gesicht bekommen haben? Jedenfalls hat mir Professor MacCulper nahegelegt, mich eine Weile zu Hause zu entspannen.«

»Wir werden diesen Krieg gewinnen, Heather. Daran besteht kein Zweifel. Eines Tages siegen Wahrheit und Mut über das Böse.«

Annie saß am Küchentisch und häutete Kaninchen.

»Schon gut, Ma. Du hast wohl dem Sayadaw von Susan Jenny zu oft zugehört«, sagte Heather. »Was ich dir noch sagen wollte«, sie fasste sich ein Herz, jetzt oder nie: »Ich möchte mein Medizinstudium an den Nagel hängen.«

»Und warum?«

Annie hackte den Kaninchen die Köpfe ab und schnitt das blutige Fleisch in kleine Stücke. Heather konnte kaum hinsehen. Wie um alles in der Welt war sie bloß auf die Idee gekommen, sie wäre in der Lage, Ärztin zu werden?

»Mutter! Könntest du dein blutiges Geschäft bitte einen Augenblick unterbrechen und mir zuhören?«

Annie hob den Kopf. »Gibt es noch etwas? Schlimm genug, dass du aufhören möchtest. Dein Vater und ich haben uns krummgelegt, um dir eine Ausbildung zu ermöglichen, die dich nicht hinter deinen Geschwistern zurückstehen lässt.«

»Wie kommst du darauf, dass ich hinter meinen Geschwistern zurückstehen könnte?«

»Nun, immerhin machen Marjorie und Dulcie erfolgreich Karriere in Hollywood. Du solltest es nicht schlechter haben als sie, aber du fühlst dich ja offenbar bemüßigt, uns den ganzen Kram vor die Füße zu werfen.«

»Was machen Marjorie und Dulcie? Karriere? Dass ich nicht lache. Sie werfen die Beine hoch und zeigen ihre Titten.«

»Heather!« An solche Ausdrücke aus dem Mund ihrer Tochter war Annie nicht gewöhnt.

»Sei nicht so prüde, Mutter. Die Welt hat sich weiterentwickelt, seit du jung warst. Das Leben ist kein Tanzlokal!«

»Das war es noch nie. Übrigens hat Mary wieder einmal gekündigt.«

»Und warum dieses Mal?«

»Sie sagt, ich bezahle ihr nicht genug. Außerdem hat man ihr eine Stelle im Drumbarry Cottage Hospital angeboten. Da muss sie nicht jeden Tag bei Wind und Wetter durch den Wald laufen. Aber sie wird wiederkommen!«

Ruhig wandte sich Annie wieder den Kaninchen zu.

»Und du wirst sie zurücknehmen«, sagte Heather.

»Dieses Mal nicht«, erklärte Annie. »Ich weiß, dass die Traumwelt, in der Marjorie und Dulcie sich bewegen, nicht wirklich existiert«, fügte sie hinzu. »Glengarth, unser hinterwäldlerisches Glengarth, ist das Einzige, was wirklich zählt und wofür es sich zu leben lohnt. Duncan sollte stolz darauf sein, ein solches Erbe antreten zu dürfen. Allerdings scheint er sich schwer damit zu tun, sein Augenmerk auf die Zukunft der Schlossgüter zu richten. Er ist und bleibt nun einmal ein Hitzkopf. Ehrlich gesagt halte ich Jamie für weit besser geeignet, die Laird-Würde von Glengarth zu übernehmen.«

»Dann sprich es aus Mutter! Sprich deine Gefühle aus, anstatt immer alles für dich zu behalten.«

Annie sah Heather an. Ihre Augen schwammen in Tränen.

»Ich mache mir solche Sorgen um die Jungen!«, flüsterte sie. »Andrew und Bruce in Gefangenschaft und Jamie irgendwo weit weg von Maria und der Kleinen auf dem Meer.« Mit gerunzelter Stirn hackte sie blindwütig weiter auf das Kaninchen ein.

Heather nahm ihr das Hackmesser aus der Hand, drückte sie auf einen Stuhl und schenkte ihr eine Tasse des immer bereitstehenden, heißen Tees ein.

»Hör zu, Mutter. Ich weiß jetzt, dass ich nicht aus dem richtigen Holz geschnitzt bin, um Ärztin zu werden. Sag jetzt bitte nichts!« Sie legte einen Finger auf Annies angespannte Lippen. »Ganz gleich, was Vater und du mit mir vorhattet oder habt – ich habe die Universität bereits verlassen, ich möchte was anderes machen.«

Annie sah sich in der Küche um, die immer ihr Hoheitsgebiet gewesen war. Hatte sie nicht insgeheim darauf gehofft, dass ihre Kinder den von ihr begonnenen Traum weiterlebten?

»Ich dachte, du wärst glücklich. Du hast doch immer davon gesprochen, eines Tages die Praxis von Ben Buckie übernehmen zu wollen. Ärzte werden respektiert. Wir hätten jemanden wie dich gut in Glengarth und den umliegenden Tälern brauchen können.«

Glengarth, immer wieder Glengarth!

Heather schlang ihre Arme um ihre wie verloren dasitzende Mutter.

»Vater und ich gingen davon aus, dass der Arztberuf das Richtige für dich wäre«, fuhr Annie nach einer Weile fort. »Auf jeden Fall besser als das gewöhnliche Krankenschwesterdasein, zu dem ich es nur gebracht habe.«

Sie sprach ruhig und ohne Vorwurf, doch Heather verstand sehr genau, was dahinter steckte.

»Du warst nie gewöhnlich, Mutter.«

»Du weißt, was ich meine.«

»Aber genau das ist es doch, Mutter. Du warst Krankenschwester, ich soll Ärztin werden. Vater war bei der Navy, also steckt man Jamie in jungen Jahren in die Marineakademie. Merkt ihr denn nicht, was ihr uns damit antut? Ihr habt uns alle in Schubladen gesteckt, in die wir nicht hineingehören – nur die Zwillinge hatten das Glück, rechtzeitig zu entkommen. Wir anderen leben unser Leben als Verpflichtung gegenüber unseren Eltern. Tut mir leid, aber ich möchte bei diesen altmodischen Wertvorstellungen nicht mehr mitmachen.«

»Und genau das stört mich an den modernen Zeiten: Niemand kümmert sich mehr um Wertvorstellungen. Allen voran dieser Adolf Hitler. Jeder denkt nur noch an sich. Genau aus diesem Grund gibt es so kurz nach dem vorigen schon wieder einen Krieg. Allein aus Machtgier und Materialismus! Ich will behalten, was mein ist! Nur ja nicht teilen, ganz gleich wie arm und bedürftig mein Nächster ist. Begehrlichkeit ist die Wurzel der modernen Kriege.«

»Du vergisst die Religionskriege, Mutter.«

»Durchaus nicht. Auch hier spielt neben Intoleranz und Selbstsucht die Begehrlichkeit eine große Rolle.«

Heather ging bewusst nicht weiter auf den Generationenkonflikt ein. Wessen Generation hatte denn den vergangenen Krieg vom Zaun gebrochen? Und was die Begehrlichkeit anging, so war Annie ebenfalls nicht ganz schuldlos – man brauchte nur an Laird Lindsay, seine Frau

Lady Iona und die unrühmliche Rolle zu denken, die Annie in dieser Beziehung gespielt hatte.

»Ben Buckie hat mich seinerzeit überzeugt, Ärztin zu werden«, sagte sie nach einer Weile.

»Ich weiß«, erwiderte Annie. »Du warst unter deinen Geschwistern immer die Aufmerksamste, Liebevollste und Sorgfältigste. Ich hätte gedacht, dass du als Ärztin nicht mit dem unsäglichen Schmutz und Unrat in Berührung kommen würdest, der für uns Krankenschwestern alltäglich war.«

»Da irrst du dich aber gewaltig«, gab Heather lebhaft zurück. »Wir Medizinstudenten mussten die ekelhaftesten Dinge wegputzen, die du dir vorstellen kannst; unsere Verantwortung war einfach größer als die der Krankenschwestern.«

Annie trank einen Schluck Tee und beobachtete ihre Tochter über den Tassenrand hinweg. Heather führte etwas im Schilde; sie kannte das Mädchen gut genug, um gewisse Absichten zu erkennen. Vermutlich hatte sie längst einen Plan für ihre weitere Zukunft.

»Was ist das für ein Job, der dir so am Herzen liegt?«

»Moderatorin bei der BBC.«

»Jemand, der die Nachrichten vorliest?«

»Nicht ganz … etwas Ähnliches.«

»Und welche Qualifikationen brauchst du dafür?«

»Im Grunde keine. Es geht mehr darum, die richtigen Leute zu kennen.«

Annie antwortete nicht. Heather, die schlimmeren Widerstand erwartet hatte, kreuzte die Finger.

»Na, wenigstens zieht es dich nicht in eine Music Hall wie deine Schwestern«, sagte Annie schließlich. »Und du kannst in der Nähe bleiben. Unsere Radioprogramme kommen aus Edinburgh und Glasgow.«

»Ich gehe nach London.«

Annie stand auf, ging zum Spülbecken und kippte den Rest ihres

Tees in den Ausguss. Am Fenster blieb sie stehen und schaute hinaus auf den Hof und die hinter den Torhäusern beginnenden herrlichen Hochwälder. Welch wunderbares Vermächtnis! Und welch große Mühe im Unterhalt! Wie schön wäre es, als alter Mensch in einem kleinen Häuschen irgendwo auf dem Gut leben zu dürfen und sich um nichts weiter Sorgen machen zu müssen, als gemeinsam alt zu werden. Annie fühlte sich wie verloren.

»Mutter!«, flehte Heather. »Ich weiß, was ich tue.«

»Ach wirklich?« Annie wandte sich um und blickte ihre Tochter aus traurigen Augen an. »Dahinter steckt doch sicher wieder dieser Mann, nicht wahr?«

»Welcher Mann?«

»Du kannst mir nichts vormachen, Heather.« Annies Stimme wurde lauter. »Ich bin nicht blind. Ich rede von Raoul Clermont, dem Mann, dem du so schamlos nachgelaufen bist. Er ist doch bestimmt zehn Jahre älter als du! Es ist ... es ist einfach nicht schicklich.«

»Du irrst dich, Mutter«, entgegnete Heather kühl. »Raoul hat nichts damit zu tun. Mir ist eine Stellung in der Kochsendung von Monsieur Boulette angeboten worden. Übrigens nicht beim Radio, sondern beim Fernsehen.«

»Schon gut, ich habe nicht den ganzen Tag Zeit«, drängte Annie.

»Die Fernsehprogramme werden ebenfalls bei der BBC produziert, sind aber nicht nur zu hören, sondern mit entsprechender Ausrüstung auch zu sehen. Wahrscheinlich hat das Fernsehen eine große Zukunft vor sich ...«

»Das ist mir egal«, unterbrach Annie den Redeschwall ihrer Tochter. »Mir ist klar, was du vorhast, und es gefällt mir ganz und gar nicht.«

»Mutter, ich werde mit dem französischen Starkoch zusammenarbeiten, für dessen Sendung Raoul uns Eintrittskarten besorgen wollte ...«

»Ich habe längst verstanden«, schimpfte Annie. »Du gibst dein Studium auf, um in der Nähe dieses Franzosen sein zu können. Dein Vater wird sicher nicht entzückt sein, dass du hinter einem jungen Mann her rennst, der nichts anderes kann als kochen.«

Annie nahm ihre Schürze ab und machte sich auf den Weg zu Rory. An der Tür wandte sie sich um.

»Du bist erst achtzehn«, warf sie ihrer Tochter hin. »Dir ist klar, dass du seine Einwilligung brauchst, nicht wahr?«

Kapitel Sechzehn

Heather rief die Hunde zu einem strammen Spaziergang über das Inchnadamph. Es war ein wunderbar klarer und kalter Dezembertag. Die mit Schnee überzuckerten Stechginster an den Bergflanken verwandelten die Landschaft in ein glitzernd verzaubertes Wintermärchen. Solche Schönheit bekam man nur fernab der Zivilisation zu sehen; das Leben in den Städten machte blind für den Zauber der Natur.

Doch hier auf Glengarth schien immer noch die Sonne. Das Versprechen, verzaubert zu werden, schwand niemals ganz und gar. Doch auch hier lebten normale Menschen, die das Banner der Freiheit hochhielten und für Gerechtigkeit und Frieden kämpften, nicht nur, weil Churchill es verlangte, sondern weil ihr Land so schön war.

Heather fiel ein Gedicht von Sir Walter Scott ein, das er auf dem Weg nach Montrose geschrieben hatte, nachdem er auf den Hügel von Caterthun gestiegen und den vom Licht der untergehenden Sonne vergoldeten Fettercairn gesehen hatte.

Ich wünscht, das Wandern hätt' ein End.
Die Ferne liegt im weichen Licht.
Die Sonne güld'ne Strahlen send't
Und möcht verweilen, wie auch ich.

Auch Heather wünschte, ihr Wandern hätte endlich ein Ende. Auf keinen Fall wollte sie nach Edinburgh zu ihrem Medizinstudium zurückkehren. Doch was sollte sie tun, wenn ihr Vater ihr tatsächlich die Erlaubnis verweigerte, nach London zu gehen?

Der Dichter sprach ihr aus dem Herzen, was ihre Gefühle für Glengarth anging. Sie würde eine große Liebe verlassen müssen, um der anderen nahe zu sein. Glengarth, das war der Zauber ihrer Kindheit. Jetzt aber brach die Zukunft an, das Leben mit dem Mann, den sie liebte.

»Versucht es nur!«, rief Heather dem Echo der Berge entgegen. »Versucht nur, mir meinen Liebsten zu nehmen. Ihr werdet es nicht schaffen!«

Gemächlich wanderte sie an der Bergflanke entlang.

Unterhalb lag Loch Garth mit der kleinen Insel Rill, wo ihre Mutter aufgewachsen war, die sie aber später nie wieder hatte betreten wollen. Den Kindern hatte sie erzählt, dass es dort spuke, und als Beispiel für die schrecklichen Mächte das verunstaltete Gesicht von Aeneas Hamilton erwähnt: »Da seht ihr, was passiert, wenn ihr ungehorsam seid. Der arme Aeneas muss für immer mit diesen Narben leben.« Sie hatten alle sieben gehorcht und die Insel nie betreten.

Jetzt aber packte Heather die Lust, zu erfahren, warum ihre Mutter ein so hübsches Fleckchen Erde derart ablehnte. Was war der Grund dafür gewesen, dass sie ihren Kindern den Zutritt zu dem Inselchen unter Androhung schlimmster Strafen verboten hatte? Es gab dort nichts, was auf Gefahr schließen ließ.

Früher musste einmal ein Haus auf dem Eiland gestanden haben; Heather entdeckte eine Ruine, die die Schönheit des silbernen Sandstrandes ein wenig beeinträchtigte. Der schmale Damm, der Rill einst mit dem Festland verbunden hatte, war lange nicht mehr ausgebessert worden und stand bei Flut meist vollständig unter Wasser. Man konnte die Insel nur mit einem Ruderboot erreichen. Im Frühling blühten dort Tamarisken wie fedrige Schirme, unter denen sich Vergangenheit und böse Geister verbargen.

Vor vielen Jahren allerdings hatte Heathers Vater die Schönheit der Umgebung dadurch verschandelt, dass er am Ufer des Loch Lizzie zu Ehren die Skulptur eines Rennwagens hatte errichten lassen. Mit dem

Original des silbern glänzenden Ungetüms war Rory einst beim Rennen auf dem Brookland-Ring auf den ersten Platz gefahren, was nicht zuletzt Lizzies Sponsoring zu verdanken war, die damals in die höchsten Kreise Schottlands eingeheiratet hatte; Lizzies letzter Ehemann – sie selbst hatte gestanden, mit dem Zählen aufgehört zu haben – war Graf von Albion gewesen. Nur kurze Zeit später hatte ein Hinterwandinfarkt die frischgebackene Gräfin dahingerafft.

Nachdem Rory vor knapp einem Jahr vergeblich versucht hatte, es ihr gleichzutun, musste sich Heather eingestehen, dass das Denkmal für die Frau, die Glengarth vor über zwanzig Jahren neues Leben eingehaucht hatte, so ungefähr das Geschmackloseste war, was man sich vorstellen konnte, zumal es außer Rory niemanden gab, der sich an diese Zeit erinnern wollte.

Verblüfft registrierte Heather, dass rings um die sonst so stille Insel Rill an diesem Tag hektische Aktivität herrschte. Heather hörte die Waldarbeiterinnen weiter oben im Forst arbeiten, sie konnten also nicht die Ursache sein. Lange Stämme glitten die steilen Abhänge hinunter ins Wasser, von wo sie gebündelt zu den seit Kriegsbeginn boomenden Industriegebieten und Werften von Glasgow geflößt wurden.

An den Ufern des Loch waren junge Männer in Arbeitsanzügen dabei, Zelte und Hütten zu errichten. Eine graue Corvette blockierte den Ausgang des Loch zur offenen See.

Fasziniert beobachtete Heather die fieberhafte Tätigkeit, die an einen Ameisenhaufen erinnerte. Plötzlich schlugen die Hunde an. Zwei Männer traten hinter dem Mädchen unter den Bäumen hervor.

»Entschuldigen Sie, Ma'am, aber hier ist der Zutritt verboten.«

Heather betrachtete sie von oben bis unten. Ihre Seemannspullover trugen die Aufschrift »RCN«, womit Heather zunächst nichts anzufangen wusste. Sie kannte die Abkürzung RCN vom Royal College of Nursing, und sie bezweifelte sehr, dass die beiden Männer etwas mit der Schwesternschule zu tun hatten.

»Aber ich wohne hier!«, erklärte sie schnippisch.

»Tut uns leid, Ma'am, aber Sie halten sich auf dem Privatgelände der Marine auf.«

»Der britischen Marine?«

»Der vereinigten Marine Großbritanniens und seiner Herrschaftsgebiete.«

Heathers Gehirn arbeitete auf Hochtouren: Was hatte Duncan noch gleich gesagt? »Glengarth jedenfalls ist nach wie vor ein sicherer Hafen für bestimmte Schiffe der Royal Canadian Navy, kurz RCN«, das waren seine Worte gewesen.

»Irgendwie klingen Sie amerikanisch«, antwortete sie jetzt wie beiläufig.

»Wir sind Kanadier.«

Kanadier! Heather rief die Hunde und kehrte im Laufschritt nach Glengarth zurück.

»Wo finde ich meinen Vater?«, erkundigte sie sich atemlos bei George Proben, der ihr als Erster über den Weg lief.

»Er hält sich in seiner Bibliothek auf, Miss Roskillen.«

Nun, wenigstens enthob sie das der engen Wendeltreppe in Duncan's Tower. Heather nahm sich nicht einmal die Zeit, an der Bibliothekstür anzuklopfen.

»Was geht hier vor?«, platzte sie heraus.

Rory legte die Hauptbücher beiseite, an denen er gearbeitet hatte.

»Gemach, gemach, Liebes. Deine Mutter hat mir erzählt, dass du als Moderatorin zur BBC gehen möchtest, und ich …«

»Was ist hier auf Glengarth los?«

»Wovon redest du, Heather?«

»Na, von den Männern, die hier überall herumwuseln.«

»Ach, du meinst die Royal Canadian Navy!«

»Haben die Leute sich verirrt?«

Rory lächelte.

»Sie halten hier Manöver ab. Ich habe ihnen die Nutzung des Loch für die Dauer des Krieges überlassen, allerdings hoffe ich, dass sie schon früher wieder in See stechen.«

»Und was sind das für Manöver?«

»Alles, was das Monster von München vernichten kann.«

»Meinst du Hitler?«

»Aber Heather! Natürlich!«

»Duncan hat sich nach Kräften bemüht, mich bezüglich Raouls Rolle in diesem Bumsschuppen hinters Licht zu führen.«

Rory reagierte ziemlich schockiert auf Heathers Ausdrucksweise, doch das Mädchen wiegelte ab.

»Inzwischen solltest dir aufgefallen sein, dass ich kein Kind mehr bin, Vater.«

»Das kann man wohl sagen!«, nickte er und fragte sich gleichzeitig besorgt, wie viel Heather inzwischen über die körperliche Liebe wissen mochte. Es fiel ihr nicht schwer, die Gedanken ihres Vaters zu erraten.

»Medizinstudenten müssen über die Körper Bescheid wissen, die sie eines Tages heilen sollen.«

»Vermutlich«, gab er lapidar zurück.

»So, und jetzt möchte ich klipp und klar wissen, was diese Männer hier auf Glengarth zu suchen haben.«

»Was sie hier tun, kann ich dir nicht sagen. Nur, dass sie der RCN angehören …«

»Du weichst mir aus!«

»Heather, Liebes, du bist meine Tochter …«

»Zumindest behauptet Mutter das …«

Rory seufzte.

»Ich wollte doch nur sagen, dass du meinen Segen hast.«

»Deinen Segen? Wozu?«

»Du sollst dein Leben nach deinen Vorstellungen leben dürfen. Werde Ärztin oder Sprecherin bei der BBC – was immer du möchtest. Hauptsache, du wirst glücklich, mein Kind.«

Völlig perplex starrte Heather ihren Vater an.

Als hätte Rory geahnt, was in ihr vorging, fügte er hinzu: »Und frag mich bloß nicht, aus welchem Grund ich diese Entscheidung getroffen habe.«

Erst nach einer geraumen Weile hatte Heather sich so weit gefangen, dass sie wieder sprechen konnte. »Wenn ich es aber gern wissen möchte?«, sagte sie mit einer Stimme, die von sehr weit her zu kommen schien.

»Ohne mich!«

»Ich darf also meine Zukunft selbst in die Hand nehmen?«

»Wichtig ist, dass du richtige Wahl triffst. Irrst du dich, wirst du vom Schicksal eingeholt.«

»Jetzt weichst du mir schon wieder aus!«

Rory seufzte, nahm eine Zigarre aus einer Holzkiste und betrachtete sie lange mit sehnsüchtigem Blick, ehe er sie wieder zurücklegte. Heather bemerkte auch eine Flasche *Glengarth Single Malt*, die neben einem verstaubten Glas auf einem Silbertablett stand.

»Vater?«

Er lächelte das charismatische Lächeln, mit dem er schon in seiner Jugend die Menschen bezaubert hatte, stand auf, humpelte zu einem Regal, zog ein dickes Buch heraus und ließ sich wieder auf seinen Sessel fallen.

»Wenn ich eines Tages einmal nicht mehr da bin, Heather, möchte ich, dass einer aus der Familie mein Leben aufarbeitet. Ich denke, du bist die Richtige dafür. Du hast ein Gefühl für Familiengeschichte.«

»Das ist eine große Aufgabe, Pa. Aber ich habe keine Ahnung von der Marine.«

»Ich war auch gar nicht ein so hohes Tier, wie immer behauptet wird.«

»Wie? So bescheiden? Das finde ich ganz toll von dir.«

»Nein wirklich. Weißt du, Heather, auch Seeschlachten werden nicht allein von den beteiligten Schiffen gewonnen.«

»Sondern?«

»1916 diente ich unter Admiral Beatty, der nicht nur ein in menschlicher Hinsicht großartiger Befehlshaber, sondern auch ein ausgezeichneter Stratege war. Nach der vernichtenden Niederlage unserer Hochseeflotte in Scarpa Flow erklärte der gute alte Beatty, dass es unerlässlich wäre, die britische Marine wieder zu stärken und möglichst mächtig zu erhalten. Leider hat in den letzten beiden Jahrzehnten kein einziger Politiker Beattys Hinweis beherzigt. Die Folgen liegen auf der Hand. Wir stehen einer hoch aufgerüsteten, modernen Kriegsmarine gegenüber, in die die Deutschen seit Abschluss des Vertrages von Versailles investiert haben. Hitler konnte nur so groß werden, weil er den Deutschen versprochen hat, ihnen ihre Würde zurückzugeben, nachdem der Vertrag sie verarmt und gedemütigt ihrem Schicksal überlassen hatte.

Weißt du, Heather, ich war in Jütland dabei, und ich habe erlebt, was im Anschluss geschah. Wir sind keine Seemacht mehr. Wir begegnen der hoch aufgerüsteten deutschen Kriegsflotte mit hastig modernisierten Schiffen aus dem Ersten Weltkrieg. Frankreich verfügt zwar über eine moderne Flotte, ist aber nicht mehr in der Lage zu kämpfen. Seeschlachten, mein Kind, werden nämlich von Menschen gewonnen, und zwar von denen, die befehlen, und denen, die unter diesem Befehl handeln. Trotzdem brauchen die Schiffe natürlich eine moderne Ausrüstung, um ihr Land schützen zu können.«

Heather hatte ihrem Vater schweigend zugehört. Immer wieder streifte sein sehnsüchtiger Blick die Whiskyflasche und die Zigarrenkiste, doch er fügte sich dem Verbot des Hausarztes.

»Admiral Jellicoe besuchte nach der Skagerrakschlacht, die längst nicht so tragisch verlief, wie sie von den Historikern gern dargestellt wird, die englischen Überseebesitzungen. Man könnte sagen, dass sich die Marine in Jütland von ihren Fesseln befreien konnte und eine Art Nelson-Sieg errang.«

»Du bist bei Jellicoes Begräbnis in St. Paul's dabei gewesen, nicht wahr?«

»Oh ja. St. Paul's Cathedral ist ein würdiger Ort für Leute wie Jellicoe und Beatty. Nie wieder wird die Welt solche Helden sehen.«

»Schön. Und jetzt habe ich also deine Zustimmung?«

»Was?« Rory blickte, noch ganz in Erinnerungen versunken, seine jüngste Tochter an.

»Ich darf die Universität verlassen und zur BBC gehen?«

»Wenn es das ist, was du willst, Kleines, und wenn es dich glücklich macht, dann tu es.«

»Danke, Pa! Vielen, vielen Dank!« Heather sprang auf ihren Vater zu, umarmte ihn und küsste ihn auf die stacheligen Wangen. »Ich hab dich so lieb!«

Sie blickte ihn mit zärtlichen Augen an.

»Weißt du, auch wenn ich nun doch keine Ärztin werde, möchte ich dir etwas sagen, was ich von Professor MacCulper gelernt habe: Tu immer das, was dein Körper von dir fordert. Sex zum Beispiel. Aber auch die anderen Dinge, nach denen du dich sehnst. Du verbietest dir Whisky und Zigarren, aber das Leben ist viel zu kurz für ständigen Verzicht. Tu es einfach, Pa. Sieh nur zu, dass Mutter nichts davon erfährt.«

Er drückte ihr komplizenhaft die Hand. »Du bist etwas ganz Besonderes, kleine Heather. Du erinnerst mich sehr an meine Mutter, entschlossen, stark und fröhlich wie du bist. Auch ihre Schönheit hast du geerbt. Zwar war sie blond und blauäugig, und du hast rote Locken und die grünen Meerjungfrauenaugen deiner Mutter, aber ihr seht euch sehr ähnlich. Außerdem bewundere ich deine Intelligenz, die mich ebenfalls an meine in Indien gestorbene Mutter erinnert. In Baharbad ist sie nie wirklich heimisch geworden. Sie war auf einem englischen Landgut aufgewachsen und fühlte sich in Indien ziemlich fehl am Platz. Manchmal denke ich darüber nach, wie anders alles für Glengarth und die Roskillens hätte kommen können, wenn meine Mutter nicht bei der Geburt ihres letzten Kindes gestorben wäre.«

»Über solche Dinge nachzudenken, macht keinen Sinn, Vater.«

»Du hast recht. Meine Mutter ist sehr jung gestorben. Ich war erst acht Jahre alt.«

Heather drückte ihn fest an sich. Wie schrecklich es sein musste, ohne Mutterliebe aufzuwachsen! »Ich weiß, Pa, und es tut mir wirklich leid für dich. Kann ich irgendetwas für dich tun?«

Rory beließ es dabei.

Heather allerdings nicht. Nachdem die Familie und die meisten Bediensteten zu Bett gegangen waren, schlich sie sich im Nachthemd nach unten in die Bibliothek. Sie hatte sich einen karierten Morgenmantel über die Schultern gelegt, und ihre Locken waren in einem langen Zopf gebändigt, der über ihren Rücken hinunterhing. Ausnahmsweise ließ sie den geliebten Sir Walter Scott stehen und suchte nach dem Tagebuch, das ihr Onkel Lindsay seit seiner Kindheit in Indien bis zu seinem tragischen Tod im Mull of Glengarth geführt hatte.

»Auf dem Rücken meines Pferdes Burrel, das sich so ungebärdig verhielt, als spüre es die Veränderungen, saß ich und sah zu, wie der rote Sonnenball über den Bergen von Skye versank. Ich liebe die langen, sanften Sommerabende Schottlands; sie sind so ganz anders als meine Erinnerung an das heiße, staubige Indien. Hier scheint Zeit in Zeitlosigkeit überzugehen. Draußen, auf dem schwarzen, von rotgoldenen Reflexen sprühenden Minch, pflügte sich ein Fischerboot durch die Wellen. Sein Segel schimmerte tiefrot im Abendschein …«

Heather fand noch eine andere Stelle, die Lindsays Gemütszustand bei der Übersiedlung von Indien nach Schottland beschrieb.

»Zwischen den Baumstämmen des alten Hebridenwaldes hindurch, der einst die gesamten Highlands bedeckte, erhaschte ich den ersten Blick hinunter auf Loch Garth. Schon im Voraus erfreute ich mich der Überraschung, die mir der Anblick des Landes, das ich einst erben werde, immer wieder bereitet. Loch Garth liegt in der Tiefe wie eine silberne Seeschlange, die kurz davor ist, sich zu häuten und mit ihrem wachsamen Auge – der kleinen, mit feinem weißen Sand umgebenen Insel Rill – die Berge beobachtet …«

Mit ihrem wachsamen Auge …

Im Schatten gewahrte Heather eine diffuse Bewegung. Erschrocken wirbelte sie herum. In einem Lehnstuhl in der Ecke saß eine kleine, schwarz gekleidete Gestalt, bei deren Anblick Heather eine Gänsehaut den Rücken hinunterlief.

»Mein Gott!« Heather schlug eine Hand vor den Mund. »Agatha? Agatha Kemster! Ist das ein Spuk?«

Die Frau in der Ecke kicherte seltsam.

»Was … was machen Sie hier?«

»Ich habe Hafturlaub, mein Kind.«

»Aber Sie haben doch sicher …«

»Was habe ich sicher?«

»Ihre Strafe noch nicht abgesessen. Jedenfalls noch nicht vollständig. Es ist doch höchstens fünf Jahre her, seit …«

»Viereinhalb Jahre, um genau zu sein.«

»Sind Sie etwa aus dem Gefängnis ausgebrochen?«, fragte Heather misstrauisch.

Wieder lachte die Frau ihr hexenartiges Lachen. »Nein, Miss Heather, man hat mir wegen guter Führung vorzeitige Haftverschonung gewährt. Ihre Eltern haben für mich gebürgt, Ich werde künftig wieder als Haushälterin und Köchin auf Glengarth arbeiten, da Mary ja doch immer wieder davonläuft und Personal in Kriegszeiten ohnehin knapp ist.«

»Um Himmels willen, nein!« Kopflos rannte Heather aus der Bibliothek. Hatten ihre Eltern den Verstand verloren? Im Flur stieß sie beinahe mit George Proben zusammen.

»Du liebe Zeit, Miss Heather!« Geschickt und ohne einen Tropfen zu verschütten brachte er das Tablett mit Kakao und Plätzchen für die Dame in der Bibliothek in Sicherheit. »Sie sehen aus, als wäre Ihnen ein Gespenst über den Weg gelaufen.«

»Ich habe …«

»Was ist los, Miss Heather?«

»Alles ist los! Einfach alles! Ich habe diese Familie so satt! Und dann begegnet man auf Schritt und Tritt fremden Menschen! Außerdem sind meine Eltern offenbar nicht in der Lage, vernünftiges Personal einzustellen!«, fauchte Heather.

»Ich hoffe, Sie meinen nicht mich.«

»Natürlich nicht, George. Manchmal scheinen Sie mir der einzig Vernünftige hier zu sein.«

»Das erleichtert mich ungemein, Miss Heather. Meine Güte, Sie zittern ja am ganzen Leib. Warum gehen Sie nicht hinunter in die Küche und wärmen sich erst einmal auf? Gerade habe ich den Herd angeheizt. Wenn Sie einen Augenblick Zeit haben, mache ich Ihnen einen schönen heißen Kakao. Ich muss nur noch eben das Tablett zu Miss Agatha hineinbringen. Die Dame ist übrigens unsere neue Haushälterin. Ein etwas merkwürdiger Vogel, wenn ich mir die Bemerkung erlauben darf.«

»Allerdings!«, stimmte Heather zu, die sich mit dem Gedanken an einen heißen Kakao in der warmen Küche nur allzu gern anfreundete. George schien gern zuzuhören, und angesichts seines Urteils über Agatha war sich Heather fast sicher, dass sie viele Gemeinsamkeiten entdecken würden.

Kapitel Siebzehn

Dass Heather sich ausgerechnet in London Arbeit gesucht hatte, war Rory und Annie alles andere als recht. Vernünftige Zeitgenossen taten ihr Möglichstes, die im Visier der deutschen Luftwaffe befindliche Großstadt zu verlassen, doch Heather hatte sich den Job bei der BBC nun einmal in den Kopf gesetzt. Die Eltern wussten sich keinen Rat, wie sie das Ansinnen ihrer jüngsten Tochter unterbinden sollten. Was hätte das Mädchen auch Sinnvolles tun können, nachdem es sich bereits in Edinburgh exmatrikuliert hatte? Als Druckmittel blieb der monatliche Scheck, den die Eltern ihr jedoch nicht sperren wollten, damit Heather nicht aus Geldmangel auf dumme Gedanken kam. Rory und Annie befanden sich in einem ernsten Dilemma. Gerade von Heather hätten sie ein solches Verhalten am wenigsten erwartet.

Sie ist eben verliebt, dachte Annie und erinnerte sich daran, wie ihr in Heathers Alter zumute gewesen war. Doch die Vorstellung, ihre Tochter könne es ebenso machen wie sie selbst, erschien ihr alles andere als tröstlich.

Um zumindest in beruflicher Hinsicht eine gewisse Sicherheit für ihre Tochter zu gewährleisten, forderten Rory und Annie von der BBC und von Monsieur Boulette eine schriftliche Erklärung an, dass Heather tatsächlich ein Arbeitsangebot beim Sender hatte. Außerdem bestanden sie darauf, dass Heather auch weiterhin in der Park Lane wohnte. Christabel würde nach dem Jahreswechsel in das Londoner Stadthaus der Familie zurückkehren und ihre Nichte beaufsichtigen.

Heather spürte, dass es besser war, den Schritt in ein neues Leben mit elterlicher Zustimmung zu tun, wenngleich ihr die Vorstellung, ständig unter der Kontrolle ihrer Tante zu stehen, ganz und gar nicht behagte. Es würde schwierig werden, Raoul zu sehen, wenn er zwischen seinen Aufträgen einmal Zeit für sie haben sollte. Doch er hatte sie schon einmal ausfindig gemacht – er würde es sicher wieder tun. Wie schön wäre es, wenn sie heiraten und gemeinsam in eine hübsche Wohnung in London ziehen könnten! Doch das waren Wunschträume! Niemand wusste, wann sie in Erfüllung gehen würden.

Leider ließ auch die Erfüllung eines anderen Wunschtraums auf sich warten. Zu ihrem Entsetzen musste Heather schon nach kurzer Zeit bei der BBC erfahren, dass für die Dauer des Krieges keine Aufzeichnungen von Fernsehsendungen mehr stattfinden würden. Auch Monsieur Boulette konnte ihr keine Hoffnung machen. Angesichts der widrigen Umstände hatte er sich entschlossen, sich in den Ruhestand zurückzuziehen, und wollte, da sich ein Ende der Zwangspause nicht absehen ließ, auch künftig nicht mehr für Fernsehproduktionen zur Verfügung stehen. Von einem auf den anderen Tag stand Heather mit leeren Händen da.

Was sollte sie nun anfangen? Wieder einmal schien es ihr, als riefe Glengarth sie nach Hause.

In ihrer Not nahm sie sogar Kontakt mit Duncan auf, dem sie eine Nachricht in seinem Postfach im Churchill Club hinterließ.

»Ruf mich an – es geht um Leben und Tod!«

Bereits am frühen Abend desselben Tages klingelte in der Park Lane das Telefon.

»Was ist los?«, erkundigte ihr Bruder sich aufgeregt.

»Ich bin arbeitslos.«

»Was soll denn das heißen? Ich denke, du bist nach London gekommen, um bei der BBC anzufangen?«

»Alle Fernsehsendungen sind bis auf weiteres eingestellt worden. Es hat etwas mit dem Krieg zu tun. Sie können nicht senden.«

»Was ist mit dem Radio?«

»Das sendet noch. Duncan – ich möchte einfach nicht unverrichteter Dinge nach Hause zurückkehren. Ich käme mir blöd vor. Außerdem liegen auf Glengarth meine Einberufungspapiere. Du weißt ja, ohne Job wird man auch als Mädchen in die Pflicht genommen, wenn man unverheiratet, gesund und ohne pflegebedürftigen Anhang ist. Kannst du mir nicht irgendwie aus der Patsche helfen?«

»Brauchst du Geld?«

»Das nicht. Mit meinem monatlichen Scheck komme ich aus. Danke für das Angebot. Nein, ich meine eher …«

»Sag es lieber nicht«, unterbrach er sie. »Pass auf, Kleines, wir treffen uns morgen Nachmittag im Ritz …«

»Morgen ist zu spät. Ich muss heute noch mit dir reden.«

»Geht nicht, ich treffe mich gleich mit ein paar wichtigen Leuten.«

»Dann sagst du eben ab. Immerhin bin ich deine Schwester.«

»Unmöglich.«

»Na gut, dann eben jetzt: Ich möchte mich dem SOE …«

»Schon gut. Komm in einer halben Stunde in Soo's Bar in Soho.« Mit diesen Worten hängte er unvermittelt ein.

Heather nahm die U-Bahn zur Tottenham Court Road und hoffte, dass Soo's Bar einigermaßen leicht zu finden war.

Beinahe wäre sie an dem Etablissement vorbeigelaufen, doch ein Mann im Regenmantel und mit tief in die Stirn gezogenem, weichem Hut griff so unerwartet nach ihrem Ellbogen, dass sie vor Schreck zusammenfuhr.

»Hier rein«, zischte Duncan und zerrte sie in das chinesische Restaurant, in dem es alles andere als appetitlich roch. »Für die nächsten zwanzig Minuten bist du meine Freundin, kapiert?«

»Kapiert.«

»Was möchtest du trinken?«

»Am liebsten einen doppelten *Glengarth Single Malt.*«

»Zwei Mal Limonade«, bestellte Duncan, als ein Chinese mit breitem Grinsen auf dem runden Mondgesicht an ihren Tisch trat.

»Nett, Sie wieder einmal hier zu sehen, Mr McKay!«

»Danke, Soo.«

»Sie sind lange nicht mehr bei uns gewesen, Mr McKay.«

»Eine Woche vielleicht, Soo. Ihr Erinnerungsvermögen scheint nachzulassen.«

»Ah, ja, Mr McKay. Möchten Sie vielleicht ein paar leckere Dim Sum zu Ihren Getränken?«

»Nein danke, Soo. Wir haben keinen Hunger. Nur Limonade.«

»Aber ich bin sehr hungrig …«

Duncan packte sie mit schmerzhaftem Griff am Handgelenk und lächelte sie grimmig an.

»Wir haben keine Zeit, Charlie, mein Liebes – wir müssen doch gleich zu dieser Verlobungsfeier.«

»Ach, Sie verloben sich, Mr McKay? Etwa mit der hübschen Lady?«

»Nein, die Feier ist bei einem Freund.«

»Ah so. Entschuldigen Sie. Ich bringe Ihre Limonade sofort.«

Mit grimmigem Gesicht wandte sich Duncan an Heather. »So. Und jetzt?«

»Das frage ich dich. Was soll denn diese alberne Heimlichtuerei? Und die Maskerade? Schließlich befinden wir uns nicht im Krieg gegen China. Und warum konntest du dem Kerl nicht einfach sagen, dass ich deine Schwester bin?«

»Weil ich schon die letzten beiden Male mit einer Schwester hier war.«

»Ach ja? Ich wusste gar nicht, dass du ein solcher Lüstling bist, Duncan. Bisher war ich der Meinung, dass du dich ausschließlich für Susan Jenny interessierst. Aber man lernt nie aus!«

Soo kam mit einem breiten Lächeln auf dem Gesicht und zwei Gläsern Limonade. »Zum Wohl!«

»Irgendwie erinnert er mich an die Grinsekatze aus *Alice im Wunderland*«, sagte Heather.

»Was willst du von mir?«, fragte Duncan knapp. Er hatte es sichtlich eilig.

»Einen Job.«

»Du hast einen.«

»Aber nichts zu tun. Nicht, solange unseren Produzenten, die übrigens ebenfalls nichts mehr zu tun haben, nicht irgendetwas Brillantes einfällt. Apropos brillant: Wie macht sich Raoul im Dechiffriergeschäft?«

»Nicht so laut«, zischte Duncan.

»Gut, dann flüstere ich eben – ist es jetzt besser? Ich möchte Raoul wiedersehen. Das letzte Mal ging es schließlich auch. Und außerdem würde ich gern in deinem Geheimdienst mitarbeiten. Wie heißt er noch? SOE … wie auch immer!«

»Das ist viel zu gefährlich.«

»Nach allem, was ich schon erlebt habe, schreckt mich gar nichts mehr. Sogar deine eigenen Leute haben mich bedroht.«

»Tatsächlich? Inwiefern?«

»Sie wollten mich in einen Sack stecken und in die Themse werfen.«

»Das haben meine Männer dir angedroht?«

»Jawohl, Duncan. Nette Menschen, nicht wahr? Und wenn das keine Folter ist, dann weiß ich wirklich nicht …«

»Also, ich will dir zwar keine voreiligen Versprechungen machen, aber wenn du tatsächlich dringend einen Job suchst, sollest du dich an die SLS wenden. Die suchen Leute. Vielleicht nehmen sie dich, auch wenn du nur eine Frau bist.«

»Blöder Macho! Was bedeutet SLS?«

»Special Liaison Services. Ein Verbindungsdienst.«

»Würde man mich nach Frankreich schicken?«

»Wohl kaum. Uns allen ist klar, dass wir dich im Auge behalten sollten.«

»Und warum?«

»Sollte der Reichstag in die Luft fliegen, weil du deinen Mund nicht halten kannst, wäre uns das ziemlich egal. Würdest du allerdings dem englischen Parlament Schaden zufügen, dürfte Churchill ganz schön wütend werden.«

»Lass mich bei euch arbeiten, Duncan! Wenn nicht, rufe ich den Daily Telegraph an und erzähle der Presse von SOE, SLS und …«

»Blödsinn!«, schimpfte Duncan. »Was könntest du schon im Kampf gegen Hitler und die Nazis ausrichten?«

»Ich könnte Lebensmittelpakete mit Schokoladenkuchen und Stricksocken nach Deutschland schicken, und wenn die Empfänger das Päckchen öffnen, macht es PENG und sie fliegen in die Luft. Ende des Krieges.«

Sie imitierte das Geräusch so laut, dass Soo in Windeseile angelaufen kam.

»Alles in Ordnung, Mr MacKay?«

»Aber natürlich«, gab Duncan mit gezwungenem Lächeln zurück. »Es ist nur so, dass meine kleine Charlie extreme Angst vor Bomben hat!«

»Aha. Na, dann sollte sie vielleicht aufs Land ziehen.«

»Ich kann den Kerl nicht ausstehen«, raunte Heather ihrem Bruder zu. »Er ist widerlich.«

»Vielleicht kann er uns ja auch nicht ausstehen«, entgegnete Duncan, der es längst bereute, sich auf das Treffen mit seiner Schwester eingelassen zu haben. Manchmal konnte sie richtig peinlich sein! »Was Raoul angeht: Ich weiß nicht, wo er sich aufhält. Vielleicht hat er einen Auftrag irgendwo auf dem Kontinent. Möglicherweise in Frankreich oder Belgien.«

»Ich bin sicher, du kannst es in Erfahrung bringen.«

»Ich werde mein Möglichstes tun.«

»Ganz bestimmt?« Heather traute ihrem Bruder in dieser Beziehung nicht über den Weg.

»Unter einer Bedingung: Du hältst deinen vorlauten Mund.«

»Versprochen. Allerdings nur, wenn du mir ein wenig Freiraum mit Raoul verschaffst, ehe Tante Christabel nach London zurückkehrt.«

»Du bist ein berechnendes kleines Biest, Heather. Warum lässt du den Mann nicht einfach auf dich zukommen, anstatt ihm auf Schritt und Tritt nachzulaufen?«

»Weil er sich nie trauen würde. Er hat viel zu viel Angst, in ein Internierungslager gesteckt zu werden.«

»So ein Quatsch! Schließlich ist er ein freier Franzose.«

»Angesichts der Tatsache, dass Frankreich von den Deutschen besetzt ist, hat das Wort Freiheit in diesem Zusammenhang einen etwas eigenartigen Klang, findest du nicht? Immerhin würde man ihn verhaften, wenn er jetzt offen nach Frankreich zurückkehrte.«

»Frankreich hätte sich eben nicht ergeben dürfen«, beendete Duncan lapidar das Gespräch.

Er brachte seine Schwester nicht einmal zur U-Bahn. Ungehobelter Klotz, schimpfte Heather im Stillen. Jamie hätte sich sicher anders verhalten – der höfliche, immer zuvorkommende Jamie. Unterschiedlicher als Jamie und Duncan konnten zwei Brüder kaum sein, auch wenn sie nur Halbbrüder waren. Schade, dass nicht Jamie der nächste Laird von Glengarth werden konnte. Lediglich einer überkommenen Moralvorstellung war es zu verdanken, dass Jamies uneheliche Geburt ihm das offizielle Tragen des Wappens der Roskillens verwehrte. Dabei hätte er sich wesentlich besser für das Amt geeignet als der unhöfliche Duncan.

Ihre Eltern standen in ständigem Kontakt zu ihr, sie schrieben oder riefen an. Aus einem Brief erfuhr Heather von dem massiven Luftangriff auf Glasgow, bei dem sehr viele Menschen ihr Leben verloren. Auf Glengarth hatte man sich der Waisenkinder angenommen, was bei der ohnehin knappen Personaldecke eine zusätzliche Belastung bedeutete. Allerdings schien sich die wieder eingestellte Agatha hervorragend zu bewähren. Irgendwie schaffte sie es, alles unter Kontrolle zu behalten – sogar den jungen George Proben, der im Übrigen der Einzige war, mit dem Agatha auch privaten Umgang pflegte.

»Tut mir leid, Miss Roskillen.«

»Schon gut, Sie brauchen sich nicht zu entschuldigen. So ist das Leben nun einmal.« Heather steckte den Brief ihrer Mutter in die Manteltasche und blickte ihrem nun arbeitslosen Produzenten Ambrose Petersen gerade in die Augen.

Sie standen mit vielen anderen in einer Schlange und warteten auf ihre letzte Gehaltsauszahlung.

»Das Leben? Ihr Leben ist so?«, fragte er neugierig, und so geschah es, dass Heather einem fast wildfremden Menschen, den sie in den Shows als brüllenden Grobian kennengelernt und als alt und hässlich empfunden hatte, ihre Lebensgeschichte erzählte.

»Wollen Sie etwa behaupten, dass Sie während der ganzen Zeit hier herumgesessen und nie über sich selbst gesprochen haben?«

Heather zuckte die Schultern. »Na ja, herumgesessen habe ich wohl weniger. Ich durfte vor Kameras und Mikrofonen stehen und dumme Sprüche von mir geben, ehe ich hinter dem Studiovorhang zu verschwinden hatte. Als Frau hat man ja hier bei der BBC allenfalls eine dekorative Funktion. Wir durften vorbereiten, nett aussehen und anschließend abwaschen. Wenn wir sprechen durften, dann nur Zitate – nur ja keine eigenen Gedanken. Aber ehrlich gesagt fühle ich mich nicht als Mannequin. Ich bin Heather Roskillen.«

Der Produzent sah sie aufmerksam an. Diese junge Frau hatte als Assistentin gearbeitet? Ein Wunder, dass Monsieur Boulettes Gasherd bei so viel Feuer nicht in die Luft geflogen war. Sie hatte etwas.

»Lassen Sie mich noch einmal rekapitulieren: Sie sind also aus Schottland nach London gekommen, nachdem Sie ein vielversprechendes Medizinstudium an der berühmten Fakultät von Edinburgh an den Nagel gehängt haben? Dumm können Sie nicht sein, denn sonst hätte man Ihnen kaum Zugang zu einer rein männlich dominierten Fakultät gewährt.«

»Doch!«

»Was – doch?«

»Ich bin dumm.«

»Nicht viele Menschen haben es so gut wie Sie! Sie wurden als Tochter eines schottischen Laird, also in höchsten Adelskreisen geboren. Sie wohnen in einem Schloss, das zwar aus Geldmangel nicht vollständig in Stand gehalten werden kann – aber immerhin ist es ein Schloss. Sie sind schlau genug, um als Medizinstudentin zugelassen zu werden. Und jetzt treten Sie das alles mit Füßen! Können Sie mir erklären, warum?«

Sie musste ihren ganzen Charme aufbieten, um dem Drängen des beschäftigungslosen Produzenten nicht nachzugeben. Auf keinen Fall wollte sie mit eingekniffenem Schwanz nach Glengarth zurückkehren, ihren Eltern gegenüber klein beigeben und sich Vorhaltungen anhören, die sicher ungefähr so lauten würden: »Siehst du, wir haben dir ja von Anfang an gesagt …«

»Das ist eine lange Geschichte.«

»Gut. Nachdem wir alle keine Zeit für lange Geschichten haben, lassen Sie uns einfach schnell auf den Punkt kommen. Ihr Vater ist Laird von Glengarth, einem abgelegenen Schloss in den schottischen Highlands. Ihre Mutter wirtschaftet mit dem, was Gott wachsen und der Krieg übrig lässt. Sie kann kochen und backen. Worauf warten wir eigentlich noch? Wie kommt man überhaupt nach Glengarth?«, fügte er nach einer kurzen Pause hinzu.

Als Ambrose Petersen und Heather sich später auf einen Drink in der BBC-Kantine trafen, erzählte er ihr, dass er in Cambridge studiert hatte. Heather wusste aus ihrer kurzen Zeit im Team, dass Ambrose sich seit dem Rückzug von Boulette und dem Aussetzen aller Fernsehausstrahlungen nach einem jungen, gut aussehenden Koch umsah. Zwar hätte Raoul ihm sicher gefallen, doch der junge Mann stand aus naheliegenden Gründen nicht zur Verfügung. Jünger sollte der Koch sein, sinnierte Ambrose. Attraktiver auch. Und ein bisschen moderner als Boulette … Plötzlich strahlte er Heather an. Wieso war er nicht gleich darauf gekommen? Da saß sie doch, seine Antwort auf alle Fragen – genau vor seiner Nase! »Können Sie kochen?«, fragte er unvermittelt.

»Nein.«

Na ja, das dürfte kein allzu großes Problem sein. Sie konnte Kochbücher lesen und einen Kochkurs belegen. So lange sie vor den Kameras das tat, was man von ihr verlangte, würde es sicher klappen. Und er hätte seine neue Show!

»Überlassen Sie das mir. Ich glaube, mir ist gerade eine blendende Idee gekommen, wie ich unseren Hals aus der Schlinge ziehen kann. Wir machen eine eigene, schottische Kochshow!« Ambrose trank sein Glas auf einen Zug leer und griff nach Heathers Ellbogen. »Kommen Sie, Heather. Es geht nach Hause!«

Kapitel Achtzehn

Einige Tage später rief Ambrose Heather an und lud sie zum Essen in Boulettes Restaurant ein.

Heather war wider besseres Wissen in London geblieben, weil sie die unsinnige Hoffnung hegte, Raoul vor ihrer Abreise nach Schottland vielleicht doch noch einmal sehen zu können. Auf Glengarth wartete die Einberufung, die allerdings nur befolgt werden musste, wenn Heather keinen Arbeitsplatz nachweisen konnte. Auch als Medizinstudentin wäre sie vom Arbeitsdienst befreit gewesen.

Da Heather sich fürchterlich langweilte, nahm sie die Einladung an. Sowohl der Produzent als auch sie selbst bekamen dank ihrer Mitwirkung bei der Kochshow Prozente in Boulettes Restaurant. Wieder einmal bewahrheitete sich Heathers Erfahrung, dass es weniger darauf ankam, was man wusste, sondern eher darauf, wen man kannte.

»Wie viel würden Sie verlangen, wenn wir Sie für einen Monat in diesem Restaurant sozusagen in die Kochschule schickten?«, fragte Petersen.

»Haben Sie etwa schon vergessen, dass es leider kein Fernsehen mehr gibt?«

»Oh, das kommt schon noch. Ich bin der festen Überzeugung, dass das Fernsehen eines Tages Radio und Funk überflügeln wird.«

»Kann ich mir inzwischen kaum noch vorstellen. Wer will denn schon vor einem schwarz-weißen Bildschirm sitzen, ohne eine Möglichkeit, sich eine Tasse Tee zu machen oder zur Toilette zu gehen, weil man was verpassen könnte? Außerdem können sich ohnehin nur sehr reiche Leute diesen kleinen Kasten leisten. Die breite Masse ist auch mit Kino und Wochenschau zufrieden.«

»Ich jedenfalls werde mein Möglichstes tun, die hohen Chefs bei der BBC zu überzeugen, die Fernsehproduktionen nicht gänzlich aufzugeben. Wir sollten weiterarbeiten, denn ich bin sicher, nach dem Krieg kommt die Sache erst richtig auf Touren.«

»Die BBC hat uns gekündigt, Mr Petersen. Mir jedenfalls wird nichts anderes übrig bleiben, als geschlagen nach Schottland zurückzukehren.«

»Die Kündigung betrifft nur die Aussetzung der Fernsehproduktionen. Uns bleibt noch eine Menge Potenzial. Jedenfalls habe ich mich jetzt schon in Schottland verliebt, Heather.«

Sie war sich nicht bewusst, ihm gestattet zu haben, sie beim Vornamen zu nennen, doch das kümmerte ihn offenbar nicht.

»Sie sind noch nie da gewesen.«

»Ich bin drauf und dran, es zu wagen«, sage er und wischte seinen Teller mit einem Stück des wundervollen, selbst gebackenen französischen Weißbrots aus, das im Restaurant gereicht wurde. Es erinnerte in nichts an das geschmacklose, aus dubiosen Ingredienzien hergestellte Not-Brot, an das man sich in letzter Zeit hatte gewöhnen müssen. »Moorhühner! Fasane! Whisky! Meine Güte, ich kann es kaum erwarten!«

Heather konnte seine Vorfreude nicht teilen. Sie hatte nicht die geringste Lust, nach Glengarth zurückzukehren, doch sie hatte scheinbar keine andere Wahl. In London bestand zumindest vage die Möglichkeit, Raoul manchmal zu sehen, obgleich ihre bisher genossene Freiheit durch die bevorstehende Rückkehr von Tante Christabel sicher einen ernsthaften Dämpfer erhalten würde. Heather wusste nicht, ob sie es ertragen würde, auf Dauer mit Tante Christabel unter einem Dach zu leben. Die Zeit, in der sich Christabel in Rutland aufgehalten hatte, war für Heather eine Offenbarung persönlicher Freiheit gewesen, die sie in Zukunft würde einschränken müssen.

»Wie finden Sie die Idee?«, hakte Ambrose nach.

»Welche Idee?«

»Sie machen einen Kurs in Hauswirtschaft, und ich versuche, die BBC und ein paar Interessenten davon zu überzeugen, dass wir es noch einmal versuchen sollten.«

»Gibt es Interessenten?«

»Das Ministerium für Ernährung und Landwirtschaft und ein hauswirtschaftliches Institut haben vor, der breiten Masse nahezubringen, wie man sich in Kriegszeiten wirtschaftlich am günstigsten verhält. Dabei kennen die meisten Menschen nicht einmal den Unterschied zwischen Kalorie und Kalotypie.«

»Kalotypie? Nie gehört.«

»Ein Verfahren, das mit Fotografie zu tun hat«, antwortete er.

»Gut, aber Boulettes Restaurant ist auf exquisite französische Küche spezialisiert. Ich nehme an, dass es dem Ministerium und diesem Hauswirtschaftsinstitut eher um solide Hausmannskost geht.«

»Nun stellen Sie sich doch nicht an! Lernen Sie einfach, dieses göttliche Brot zu backen und vielleicht ein Ei zu kochen … nein, das denn lieber doch nicht. Eier gibt es ja heutzutage nur noch in Pulverform.«

»Nicht bei uns zu Hause. Mutter hält Hühner; bei uns gibt es jeden Tag frische Eier.«

»Ich fange an, Ihre Mutter wirklich zu mögen. Nichts ist liebreizender als eine Frau, die in ihrem Haushalt mit Verstand schaltet und waltet.«

Angeber, dachte Heather und ging sofort zum Angriff über: »Das Zitat stammt aus einem Buch über Haushaltsführung von Isabella Beeton, Mr Petersen.«

»Du lieber Himmel, bin ich etwa an einen Blaustrumpf geraten?«

Sie sind wirklich alle Angeber, diese Männer, dachte Heather. Neben Petersen gehörte auch ihr früherer Professor MacCulper in diese Kategorie. Gut, dass Raoul Franzose war und zudem weder Ansprüche stellte noch eine Ausbildung besaß, die dazu angetan wäre, ihn auf eine Frau hinabblicken zu lassen. Im Gegenteil: Franzosen vergötterten die Frauen um ihrer selbst willen.

Und ganz davon abgesehen waren sie die besten Liebhaber der Welt. In dieser Beziehung konnte Heather durchaus ein Wörtchen mitreden. Ihre Eltern würde vermutlich der Schlag treffen, wenn sie davon wüssten; schließlich hielten sie Raoul nicht für standesgemäß.

Aber sollten sie da nicht besser vor ihrer eigenen Tür kehren? Immerhin hatte Rory Roskillen Annie Gowrie geheiratet, die weiß Gott nicht seinen sozialen Kreisen angehörte. Nur ein Hauch schlechten Gewissens gegenüber ihrer Mutter mischte sich in Heathers Überlegungen, als sie feststellte, dass sie schließlich das gleiche Recht haben müsste wie ihre Eltern.

»Hat Ihre Mutter noch weitere Vorzüge?«, erkundigte sich Ambrose.

»Abgesehen von ihrer Kenntnis des besagten Buches kümmert sie sich um unsere Ziegen, die Hühner und die Schweine. Und wenn Sie es ganz genau wissen wollen: In der Heide und den Wäldern gibt es Kaninchen, Hasen, Moorhühner, Fasane, Rebhühner, Rehe und Wildschweine, deren Bestand je nach der Menge reifer Eicheln schwankt; aus dem Meer holen wir Lachs und Hering.«

Petersen grinste.

»Ich kann es kaum erwarten, dorthin zu kommen. Sie ahnen ja gar nicht, wie glücklich Sie sich schätzen können – immerhin hat der Krieg Schottland bisher kaum gestreift. Ich bezweifle, dass Hitler überhaupt weiß, wo Schottland liegt.«

»Haben Sie in Cambridge etwa Kochen und Hauswirtschaft studiert, Mr Petersen?«, fragte Heather mit zuckersüßem Lächeln.

Er nahm seine schwere schwarzrandige Brille ab und polierte die Gläser ausgiebig mit einem Zipfel seiner Serviette. Dann setzte er sie wieder auf und blickte Heather an.

»Natürlich nicht. Mein Hauptfach waren Naturwissenschaften.«

»Wieso sind Sie dann ausgerechnet Produzent für Kochshows geworden?«

»Wie abwertend das aus Ihrem Mund klingt! Schon mein Vater war

Kameramann für Wochenschauen bei der BBC, selbst nachdem er in der Schlacht um Amiens 1918 ein Bein verlor!«

»Halten Sie mich bitte nicht zum Narren, Mr Petersen. Zufällig weiß ich, dass die BBC erst seit 1936 Fernsehsendungen ausstrahlt – das sind gerade einmal fünf Jahre.«

»Aber der Sender besteht schon seit 1922. Und vergessen Sie nicht Marconi, der sich schon 1896 die drahtlose Übertragung patentieren ließ.«

»Sie sehen mich zwar tief beeindruckt von Ihrem profunden Wissen – trotzdem glaube ich nicht, dass es im ersten Weltkrieg schon Kameraleute für die Wochenschau gab.«

»Aber sicher gab es die!«, widersprach Ambrose entrüstet. »Ich gebe zu, dass die Kurbelkamera ziemlich sperrig gewesen sein muss, aber bei der Schlacht von Neuve Chapelle erwies sie sich als durchaus erfolgreich. Auf Drängen der Luftwaffe kam später eine andere Kamera mit größerer Brennweite in Gebrauch.«

Mein Gott, war dieser Mann langweilig!

»Mein Vater benutzte eine solche, als ihm das Bein weggeschossen wurde. Sein Flugzeug konnte aber sicher landen, trotz der Einschusslöcher im Rumpf.«

»Merkwürdig, auch mein Vater hat nur ein Bein«, bemerkte Heather. »Er verlor es in der Skagerrakschlacht bei der Explosion seines Schiffes, der *HMS Barham*.«

»Sieht aus, als hätten wir einiges gemeinsam, Heather.«

»Außer einbeinigen Vätern? Das glaube ich kaum. Sie haben mir übrigens noch immer nicht die Frage beantwortet, wie Sie ins Filmgeschäft kamen.«

Im gleichen Augenblick hätte sie sich am liebsten die Zunge abgebissen, weil sie ihn ermutigt hatte, sie auch noch mit diesem Bericht zu langweilen.

»Ich habe mich, genau wie mein Vater, von Anfang an für bewegte Fotografie interessiert. Zunächst für Stummfilme, später aber dann mehr für die Wochenschauen. Ich fand es interessant, wie man die Massen mit dem Filmmaterial beeinflussen konnte. Als schließlich das Fernsehen aufkam, habe ich mich sofort beworben und 1930 bei den ersten Experimenten zur gleichzeitigen Übertragung von Bild und Ton mitgearbeitet. Ich bin sicher, dass meine Berufswahl mit dem Einfluss meines Vaters zu tun hat.«

Na ja, das ging ja wenigstens.

»Lebt Ihr Vater noch?«

»Leider nein.«

»Ihre Mutter?«

»Auch nicht mehr.«

»Haben Sie Geschwister?«

»Nein.«

»Sind Sie verheiratet?«

»Nein, und ehe Sie weiterfragen: Ich habe auch keine Kinder.«

»Nachdem Sie nun Produzent von Kochshows sind, was ist aus Ihrem Interesse für die Wochenschau geworden?«

»Die BBC hat mich durchaus gefördert. Und wenn Sie mich jetzt fragen, warum ich mich nicht zum Militär gemeldet habe, dann muss ich Ihnen sagen, dass ich es sehr wohl getan habe – ich hätte gern als Fotograf bei der Luftaufklärung gearbeitet –, aber leider abgelehnt wurde.«

»Warum?«

»Wegen meiner schlechten Augen. Ich bin ziemlich kurzsichtig, und für diese Arbeit braucht man einen scharfen Blick.«

»Allmählich wird mir die Sache unheimlich!«

»Was meinen Sie?«

»Mein Vater verlor bei der Explosion der *Barham* fünfundsiebzig Prozent seiner Sehkraft.«

»Was für ein Zufall! Aber was den Militärdienst angeht, so trage ich mich noch immer mit dem Gedanken, mich zur Luftwaffe zu melden, falls die BBC wirklich keine Fernsehsendungen mehr produzieren will. So ist das Leben nun einmal!« Er klang enttäuscht und desillusioniert.

Heather bekam Mitleid mit ihm. Jetzt, im Krieg, saßen ja wirklich alle in einem Boot.

»Und was würden Sie tun, wenn die Luftwaffe Sie erneut ablehnt?«

»Gute Frage, jetzt sind Sie dran. Geben Sie mir ein paar gute Gründe, warum die BBC uns auf ihrer Gehaltsliste behalten sollte.«

»Ich?«

»Bis Montagmorgen hätte ich von Ihnen gern einige zündende Ideen, was für eine Art Show wir dem Sender vorschlagen könnten – etwas, das sowohl die BBC als auch Ministerium und Verbände glücklich macht. Wenn Sie das schaffen, verspreche ich ihnen nicht nur eine Gehaltserhöhung – wann auch immer, möglicherweise erst nach dem Krieg –, sondern auch eine Beförderung von der Assistentin zum Star der Show. Vor allem, wenn wir in Glengarth produzieren und der Sender meine Auslagen ersetzt. Aber es müssen wirklich gute Vorschläge sein, Miss Roskillen.«

»Haben Sie mir nicht erzählt, *Sie* hätten die tollen Ideen?«

»Habe ich auch. Wissen Sie, die BBC wird vermutlich nie wieder solche Programme wie das von Monsieur Boulette zeigen, aber das Fernsehen wird sicher weiter existieren. Man muss nur die Chefetage der BBC überzeugen und weiter experimentieren. Irgendwann ist das Produkt dann reif für die Öffentlichkeit.«

»Abgesehen von der Tatsache, dass die Empfangsgeräte für Normalverdiener viel zu teuer sind. Ein Arbeiter muss drei Monatslöhne dafür hinlegen. Obendrein sind die Bilder nur im Südosten Englands zu empfangen, nämlich innerhalb der Reichweite des Sendemastes auf dem Alexandra Palace.«

»Wie ich sehe, haben Sie Ihre Hausaufgaben gemacht.«

»Als ich mich für das Fernsehen beworben habe, wollte ich schließlich einiges darüber wissen.«

»Um auf unser Projekt zurückzukommen – ich bin der Überzeugung, dass Fernsehen in naher Zukunft billiger und weiträumiger verfügbar wird. In der Zwischenzeit könnten wir Propagandafilme für die

Wochenschau drehen und auf eigene Rechnung Lehrfilme für das Ministerium produzieren.«

»Und was sagt die Chefetage dazu?«

»Sie sagten, wir sollten ihnen eine vernünftige, machbare Idee präsentieren, dann könnten wir weiterreden.«

»Mit anderen Worten: Sie sollen verschwinden und nie wieder auftauchen.«

»Das kommt mehr oder weniger hin.«

Im Verlauf des Gesprächs war Heather eine wirklich gute Idee für ein BBC-taugliches Programm gekommen, doch sie hütete sich, Ambrose einzuweihen. Sollte der Angeber ruhig noch ein wenig schwitzen! Obwohl er ihr nach seinem Geständnis, dass ihm seine Kurzsichtigkeit einen Strich durch seine Traumkarriere gemacht hatte, auch ein wenig leid tat.

Kapitel Neunzehn

Nachdem der französische Starkoch Marcel Auguste Boulette, der im Vorkriegsfernsehen große Erfolge gefeiert hatte, nicht mehr zur Verfügung stand, war Ambrose sich darüber im Klaren, dass er eine wirklich gute Idee brauchte, um nicht dauerhaft in der Arbeitslosigkeit zu landen.

Er rief Heather an.

Christabel, die keinen Butler mehr hatte, aber insgeheim darauf hoffte, Annie George Proben vor der Nase wegzuschnappen, sobald Agatha Kemster ihn hinausgeekelt hatte, ging selbst ans Telefon: »Grosvenor 161.«

»Heather?«

»Mein Name ist Christabel Roskillen. Ich bin Heathers Tante. Mit wem spreche ich?«

Ambrose dachte nach. Wie sollte er diese Frage beantworten? Wer war er? Kommunist? Nein. Faschist? Nein. Labour? Schon eher. Ein Nonkonformist – das war es!

»Sind Sie noch da, Mister oder Misses Wieauchimmer?« Christabels Stimme klang schrill vor Ungeduld.

»Entschuldigen Sie«, stotterte Ambrose, dem soeben zu Bewusstsein gekommen war, wie sehr der herrschende Adel das Land lähmte. »Sie klingen genau wie Ihre Nichte.«

»Meine Nichte klingt wie ich – das würde es wohl eher treffen. Schließlich habe ich ein paar Jährchen mehr auf dem Buckel als sie. Was wollen Sie, junger Mann? Sie sind doch nicht etwa dieser Raoul? Dann dürfen Sie nämlich sofort auflegen.«

»Ich bin von der BBC.«

»Gut, dann schießen Sie los, Mister Wieauchimmer von der BBC. Ich bin zwar kein Lakai, aber ich werde meiner Nichte ausrichten, was Sie ihr mitzuteilen haben.«

»Sagen Sie ihr bitte, dass sie in einer halben Stunde am Funkhaus sein soll. Sie weiß, wo sie mich findet.«

»Ich bezweifele, dass sie so schnell fertig sein kann. Sie hatte sich das ganze Wochenende in ihrem Zimmer eingeschlossen und gearbeitet. So etwas kenne ich gar nicht von ihr.«

»Mich interessiert nicht im Geringsten, was Heather in ihrem Zimmer tut ... äh ... Lady Roskillen.«

»Der Titel gebührt nur Heathers Mutter. Mich nennt man lediglich Lady Christabel.«

»Wie dem auch sei, sagen Sie ihr einfach, dass sie unbedingt in einer halben Stunde am Funkhaus sein soll.«

»Warum kommen Sie nicht lieber zu uns, Mr ... Sie haben mir noch immer nicht gesagt, wie Sie heißen.«

»Petersen. Ambrose Petersen.«

»Sind Sie Ausländer? Ein Flüchtling vielleicht? Norweger möglicherweise? Norwegen ist ja seit dem letzten Jahr von den Deutschen besetzt.«

Nach einer weiteren Pause, während der er offensichtlich seinen Terminkalender konsultierte, sagte er: »Gut, ich nehme die nächste U-Bahn.«

»Nehmen Sie lieber ein Taxi, Mr Petersen. Es geht sehr viel schneller und hat erheblich mehr Stil. Außerdem müssen Sie nicht über Leichen klettern, die man immer wieder auf den Stufen findet, seit die U-Bahn-Stationen als Luftschutzräume dienen. Was mag uns als Nächstes erwarten?«

Einige Zeit später erschien Ambrose Petersen außer Atem in der Park Lane. Nur wenige Minuten nach ihm betrat eine ebenfalls etwas atemlose Heather das Wohnzimmer. Sie hatte geduscht. Ihr Haar trocknete unter einem Handtuchturban, ihr hübscher Körper war in einen unvorteilhaft sitzenden, dicken weißen Bademantel gehüllt.

»Hallo Ambrose, entschuldigen Sie meine Verspätung. Ich habe das ganze Wochenende an diesem Skript hier gearbeitet.« Mit diesen Worten warf sie ihm einen Stapel Papier auf den Schoß und wandte sich an ihre Tante, die im Flur mit dem Staubsauger hantierte, nicht ohne die Zigarettenspitze aus den Händen zu legen: »Das genügt, Tante Kiss.«

Christabels makellos gezupfte Augenbrauen hoben sich erstaunt. Wie kam ihre Nichte dazu, sie wie eine Bedienstete zu behandeln? Sprachlos blies sie einen Rauchring in die Luft und furzte kräftig, ehe sie tatsächlich verschwand.

»Sie müssen sie entschuldigen«, sagte Heather zu Ambrose, »sie ist nämlich Lesbierin.«

Obwohl Ambrose selbst eher unkonventionell erzogen war, schockierte ihn die pupsende lesbische Tante mit dem Adelstitel zutiefst. Um seine Verlegenheit zu verbergen, wandte er sich hastig an Heather.

»Ich hoffe, es ist etwas, das unser beider Hals aus der Schlinge ziehen kann.«

»Könnte schon sein. Allerdings habe ich so etwas noch nie zuvor gemacht. Am besten, Sie lesen sich kurz einmal durch, was ich da zu Papier gebracht habe, und sagen mir, ob es überhaupt realisierbar ist.«

Ambrose las vom Anfang bis zum Ende. Er saß auf der Couch, wo Heather und Raoul sich geküsst hatten und von dem aus Raoul die noch jungfräuliche Heather zunächst in die Vorratskammer und anschließend ins Schlafzimmer begleitet hatte; als sie das Zimmer wieder verließen, war es mit Heathers Jungfräulichkeit vorbei gewesen. Doch davon wusste Ambrose nichts.

»Wow!«, platzte er hervor, nachdem er das Manuskript durchgelesen hatte.

»Es gefällt Ihnen nicht?«

»Nein.«

»Sie wollen es umschreiben?«

»Nein.«

»Sie können sich nicht vorstellen, dass es funktioniert?«

»Nein … ich meine: ja.«

»Was denn nun?«

»Ich finde es …« Hilflos fuchtelte er mit der Hand herum; ohne den Rückhalt seiner Chefs wollte er sich zu nichts verpflichten.

»Ja?«

»… nun, es beinhaltet durchaus Möglichkeiten.«

Ohne zu wissen, was sie tat, fiel sie ihm um den Hals.

»Glauben Sie, es könnte funktionieren?«, hakte sie erneut nach.

»Kann schon sein.«

Er versuchte, zu entspannen, doch er fühlte sich viel zu beengt, um etwas zu sagen. Vor seinem inneren Auge konnte er die Szene bereits vor sich sehen.

Glengarth an der Westküste Schottlands. Die Schlossherrin steht in ihrer alten Küche, wo sie, wie in alten Zeiten, ihre Lebensmittel selbst herstellt. Milch, Butter und Käse stammen von den Tieren auf dem Hof. Lamm- und Schweinefleisch wird auf den Gütern selbst produziert. Sie verfügt über ein altes, gut gehütetes Rezept für Haggis: Schafslunge und ausgesuchte Innereien, die langsam mit weiteren Zutaten und einem Schuss Whisky gar geschmort werden. Glengarth Single Malt, ein geradezu magisches Elixier, das zum Geburtstag von Robert Burns am sogenannten Burns-Abend am 25. Januar zum Haggis gereicht wird. Dazu wird das Burns Gedicht »To a Haggis« deklamiert …

Der 25. Januar war bereits vorüber, jedoch wusste Ambrose, wie vieler Vorbereitungen die Produktion einer vernünftigen Sendung bedurfte. Man könnte es im nächsten Jahr ausstrahlen, oder im übernächsten – vielleicht gäbe es bis dahin wieder Fernsehen. Sicher würde der Krieg nicht mehr lange dauern. In der Zwischenzeit böte das Material aber auch genügend Möglichkeiten, das Ministerium für Ernährung und Landwirtschaft zufrieden zu stellen.

Auf der anderen Seite das zerbombte London. Lebensmittelknappheit. Ungesunde Lebensweise. Schotten waren schon immer sparsam gewesen; sie waren genau die Richtigen, um einer Sendung über den sparsamen Umgang mit Lebensmitteln zu Erfolg zu verhelfen. Aber wie kämen die sparsamen Rezepte aus einer schottischen Speisekammer tatsächlich an? Und dann auch noch ausgerechnet Haggis?

»Würste?«, fragte Ambrose. »Haggis?«

»Jawohl: Würste, Ambrose … entschuldigen Sie, ich meine natürlich Mr Petersen.«

»Nennen Sie mich, wie Sie wollen, Heather, aber wie um alles in der Welt wollen Sie mit Würsten und Haggis unsere berufliche Laufbahn retten? Haggis versetzt ihr eher den endgültigen Todesstoß.« Er fuhr sich mit der Hand durch sein störrisches braunes Haar, das bereits einige graue Strähnen aufwies, nahm die Brille ab und legte sie auf das Skript.

Ohne die starken Augengläser sah er nicht einmal schlecht aus, obwohl sein Gesicht im Augenblick nur Angst und Verwundbarkeit ausdrückte. Heather sah ihn an und verspürte eine Welle von Mitleid. Es ging um mehr als bloß um eine Kochshow.

»Sind Sie verheiratet, Ambrose?«, fragte sie leise.

»Es ist schon einige Zeit her.«

»Was ist geschehen?« Heather vermutete eine Scheidung und dachte, dass seine Unsicherheit vielleicht darauf zurückzuführen wäre.

»Meine Frau ist vor vier Jahren an Tuberkulose gestorben.«

Er war also Witwer.

»Waren Sie lange verheiratet?«

»Zehn Jahre.«

»Oh, das ist allerdings hart. Haben Sie Kinder?«

»Nein.«

»Ich glaube Ihnen kein Wort!« Sie stieß sanft gegen seine Schulter. »Als ich Sie vor einiger Zeit ein wenig ausgefragt habe, erzählten Sie mir, dass Sie nie verheiratet gewesen wären.«

»Tat ich das?«

»Oh ja. Sie werden ja wohl kaum vergessen haben, dass Sie es einmal waren und dass Ihre Frau an Tuberkulose gestorben ist. Wozu das Ganze? Kann ich Ihnen jetzt noch Ihren einbeinigen Vater glauben?«, fauchte Heather aufgebracht.

»Bin ich Ihnen etwa so wichtig, dass Sie alles über mich wissen müssen?«, fragte Ambrose mit tragischem Gesichtsausdruck.

»Nicht alles. Aber auf das, was Sie sagen, sollte ich mich verlassen können.«

»Tut mir leid. Aber ich habe wirklich nur im Hinblick auf meine Ehe ein wenig geflunkert. Es tut eben immer noch weh, obwohl es schon vier Jahre her ist.«

»Haben Sie Ihre Frau geliebt?«

»Ja, sehr.«

Heather bemerkte, dass sie zu weit in seine Privatsphäre eindrang, und wechselte unvermittelt das Thema. Eigentlich hatte sie Petersen davon überzeugen wollen, dass Kinder für ihr Leben gern Würstchen aßen. Bestes Beispiel war sie selbst. Sie und ihre Geschwister verspeisten immer noch mit Begeisterung jede Art von Würsten – sogar solche aus Wildfleisch. Nun aber traute sie sich nicht mehr, über Kinder zu sprechen, um ihm nicht wehzutun. »Sie sollten sich das Thema Wurst noch einmal unter einem anderen Aspekt ansehen, Ambrose.«

»Und welchem? Für mich ist der einzig wichtige Aspekt bei einer Wurst ihr Geschmack.«

Heather atmete tief durch.

»Schon die alten Römer liebten Würste. Sie machten sie aus Ambra, einer aus dem Darminhalt von Pottwalen gewonnenen Substanz, der man aphrodisierende Wirkung nachsagt.«

Ambrose schüttelte sich. Die Geschichte der Wurst interessierte ihn nicht im Geringsten.

Doch Heather ließ sich nicht beirren. »In Europa werden Würste aus Gewürzen, Pfeffer und ungenießbarem Fleisch hergestellt. Vor allem englische Würste tun unseren Mägen Gewalt an, weil kein Mensch weiß, was drin ist. Und das, Mr Petersen, was jetzt im Krieg als Wurst bezeichnet wird, besteht hauptsächlich aus Wasser. Man muss die Dinger anstechen und das Wasser ablaufen lassen. Und das ist eine Tatsache, die auch dem Ministerium bekannt sein dürfte.«

»Worauf wollen Sie hinaus, Heather?«

»Die Reichen müssen die Armen unterstützen! Der Reichtum meiner Eltern müsste den Leuten hier im Süden zugute kommen. Wir da oben in Schottland müssen nicht unbedingt den Mist fressen, der hier unten unter ministerieller Aufsicht produziert wird. Entschuldigen Sie! Ich bin manchmal ziemlich direkt, wenn es um Dinge geht, die mich mitreißen – meine Eltern kritisieren das auch immer. Aber wir stopfen uns gezwungenermaßen mit Zeug voll, das jedem normalen Menschen Brechreiz verursachen würde, ganz zu schweigen davon, dass wir uns damit auf Dauer wahrscheinlich vergiften.«

»Sie tun Ihrem Wurst-Programm nicht gerade einen Gefallen, junge Dame. Im Übrigen ist es so gut wie ausgeschlossen, solche Dinge zu visualisieren.«

»Ganz genau. Schließlich wissen wir, dass das Fernsehen – wenigstens auf absehbare Zeit – eingestellt worden ist. Aber Sie haben mir *zugehört*!«

»Habe ich das?«

»Ja, das haben Sie. Wir sollten uns darüber klar werden, dass das *Hören* in diesem Krieg die einzige Form der Übermittlung von Wissenswertem sein wird. Vergessen Sie Ihren Traum vom Fernsehen, Mr Petersen. Man erreicht doch viel mehr, wenn man einer breiten Zuhörerschaft Wissen in interessanter, unterhaltsamer Verpackung präsentiert.«

»Halten Sie etwa römische Würste und die Verdauungsprobleme von Pottwalen für interessant und unterhaltsam?«

»Wenn Sie es so zugespitzt formulieren wollen … Ja! Man muss es nur richtig aufbereiten. Die Hörer werden begeistert sein und nach mehr verlangen. Genau wie die Programmchefs bei der BBC oder die Verbände und Ministerien.«

»Dürfte ich wissen, woher Sie Ihre Informationen beziehen?«

»Von Metzgern, die von den Behörden in ihrer Fleischproduktion eingeschränkt wurden. Hören Sie, Ambrose! Ich weiß auch, dass wir Krieg haben, doch das heißt noch lange nicht, dass wir den Abfall essen müssen, den wir einer von oben verordneten Schnall-den-Gürtel-enger-Politik verdanken. Sollte es nach diesem Krieg überhaupt Überlebende geben, werden die zu allem Überfluss auch noch vergiftet. Eine ganze Generation, so eine übrig bleibt, wird sich mit Krankheiten herumschlagen müssen – ein schrecklicher Gedanke, den ich nicht weiter ausführen möchte.«

Ambrose stieß einen erleichterten Seufzer aus. Es war höchste Zeit, dass er ging.

»Meine Mutter kann Ihnen zeigen, wie man gute Würste aus gesundem Fleisch herstellt; auch vegetarische Würste kann sie machen. Sie weiß, wie man Haggis bereitet – obwohl Würste und Haggis nichts miteinander zu tun haben. Das ist die eine Seite des Spektrums. Ich kümmere mich um die armen Leute hier in London und versuche, herauszubekommen, wie Ausgebombte sich mit Nahrung versorgen. Sie hingegen fahren nach Schottland und forschen dem Reichtum nach.«

In diesem Augenblick verwarf Ambrose den Gedanken, möglichst schnell aus der Park Lane zu flüchten. Er nahm Heathers Hände und drückte sie.

»Vielleicht haben wir ja tatsächlich eine Chance, liebste Heather.«

»Ich weiß, dass es klappt, Mr Petersen.« Verwirrt stellte sie fest, dass sie keine Ahnung hatte, was in seinem Kopf vorging, und dass sie nicht einmal wusste, ob es sie überhaupt interessierte.

»Wichtig ist zunächst, dass wir die Programmchefs überzeugen. Ich stelle mir diese Aufgabe nicht ganz leicht vor. Einer Kochsendung zu lauschen anstatt sie zu sehen, das ist schon ein gewaltiger Unterschied. Ich bin mir nicht ganz sicher …«

»Sie schaffen das, Ambrose. Sie sagten ja selbst, dass man die Herren nur überzeugen muss. Spielen Sie die schottische Karte aus. Engländer lieben es, darüber zu debattieren, was in ein schottisches Haggis gehört oder was sich unter einem schottischen Kilt befindet. Erklären Sie, dass das Publikum ein Recht hat, zu erfahren, was es dank des Krieges seinem Magen zumuten muss.«

Sie hauchte ihm einen schnellen Kuss auf die struppige Wange.

»Viel Glück, Ambrose. Es ist zum Besten unser beider Zukunft. Rein beruflich natürlich.«

Kapitel Zwanzig

»Liebste Mutter …«, las Annie laut aus Heathers Brief vor, der soeben aus London eingetroffen war. Doch plötzlich hob sie die Augenbrauen. Der Briefträger, dessen Frau aufgrund der vielen hungrigen Mäuler auf Glengarth wieder in der Küche beschäftigt war, lungerte noch immer am Küchentisch herum.

»Danke Angus, ich brauche Sie nicht mehr. Sie haben mit den vielen Neuzugängen in den Tälern sicher alle Hände voll zu tun.«

»Sie meinen sicher die Flüchtlinge aus Glasgow.«

»Und die Ausländer«, warf Mary ein. Sie hatte eine Wildkeule in Empfang genommen, die Sir John aus Inverdune herübergeschickt hatte. Was der wohl mit Lady Annie hatte? Ganz sauber war das sicher nicht! »Eine schöne Keule. Sie wird den hohen Tieren von der Navy sicher imponieren!«

»Verderben Sie mir bloß das Fleisch nicht!«, ließ sich Rory vernehmen, der eben sein mit Salz bestreutes Porridge verzehrte – eine Angewohnheit, die er aus seiner Zeit bei der Marine beibehalten hatte. Dort galt ein Schotte, der Zucker auf sein Porridge streute, als ausgemachter Schwächling.

»Hätten Sie etwa lieber den Franzmann zurück, Mylaird?«, konterte Mary hochnäsig.

»Jawohl!«

»Und dabei konnten Sie ihn vor einiger Zeit gar nicht schnell genug loswerden. Aber Ihnen ging es wohl mehr um Miss Heather.«

»Nun, er konnte wenigstens einigermaßen kochen.«

Annie schritt ein, ehe der Streit ausufern konnte.

»Heather schreibt, dass in den kommenden Tagen ein Team der

BBC nach Glengarth kommt. Man plant eine Sendung darüber, wie wir Schotten in den Highlands den Krieg im Gegensatz zu den Londonern erleben.«

»Wie war das gerade?«, hakte Rory nach.

»Glengarth wird Mittelpunkt einer Kochsendung, und zwar der ersten, die je in Schottland aufgezeichnet wurde.«

»Heißt das, Heather kommt nach Hause?«

»Nein. Sie bleibt in London und berichtet darüber, wie die Londoner mit ihren im Vergleich zur Landbevölkerung mageren Rationen auskommen. Ihre Stimme kommt bei der BBC gut an. Es gibt Überlegungen, sie zur Nachrichtensprecherin auszubilden, weil man glaubt, dass sie Zuhörer anlocken kann. Außerdem sind ihre Chefs der Meinung, dass sie gut spricht, mit der richtigen Betonung und …«

»Na, das soll wohl sein, nachdem wir ein kleines Vermögen an Gouvernanten und Privatschulen für sie hingeblättert haben!«, fuhr Rory auf. »Und wem dient das Ganze?«

»Dem Ministerium für Ernährung und Landwirtschaft.«

»Wem?«

»Dem Ministerium für Ernährung und Landwirtschaft, Rory.«

»Was soll das, Annie?«

»Keine Ahnung. Wenn der Produzent und seine Leute kommen, werden wir wohl mehr erfahren. Der Produzent heißt Ambrose. Den vollständigen Namen teilt Heather uns allerdings leider nicht mit.«

»Heißt das, ich muss größere Portionen kochen? Nicht nur für ihn und seine Leute, sondern auch für die Marinebonzen, die wir jeden Tag erwarten?« Mary klatschte die gut abgehangene Keule so heftig auf den Tisch, dass einige Blutspritzer in Rorys Porridge landeten.

»Mein Gott, Weib!«, stöhnte Rory auf. Er nahm seinen Stock und humpelte aus der Küche, wobei er Annie über die Schulter hinweg zuwarf: »Unsere Tochter verdient einmal eine anständige Tracht Prüg…«

Er brach ab, als er im Flur mit Agatha Kemster zusammenprallte, die mit den ihr anvertrauten Waisenkindern aus Glasgow auf dem Weg zum zweiten Frühstück in die Küche war.

»Guten Morgen, Agatha.«

»Sagt dem Laird guten Morgen«, wandte sich Agatha an die kleinen Rotznasen, die sie mit viel Mühe und Not endlich unter Kontrolle bekommen hatte.

»Morgen, Mylaird!«, schallte ein Chor aus fröhlichen Kinderstimmen. Nur Agatha hörte die kleinen Frechheiten, die die Kinder einander zuraunten, obwohl sie wussten, dass es dafür Ohrfeigen setzen würde.

»Guten Morgen allerseits«, brummte Rory, humpelte seiner Wege und fragte sich, was um alles in der Welt er verbrochen hatte, dass sich alle Schicksalsschläge der Menschheit ausgerechnet über seinem Haupt entluden. *Was du nicht willst, dass man dir tu, das füg auch keinem anderen zu*, glaubte er seine Mutter sagen zu hören, die 15.000 km von Glengarth entfernt begraben lag. *Weißt du noch, wie du deine Tante Ada behandelt hast, die dich als Waisenkind aufgenommen und versucht hat, einen anständigen jungen Mann aus dir zu machen?*

Nach all diesen Jahren trauerte Rory noch immer um seine Mutter, die er kaum gekannt hatte. Seine Sehnsucht nach ihr war der Grund für sein tiefes Mitleid mit den kleinen Waisen aus Glasgow. Er konnte ihr Schicksal nachempfinden. Manchmal, wenn er den Kindern im Hof begegnete, warf er ihnen kleine Münzen zu und freute sich über die fröhlichen Dankesbezeugungen. Ihn kostete es kaum etwas, doch für die Kinder bedeuteten die halben Pennys ein Vermögen.

Außer Agatha Kemster gelang es nur Annie, sich bei dem Dutzend Kinder eine gewisse Autorität zu verschaffen. Obwohl keines der Kinder Gälisch verstand, benutzte Annie ihnen gegenüber ausschließlich ihre Muttersprache, was ihr großen Respekt einbrachte.

»Was hat sie gesagt?«, flüsterten die Kinder einander zu, wagten es aber nicht, aufzubegehren.

Angesichts der großen Tafelrunde zum zweiten Frühstück, zu dem sich auch die Waldmädchen versammelt hatten, kam Annie plötzlich eine blendende Idee.

»Jede von Ihnen sollte ein Waisenkind adoptieren«, verkündete sie.

»Wie bitte?« Die Anführerin der Waldarbeiterinnen hielt einen halb abgebissenem Keks in der Hand und starrte Annie an.

»Was halten Sie davon, Judy? Sie adoptieren eines der Kinder und betreuen es während der Dauer seines Aufenthalts hier auf Glengarth.«

»Ich weiß nicht, ob wir das dürfen, Lady Roskillen.«

»Aber sicher dürfen Sie. Ich erlaube es nicht nur, sondern ich beauftrage jede Einzelne von Ihnen, sich eins der Kinder auszusuchen und dabei mitzuhelfen, aus den kleinen Frechdachsen und Zicken anständige Zeitgenossen zu machen.«

»Aber wir sind doch nicht verheiratet«, wandte Jeanne MacDermott mit ihrer melodiösen Stimme ein.

»Das hat doch nichts zu sagen. Beweisen Sie ihnen, dass es sich zu leben lohnt. Bringen Sie den Kleinen die Natur nahe, erklären Sie ihnen das Verhalten der Tiere, zeigen Sie ihnen, wie man sich umweltbewusst verhält, und lehren Sie sie die Schönheit der Landschaft und der Wälder von Glengarth zu erkennen. Vielleicht wird eine solche Erziehung dazu führen, dass künftigen Generationen weitere Kriege erspart werden und ihnen eine bessere Zukunft zuteil wird.«

Nun war es tatsächlich so weit: Heather hatte ihre eigene Kochsendung. Sie musste sich um den Londoner Teil der geplanten Reportage kümmern. Da Ambrose sich mit Schottland beschäftigen würde, konnte sie weitestgehend eigenverantwortlich vorgehen – eine Besonderheit für eine Frau in der Hierarchie der BBC. Zwar würde die Sendung nicht gerade hoch intellektuell werden, sondern war genau in dem Bereich angesiedelt, den man Frauen zugestand. Trotzdem war Heather dankbar, dass sie die Chance bekommen hatte, einen Fuß in die Tür zu setzen.

Im Studio stand alles bereit. Da man den Eindruck vermitteln wollte, dass man sich in der Küche eines ausgebombten Hauses im Londoner East End befand, wurden im Hintergrund Geräusche wie ein pfeifender Wasserkessel, blubbernde Kochtöpfe und streitende Kinder eingespielt. Eine Frau, die man samt ihren Kindern auf der Straße angesprochen und gegen ein kleines Entgelt engagiert hatte, stand an einem improvisierten Küchentisch, auf dem Innereien, Schweinsfüße und Schafsherzen lagen. Ein langer Mikrofonarm schwenkte auf die Hausfrau zu.

»Stellen Sie sich einfach vor, dass Sie es wirklich zubereiten«, sagte Darley Henderson, der in Ambroses Abwesenheit die Regie übernommen hatte. Er streckte die Daumen hoch, und das rote Licht zur ersten Probe ging an.

»Nehme Se 'n büschen hartes Brot, 'n paar Kräuter, mische Se's, unn stoppen Se's in dat Herz. 'n büschen Sauce drüber unn ab damit in de Backofe. 's braucht unnefähr 'ne dreiviertel Stund, wenn Ihne nit voher die Bombe uff de Schädel dotze …«

»Schnitt, Schnitt, Schnitt!« Die Stimme des Regisseurs überschlug sich fast. »Unmöglich! So können wir es auf keinen Fall machen! Lady, ich fürchte, da draußen wird Sie kein Mensch verstehen. Es geht einfach nicht«, wandte er sich an Heather.

»Warum? Was läuft denn schief, Darley?«

»Alles, aber auch alles! Sie beherrscht weder Sprache noch Aussprache.«

»Soll ich übernehmen und die Szene selbst einspielen?«

Zweifelnd blickte er sie an.

»Eine gebildete Anglo-Schottin aus der sozialen Oberschicht, die in einer ausgebombten Küche im Londoner East End versucht, die widrigen Umständen zu bewältigen? Ich glaube eher nicht. Sie ahnen ja nicht, wie sehr ich mich nach meiner Zeit als Auslandskorrespondent zurücksehne …« Er schlug die Hände vors Gesicht.

Heather kümmerte sich nicht weiter um ihn.

»Meine Mutter backt Haferkekse, nach denen sich jeder die Finger leckt, meine sehr verehrten Damen und Herren, und natürlich vor allem: liebe Kinder. Diese Kekse sind ein absolutes Muss bei jeder Teeparty, und natürlich auch beim Geburtstag des Königs oder einer unserer Prinzessinnen. Als Kinder liebten wir auch Törtchen mit Karotten-Marmelade, die übrigens sehr preiswert sind. Wir mochten auch mit verschiedenen Cremes bestrichene Sandwichs und winzige Bücklingpasteten. Ich beginne mit dem Rezept, nach dem meine Mutter ihre Haferkekse backt. Anschließend erkläre ich Ihnen, wie man Marmeladentörtchen und Bücklingspastetchen macht …«

Am Ende ihrer improvisierten Rezeptvorschläge, während deren sie das Mikrofon tatsächlich vergessen hatte, verabschiedete sie sich. »Das war's für heute, meine Damen und Herren. Ich danke Ihnen für Ihre Aufmerksamkeit. Nächste Woche wenden wir uns dem Thema ›Würstchen mit Kartoffelbrei‹ zu, und ich werde Ihnen verraten, wie man Würstchen so delikat zubereitet, dass die Familie nicht genug davon bekommt. Hier spricht Hetty Ross, BBC-Haushaltsredaktion. Auf Wiederhören.«

Zunächst blieb es mäuschenstill im Studio. Erst nach einer Weile entdeckte Heather, dass die Techniker hinter der Scheibe ihr freundlich zunickten. Es hatte ihnen also gefallen!

Eins der Kinder huschte zu Heather und zupfte sie an der Bluse.

»Mir möge Würstchen mit Kartoffelbrei, Miss. Könne Se uns vielleicht welche besorge?«

Voller Rührung betrachtete Heather den kleinen, schmutzigen Bengel.

»Ihr bekommt welche«, versprach sie und überlegte fieberhaft, wo sie das gewünschte Gericht schnell herbekommen konnte. Bei einem Restaurant vielleicht? Oder gar im Dorchester – falls man dort überhaupt wusste, was das war? Oder sollte sie die Kinder vielleicht später zu Tante Christabel mitnehmen?

Darley hatte sich an der Wand hinuntergleiten lassen, saß auf dem Boden und sah ziemlich unentschlossen aus.

»Alles in Ordnung, Darley?«

»Alles bestens, meine Liebe. Ich hatte nur soeben einen mittleren Herzanfall – also beachten Sie mich gar nicht erst weiter. Würste! Hat man so etwas je gehört? Tun Sie mir nur einen Gefallen, und machen Sie es einigermaßen interessant, sonst bekommen wir alle unsere Papiere. Ich könnte diesen Ambrose umbringen, dass er mich hier mit reingezogen hat. Was macht er überhaupt in Schottland?«

»Kein Kommentar, Darley.«

Ein wenig zerstreut ließ Heather die weiteren Proben über sich ergehen.

»Heute wollen wir uns mit Hammelfleisch und Schafswürsten beschäftigen. In den Highlands isst man seit Jahrhunderten Hammelfleisch – früher machte man sich auch nichts daraus, wenn ein Schaf einmal krank war und notgeschlachtet werden musste –, und es ist eine köstliche, preiswerte Alternative. Für die Wurst mischen Sie ein Pfund Hammelfleisch, ein halbes Pfund Hammeltalg und etwa ebenso viel altbackenes, geriebenes Brot. Sie können auch ein wenig Speck oder Schinken hinzufügen, wenn Sie welchen haben. Dann würzen Sie die Masse und stopfen sie entweder in ein Stück gereinigten Darm, oder – wenn Sie wie ich keinen besonderen Wert auf Wursthaut legen – rollen Sie die Masse einfach in Form. Das ist erheblich einfacher …«

Nach der Probe wandte sie sich an den Regisseur.

»Wie war ich, Darley?«

»Ganz gut. Nur das mit der Notschlachtung war vielleicht ein wenig dick aufgetragen. Da könnten wir Beschwerden bekommen.«

Ein Botenjunge stürmte ins Studio. »Der Boss möchte Sie sehen, sobald Sie Zeit haben, Mr Henderson.«

»Oje, jetzt ist es so weit!«, stöhnte Darley auf und wischte sich den Schweiß von der Stirn. Er lehnte sich an die Wand und brummte etwas nicht sehr Schmeichelhaftes über East-End-Frauen, ihren schrecklichen Dialekt und schmutzige Kinder.

Die Frau, die sein Gemurmel gehört hatte, keifte ihn an, er sei es schließlich gewesen, der sie von der Straße geholt und ihr Geld angeboten habe, und sie wolle jetzt sofort ihre Kröten, damit sie den Kindern endlich die versprochenen Würstchen mit Kartoffelbrei kaufen könne.

Darley bat den Botenjungen, ihm ein Glas Wasser und einen Ventilator zu besorgen, ehe er endlich fragte: »Welcher Boss überhaupt?«

»Der Programmdirektor, Sir.«

»Oh Gott!«

Er tat Heather leid. Wieder einer, dessen Ast abgesägt wurde! Wann war sie selbst wohl an der Reihe? Einmal hatte sie es immerhin rückgängig machen können.

»Miss Hetty«, sprach einer der Techniker sie an, »man verlangt Sie am Telefon. Ein Anruf aus Schottland.«

»Wahrscheinlich hat Ambrose ebenfalls ein Problem«, sagte sie zu Darley.

»Gehen Sie nur«, sagte Darley, der immer noch auf dem Boden saß.

Am Telefon war Rory.

»Komm sofort nach Hause. Ich kann es jetzt nicht groß erklären, aber wir stehen alle unter Arrest.«

»Wie bitte?«, rief Heather entsetzt. Sie dachte sofort an Agatha Kemster, die vorzeitig entlassene Mörderin. »Ambrose und das Team etwa auch?«

»Die auch.«

»Und warum?«

»Kind, ich kann dir jetzt nichts sagen. Komm einfach. Deine Mutter steht kurz vor einem Herzinfarkt; du wirst vielleicht mit ihr fertig.«

»Pa, du glaubst doch nicht ernsthaft, dass ich wegen einer so schwammigen Andeutung London verlasse! Mutter ist stark wie ein Pferd. Und wenn dein Anruf wieder einmal eine deiner Finten ist, die mich veranlassen sollen, meine Arbeit bei der BBC aufzugeben und nicht mehr nach Raoul zu suchen, dann hat sie dieses Mal nicht funktioniert.«

»Heather«, drängte er. Seine Stimme klang gedämpft, als hätte er die Hand über den Hörer gelegt. »Heather, Adolf Hitler und sein Stellvertreter Rudolf Heß sind mit einem Privatflugzeug in die Highlands gekommen. Kein Mensch weiß, warum. Das Flugzeug ist abgestürzt, aber man hat Überlebende gefunden, die sich mit dem Fallschirm retten konnten. Mehr kann ich jetzt wirklich nicht sagen. Aber schaff uns diese BBC-Leute vom Hals! Sie müssen so schnell wie möglich weg.«

»Dann sag du es ihnen doch. Du bist viel näher dran!«

»Hör zu, Heather! Herzog Hamilton hat mich gewarnt, dass hier in Schottland etwas vorgeht. Man munkelt, dass der gesamte angloschottische Adel unter Arrest gestellt werden soll. Wir haben Riesenprobleme hier auf Glengarth. Ich kann dir gar nicht sagen, wie groß!«

Meinte ihr Vater es etwa wirklich ernst? Nervös zündete sich Heather eine Zigarette an.

»Kein Wort zu niemandem, Heather! Schon gar nicht zu deinen Kollegen von der BBC. Die sind in der Lage und melden alles gleich nach Berlin weiter – auf die Bomber brauchen wir dann nicht mehr lange zu warten.«

»Ich sage bestimmt nichts. Aber was ist mit den Leuten von der Vermittlung?«

»Wenn da etwas durchsickert, wissen wir sofort, wo die undichte Stelle war. Sei ein liebes Mädchen, Heather, und komm.« Er legte auf.

Was sollte sie jetzt tun? Sie wollte nicht schon wieder versagen!

Als Darley ins Studio zurückkehrte, wirkte er fast ekstatisch. War er etwa befördert worden? Hatte man ihm einen Job als Auslandskorrespondent angeboten?

»Sie werden vielleicht Augen machen, wenn ich Ihnen erzähle …«

»Keine Zeit. Ich muss nach Hause.«

»Unmöglich, meine Liebe! Sie können auf keinen Fall wegfahren.«

»Wir werden ja sehen!«

»Wirklich schade. Sie wurden nämlich soeben auserkoren, den Krieg ganz allein für uns zu gewinnen.«

»Was soll das?«

»Das Radio zieht in den Krieg, meine Liebe.«

»Ich glaube, ich kann Ihnen nicht ganz folgen. Ich dachte, das Radio befände sich längst im Krieg – mit dem Fernsehen.«

»Haben Sie schon Ihren Stimmtest hinter sich gebracht?«

»Natürlich. Was glauben Sie, warum ich hier im Studio bin? Wir machen hier eine Radiosendung!«

»Aber jetzt geht es um etwas ganz anderes.« Darley nickte wie ein Weiser. »Meine Güte, muss ich Sie wirklich mit der Nase darauf stoßen?«

»Ich glaube schon.«

»Okay. Sir Harry war sehr von Ihren Proben beeindruckt. Er liebt Ihren sexy schottischen Akzent.«

»Hat er das etwa gesagt?«

»Nicht ganz. Er sprach eher von Ihrer ›sanften, aber klaren Aussprache‹. Er hält Sie für seriös genug, schwierige Themen anzubieten, aber gleichzeitig für fröhlich genug, sie so zu verpacken, dass Sie das Interesse des Publikums gewinnen. Sie animieren das Publikum zum Zuhören und können Ihre Ratschläge an den Mann bringen. Das klingt nach Beförderung, meine Liebe! Er fragte mich auch, ob es mir etwas ausmachen würde, wenn er Sie aus dem Kochprogramm herausnähme und bei Nachrichtensendungen einsetzte.«

»Tut mir leid, aber weder das eine noch das andere wird klappen. Meine Mutter ist krank.«

»Oh, Mist«, sagte Darley, der gar nicht richtig hinhörte; er wusste, dass Heather je nach Laune etwas theatralisch sein konnte. Die schnelle Beförderung hatte sie vermutlich ziemlich verblüfft, und sie musste sich erst an den Gedanken gewöhnen.

»Wann ist es so weit?«

»Wenn wir die Sache für das Ministerium im Kasten haben und Sie einen weiteren Stimmtest absolviert haben, den Sie natürlich bestehen müssen. Nachrichten sind ein ganz anderes Metier als Kochsendungen. Immerhin ist die BBC führend auf dem Gebiet …«

»Hören Sie bitte einmal eine Minute lang auf zu reden, Darley, und hören Sie mir zu. Ich möchte die Chance bei der BBC auf keinen Fall verpassen. Mir gefällt dieser Job. Aber ich muss nach Hause. Wenigstens für ein paar Tage. Können Sie ohne mich weiterarbeiten? Oder mich wegen Krankheit beurlauben? Sobald meine Mutter außer Gefahr ist, komme ich zurück.«

»Das kann Wochen dauern. Und wenn sie nun stirbt?«

»Sagen Sie doch nicht so etwas!«

Darley stocherte auf abstoßende Weise zwischen seinen Zähnen herum, ohne ein weiteres Wort zu sagen.

»Na gut, wenn es hart auf hart kommt, kehre ich eben unmittelbar nach der Beerdigung zurück.«

»Entschuldigen Sie, es war nicht so gemeint.« Er ging zu ihr und nahm sie tröstend in den Arm. »Ich werde es schon irgendwie ohne Sie schaffen. Aber nur, wenn Sie mir einen Gefallen tun.«

»Gern, wenn es möglich ist.«

»Schaffen Sie mir diesen Ambrose zurück nach London. Er verliert nämlich sonst seinen Job, auch wenn es nur eine läppische Kochsendung ist.« Schadenfreude spiegelte sich in Darleys Augen. »Aber er ist selbst schuld. Wäre er hier gewesen, hätte man vielleicht ihn ausgesucht – das können Sie ihm ruhig ausrichten. Aber jetzt bin ich derjenige, der weiterkommt. Ich werde in meine frühere Funktion zurückversetzt.«

»Und die wäre?«

»Auslandskorrespondent. Ich bin auf der ganzen Welt herumgekommen, Heather. Und jetzt werde ich in die USA versetzt.«

»Als was?«

»Verbindungsmann für die Amerikaner. Wir müssen die Yankees dazu bringen, uns in unserem Kampf gegen Nazi-Deutschland zu helfen. Ich klinge doch fast schon wie Churchill, finden Sie nicht?«

»Meine Glückwünsche, Darley. Ich glaube, ich werde Sie vermissen.«

Nun wusste Heather wirklich nicht mehr weiter. Sie hatte das Gefühl, dass sie jedes Mal, wenn sie einen Schritt nach vorn geschafft hatte, wieder drei Schritte zurückgeworfen würde.

»Dieser Ambrose soll seinen Arsch herbewegen«, hörte sie Darley sagen. »Die Chefs wollen wissen, was er geleistet hat – Sie natürlich auch. So, und jetzt verschwinden Sie, und lassen Sie mich diesen Schafswurstkram zu Ende bringen.«

»Hammel«, korrigierte Heather leise, ehe sie das Funkhaus verließ.

Teil Vier

Für den Tag zu erhaben
Für die Nacht zu viel Wonne.
Komm nicht im Dunkel,
Komm nicht in der Sonne.
Doch komm in der Zeit der Dämmerung
Wenn die Helligkeit sanft
Und die Nacht noch jung.

W. S. Walker (1795–1846)

Kapitel Einundzwanzig

Rings um Glengarth wimmelte es von Militärpolizei. Jeder, der nach Glengarth hinein- oder von dort hinauswollte, wurde nach seinen Papieren und den Gründen für seinen Aufenthalt auf dem Schloss gefragt. Das Taxi, mit dem Heather vom Bahnhof kam, wurde angehalten und durfte nicht weiterfahren.

»Aber ich wohne hier!«, protestierte Heather. Sie bot dem jungen Mann, der in seiner Uniform ausgesprochen gut aussah, eine Zigarette an, lehnte sich aus dem Fenster und sagte: »Erzählen Sie mir doch mehr über sich.«

Die hübsche Frau mit ihren langen, rot lackierten Fingernägeln gefiel dem Uniformierten.

»Wann würde es Ihnen denn passen?«

»Wie wäre es mit heute Abend?«

»Und wo?«

»Oben in der Schonung von High Hills gibt es jede Menge Schutzhütten.

»Um wie viel Uhr?«, fragte er und blies ihr schelmisch Rauch ins Gesicht.

Heather pustete zurück. »Sagen wir – neun Uhr?

Er lächelte, und sie lächelte ebenfalls.

»Würden Sie mich jetzt bitte durchlassen?«

Und wie in früheren Zeiten der Befehl an die Wachen einer Zugbrücke ergangen wäre, so machte der junge Soldat jetzt ein Zeichen, die Schranke zu öffnen und das Taxi unbehelligt passieren zu lassen.

Heather verschwendete keinen Gedanken daran, dass es dem armen Kerl am Abend vermutlich schlecht ergehen würde, wenn er in der

Dunkelheit in der Nähe der Schutzhütten herumlungerte. Judy Parfitt und ihre Waldarbeiterinnen würden ihn schnell Mores lehren.

Rory ging ihr entgegen und nahm sie herzlich in die Arme.

»Gott sei Dank, dass du sicher angekommen bist, mein Mädchen.«

»Hattest du etwa Angst um mich?«

»Wir befinden uns im Krieg, da kann viel passieren!«

»Wenn die Deutschen es trotz aller Widrigkeiten so weit nach Norden geschafft haben, kann ich nur sagen: Hut ab!«, sagte Heather und fügte lächelnd hinzu: »Es ist ein Jammer, dass unsere Regierung immer noch nicht begriffen hat, dass unser Gegner nicht aus einem unorganisierten Haufen debiler Spinner besteht, sondern ein intelligenter, ernst zu nehmender Feind ist.«

Sie hatten es sich in Duncan's Tower gemütlich gemacht. Rory entnahm der Zigarrenkiste auf dem Schreibtisch eine Havanna. Heather rauchte eine Zigarette und hatte ein Glas Whisky vor sich stehen. Whisky pur, wohlgemerkt – jeder Kenner hätte es als Sakrileg erachtet, *Glengarth Single Malt* mit Wasser oder Eiswürfeln zu verdünnen.

»Ich möchte schon gern erfahren, warum ich wieder einmal nach Hause gerufen wurde und was es mit dieser Geschichte um Hitler und Heß auf sich hat.« Heather lächelte ein wenig gezwungen durch den Zigarettenrauch.

»Es ist nur Heß. Wenn Hitler dabei gewesen wäre, hätte man uns vermutlich komplett von der Außenwelt abgeriegelt. Die Abwehr versucht uns weiszumachen, dass Heß – und möglicherweise Hitler in einem zweiten Flugzeug – nach Schottland gekommen sind, um mit der Pazifisten-Partei ein Friedensangebot auszuhandeln.«

»Mit der Pazifisten-Partei?«

»Den Royalisten, Heather!«

»Nicht zu fassen!« Sie paffte große Rauchschwaden.

»Adolf Hitler ist sehr pro-britisch eingestellt. Mit Hilfe der Royalisten und des Hochadels hofft er darauf, Großbritannien übernehmen zu können, ohne hier einmarschieren zu müssen. Allerdings macht

Churchill ihm da einen Strich durch die Rechnung, weil er die Nazis um jeden Preis vernichten will. Um der Hetzjagd ein Ende zu bereiten, startete gestern Abend um kurz vor sechs eine Messerschmitt BF 110 in Augsburg und kam um kurz nach elf in der Nähe von Floors Farm in Eaglesham herunter. Man vermutet, dass Reinhard Heydrich …«

»Der Chef des deutschen Geheimdienstes?«

»Richtig.«

Ein kalter Schauder rieselte über Heathers Rücken. Sie zündete sich eine weitere Zigarette an.

»Du bist ja Kettenraucherin geworden, Liebes«, stellte Rory fest.

»Ist das ein Verbrechen?«

»Entschuldige.«

»Sprich ruhig weiter«, sagte sie und vergrub den Kopf in den Händen. »Du brauchst meine Gefühle nicht zu schonen.«

»Der Geheimdienst weiß, dass Heydrich von Frankreich aus schon öfter über Großbritannien flog.

»Das weißt du von Raoul, nicht wahr?«

»Richtig.«

»Entschuldige die Unterbrechung. Sprich weiter.«

»Jedenfalls flog Heydrich als Eskorte des Flugzeugs von Heß, doch dann ging irgendetwas schief. Wir wissen noch nicht, was es war. Zunächst war man der Meinung, dass sich sowohl Hitler als auch Heß in der Maschine befanden. Aber es scheint nicht so gewesen zu sein. Auch in der englischen Königsfamilie fliegen nie mehrere Thronanwärter im gleichen Flugzeug. Alles, was ich weiß, ist, dass Rudolf Heß im Schloss Dungavel festgehalten wird, nachdem er mit seiner Maschine auf einer Wiese notlanden musste; einer Wiese, die im Übrigen viel zu kurz für eine Messerschmitt 110 ist. Ich weiß nicht – irgendetwas steckt dahinter.«

Auch Heather vermutete das.

»Warum haben wir die Militärpatrouillen auf dem Gut? Glengarth liegt schließlich ein ganzes Ende von Glasgow und dem Sitz des Duke of Hamilton entfernt.«

»Sie wurden zu unserem Schutz und unserer Sicherheit eingesetzt.«

»Hält uns die Regierung etwa für Nazi-Sympathisanten?«

»Ganz bestimmt nicht.«

»Lüg mich nicht an, Pa.«

Er zögerte. »Sie werfen uns alle in einen Topf, Heather.«

»Sie? Uns? Wer?«

»Uns Roskillens mit den Bedfords, Mitforts, Moseleys, Hamiltons, dem pro-englischen Teil der Familie Haushofer …«

»Haushofer? Kenne ich nicht.«

»Albrecht Haushofer, der Berater von Heß.«

»Verstehe.« Heather fragte sich, wohin dieses Gespräch noch führen würde. Im Grunde wartete sie nämlich nur auf Neuigkeiten von Raoul.

»Ja, also … jetzt habe ich den Faden verloren.« Rory schenkte sich ein Glas Whisky ein. »Ach ja! Die Deutschen wissen natürlich, dass unsere halb deutschstämmige Königsfamilie und vor allem der abgedankte König, der Herzog von Windsor und seine amerikanische Frau Wallis Simpson mit den Nazis sympathisieren. Die beiden haben kurz nach der Abdankung des Königs sogar mit Heß diniert. Und dann ist da auch noch der Herzog von Kent. Es gibt jedenfalls in und um das Königshaus eine Gruppe Leute, die für eine Pazifisten-Partei sind, die eine Friedensinitiative mit Hitler aushandeln soll; Churchill ist natürlich absolut dagegen.«

»Und du?« Heather fragte sich, ob ihr Vater, der schon den Ersten Weltkrieg mitgemacht und Zerstörung und Gewalt miterlebt hatte, nicht auch zu dieser Friedensinitiative tendierte.

Aber Rory wich der Frage geschickt aus. »Unsere Geheimdienste beobachten die Windsors bereits seit 1937. Der deutsche Geheimdienst weiß, dass Hitler ein pro-britischer Royalist ist. Die Stalinisten hingegen glauben, dass die deutsch-britischen Friedensbemühungen nur dazu dienen sollen, Hitler den Weg nach Russland zu ebnen.«

»Aber was ist mit dir, Pa? Wo stehst du?«

»Einige Peers haben anscheinend einen sogenannten Friedensvertrag unterschrieben. Aber ich gehöre nicht dazu. Ich stimme Winston Churchill zu. Die Nazis müssen unter allen Umständen vernichtet werden.«

»Wie sicher seid ihr, dass es sich bei dem notgelandeten Flieger tatsächlich um Rudolf Heß handelt und nicht um einen Doppelgänger?«

»Im Augenblick weiß niemand etwas Genaues. Aber wir bemühen uns, die Wahrheit herauszufinden.«

»Die Bruchlandung ist doch höchstens – wie lange ist sie her?«

»Vierundzwanzig Stunden.«

»Machst du dir keine Sorgen – wenigstens ein bisschen?«, fragte Heather.

»Ein bisschen schon.«

»Verdammt noch mal, Pa!« Heather sprang auf und warf ihre angerauchte Zigarette in den Aschenbecher auf dem Schreibtisch. Ihre Mutter schien nicht zu wissen, dass Rory wieder trank und rauchte. »Raoul scheint dir scheißegal zu sein!«

»Aber keineswegs, Kleines. Du weißt selbst, dass das ein dummer Vorwurf ist.«

»Sag mir, wo er ist.«

»Ehrlich gesagt weiß ich es im Augenblick nicht.«

»Ist er tot?«

Rory zögerte.

»Ist er tot, Pa?« Heathers Stimme klang kalt und schneidend.

»Ich glaube es nicht.«

»Aha, du glaubst es also nicht. Du und Duncan, ihr habt ihn hier hinausgeschafft. Und zwar meinetwegen! Ihr habt ihn mit einem Auftrag nach Frankreich geschickt, sobald er gut genug war. Und nachdem er euch alles Wissenswerte über die Vorgänge um Hitler und Heß geschickt hat, glaubst du nicht, dass er tot ist!«

»Heather!« Rory warf seiner Tochter einen missbilligenden Blick zu.

»Seit einiger Zeit liegt der Schatten eines Zweifels auf uns Clan-Führern, Chieftains, Peers und Großgrundbesitzern …«

»Lenk jetzt nicht ab, Pa, verdammt noch mal! Wo zum Teufel ist er?«

»Ich habe keine Ahnung. Er kann sich ebenso gut an der französisch-belgischen wie auch an der deutsch-französischen Grenze aufhalten, vielleicht sogar in Holland – ich weiß es einfach nicht.«

»Und es ist dir scheißegal!«

Die Sorge um Raoul raubte Heather schier den Atem. Sie ahnte, welche Folter einem Spion in den Händen der Nazis drohte.

Heather liebte ihren Vater, und sie liebte ihren Bruder Duncan. Doch jetzt musste sie selbst zeigen, was in ihr steckte. Floss nicht in ihren Adern das Blut einer der ersten Suffragetten Englands? Sie würde jedenfalls nicht zulassen, dass man ihr das Herz brach!

»Nicht aufregen, Heather – Liebes!« Rorys Stimme schmeichelte sich in Heathers Gedanken. »Ich bin nur gerade noch nicht auf dem neuesten Stand der Dinge, weil ich mich erst morgen mit dem Herzog von Hamilton treffe.«

Hand in Hand verließen Vater und Tochter Duncan's Tower und machten sich zusammen auf den Weg zu den Wohnungen neben dem Uhrenturm, wo Rory an einer der sechs Türschellen klingelte. Heather stand abwartend und fröstelnd neben ihm und fragte sich, ob ihr Vater je etwas von ihren Plauderstündchen mit George Proben erfahren hatte.

»Es ist schon ziemlich spät, Pa. Zu wem willst du jetzt noch?«

»Zu George.«

»Ach, ich dachte, der wohnt in Raouls altem Zimmer im Ostturm.«

»Tja, das musste er an Agatha abtreten. Sie war der Meinung, es wäre keine sehr gute Idee, wenn männliche und weibliche Dienerschaft wild durcheinander wohnen. Jetzt wohnen die Damen innerhalb des Schlosses und die Herren hier draußen.«

»Du und Mutter, ihr legt viel Wert auf Agathas Ansichten, oder?«

»Frag lieber deine Mutter.«

»Ich möchte es aber von dir wissen.«

»Das ist eine gemeine Frage, die kann ich dir nicht beantworten, Kleines. Ich bin nur der Laird von Glengarth«, sagte Rory augenzwinkernd.

In diesem Augenblick öffnete George Proben seine Wohnungstür.

»Mylaird ... Mylady ... ach, Sie sind es, Miss Heather ...« Während er sprach, stopfte er hastig die Hemdschöße in seine Hose und schob die Hosenträger über die Schultern. Es war ihm sichtlich peinlich, halb angezogen vor dem Laird und dessen Tochter zu stehen, zumal er befürchten musste, dass es um die Plauderstündchen mit Heather ging.

»Bringen Sie mich zu Ihrem Chef«, befahl Rory dem Butler, lehnte sich schwer auf Heathers Arm und fuhrwerkte mit seinem Gehstock vor Georges Brust herum. Heather verstand die Welt nicht mehr.

»Aber sicher ... gern, Mylaird«, stotterte George, der immer noch mit seinen Hosenträgern kämpfte.

»Und denken Sie an eine Taschenlampe.«

»Selbstverständlich.«

Sie stiegen in den Keller des Schlosses hinab. Eine armselige Funzel warf zitternde Schatten an die Wände der labyrinthartigen Gänge, in denen jeder Laut erstarb. Heather erschien es eine kleine Ewigkeit zu dauern, ehe ein frischer Luftzug verkündete, dass das Ende des Tunnelsystems erreicht war. Sie fanden sich in einer Höhle auf halber Höhe der Steilklippe über dem Mull wieder, von der aus man den gesamten Schiffsverkehr auf dem Minch beobachten konnte. Hier hatte George den perfekten Platz für sein Funkgerät gefunden.

»Ackker und Gamin haben mir nie richtig verziehen, nachdem sie mich damals entdeckt hatten und vermuteten, dass ich für die Deutschen arbeite ...«

»Und? Tun Sie es denn?«, fragte Heather schnippisch.

»Aber natürlich nicht, Mylady ... äh ... Miss Heather«, gab er eingeschüchtert zurück.

»Beweisen Sie es.«

Rory legte Heather beruhigend eine Hand auf die Schulter.

»Lass ihn arbeiten, Kleines.«

Und George arbeitete. Fieberhaft dekodierte er Nachrichten mit seinem Funkgerät. Fassungslos sah Heather, die ihn nur als Butler gewohnt war, ihm zu.

»Ich wusste gar nicht, dass er Fremdsprachen und das Morsealphabet beherrscht«, raunte sie ihrem Vater zu.

»Ich habe eben ein gutes Ohr, Miss Heather«, grinste George sie an. »Solche Dinge fallen mir leicht.«

Schließlich fragte Rory seinen Butler nach den letzten Neuigkeiten, vor allem von Billy Bunter.

»Ist noch nichts gekommen«, gab George zurück.

»Wer ist denn Billy Bunter?«, wollte Heather wissen.

Doch ihr Vater tat, als hätte er ihre Frage nicht gehört.

»Haben Sie etwas über die Bruchlandung auf dem Eaglesham Moor herausfinden können?«

»Das ist eine ziemlich rätselhafte Geschichte, Sir. Was man zunächst für ein von der schottischen Küste abdrehendes deutsches Flugzeug hielt, scheint nichts als eine Reihe fehlinterpretierter Geräusche gewesen zu sein, die vielleicht von einem im britischen Luftraum operierenden Flugzeug stammten. Der Kursverlauf der Messerschmitt 110 deutet auf einen Tankstopp irgendwo in Nordwestdeutschland hin – möglicherweise in Köln. Die Maschine hob gegen 19:35 Uhr dort ab und nahm einen nordöstlichen Kurs. Über dem holländischen Luftraum stießen vier Maschinen als Eskorte zu unserer ersten. Kurz nach dem letzten Funkfeuer trennte sich die Eskorte von der 110, die anschließend Kurs auf die schottische Ostküste und Holy Island nahm. Die Maschine wurde um 22:25 Uhr über Chatton gesichtet, später dann über Jedburgh, Ashkirk und schließlich Kilbride. Das war eine halbe Stunde später. Dort scheint der Pilot die Orientierung verloren zu haben. Unmittelbar im Anschluss häufen sich Berichte von

Beobachtern, die alle ein deutsches Flugzeug in einem großen Feuerball über dem Moor in der Nähe von Floors Farm haben abstürzen sehen.«

»Gab es Überlebende?«, erkundigte sich Rory.

»Sieht ganz danach aus, Sir. Augenzeugen berichten von Fallschirmen, die nicht weit von Floors Farm gelandet sein sollen.«

»Das Anwesen der Hamiltons. Als hätte ich es geahnt.« Rory humpelte in das düstere, kalte Tunnelsystem unter seinem Schloss zurück.

»Warte, Pa, nicht so schnell! Wo willst du hin?«

»Ich muss unbedingt Kontakt mit Susan Jenny aufnehmen.« Doch dann fiel ihm noch etwas ein, und er kehrte in die Höhle zurück. »Sagen Sie mir bitte Bescheid, wenn sie von ihrem nächsten Flug zurückkehrt«, sagte er zu George und wies auf das bereitliegende, starke Fernglas, ehe er ihm freundschaftlich auf die Schulter klopfte. »Sie sind ein guter Junge, George. Ich bin wirklich stolz auf Sie.«

»Ich wünschte, du würdest nicht so viel rauchen, Kleines«, sagte Rory traurig zu Heather, die sich eine Zigarette angezündet hatte. Er war sich seines eigenen schlechten Beispiels durchaus bewusst.

»Und ich wünschte, du wärst kein solcher Heimlichtuer.«

»Eins zu null für dich.«

»Ich weiß ja, dass ihr beim Geheimdienst dazu verpflichtet seid, aber ich finde es schon merkwürdig, dass ihr mir eine Verpflichtung beim SLS vorschlagt, mir aber gleichzeitig alles über George und Glengarth verschweigt. Meine Chefs würden mich auf der Stelle entlassen, wenn sie wüssten, was ich hinter ihrem Rücken anstelle.«

»Wir sitzen alle in einem Boot, Heather.«

»Wenn du damit diesen Krieg meinst, bin ich ganz auf deiner Seite. Aber inzwischen ist mir auch klar, dass wir Roskillens in irgendetwas ziemlich tief verwickelt sind – ich weiß nur noch nicht, was es ist.«

Doch Rory rückte nicht mit der Sprache heraus. Heather hatte eine Vermutung, was die strengen Kontrollen rings um Glengarth betraf, sie hatte die im Loch vor Anker liegenden, gefechtsbereiten Kriegsschiffe mit eigenen Augen gesehen – eine mächtige, dem Feind unbekannte Waffe. Nie zuvor war ihr klar gewesen, wie viel Verantwortung ihr Vater trug. Und auch George Proben stand plötzlich in ganz anderem Licht da.

Auch Susan Jenny war mit von der Partie. Mit ihrem als neutral geduldeten, in Amerika zugelassenen Flugzeug – die Amerikaner waren, ebenso wie Spanien, Portugal und die Republik Irland noch nicht in den Krieg eingetreten – flog sie die Nordsee von den Western Isles über Shetland bis Norwegen ab und berichtete Rory von ihren Beobachtungen, die er an Churchill weitergab.

Wenn überhaupt jemand an Informationen über deutsche Flugbewegungen über Schottland kommen konnte, dann war es Susan Jenny. Sie würde es schaffen, Klarheit in die Frage nach der geheimnisvollen Messerschmitt 110 zu bringen, die am 10. Mai 1941 auf schottischem Boden niedergegangen war. Rory kündigte an, mitfliegen zu wollen, wenn sie sich auf den Weg nach Glasgow und zu den Ländereien des Herzogs von Hamilton machen würde.

Heather konnte nicht umhin, die Zielstrebigkeit ihres Vaters zu bewundern. Manchmal verstand sie sogar, was die Frauen in früheren Zeiten an ihm gefunden haben mochten. Es war vermutlich sein immer noch vorhandenes Charisma, das Susan Jenny dazu brachte, Aufklärungsflüge zugunsten der Briten zu unternehmen. Heather war stolz darauf, diesen Mann ihren Vater nennen zu dürfen, obwohl sie es nie übers Herz bringen würde, ihm ihre zärtlichen Gefühle zu gestehen. Stattdessen befragte sie ihn lieber nach der Pazifisten-Partei. Warum um alles in der Welt wollte der Adel – zu dem auch ihr Vater gehörte – Hitler und Heß ins Land bringen?

»Damit habe ich nichts zu tun. Ich halte dieses sogenannte pazifistische Programm für einen riesigen Humbug. Da wird der britischen Bevölkerung ein Bär aufgebunden.«

»Und von wem bitte?«

»Das solltest gerade du am besten wissen.«

»Kriegspropaganda?« Heather atmete tief durch. »Okay, wenn du es unbedingt so nennen willst. Aber wenn es weder Hitler noch sein Stellvertreter war, wer um alles in der Welt ist dann auf dem Eaglesham Moor gelandet? Und vor allem: Wozu?«

»Könnten wir das vielleicht morgen klären?«, bat Rory. »Ich für meinen Teil bin nämlich ziemlich müde.«

»Du hast aber doch gerade eben George gebeten, Kontakt zu Susan Jenny aufzunehmen, damit sie dich nach Glasgow fliegen kann.«

»Was mir eben noch ein paar kurze Stunden Schlaf vergönnt, ehe sie hier aufkreuzt.«

»Vater?« Heather druckste herum, doch die Frage brannte ihr auf den Nägeln. »Vater, wer ist George?«

Rory zögerte lange, ehe er den Mund aufmachte. »Morgen, mein Mädchen. Wir klären das morgen. Ich muss jetzt wirklich ein paar Stunden schlafen.«

»Könnte ich dich nicht nach Glasgow begleiten? Als deine Sekretärin zum Beispiel?«

Er schenkte ihr ein bedauerndes Lächeln. »Nur, wenn wir einen Passierschein für dich bekommen. Wir können den Leuten allerdings kaum auf die Nase binden, dass du bei der BBC bist.«

»Was ist eigentlich mit Ambrose und seinem Team?«

»Um Himmels willen nein!«

»So meinte ich es gar nicht. Ich frage mich gerade, wie ich meine Anwesenheit auf Glengarth erklären soll, wo ich doch eigentlich im East End von London eine pädagogisch wertvolle Sendung für das Ministerium für Landwirtschaft und Ernährung aufzeichnen soll.«

»Ich bin sicher, dir fällt bis morgen etwas Gescheites ein«, sagte Rory, der seiner Tochter voll und ganz vertraute.

Kapitel Zweiundzwanzig

Leider verlief nicht alles nach Plan.

Die Morgenzeitungen berichteten von schweren Bombardements der deutschen Luftwaffe. Neben London waren mehrere große britische Städte betroffen, unter anderem auch Glasgow, überall waren Todesopfer zu beklagen.

Susan Jenny kehrte nicht zur vorgesehenen Zeit nach Glengarth zurück, und Rory äußerte die Befürchtung, sie könne über der Nordsee abgeschossen worden sein.

Annie schalt ihn daraufhin, sich viel zu viele Sorgen um die Mitglieder der Familie Roebling zu machen, was Rory zu der Frage veranlasste, was sie mit dieser schneidenden Bemerkung meine. Im Nu war ein heftiger Streit entbrannt.

Annie kritisierte Rorys Hang zu Frauen und warf ihm vor, sein Leben lang immer wieder Nebenfrauen und Konkubinen gehabt zu haben. Er verhalte sich wie ein Moslem, schimpfte sie, argwöhnte, dass sein spezieller Charakterzug etwas mit seiner Jugend im heißen, heidnischen Indien zu tun habe, und hielt ihm vor, er könne sich glücklich schätzen, dass sie seine Untreue all die Jahre hindurch ertragen habe.

Rory entgegnete, sie sei paranoid, was natürlich ausschließlich an ihrer zwielichtigen Herkunft läge; immerhin sei ihr Stiefvater ein Mörder gewesen, und auch eine gewisse Schuld am Schicksal von Aeneas Hamilton könne sie nicht von der Hand weisen.

In diesem Stil ging es weiter. Heather fühlte sich peinlich berührt. Gut, dass die Waldarbeiterinnen draußen sind und die Waisenkinder Unterricht haben, dachte sie.

Die Zeit des zweiten Frühstücks war längst vorüber, doch Ambrose und sein Team waren noch nicht aufgetaucht.

Annie sagte, die Crew wäre zu einem Spaziergang zum Inchnadamph aufgebrochen; die Leute wollten jedoch zum Mittagessen zurück sein, um den Nachmittagszug nach London zu erwischen.

»Mit anderen Worten, sie sind hier fertig?«, fragte Heather.

Annie zuckte uninteressiert die Schultern.

Da ließ sich Mary vernehmen, die von der Vorratskammer aus ganz Ohr gewesen war.

»Ein Klotz am Bein, das waren sie. Überall haben sie reingeguckt und blöde Fragen gestellt. Was ist Bratenfett? Wenn die nicht mal wissen, was Bratenfett ist und was man damit macht, dann waren sie auch nicht arm genug, um Radiosendungen für Arme zu machen.«

Heather lief das Wasser im Mund zusammen. Sie liebte Bratenfett – am leckersten fand sie es aufgetupft mit frischem Toast. Doch wie dem auch war, sie würde Ambrose früher oder später entgegentreten müssen. Sie überließ die Eltern ihrem Streit, der den Bediensteten bereits jetzt Anlass zu begeistertem Klatsch gab, und machte sich auf die Suche nach Agatha Kemster.

Sie fand die Hauswirtschafterin beim Sortieren von Haushaltswäsche. Eine kleine, picklige Zofe ging ihr zur Hand. Heather, die Agatha normalerweise aus dem Weg ging, sprach sie ausnahmsweise an.

»Könnte ich Sie bitte einen Augenblick sprechen, Mrs Kemster?«

»Aber selbstverständlich, Miss Heather.«

Streng wies sie die Zofe an, nur fleckenlos weiße, gestärkte und gebügelte Wäsche in die Schränke zu räumen; sollte sie die Kleine bei einer Nachlässigkeit ertappen, wären anschließend die Pickel ihr geringstes Problem. Dann bat sie Heather in ihr Zimmer.

Als Heather den kleinen Raum betrat, verspürte sie ein merkwürdiges Gefühl, das sie nicht darauf zurückführte, dass auch schon Raoul und George in diesem Zimmerchen gewohnt hatten. Es entstand vielmehr aus der Erinnerung an gellende Polizeisirenen und den Staatsanwalt Sir John aus Inverdune, der einer verloren mit ihrer Perücke im Schoß dasitzenden Agatha Kemster ihre Rechte vorlas, ehe er sie wegen Mordes festnehmen ließ. Sie erschauerte.

»Ist Ihnen kalt? Soll ich den Gasofen anzünden?«, fragte Agatha beflissen.

»Schon gut.«

»Haben Sie etwa immer noch Angst vor mir?«

»Aber nein! Ich brauche Ihre Hilfe.«

»In welcher Hinsicht, mein Kind?«

»Sie haben doch früher aus Karten gelesen, Sterne gedeutet und Séancen abgehalten. Machen Sie solche Dinge immer noch?«

»Aber sicher.«

»Können Sie mir die Zukunft vorhersagen?«

»Mit Ihrem jungen ausländischen Freund meinen Sie?«

Woher wusste sie von ihm? Bei ihrer Rückkehr nach Glengarth war er längst fort gewesen. Nun, vielleicht hatte Mary von Raoul erzählt. Trotzdem – Agathas Hellsichtigkeit machte Heather Angst.

»Setzen Sie sich, Kind. Nein, nicht in den Sessel, die Federn sind nicht in Ordnung. Setzen wir uns an den Tisch, damit ich Sie besser sehen kann …«

Heather kam sich vor wie Rotkäppchen angesichts des zur Großmutter verkleideten Wolfs. Agatha kramte nach den Tarot-Karten.

»Hätten Sie nicht Lust, einmal mit mir zu den Spiritualisten zu gehen, mein Kind? Wir treffen uns heute Abend in Drumbarry.«

»Ich denke darüber nach«, versicherte Heather, deren Zähne fast vernehmlich klapperten.

»Ach wissen Sie, Heather, ich bin ja so froh, dass Susan Jenny sich wegen des schlechten Wetters über der Nordsee verspätet hat. Auf diese Weise konnte Ihr Vater die Einladung beim Herzog von Hamilton in Dungavel nicht wahrnehmen.«

Heather starrte die alte Frau an. »Woher wissen Sie das alles?«

Es war, als hätte Agatha die Frage nicht gehört. Sie sprach unentwegt weiter, als sei sie in einer eigenen Welt.

»Das Treffen ist eine Falle. Er soll dem Pazifismusprogramm zustimmen, das von einigen Mitgliedern der britischen Aristokratie auf die Beine gestellt wurde. Aber Mr Churchill ist strikt dagegen. Er scheut die Annäherung an die Deutschen; daher mag er auch die Königsfamilie nicht, die schließlich deutschstämmig ist. Mountbatton ist lediglich die englische Übersetzung des Namens Battenberg. Genau genommen will man nichts anderes als ein Gesetz für die Reichen und ein Gesetz für die Armen – aber wer bin ich schon, dass ich mir eine eigene Meinung anmaßen könnte? Wäre Ihr Vater tatsächlich bei diesen Hamiltons in Dungavel aufgetaucht, hätte er sich sofort verdächtig gemacht, und zwar bei den Leuten, für die er selbst arbeitet. Die Großkopferten wollen unbedingt ein Friedensabkommen mit Hitler unterzeichnen, während Churchill alles daransetzt, den Kerl zur Hölle zu schicken. Vor allem die Juden tun mir leid; denen geht es in Deutschland jetzt gar nicht gut. Wir brauchen Churchill, um in Zukunft Frieden zu haben, auch wenn diese Entscheidung jetzt im Moment Krieg bedeutet. Die königliche Familie allerdings möchte am liebsten jetzt sofort den Frieden, damit sie, sollte Hitler gewinnen, ihre blaublütigen Allerwertesten retten können.«

Heather lauschte wie gebannt und sah zu, wie Agatha eine astrologische Karte auf dem Tisch ausbreitete. Die alte Haushälterin stieß ein trockenes Lachen aus.

»Was sehen Sie?«, wagte Heather zu flüstern.

»Sie schauen mich so finster an, kleine Heather.«

»Gar nicht wahr! Sie sind diejenige, die finster ist!«

»Ach ja, Heather, Sie haben schon früher immer als Erste mit dem Finger auf mich gezeigt.«

»Nie habe ich so etwas getan!«

»Ich mache Ihnen doch keine Vorwürfe, Kind! Schließlich weiß ich, wie unschuldig und naiv Sie sind. Achten Sie darauf, dass Ihnen Ihre Familie bei Ihren Herzenswünschen nicht im Weg steht.«

Heather schwieg, und Agatha beschäftigte sich mit den Tarot-Karten. Sie legte sechsundfünfzig Zahlen- und Hofkarten aus, die sie als die kleine Arkana bezeichnete. Danach legte sie die zweiundzwanzig Trumpfkarten der großen Arkana auf den Tisch.

»Ich wurde für ein Verbrechen eingesperrt, das ich nicht begangen habe«, sagte sie plötzlich. »Jahrelang habe ich unschuldig im Gefängnis gesessen und meine Gesundheit, mein Augenlicht und meine Weisheit eingebüßt. Aber jetzt gibt es neue Beweise, die meine Unschuld untermauern. Ihre Eltern, Heather, waren die einzigen Menschen auf der ganzen Welt, die an mich geglaubt haben. Ihr Vater hat mich sogar vor dem Galgen bewahrt. Aber das ist längst Vergangenheit. Die Zukunft beginnt am heutigen Tag. Sie haben mich nach Ihrem Freund gefragt – nun, die Karten sagen, dass er in Sicherheit ist. Das Glück lächelt den jungen Liebenden.«

»Oh mein Gott!« Zwar wusste Heather nicht, ob sie wirklich alles glauben sollte, was Agatha von sich gab, doch sie fühlte sich unendlich erleichtert. »Woher wissen Sie solche Dinge?«, fragte sie vorsichtig.

»Sie müssen nicht fragen«, gab Agatha zurück. »Die Karten sprechen für sich. Das Glück lächelt den mutigen, jungen Liebenden. Dort auf dem Tisch liegt der Beweis.«

»Mutter behauptet, dass der Okkultismus und die Schwarzen Künste eine Sünde gegen Gott sind.«

»Ihre Mutter hat meine Künste immer gern in Anspruch genommen, wenn sie sie brauchte.«

»Das wusste ich nicht«, sagte Heather angesichts der versteckten Kritik kleinlaut.

»Geben Sie mir Ihre Hände«, befahl Agatha.

Doch Heather widerstrebte es, die Hände der Haushälterin zu berühren.

»Immer mit der Ruhe, Kleines. Entspannen Sie sich.«

Agathas trat hinter Heather und massierte ihr kurz den Nacken und die Schultern. Ihre Hände fühlten sich überraschend warm, sanft und angenehm an, und Heather spürte, wie ihre Gedanken abdrifteten. Raoul …

Nein! Mit einer großen Willensanstrengung setzte sie sich aufrecht hin. Auf keinen Fall durfte sie zulassen, dass sie dämonischen Einflüssen unterlag.

»Schön, dass Sie eine so zufriedene junge Frau sind. Viel zu viele Menschen streben heutzutage nach nichts anderem mehr als nach Reichtum; sie greifen nach den Sternen, als ob es nichts anderes gäbe. Das Leben macht es uns manchmal nicht leicht. Auch wenn wir noch so sehr an unsere Wurzeln glauben – auch Wurzeln sind nicht sicher. Sie können ausgerissen werden.«

Aber Heather hatte genug gehört. Es genügte ihr, zu wissen, dass Raoul gesund und in Sicherheit war. Sie stand auf und betrachtete die winzig kleine, schwarz gekleidete alte Frau mit einem leisen Lächeln, das Agatha sofort richtig interpretierte.

»Was interessiert Sie noch?«, fragte sie. Oh, dieses schöne Mädchen! Ihretwegen hatte sie allen Grund zur Traurigkeit.

»Wer ist George, Agatha? Ich habe ihm gegenüber ein sehr zwiespältiges Gefühl.«

»Sobald Ihr Vater bereit ist, es Ihnen zu sagen, wird er es tun.«

Zum Mittagessen, das normalerweise am großen Küchentisch stattfand – es sei denn, illustre Gäste speisten auf Glengarth, dann wurde im zwar stilvollen, aber lausig kalten Esszimmer gedeckt –, traf Heather wieder mit ihrer Familie zusammen.

Wenige Minuten später kehrten die Großstädter mit windgeröteten Gesichtern von ihrem Ausflug zum Inchnadamph zurück. Man sah ihnen an, dass sie keinerlei Lust verspürten, Schottland zu verlassen.

»Ambrose!« Heather sprang auf und fiel ihrem Produzenten um den Hals. Dabei bemerkte sie einen unverkennbaren, relativ starken Geruch in seinem Atem.

»Heather!«, rief Ambrose, ehe er verdutzt hinzufügte: »Was um alles in der Welt machen Sie hier nördlich der Grenze?«

»Ich wohne hier.«

»Das ist mir klar. Aber sollten Sie nicht in London mit Darley am Gegenstück zu unserer Sendung arbeiten?«

»Nehmen Sie mir übel, dass ich die East-End-Wurst-Connection im Stich gelassen habe?«

»Absolut nicht. Ich freue mich, Sie zu sehen, und wenn es nur dazu dient, mir den Unterschied zwischen einem Würstchen aus dem East End und Haggis aus Glengarth zu erklären.«

»Passen Sie bloß auf, dass Mary und meine Mutter Sie nicht als Häretiker auf den Scheiterhaufen stellen!«

»Um Himmels willen, nun setzt euch endlich, ehe das Essen kalt wird!«, schimpfte Annie, die es nicht mochte, wenn bei Tisch zu viel geredet wurde. Ihrer Meinung nach hatte man eine Mahlzeit schweigend und gottesfürchtig zu genießen.

»Es ist ohnehin kalt, Mylady«, keuchte Mary, die als Tribut an die Sparaufrufe der Regierung einen riesigen Topf Rote-Beete-Suppe auftrug.

Misstrauisch beäugte Rory den intensiv roten Inhalt seines Suppentellers. »Weib, wen haben Sie da geopfert?«

»Borschtsch«, antwortete Mary. Aus ihrem Mund klang es wie ein Fluch.

»Und ich dachte schon, es wäre ... Wie oft habe ich Ihnen schon gesagt, dass ich in diesem Haushalt nichts Deutsches dulde?«

»Das Gericht ist in Polen und Russland beheimatet, Mylaird. Mit Deutschland hat es nichts zu tun.«

»Trotzdem ...« Rory wandte sich an seine Frau. »Annie, warum gibt es nicht einfach guten, echten Rote-Beete-Salat?«

»Das kann ich dir schnell erklären«, sagte sie. »Unsere Rote-Beete-Ernte hätte als Salat nicht für so viele Esser gereicht.« Sie griff in die Schürzentasche und holte einen Zettel hervor, den sie kurz überflog.

»Mary und ich mussten heute für sage und schreibe dreiundvierzig Leute Mittagessen vorbereiten. Und da sind die Männer der kanadischen Marine noch nicht mitgezählt.«

»Und ich muss tatsächlich für all die hungrigen Mäuler bezahlen? Wieso?«

»Was soll die Frage, Mylaird?« Annie sah ihren Mann mit Unschuldsmiene an.

»Oje«, flüsterte Heather und duckte sich instinktiv, »wenn sie ihn Mylaird nennt, besteht die Gefahr, dass sie ihm gleich den Suppentopf ins Gesicht wirft.«

»Ich finde sie unwiderstehlich«, raunte Ambrose zurück.

»Meine Mutter? Wieso?«

»Nun, sie ist ausgesprochen schön, ein Vollblut-Weib und obendrein eine fantastische Köchin. Wäre sie nicht verheiratet, würde ich eher heute als morgen um ihre Hand anhalten.«

Heather verschlug es kurzfristig die Sprache.

»Sind Sie etwa in meine Mutter verknallt?«, wisperte sie schließlich.

»Unbedingt!«, gab er leise zurück. »Aber in Sie natürlich auch, Heather.«

»Wieso das denn?«

»Weil Sie ihr exaktes Ebenbild sind. Natürlich fehlt Ihnen die Erfahrung, die mit der Reife kommt. Aber Sie haben ihren Mumm, ihr Köpfchen, ihr Talent, ihren Sachverstand und ihr Aussehen …«

»Sie sind tatsächlich in sie verliebt!«

»Warum sind Sie mir in letzter Zeit immer aus dem Weg gegangen, Heather?«, fragte Ambrose plötzlich.

»Ich?« Heather blickte ihn verblüfft an. »Wieso soll ich ihnen aus dem Weg gegangen sein?«

»Sie haben darauf bestanden, die Aufnahmen in London einzuspielen, während man mich hier in den Norden verbannt hat. Dabei hätten wir gut und gern beides zusammen machen können.«

Heather wusste nicht, was sie sagen sollte.

»Ich habe diese Kochsendung doch nur angenommen, meine Liebe, um bei Ihnen zu Hause und in Ihrer Nähe sein zu können.«

Heather steckte sich einen Löffel Borschtsch in den Mund. Er schmeckte laff.

»Nennen Sie mich bitte bloß nie wieder ›meine Liebe‹. Es erinnert mich an Darley. Und außerdem wissen Sie sehr genau, dass ich längst vergeben bin.«

»An einen Franzosen!«, Ambrose musste sich zurückhalten, nicht zu laut zu werden, auch wenn die übrigen Essenden sich mittlerweile wieder normal unterhielten.

»Na und? Immerhin haben Sie ihm Ihren Job zu verdanken.«

»Wie kommen Sie denn darauf?«

»Sagen Sie, haben Sie und das Team etwa den Whisky meines Vaters gekostet?«

»Na ja, da waren so zwei komische Vögel, alte Knacker, die uns das Anwesen gezeigt haben … einer hieß Gabbins oder Gubbins oder so ähnlich.«

»Gamin und Ackkers. Dann sind Ihre rosa Wangen also nicht dem kühlen Wind des Inchnadamph zu verdanken, sondern der Brennerei meines Vaters. Sie sind besoffen!«

»Heather, mein Liebes …«

»Nehmen Sie sofort Ihre Beine da weg!« Ambroses lange Beine hatten sich unter dem Küchentisch um ihre geschlungen. Langsam wurde Heather wütend. Ambrose im angetrunkenen Zustand erschien ihr ein besonders unangenehmer Zeitgenosse zu sein. Sie machte sich frei und stand auf.

Ambrose griff nach ihrer Hand. »Wenn du nichts sagst, sag ich auch nichts«, lallte er.

Sie blickte in sein rotes Gesicht mit den vorquellenden Augen hinunter, verspürte plötzlich Mitleid mit dem armen Kerl und setzte sich wieder.

»Was ist los, Ambrose?«

»Alles und nichts. Ich habe mich unsterblich in Schottland verliebt. Und in dich.«

»Das erwähnten Sie bereits.«

Wieder griff er nach ihrer Hand und krallte sich fest.

»Ich sage dem guten Darley Henderson auch ganz bestimmt nicht, dass du deinen Posten verlassen hast und zu deinen Eltern gefahren bist. Ich bin nämlich nicht mehr dein Vorgesetzter, Heather!« Hinter seinen dicken Brillengläsern strahlte er sie an.

»Nicht mehr mein Vorgesetzter?«

»Ich habe bei der BBC gekündigt.«

»Wann?«

»Vor ungefähr einer Stunde, per Telefon.«

»Dann macht es Ihnen ja sicher nichts aus, dass Darley Ihnen einen Job vor der Nase weggeschnappt hat.«

»Mir einen Job weggeschnappt?«

»Man schickt ihn als Korrespondenten nach Nordamerika. Er ist dafür zuständig, Propaganda zu machen und die Amis auf unsere Seite einzunorden. Ich glaube übrigens, dass Sir Harry den Posten eigentlich für Sie vorgesehen hatte.«

»Und wenn schon. Es macht mir nichts aus.«

»Filme, Ambrose! Wochenschau! Vielleicht sogar wieder Fernsehen!«

»Keine Sorge, ich habe es kapiert. Und ich wünsche Darley viel Glück. Mach dir keine Sorgen, meine Süße.«

Wieder versuchte Ambrose, unter dem Tisch zu füßeln.

»Ich habe alles getan, damit deine Zukunft bei der BBC sicher ist. Darley hält dich übrigens für viel versprechend und ist der Meinung, dass deine Stimme dein wahres Potential ist.«

»Ich weiß.«

»Woher weißt du das?«

»Man hat es mir gesagt, ehe ich nach Schottland aufbrach. Ich wurde sogar befördert. Die Kochsendungen gehören der Vergangenheit an – in Zukunft moderiere ich Nachrichtensendungen.«

»Toll! Aber du hast es auch verdient!« Ambrose quetschte Heathers Hand so fest, dass ihr unwillkürlich Tränen in die Augen sprangen. »Ich wusste immer, dass etwas Großes in dir steckt.«

»Darley braucht Sie jetzt so schnell wie möglich in London. Wenn Sie sich nicht sputen, ist Ihr Job Vergangenheit.«

»Das weiß ich doch. Schließlich habe ich vor höchstens einer Stunde mit ihm telefoniert. Aber woher wissen Sie es?«

Oje, Ambrose schien wirklich recht tief ins Whiskyglas geschaut zu haben! Hatte da etwa Rory die Finger im Spiel gehabt? War es kein Zufall, dass Heathers Vater angesichts der geheimnisvollen Vorfälle in Schottland seinen beiden Leibdienern nahegelegt hatte, dem zufällig anwesenden Team der BBC die Brennerei zu zeigen? Zumindest schmälerte der Whisky die Aufmerksamkeit für andere Dinge.

Heather traf den Blick ihrer Mutter, die sie beobachtete.

»Entschuldige, Mutter«, sagte sie leise, wobei sie sich vergeblich bemühte, Ambrose von seinem Sitz hochzuziehen, »aber ich fürchte, die Herren von der BBC sind nicht mehr in der Lage, den Zug nach Edinburgh noch zu erreichen …«

Ganz zu schweigen vom *Flying Scotsman*, dem Nachtzug von Edinburgh nach London.

Heather bat ein paar weniger betrunkene Mitglieder des Teams, ihren Chef zu Bett zu bringen. Du liebe Zeit, dachte sie, wie hat sich mein Leben in diesen letzten Monaten doch verändert!

Doch es sollte noch schlimmer kommen.

Am folgenden Nachmittag stand das gesamte BBC-Team in Reisekleidung und mit gepackten Koffern in der Halle und wartete auf das Taxi, das sie zum Bahnhof Achnasheen bringen sollte. Lediglich Ambrose machte keinerlei Anstalten, Glengarth zu verlassen.

»Ich warte auf Susan Jenny«, sagte er.

»Wieso das?«

»Habe ich mich gestern etwa nicht klar ausgedrückt?«

»Sie waren gestern ziemlich betrunken.«

»Oh, das tut mir aufrichtig leid.«

»Wann packen Sie?«

»Gar nicht. Ich bleibe hier. Ich habe nämlich nicht nur bei der BBC gekündigt, sondern ich habe auch einen neuen Job.«

»Als was? Kartoffelschäler bei Mutter? Whiskytester bei Vater?«

»Susan Jenny hat mich als ihren persönlichen PR-Mann eingestellt.«

Heather starrte Ambrose an. »Wie bitte?«

»Nach einem solchen Job habe ich mich mein Leben lang gesehnt. Wissen Sie, die BBC hat mich damals lediglich eingestellt, weil ich über die Technik von Funk und auch ein wenig über Fernsehen Bescheid wusste. Ehrlich gesagt habe ich nie studiert, weder in Oxford noch in Cambridge. Ich habe eine Höhere Schule in Derbyshire besucht und freiwillig Kurse in Fotografie belegt.«

Heather ließ sich in das alte Familiensofa sinken. Sofort waren die Hunde zur Stelle und rollten sich gemütlich neben ihr zusammen.

»Aber Ihre Augen, Ambrose! Haben Sie Susan Jenny verschwiegen, wie schlecht Sie sehen?«

»Natürlich nicht. Außerdem – *so* schlecht sehe ich nun auch wieder nicht! Sie nimmt mich so, wie ich bin, denn sie braucht jemanden, der mit ihr fliegt. Und ich habe die einschlägige Erfahrung.«

»Sie sind verrückt, genau wie Susan Jenny!« Hilflos warf Heather die Arme in die Luft. Nie und nimmer würde das gut gehen!

»Ich war seit 1936 bei der BBC und habe mitgeholfen, das neue Medium Fernsehen zu entwickeln. Niemand hätte je geglaubt, dass so etwas Erfolg haben könnte, und genau genommen glaubt heute noch immer niemand daran. Ich schon! Ich würde meinen letzten Penny darauf verwetten, dass das Fernsehen dem Radio eines Tages den Rang ablaufen wird. Ich weiß es einfach! Ich war von Anfang an mit dabei. Wir haben das Fernsehen der breiten Masse zugänglich gemacht.«

»Sofern sie im Südosten Englands wohnt«, wandte Heather ein. Ambrose tat ihr leid. Sie verstand zwar seine Begeisterung, doch als praktisch denkender Mensch konnte sie dem hoch gelobten Medium kaum Vorteile abgewinnen.

»Das war vor dem Krieg«, wandte Ambrose ein. »Es gibt keinen Grund, warum es nicht nach dem Krieg weitergehen sollte. Ich weiß, wie man es macht. Susan Jennys Angebot war für mich der absolute Glücksfall.«

»Wann haben Sie Susan Jenny kennengelernt? Immerhin ist sie seit drei Tagen überfällig, und Sie selbst sind erst drei Tage hier in Schottland.«

»Ach so! Als wir ankamen, wollte sie eben ihr Wasserflugzeug besteigen.«

»Unten im Loch? Sind Sie etwa hingeschwommen, um mit ihr zu reden?«

Er überhörte ihren Scherz.

»Ich habe natürlich sofort meinen Fotoapparat gezückt und Aufnahmen gemacht. Mit einer kleinen Leica ist es selbstverständlich nicht dasselbe wie mit einer F24, wie sie von der Luftwaffe benutzt wird und die man in der Hand halten oder auf ein Stativ montieren kann, aber ...«

»Schon gut, Ambrose, wir alle wissen, wie vertraut Sie mit jeder Art von Kamera sind. Aber jetzt seien Sie ein Schatz, und kommen Sie auf den Punkt.«

»Gut. Ich hatte also meine Leica dabei und sagte ihr – ich fragte nicht, ich sagte es einfach – dass, falls sie je einen Menschen brauchte, der alle Standard-Kameras beherrscht, der Richtige jetzt vor ihr stünde. Und wissen Sie, was sie antwortete? *Jederzeit, Baby!* Sie sagte tatsächlich ›Jederzeit, Baby‹, wie man es aus Hollywoodfilmen kennt! Können Sie sich das vorstellen?«

»Haben Sie sie aufgenommen, wie sie vom Loch aus startete?«

»Ja selbstverständlich! Wir haben nicht nur fotografiert, sondern sogar gefilmt. David hatte zufällig seine Filmkamera dabei. Die BBC wird sich alle Finger nach dem Material lecken.«

»Verstehe«, ließ sich Heather aus der Tiefe des Sofas vernehmen, wo sie sich im Kreis ihrer pelzigen Freunde eingekuschelt hatte. »Was ich Sie noch fragen wollte, Ambrose – wie sieht es mit Ihrer Liebe zu mir aus? Hat sie sich auf Susan Jenny verlagert? Wollen Sie mich nicht mehr heiraten und den Rest Ihres Lebens glücklich und zufrieden mit mir in Schottland verbringen?«

»Habe ich das etwa gesagt?«

»Haben Sie. Aber ich werde Sie nicht darauf festnageln. Sie waren nämlich ganz schön betrunken, Sie waschechter Sassenach!« Heather sprang auf und umarmte Ambrose. »Da muss jeder mal durch. Willkommen an Bord, Partner.«

Nun musste nur noch Susan Jenny zurückkehren. Alle hofften, dass der *Yellow Rose of Texas* über der Nordsee nichts passiert war.

Kapitel Dreiundzwanzig

Mitten in der Nacht wurde Heather von einem wohlbekannten Dröhnen geweckt und registrierte schlaftrunken, dass Susan Jenny auf Loch Garth gelandet war, das die Kanadier inzwischen für den Hausgebrauch auf den Namen Loch Canada umgetauft hatten.

Plötzlich setzte sie sich kerzengerade im Bett auf.

»Oh, mein Gott!«

Ein merkwürdiger Gedanke hatte sich in ihren Kopf eingeschlichen. Sie warf den Bademantel über, schlüpfte in ihre Pantoffeln, stürmte aus dem Zimmer und durchquerte das halbe Schloss auf dem Weg zu Ambroses Unterkunft.

Vor seiner Tür angekommen, klopfte sie wie eine Wilde, doch außer friedlichen Schnarchgeräuschen blieb alles ruhig. Vorsichtig drückte sie die Klinke hinunter. Die Tür sprang sofort auf. Entweder war Ambrose tatsächlich unheilbar naiv, oder er legte es darauf an, sein Glück zu machen.

»Wachen Sie auf!«, rief sie. Sie schüttelte ihn heftig an der Schulter und bemerkte mit einer gewissen Dankbarkeit, dass er nicht nackt schlief, sondern einen blau gestreiften Flanellpyjama trug.

»Was ist denn?«

»Ambrose, wo ist Ihre Kamera?«

»Nicht meine … nicht schuldig.«

»Ambrose! Der Film!«

Langsam erwachte er zum Leben. »Was für ein Film, Heather? Wovon sprechen Sie überhaupt?«

»Ich will diesen verdammten Streifen, Ambrose!«

Er rieb sich ausgiebig die Augen, verstand aber immer noch nicht.

»Wie oft muss ich es denn noch wiederholen? Wo ist der Film, den Sie vor drei Tagen bei Susan Jennys Start von Loch Garth gedreht haben? Stellen Sie sich nicht blöder, als Sie sind!«

»Den haben natürlich die Kameraleute, wer sonst? Was ist los mit Ihnen?« Noch halb betäubt sah er zu, wie sie in seinem Zimmer herumlief, Gegenstände in die Hand nahm, umdrehte und wieder hinstellte. Hatte er diese Furie tatsächlich einmal nett gefunden? Reumütig dachte er an seine Mutter, die ihn immer vor solchen Frauen gewarnt hatte.

»Beruhigen Sie sich doch erst einmal, Heather. Und dann erzählen Sie mir bitte, um was es eigentlich geht – und zwar möglichst, ohne mich gleich anzuschreien.«

»Entschuldigung!« Sie ließ sich ans Fußende seines Bettes fallen und kramte eine Zigarettenschachtel und ein Feuerzeug aus der Bademanteltasche.

»Bitte nicht in meinem Schlafzimmer. Ich bin Nichtraucher und mag es nicht, wenn man in meiner Gegenwart herumqualmt. Der Rauch brennt in meinen Augen und verursacht mir Halsschmerzen.«

»Scheren Sie sich zum Teufel, Ambrose! Ich befinde mich hier im Haus meines Vaters«, fauchte Heather, zündete sich trotzig eine Zigarette an und blies den Rauch bewusst in seine Richtung.

Er starrte sie an. Ohne seine dicke Brille sieht er eigentlich ganz süß aus, dachte Heather. Doch schon streckte er die Hand nach den unvorteilhaften Gläsern aus.

»Wissen Sie eigentlich, dass Sie sich in den letzten Monaten sehr zu Ihrem Nachteil verändert haben, Heather?«

»Der Krieg, Ambrose, der Krieg. Wenn Hitler Großbritannien übernimmt, sind wir ohnehin aller Sorgen ledig.«

»Ich finde, Sie nehmen diese Dinge nicht ernst genug.«

»Und ich finde, Sie verhalten sich wie ein Kommunist. Entdecke ich da nicht ein paar kleine stalinistische Tendenzen bei Ihnen? Jedenfalls halte ich Sie für einen Spion.«

»Und warum?«

»Was weiß ich! Sagen Sie es mir! Irgendwie kommt es mir merkwürdig vor, dass Sie eine Kameraausrüstung mitschleppen, wenn Sie eine Hörfunksendung produzieren.«

»Reines Privatvergnügen, Heather. Die Bilder sind für mich, nicht für die BBC.«

»Das können Sie vielleicht Ihrer Oma weismachen!«

»Warum denken Sie so schlecht über mich, Heather? Mich für einen Spion zu halten – das ist doch verrückt!«

»Die Kochsendung war doch nur ein Vorwand! Ich habe den Eindruck, dass Sie nur so tun als ob. Sie sind hier geblieben, um die politischen Vorgänge weiter zu beobachten. Bisher haben Sie mir nichts als Lügen aufgetischt; ich weiß wirklich nicht, was ich ihnen noch glauben darf. Trotzdem kann ich es einfach nicht fassen, dass die RCN nicht eingeschritten ist, als Sie in der Umgebung von Loch Garth fotografiert und gefilmt haben.«

»Ich glaube, die wissen nicht einmal, dass wir dort waren«, erwiderte Ambrose unglücklich.

»Umso schlimmer! Sie haben also heimlich gefilmt, wie Susan Jenny aus einem Sperrgebiet abgeflogen ist.«

»Ehe Sie mich weiter beschuldigen: Clare, David und ich sind am Tag unserer Ankunft weiter gelaufen, als wir eigentlich vorhatten. Die Landschaft ist so schön, dass wir Zeit und Raum vergessen haben. Das Gebiet um den See war gesperrt, also wandten wir uns in Richtung der Schonung von High Hills, von wo aus man eine fantastische Aussicht auf das Loch hat. Natürlich fotografierten und filmten wir. Und genau in diesem Augenblick schwirrte ein gelbes Wasserflugzeug auf. Ich hatte Susan Jenny zuvor ganz kurz kennengelernt und war von ihr fasziniert. In den vier Jahren, die ich jetzt bei der BBC arbeite, habe ich nur ganz anders geartete Amerikaner getroffen – solche, die Nelson und Trafalgar für englische Kochkünste halten.«

»In vier Jahren? Also seit dem Tod Ihrer geliebten Frau, als Sie zum BBC-Fernsehen gingen, um Trauerarbeit zu leisten?«

»Autsch, das tat weh, Heather!«

»Gut! Genau das sollte es auch. Also sind Sie gar nicht von Anfang an dabei gewesen. Haben Sie noch mehr Lügen auf Lager, Ambrose?«

»Es ist nicht gelogen, wenn ich behaupte, dass ich mich noch niemals irgendwo so wohl gefühlt habe wie hier auf Glengarth.«

»Und da haben Sie sich natürlich gleich in Susan Jenny verliebt.«

»In gewisser Weise schon. Sie ist so warm, so freundlich, so …«

»Reich?«

»Mag schon sein.«

Seine Antworten klangen ehrlich, als kämen sie aus tiefstem Herzen. Heather musste aufpassen.

»Ich wusste nichts von ihrem Reichtum. Ihr Akzent machte mich neugierig. Wir schüttelten uns die Hände, ich erzählte ihr von meinem Wunsch, etwas Sinnvolleres mit meinem Leben anzufangen, als die Kamera auf einen selbstgebackenen Brotlaib zu richten, und sie sagte ›Jederzeit, Baby‹. Das war alles.«

»Ich glaube Ihnen kein Wort!«

»Das ist Ihre Sache. Ich habe ein reines Gewissen.«

»Nun gut.« Heather stand auf. »Für diese Nacht reicht es. In den kommenden Tagen werden wir ja sehen, wie rein Ihr Gewissen tatsächlich ist und wie tief Sie mit drinstecken.«

»Ich dachte, Sie fahren morgen wieder. Darley sagte mir am Telefon, Sie wären gekommen, um nach Ihrer kranken Mutter zu schauen. Zwar erscheint mir Lady Roskillen völlig gesund, aber bei Damen in einem gewissen Alter weiß man ja nie. Meine arme Mutter zum Beispiel hatte eine Zyste vom Umfang eines Fußballs im Bauch. Als man das Gewächs schließlich entfernte, war es so groß, dass man es in einer Spülschüssel zwischenlagern musste.«

»Und Sie sind sicher, dass es sich nicht zufällig um Zwillinge gehandelt hat?«

»Keine Ahnung; ich war nicht dabei. Trotzdem dachte ich, Sie würden nach London zurückkehren, sobald Sie wüssten, dass es Ihrer Mutter gut geht.«

Mist, dachte Heather. Sie würde Vaters guten Rat befolgen und erst einmal eine Nacht darüber schlafen. Am Morgen sah sicher alles schon ganz anders aus.

Heather drückte ihrem ehemaligen Produzenten einen flüchtigen Kuss auf die stachelige Wange. »Gute Nacht, Ambrose.«

Er schlug die Decke zurück. »Kommen Sie ins Bett. Sie sehen völlig verfroren aus.«

»Netter Versuch, Ambrose«, stichelte sie. »Ich wünsche Ihnen angenehme Träume.«

Doch auf der Schwelle wandte sie sich um. Da lag er, gemütlich eingemummelt, im kuscheligen Bett. Genau genommen war er kein schlechter Kerl. Wenn sie vielleicht die Augen schloss und sich einbildete, er sei Raoul …?

Sie machte kehrt und stieg zu ihm ins Bett. Immer noch besser, als allein zu schlafen.

Ambrose zog sorgfältig die Decke zurecht.

Beim Frühstück gab sich Rory extrem launisch. Annie gegenüber stellte er Ansprüche und schimpfte über seinen Cousin Aeneas Hamilton, den ständig übellaunigen Gutsverwalter.

Wie schlecht Vater doch aussieht, dachte Heather. Unter seinen geröteten Augen hingen dicke Tränensäcke, und er hatte sich nicht rasiert.

Normalerweise, wenn er in einem solchen Zustand am Frühstückstisch erschien, pflegte ihn Annie mit einem spöttischen »Na, wie vielen Gläsern habt ihr, du und deine Gefolgsleute, gestern Abend wieder auf den Grund geschaut, Mylaird?« zu empfangen.

Heute jedoch blieb sie schweigsam. Überhaupt hatte die ganze Szenerie etwas Trauriges. Sie saßen nur zu dritt am Tisch – Vater, Mutter und Tochter. Nicht einmal Ambrose hatte sich bequemt, sein Bett zu verlassen.

»Man hat den Eindruck, als wäre diese Nacht jemand gestorben«, sagte Heather leichthin, nur um etwas zu sagen.

Annie legte einen Finger über die Lippen und machte ihrer Tochter ein Zeichen, dass Mary im Vorratsraum wahrscheinlich lauschte.

»Pa, ich muss mit dir reden«, sagte Heather laut.

»Oh Gott«, stöhnte Rory leise.

»Warst du etwa die ganze Nacht draußen auf dem Dach?«, fragte sie. Sie wusste, dass ihr Vater seine Aufgabe als Feuerposten regelmäßig wahrnahm.

»Oh Gott«, entfuhr es Rory erneut.

»Was ist los, Pa?«

»Er fühlt sich heute Morgen nicht wohl, Heather«, sagte Annie leise. »Vielleicht solltest du ihn in sein Zimmer zurückbringen. Ich habe zu viel zu tun, um mich auch noch um ihn kümmern zu können. Wenn du glaubst, dass es nötig ist, könntest du Ben bitten, kurz nach ihm zu sehen. Ich nehme an, du und dein Chef, ihr kehrt heute nach London zurück, oder?«

»Ich schon. Ambrose hat einen Job bei Susan Jenny angenommen.«

Annie runzelte die Stirn, sagte aber nichts.

Auf dem Weg zu Rorys Zimmerflucht sagte Heather zu ihrem Vater: »Du kannst jetzt ruhig mit der Schauspielerei aufhören. Wahrscheinlich hast du ohnehin nur einen gewaltigen Kater.«

Sofort straffte er seinen Rücken. »Das stimmt doch gar nicht. Wir wollen nur vermeiden, dass Mary jedes Gespräch innerhalb der Familie belauscht.«

»Das tut sie doch schon seit Jahren – da kann es uns jetzt auch egal sein. Wo ist überhaupt Susan Jenny heute Morgen?«

»Susan Jenny?«

»Du weißt schon, unser stinkreicher Dauergast mit dem gelben Flugzeug.«

»Wieso?«

»Nun, ich habe gehört, wie sie spät in der Nacht, oder, je nachdem, sehr früh am Morgen zurückkam.«

»Ich fürchte, du irrst dich, Kleines.«

»Das glaube ich nicht. Heute Morgen war ich schon sehr früh mit den Hunden unterwegs, und ich hätte schwören können, dass ich auf dem Loch ein hübsches gelbes Flugzeug gesehen habe.«

»Komm rein«, sagte Rory und hielt seiner Tochter die Tür zu seiner Zimmerflucht auf. Als sie drinnen waren, drehte er mit entschuldigendem Lächeln den Schlüssel. »Könnte ja sein, dass uns jemand belauscht.«

Er war noch immer im Morgenmantel und sah sehr mitgenommen aus. Irgendetwas musste ihn und Annie aus der Ruhe gebracht haben.

»Du bist dir darüber im Klaren, dass die Ohrwürmer immer noch durchkommen?«, versuchte Heather zu scherzen.

»Oder deine Mutter ...« Er griff nach der Whiskyflasche und wollte sich ein Glas einschenken, doch Heather hinderte ihn daran.

»Entschuldige, Pa, aber nicht schon vormittags. Nicht, dass ich doch noch Ben Buckie benachrichtigen muss.«

Er ließ sich auf den Bettrand sinken. »Ist noch Vormittag? Ich dachte, es wäre längst Nacht!«

»Das dachtest du nicht!« Heather leerte den Inhalt der Whiskyflasche ins Waschbecken, dann setzte sie sich neben ihren Vater und nahm seine kalte, blau geäderte Hand in ihre. »Wo ist Susan Jenny, Pa?«

»Sie schläft.«

»Warum war sie drei Tage lang vermisst?«

»Ich weiß es nicht. Ich hatte noch keine Gelegenheit, mit ihr zu reden.«

»Hör mal, Pa, du brauchst mir nichts vorzumachen. Schließlich warst du derjenige, der mir sagte, dass wir alle im gleichen Boot sitzen. Erzähl mir einfach, was los ist, und ich verspreche dir, weder herumzuschreien noch dir zu erklären, dass du ein ausgemachter Idiot bist – ich liebe dich doch, du verrückter Kerl!«

Sie lehnte sich an seine Schulter. »Was ist los, Pa?«

»Deine Mutter bringt mich um.«

»Wenn nicht sie, dann ich.«

»Heather, geh wieder zurück nach London«, beschwor er sie.

»Das werde ich tun, aber erst, wenn du mir gesagt hast, was hier vorgeht.«

»Ich kann nicht.«

»Warum sollte ich dann unbedingt herkommen?«

»Da wusste ich doch noch nicht …«

»Was wusstest du nicht?«

»Wer bei der Bruchlandung dabei war.«

»Am Telefon sprachst du von Hitler und Heß, und deshalb bin ich hier. Du sagtest, wir Roskillens stünden alle unter Arrest. Hast du das etwa vergessen?«

Er nickte trostlos. »Ich habe dir nicht alles gesagt … Am Telefon ging es nicht, Heather.«

»Dann sag es mir jetzt.«

»Ich kann nicht.«

»Gut, dann gehe ich zu Mutter und frage sie.«

Sie sprang auf und ging zur Tür. Im letzten Augenblick fiel ihr ein, dass ihr Vater abgeschlossen hatte. Sie drehte den Schlüssel und trat auf den Flur, wo sie erst einmal tief durchatmete.

Ein starker Geruch nach Desinfektionsmitteln hing in der Luft. Vorhin hatte Heather ihn nicht wahrgenommen. Mit erhobener Nase versuchte sie, die Quelle auszumachen, und landete vor Susan Jennys Zimmer. Eine Krankenschwester trat mit einer Nierenschale vor die Tür und verschwand im gegenüberliegenden Bad. Heather betrat den halb geöffneten Raum.

Im Bett lag eine von Kopf bis Fuß bandagierte, reglose Gestalt. Ein Bein hing vermittels einer Aufhängevorrichtung schräg in der Luft. Dr. Ben Buckie stand über die Gestalt geneigt und verabreichte ihr eine Injektion, eine zweite Schwester assistierte ihm.

Mein Gott, die arme Susan Jenny, dachte Heather sofort. Armer Pa! Kein Wunder, dass ihr Vater sich am Telefon zurückgehalten hatte. Kein Wunder auch, dass nichts wirklich Sinn gemacht hatte, seit sie hergekommen war.

Ben Buckie schrie nach der Schwester, wo sie denn stecke, sie solle gefälligst die Tür schließen. In diesem Augenblick erreichte Rory seine Tochter, die völlig erschüttert im Flur stand.

»Komm weg hier. Ich habe versucht, dich zu warnen.«

»Es tut mir entsetzlich leid, Pa.«

»Komm, wir gehen nach unten, Kleines.«

Heather nickte. »Du Ärmster! Warum hast du mir nicht die Wahrheit gesagt? Warum hast du mir denn nicht gesagt, dass es Susan Jenny nicht gut geht? Es sieht ziemlich schrecklich aus, Pa. Wird sie sterben?«

Er starrte sie nur an, und plötzlich tat es ihr leid, dass sie den Tod erwähnt hatte. Wer weiß, vielleicht hatte er sich noch nicht mit den möglichen Konsequenzen aus dem Absturz auseinandergesetzt. »Tut mir leid, dass ich nicht länger bleiben kann, aber du weißt ja, ich habe einen neuen Job bei der BBC angeboten bekommen … Wenn du und Mutter nichts dagegen habt, möchte ich den Nachtzug nach London nehmen.«

»Das halte ich für eine gute Idee«, sagte er leise und legte einen Arm um ihre Schultern.

»Ich bitte Gamin und Ackker, dich nach Achnasheen zu fahren. Die beiden Alten fahren besser zu zweit; sollte einer über dem Lenkrad zusammensacken, kann immer noch der andere fahren.«

»Danke für deine Sicherheitsvorkehrungen, Pa.«

Heather hatte es jetzt eilig, nach London zurückzukehren, wo ihr neuer Job auf sie wartete: Kriegsführung per Radio.

Kapitel Vierundzwanzig

»In Friedenszeiten war ein Radiosprecher nichts weiter als eine Stimme, Miss Ross. Eine ruhige, unaufgeregte, akzentfreie Stimme. Leider hat der Feind nicht nur Nationen überrannt und Grenzen verletzt, sondern er bemächtigt sich auch der Radiowellen, die Millionen Menschen rings um den Erdball erreichen. Verstehen Sie, was ich sagen will, Miss Ross?«

»Aber natürlich«, sagte Heather und bemühte sich, ihre Stimme ruhig, unaufgeregt und akzentfrei klingen zu lassen. Der Intendant sowie eine Reihe von anderen Vorgesetzten bereiteten sie auf ihre erste eigene Sendung vor.

»Die Tatsache, dass der Feind in der Lage ist, britische Radiosendungen nachzuahmen, erfordert, dass der Zuhörer die Authentizität des Sprechers mühelos erkennen muss, Miss Ross«, sagte ein anderer dunkel gekleideter Herr aus der Runde.

»Ich verstehe.«

»Die Stimme am Mikrofon muss zur eigenständigen Persönlichkeit werden«, fügte der nächste Verantwortliche hinzu. »Eine Persönlichkeit, die der Hörer mit einem Namen verbinden und an die er sich wenden kann. Wir sind der Ansicht, dass Sie sich zu einer dieser Persönlichkeiten entwickeln können. In diesem Fall stünde Ihnen in unserem Haus eine große Zukunft bevor.«

»Danke sehr. Ich werde mich ernsthaft bemühen.«

Ein Techniker trat vor und machte sich an ihrem Arbeitsplatz zu schaffen. Stecker wurden eingestöpselt, Mikrofone und Kopfhörer bereitgelegt.

»Entspannen Sie sich, Miss Ross. Tun Sie so, als sprächen Sie mit Ihrer Familie oder mit Freunden. Sobald ich Ihnen das entsprechende Signal gebe, sagen Sie bitte den folgenden Text, der auch vor Ihnen liegt, ins Mikrofon: *Hier ist der BBC Inlandsdienst. Mein Name ist Hetty Ross. Während der nächsten halben Stunde unterhalten wir Sie mit Lokalnachrichten, Ansichten und aktuellen Neuigkeiten.* Und nun los, Miss Ross.«

Heather konzentrierte sich. *»Hier ist der BBC Inlandsdienst. Mein Name ist Hetty Ross. Während der nächsten halben Stunde unterhalten wir Sie mit Lokalnachrichten, aktuellen Neuigkeiten und Berichten von zuhause.«*

»Gut. Sehr gut sogar. Aber warum haben Sie den Text verändert? Sie haben ihn doch schwarz auf weiß vorliegen. Sind Ihre Augen nicht ganz in Ordnung?«

»Ach was! Mir erschien lediglich der Ausdruck ›Berichte von zuhause‹ netter als das eher lapidare Wort ›Ansichten‹.«

Man akzeptierte ihre wortreiche Entschuldigung und schien sogar erfreut, dass sie Eigeninitiative ergriffen hatte. Während einer Sendung war es wichtig, dass der Sprecher auch dann ruhig blieb, wenn etwas nicht ganz nach Plan lief.

Einige Tage später erhielt Heather ein Willkommensschreiben von Sir Harry, dem Intendanten der BBC:

»Sie haben uns von Ihren Qualitäten überzeugen können, Miss Ross«, schrieb er. »Sie waren klar und deutlich zu verstehen, sprachen ohne zu zögern und vermittelten dem Hörer das Bild einer eigenständigen Persönlichkeit. Gut gemacht! Die in Berlin ansässigen Verräter werden sich anstrengen müssen, mit Ihnen Schritt zu halten.«

Mit gleicher Post bekam Heather ihren Dienstausweis zugestellt, den sie wie einen Augapfel hegte.

In letzter Zeit schlief Heather ausgesprochen schlecht. Nach der Rückkehr von Tante Christabel war sie in deren Gästezimmer übergesiedelt, das längst nicht so bequem war wie das hübsche Art-Deco-Schlafzimmer.

Sie wälzte sich herum und dachte über die Ereignisse des vergangenen Tages und die nervenaufreibenden Proben im Funkhaus nach.

Raoul fehlte ihr so sehr, dass es körperlich schmerzte. Immer noch wusste sie nicht, wo er sich aufhielt. Umso mehr schämte sie sich des Zwischenfalls mit Ambrose. Welcher Teufel hatte sie nur geritten, sich mit ihm einzulassen? Und dabei war sie völlig nüchtern gewesen. Obwohl ihre gemeinsame Nacht nun schon einige Zeit zurücklag, hatte Heather immer noch ein schlechtes Gewissen.

Sie hatten sich wie die Wilden geliebt, ehe Heather selig in Ambroses Armen einschlief. Während der gesamten Zeit hatte sie sich eingebildet, dass es Raoul war, den sie umarmte und der sie glücklich machte; aber das würde sie Ambrose natürlich nie erzählen.

Was war ihr da bloß eingefallen? Sie stöhnte und wälzte sich herum, ehe sie zu einer weiteren Zigarette griff.

In diesem Augenblick klopfte es, und Christabel betrat Heathers Zimmer. Sie hatte ebenfalls eine Zigarette zwischen den Lippen.

»Was machst du bloß, Kind?«, fragte sie beunruhigt. »Ich kann deine Bettfedern bis in die andere Etage quietschen hören. Gut, dass wir keine Bediensteten mehr haben – die würden sich sicher das Maul zerreißen.«

Heather stöhnte. »Manchmal habe ich den Eindruck, dass es keinen Gott mehr gibt. Aber vielleicht hört er uns auch nur nicht mehr. Oder er hat die Nase voll von uns. In der himmlischen Auktion sind wir doch ohnehin nur Ladenhüter. Den irdischen Krempel da, den übergehen wir einfach. Nächstes Objekt!«

Christabel musste unwillkürlich grinsen.

»Wenn du nicht schlafen kannst, komm doch runter zu mir. Ich kann ohnehin nie schlafen. Genau genommen schlafe ich nicht mehr richtig, seit wir Indien verlassen haben. Komm runter, Kind, und unterhalte mich. Ich werde dich bestimmt nicht mit meinen Liebhaberinnen kompromittieren!«

Am folgenden Tag ging Heather mit einem schweren Katzenjammer zur Arbeit. Christabel und sie hatten sich die schlaflosen Stunden mit Gin Tonic und Champagnercocktail versüßt, und die Tante hatte stundenlang von ihrer Kindheit im exotischen, fernen Indien erzählt. Sie war so weit gegangen, ihre lesbischen Neigungen dem frühen Verlust ihrer Mutter und den unbeständigen Verbindungen ihres Vaters zuzuschreiben.

Heathers Stimme war so belegt, dass sie kaum sprechen konnte.

»Guten Abend, meine sehr verehrten Damen und Herren, hier ist der BBC Inlandsdienst. Mein Name ist Hetty Ross. Der Titel unserer heutigen Sendung lautet: Frauen schlagen zurück. Einige Hörer haben gestern Abend vielleicht dem deutschen Rundfunk gelauscht, und zwar der Sendung ›Der heiße Draht‹, die von Radio Berlin ausgestrahlt wird. Wie fanden Sie die Sprecherin? Ich kenne sie zwar nicht persönlich, doch sie kann eigentlich nur ein hübsches, blondes deutsches Fräulein sein, nicht wahr?

Gertrude von Glasz, oder Gertie, wie sie sich gern nennen lässt, ist nicht mehr ganz taufrisch; sie ist ein Überbleibsel aus der Zeit vor Hitler. Damals arbeitete sie als Telefonistin in der Sendezentrale. Liebste Gertie, warum erzählen Sie unseren Hörern nicht, woher Ihr lustiges Piepsstimmchen und der Bier-und-Bretzel-Akzent kommen? Haben Sie etwa Helium eingeatmet? Oder klangen Sie so aufgeregt, weil der Produzent des ›Heißen Drahtes‹ etwas verloren hatte – seine Hosenträger vielleicht? Hat er Sie möglicherweise am Gummiband Ihres Höschens ins Reich des Äthers hinausgeschickt? Oder sind Sie etwa eine Reinkarnation von Minnie Mouse? Vielleicht lassen Sie es mich bei Gelegenheit wissen.

Was Sie, meine verehrten Hörer, angeht, so würde ich mich freuen, von Ihnen zu hören. Schreiben Sie mir ins Funkhaus. Erzählen Sie mir, was sie von Gertie und ihrem Freund Joe halten, der für die Pittsburg Tribune in Berlin arbeitet. Oder von Gerties Freundin Nancy, die von Gertie mit Lobeshymnen auf Adolf Hitler zu Tode gelangweilt wird. Manchmal wüsste ich ebenfalls gern, was diesen Hitler eigentlich auszeichnet. Berichten Sie mir, was Sie von dem Ausflugsvorschlag in den Berliner Tiergarten halten. Es macht bestimmt fast so viel Spaß, wie sich im jüdischen Ghetto von Ber-

lin von den Ratten alles Essbare unter dem … Allerwertesten wegfressen zu lassen … Autsch – das war mein Produzent! Dabei habe ich doch gar nichts Schlimmes gesagt! Und vergessen Sie nicht, mir mitzuteilen, was sie von Gerties Aufforderung an unsere amerikanischen Vettern halten, sich Kurzwellenradios anzuschaffen, damit man jenseits des Großen Teichs Gerties Sendung besser hören kann. Och aye – spinnt die Dame? Ich bin sicher, die Yankees halten ein solches Ansinnen für einen Scherz.

Hier ist Hetty Ross vom BBC Inlandsdienst. Sie hörten die Sendung ›Frauen schlagen zurück‹. Ich wünsche Ihnen eine gute Nacht.«

Und ihr könnt mich alle mal …, fügte sie im Geiste hinzu, während sie den Kopfhörer abnahm.

»Dafür bekommen Sie sicher eine Menge Post«, sagte der Produzent. »Trotzdem sollten Sie vorsichtig sein. Die Hosenträger und der Höschengummi waren den Hörern vielleicht einen Tick zu gewagt.«

»Überlassen Sie das ruhig mir«, krächzte Heather und zündete sich eine Zigarette mit dem teuren Feuerzeug an, das Christabel ihr geschenkt hatte. Nie hätte sie gedacht, dass geistige Arbeit derart ermüdend sein konnte – viel mehr als körperliche Anstrengung, wie zum Beispiel lange Hundespaziergänge an den Hängen des Inchnadamph.

Trotzdem liebte sie ihr Leben in London, auch wenn die Stadt noch immer im Bombenhagel der Deutschen lag. Die Arbeit, so ermüdend sie auch sein mochte, machte ihr Spaß. Außerdem lernte sie tagtäglich wichtige und manchmal auch berühmte Persönlichkeiten kennen; Politiker, Minister und ab und zu auch gekrönte Häupter gingen bei der BBC ein und aus. Heather freute sich jeden Tag aufs Neue, eine interessante und obendrein auch noch gut bezahlte Arbeit gefunden zu haben.

Heathers Postfach lief fast jeden Tag über. Die Hörer schrieben ihr oft und gern.

Natürlich meldete sich auch Radio Berlin bald zu Wort. Gertie und ihr ›Heißer Draht‹ konnten Heathers Angriffe schließlich nicht auf sich sitzen lassen.

»Meine sehr verehrten Damen und Herren, hier ist Radio Berlin mit Gertie am Mikrofon. Kennen Sie Hetty, das Huhn und ihr gackerndes Inlandsprogramm namens ›Frauen schlagen zurück‹? Ja, richtig, ich bin es, meine Lieben – ich bin die Minnie Mouse mit dem Bier-und-Bretzel-Akzent. Und ich wende mich ausdrücklich an unsere Karbolmaus, an die schöne Möchtegern-Ärztin aus Edinburgh, och aye! Sie hatten wohl nicht genügend Geduld, Ihre zahlreichen verwundeten Soldaten zu pflegen, gnädiges Fräulein? Haben Sie deswegen das Medizinstudium aufgegeben? Oder waren es einfach nur zu viele Verletzte nach der vernichtenden Niederlage, die unsere großdeutschen Streitkräfte Ihrer Truppe in Dünkirchen zugefügt hat? Warum haben Sie es aufgegeben, Ihre verwundeten Soldaten zu versorgen, Hetty? Warum trauen Sie Ihren heilenden Händen nicht mehr? Etwa, weil unsere Überlegenheit Sie eingeschüchtert hat? Kommen Sie nicht mit unserer überlegenen und stolzen deutschen Rasse klar? Sind Sie deswegen zum Sprachrohr Ihrer geschlagenen Nation geworden, Hetty, mein Hühnchen?«

Heather nahm die Kopfhörer ab und wandte sich an ihre Redakteure. »Haben Sie das gehört? Haben Sie bemerkt, wie sie versucht hat, meinen Akzent und meine Sprechweise nachzuahmen?«

»Darum geht es ja gerade, Miss Ross. Das ist der Grund, warum wir bei der BBC vom Radiokrieg sprechen.«

Doch der Stachel, von Gertie als Huhn bezeichnet zu werden, saß tief. Heather startete eine Art Rachefeldzug.

»Hier meldet sich Hetty Ross, das Huhn vom BBC Inlandservice, mit der Sendung: ›Frauen schlagen zurück‹. Guten Abend, Gertie von Radio Berlin – ich gehe sicher davon aus, dass Sie per Kurzwellenempfänger zugeschaltet sind. Heute Abend möchte ich Ihnen einiges Wissenswerte über Hühner erzählen. Wir Schotten halten große Stücke auf unsere Hühner und betrachten sie keineswegs – wie Sie in Berlin – als ›Sache‹, die einfach abgeschlachtet werden darf. Hühner sind eine hübsche, Federn tragende und Nester bauende Spezies. Als Henne bezeichnet man das ausgewachsene, weibliche Exemplar einer der ältesten Haustierarten überhaupt. In

matriarchalisch organisierten Zivilisationen galten Hühner übrigens als Respektpersonen. Ich fühle mich somit stolz, als Huhn bezeichnet zu werden. Außerdem danke ich Ihnen von Herzen, Gertie, dass Sie mir auf diese Weise eine Art Kultstatus verliehen haben. Und was Sie wahrscheinlich nicht wussten: Bei uns in Schottland gilt das Wort Huhn als schmeichelhafter Kosename für Mädchen oder Frauen.«

Heather war sich nicht bewusst, wie viel Bedeutung dem ›Krieg der Worte‹ beizumessen war; mit einem Mal fand sie sich mit Anweisungen wieder, die sie zum von Churchill verkündeten Propagandakrieg zwangen, der Großbritannien um jeden Preis retten sollte. Und Deutschland rächte sich in Form von Gertie, die sich wieder über Kurzwelle meldete.

»Och aye, kein Wunder, dass eure jungen Männer in ihren Schottenröckchen angesichts Ihrer schottischen Reibeisenstimme ihre Ferien lieber im Berliner Zoo verbringen. Du liebe Zeit, habt ihr Briten alle eine Geschlechtsumwandlung machen müssen? Jedenfalls erzählen mir die Herren, dass es bei euch in Schottland so kalt und grau ist, dass ich absolut keine Lust habe, dieses Land je zu besuchen. Wärmer ist mir lieber. Aber London scheint auch nicht besser zu sein; alle Leute verstecken sich in den Schächten der U-Bahn wie Kaninchen in ihren Löchern. Ihr habt wohl Angst, im Kochtopf zu landen.

Warum ergebt ihr euch nicht einfach, Hetty? Ich bin sicher, Sauerkraut und Würstchen schmecken bedeutend besser als Haggis, igitt! Wir wissen schließlich, dass ihr da auf eurer Seite des Ärmelkanals vor Hunger fast krepiert. Kein Wunder, dass euer Ernährungsministerium versucht, die Leute zum Sparen aufzurufen. Ich schicke Ihnen bei Gelegenheit einmal das Rezept für wirklich gutes Leben rüber: keine Könige und Königinnen, keine adelige Gesellschaft; bei uns geht es allen gut, ganz im Gegensatz zu euch da drüben in Großbritannien. Ich wünsche Ihnen einen angenehmen Abend, Hetty, das Huhn von der BBC.«

»Prima«, kam die einhellige Reaktion von der Redaktion, »Sie sind auf dem besten Weg, eine echte Persönlichkeit zu werden. Die Hörer draußen lieben Sie. Aber Radio Berlin reagiert auch ganz schön schlagfertig. Passen Sie bloß auf, dass Ihnen die Sache nicht über den Kopf wächst. Sie sind lediglich eine Stimme, kein Gesicht.«

»Vielen Dank für den Hinweis.«

Aus der zunächst einen wurden im Lauf der Zeit mehrere prall gefüllte Posttaschen täglich. Heather bestand darauf, alle Briefe selbst zu beantworten, bis Christabel eines Abends der Kragen platzte.

»Heather, du gehst jetzt sofort zu Bett!«

»Ich kann nicht schlafen.«

»Du wirst morgen fix und fertig sein.«

»Das bin ich jeden Morgen, aber so arbeite ich am besten.«

»Du verausgabst dich.«

»Vielleicht solltest du das Vater und Duncan sagen.«

Bei ihren Sendungen fühlte sich Heather ganz in ihrem Element. Sie liebte es geradezu, der Unbekannten von Radio Berlin mit scharfzüngigen Spitzfindigkeiten zu antworten.

Dennoch gab es etwas in Heathers Unterbewusstsein, das sich immer weiter in den Vordergrund arbeitete. Sie ertappte sich dabei, bestimmte Vorkommnisse ihres letzten Aufenthaltes auf Glengarth wieder und wieder zu erleben. Irgendetwas schien nicht zu stimmen. Sie hatte gespürt, dass ihre Eltern es vermieden, mit ihr zu reden. Sie hatte ihre Heimlichtuerei bemerkt, ihre Art, so zu tun, als ob Hitler und Heß tatsächlich in Duncan's Tower gefangen gehalten würden … Natürlich war das Unfug, aber was wäre, wenn vielleicht doch …

Eines Nachts wachte sie schweißgebadet auf. Sie hatte von Raoul geträumt, hatte ihn so klar vor sich gesehen wie den Kristallanhänger, der an einer silbernen Kette um ihren Hals hing. Und im Traum hatte sie versucht, den Anhänger abzureißen! Ihn abzureißen!

Zitternd setzte sich Heather im Bett auf. Plötzlich sah sie blühendes Heidekraut vor sich, sah die Knospen auf den Hügeln, sah die *Yellow Rose of Texas* im Wasser von Loch Garth liegen. Das Flugzeug wirkte bemerkenswert wenig beschädigt, ganz im Gegensatz zu Susan Jenny nach dem Absturz …

Aber welchem Absturz? Dem auf dem Grundstück der Hamiltons? Heather versuchte, sich die Szene vorzustellen. Hitlers Stellvertreter Heß hatte man nach einer Explosion aus dem Flugzeug gerettet. Doch in der Umgebung gingen einer, vielleicht zwei Fallschirme nieder. Zeugen hatten zwei gesehen. Die Zeitungen hatten sich nicht weiter mit den Fallschirmen beschäftigt. Doch wie wichtig war diese zweite Landung gewesen? Heß, dessen Identität von allen Seiten bestätigt worden war, hatte man in den Tower von London gebracht.

Verdammt, verdammt, verdammt! Heather warf aufs Geratewohl Zahnbürste, Zahnpasta, Bürste und Kamm, einen Pyjama und frische Höschen in ihren Rucksack. Mehr brauchte sie nicht, um nach Schottland zurückzukehren. Obwohl es in der Stadt schon recht warm war, zog sie einen Mantel über, denn die Highlands waren nicht London; dort oben konnte es noch ziemlich ungemütlich sein. Als Heather eben das Haus verlassen wollte, versperrte ihr Christabel den Weg.

»Wo willst du mitten in der Nacht hin?«, fragte sie ihre Nichte.

»Ich muss nach Schottland. Bitte geh mir aus dem Weg.«

»Ich brauche nur zu schreien, dann kommen alle meine Freunde, die diese Nacht Wache schieben.«

»Ich schiebe auch Wache. Es ist Krieg, verdammt noch mal.«

Mit einem feinen Lächeln ging Christabel zum Telefon.

»Nun, was sein muss, muss wohl sein. Trotzdem läufst du mir nicht mutterseelenallein im Dunkeln herum. Ich rufe dir ein Taxi.«

Erschrocken sahen Annie und Rory, was der Postbote ihnen mitgebracht hatte.

»Im Postzug habe ich sie gefunden. Sie lag da wie eine tote Ente. Außer Hallo hat sie auch noch kein Wort gesagt.«

»Lasst mich in Frieden«, stieß Heather heiser hervor, als rings um sie herum der große Trubel losbrach. Alle, auch die Waldmädchen und die Waisenkinder, hatten sich zum zweiten Frühstück in der Küche versammelt. Die tröstliche Routine von Glengarth ging weiter, was immer auch geschehen mochte.

Da Heather ihre Eltern nicht in Gegenwart all dieser Leute zur Rede stellen wollte, entschuldigte sie sich und ging hinaus. Annie folgte ihr zum Dienstbotenaufgang.

»Ich will ihn sehen!«, sagte Heather unvermittelt.

»Wen?«

»Raoul.«

Annie zögerte.

»Es war nicht Susan Jenny, die ich vor drei Wochen hier bandagiert gesehen habe, nicht wahr? Es war Raoul. Du und Pa, ihr habt mich in dem Glauben gelassen, die verbundene Gestalt wäre Susan Jenny; aber sie hat ihn nach dem Flugzeugabsturz gerettet. Sie hat ihn zum Sterben hergebracht, damit niemand dumme Fragen stellt. Raoul saß mit Heß in diesem Flugzeug, nicht wahr? Ich wusste, dass er eine gefährlich Mission hatte, aber was es tatsächlich war, das ist mir erst letzte Nacht klar geworden.«

»Ich glaube, ich sollte besser deinen Vater holen«, sagte Annie.

»Gute Idee, Mutter. Und jetzt möchte ich bitte Raoul sehen.«

»Er ist nicht mehr hier, Heather.«

»Lüg mich nicht an – lüg mich nie wieder an!« Heathers Stimme drohte sich zu überschlagen. Sie brach in unkontrolliertes Schluchzen aus. »Er ist tot, nicht wahr? … Mein Gott, er ist bestimmt tot! Ihr habt mich daran gehindert, ihn zu sehen, und jetzt ist er tot! Ich hasse euch! Bei Gott, ich hasse euch!«

Blindlings rannte sie die steilen Treppenstufen hinauf, dicht gefolgt von Annie.

»Ich bringe mich um! Ihr werdet schon sehen …«

Agatha, die der Lärm auf der Dienstbotentreppe alarmiert hatte, kam den Flur entlanggelaufen.

»Hau ab, alte Hexe«, schrie Heather sie an. »Betrügerin! Du hast mir nichts als Lügen aufgetischt!«

Agatha duckte sich in eine Zimmertür.

»Bitte Heather«, beschwor Annie ihre Tochter. »Reg dich nicht auf. Raoul ist nicht hier, ich schwöre es. Er liegt im Drumbarry Cottage Hospital. Dort kann man ihn besser versorgen, sagt Dr. Buckie.«

Heather blieb stehen und wandte Annie ihr tränenverschmiertes Gesicht zu. Erschrocken erinnerte sich Annie daran, wie stark die erste Liebe sein konnte – eine Erfahrung, die sie selbst vor vielen Jahren gemacht hatte.

»Er lebt also noch?«

»Das hoffe ich doch sehr. Er hat uns viele Unannehmlichkeiten bereitet.«

»Dann gehe ich ihn im Krankenhaus besuchen.«

»Das geht noch nicht. Er hat absolutes Besuchsverbot.«

»So ein Quatsch! Ich gehe hin, und wenn ich den ganzen Weg nach Drumbarry laufen muss.«

»Nun, wenn du unbedingt willst, kann ich dich wohl nicht daran hindern.«

»Du hast mich an so ungefähr allem gehindert, was ich mir je in meinem Leben gewünscht und ersehnt habe – warum sollte sich da ausgerechnet jetzt etwas verändern?«

»Das ist sehr hart, Heather. Lass bitte deinen Verdruss nicht an mir aus. Ich habe nur getan, was ich für dich und Raoul für das Beste hielt. Wenn du dich aber um keinen Preis von der fixen Idee abbringen lassen willst, den jungen Mann zu besuchen, dann bedenke bitte, wes Geistes Kind die Oberschwester ist. Solltest du es tatsächlich schaffen, an ihr vorbeizukommen, hast du nicht nur meinen Segen, sondern auch meine uneingeschränkte Bewunderung.«

Mit diesen Worten wandte sich Annie um und kehrte in die Küche zurück. Heathers Bitterkeit schmerzte sie zutiefst.

Kapitel Fünfundzwanzig

Heather, die seit Ewigkeiten nicht geschlafen hatte, zeigte alle Anzeichen eines nervösen Erschöpfungszustandes. Trotzdem legte sie sich lautstark und auf nicht sehr damenhafte Weise mit der Oberschwester des Drumbarry Cottage Hospitals an, die den ihr anvertrauten Franzosen mit Zähnen und Klauen verteidigte. Sie lehnte es rundweg ab, einen Besuch bei Raoul zuzulassen, zumal Heather keine Verwandte war.

»Er hat hier in Schottland nun einmal keine Verwandten – schließlich stammt er aus Frankreich«, stieß Heather hervor.

Rory nickte bestätigend.

Insgeheim war Heather erleichtert, dass ihr Vater sich trotz allem entschlossen hatte, sie zu begleiten. Reggie hatte den alten Wagen aus der Garage geholt, wo er seit der Benzinrationierung ein kümmerliches Dasein fristete und nur noch selten benutzt wurde. Rory, Heather und Ackkers alter Kumpel Gamin, der selbst nicht mehr fahren konnte, weil die Arthritis sein Ellbogengelenk völlig versteift hatte, waren eingestiegen und hatten sich nach Drumbarry chauffieren lassen. Während Ackker und Gamin im Wagen warteten, waren Vater und Tochter in die Höhle des Löwen vorgedrungen und hatten sich in eine heftige Auseinandersetzung mit der Oberschwester gestürzt.

»Tut mir leid, aber Dr. Buckie lässt keine Besuche zu. Nicht, so lange der Patient noch derart hinfällig ist. Es wäre nicht im Interesse von Monsieur Clermont, seinen noch labilen Gesundheitszustand zu gefährden.«

»Was hat er denn überhaupt? Welche Verletzungen hat er davongetragen, dass er so lange … unter Verschluss gehalten wird?« Heather suchte nach Worten, weil sie keine Ahnung hatte, wie viel die Oberschwester über Raouls Geschichte wusste.

»Ich fürchte, ich darf Ihnen keine Details mitteilen. Alles, was ich sagen kann, ist, dass er bei dem Verkehrsunfall einen Schädelbruch, einige Knochenbrüche sowie schwere innere Verletzungen davongetragen hat.«

»Du meine Güte«, stöhnte Heather.

»Er benötigt sehr viel Ruhe. Für eine Verwandte hätte ich vielleicht eine Ausnahme gemacht, aber so …«

Heather hätte die alte Schachtel am liebsten erwürgt. »Ich bin immerhin seine Verlobte«, fauchte sie.

Das war Rory neu. Er ließ die Augen zur Decke wandern.

»Lass mal, Kleines. Ich denke gerade darüber nach, dass ich eigentlich gar keine Veranlassung mehr sehe, dieses Krankenhaus weiter zu unterstützen. Wie viel haben wir im letzten Jahr mit unseren Benefizveranstaltungen zusammenbekommen? So an die zehntausend Pfund werden es wohl gewesen sein, nicht wahr, Oberschwester?«

Die Oberschwester starrte ihn grimmig an, doch waren ihr plötzlich die Einwände ausgegangen. Sie griff zum Telefon, murmelte vor sich hin, dass sie bestimmt keine Verantwortung übernehme und erst mit Dr. Buckie sprechen wolle, und wies Rory und Heather an, draußen im Flur zu warten.

Man hielt sie eine geschlagene dreiviertel Stunde hin. Heather wandte sich an ihren Vater: »Die Oberschwester sprach von einem Verkehrsunfall. Ist Ben auch dieser Meinung?«

»Natürlich nicht. So senil ist er nun auch wieder nicht. Wir haben ihm ein paar Halbwahrheiten aufgetischt und es ihm überlassen, sich den Rest zusammenzureimen.«

»Wer ist wir?«

»Susan Jenny und ich.«

»Und wie ist es wirklich passiert?«

»Nicht hier, Kind.« Er blickte zu einer hübschen, jungen Schwester auf, die mit einer Ledermappe in der Hand auf sie zukam.

»Als ich dich nach George fragte, hast du mich auch schon vertröstet«, raunte Heather ihm zu. »Wenn wir gleich nach Glengarth zurückfahren, will ich die ganze Wahrheit hören, und zwar Wort für Wort.«

»Sind Sie der Laird von Glengarth, Sir?«, fragte die junge Schwester.

Rory erhob sich mühsam und stützte sich schwer auf seinen Stock. »Der bin ich.«

»Und die junge Dame ist Ihre Tochter Heather Roskillen?«

»Auch das ist richtig.«

»Ich freue mich, Sie kennenzulernen.«

Sie begrüßten sich mit Handschlag.

»Mein Name ist Schwester Fairfax, und ich bin die persönliche Betreuerin von Monsieur Raoul Clermont. Dr. Buckie lässt grüßen; leider hat er anderweitig zu tun, ebenso wie die Oberschwester. Ich werde Sie nun zu Monsieur Clermont begleiten. Wir haben ihn gerade wieder hingelegt; eigentlich sollte er jetzt ruhen. Er ermüdet noch recht schnell und kann nicht lange sitzen. Mehr als fünf Minuten kann ich Ihnen daher nicht gestatten, so leid es mir tut.«

»Das verstehen wir durchaus.«

Rory folgte der jungen Schwester, während Heather sich Zeit ließ. Aufregung und Angst pressten ihr das Herz zusammen.

Raoul lehnte in einem Berg aus Kissen. Das Bein, das vor einigen Wochen noch schräg in der Luft gehangen hatte, war nun bis zum Oberschenkel eingegipst. Auch ein Arm lag in Gips. Zu Heathers Erleichterung hatte man die Bandagen im Gesicht und am Kopf entfernt. Seine Augen waren geschlossen, und er sah sehr blass aus. Außer einigen Schwellungen um die Augen wirkte sein Gesicht relativ unversehrt.

Wenigstens war er nicht tot! Tränen stiegen ihr in die Augen. Sie lehnte sich über das makellos weiße, gestärkte Bett und flüsterte: »Raoul! Ich bin es! Deine Heather …«

Der junge Mann zeigte keinerlei Reaktion. Reglos und apathisch blieb er liegen.

Heather sah die Krankenschwester mit ängstlichen Augen an.

»Ist er etwa gelähmt?«

Die Schwester atmete tief durch, ehe sie antwortete: »Nun, wir wissen noch nicht, ob er in den unteren Gliedmaßen etwas spürt. Aber wenn Sie seinen gesunden Arm streicheln, öffnet er meist die Augen.«

Heather versuchte es, und Raoul öffnete seine schönen grauen Augen, die Heather einst voller Liebe angesehen hatten. Jetzt waren sie geschwollen, blutunterlaufen und starrten durch Heather hindurch ins Leere.

»Raoul! Ich bin es, Heather …« Sie bemühte sich, ihre Unruhe nicht auf ihn zu übertragen. Er sah so krank und so zerbrechlich aus – und er blickte sie an wie eine völlig Fremde.

»Vielleicht klingt meine Frage ja dumm«, wandte Heather sich ängstlich an die Krankenschwester, »aber irgendetwas stimmt doch nicht mit ihm, oder?«

»Er leidet unter Amnesie«, antwortete die junge Pflegerin. »Allerdings wissen wir noch nicht, in welchem Ausmaß. Mehr kann ich Ihnen wirklich nicht sagen.«

Oh Gott – Raoul wusste also nicht mehr, wer sie war! Heather schwankte, und Rory legte einen Arm um seine Tochter.

»Komm, Kleines, lass uns heimgehen. Wir haben ihn jetzt gesehen und wollen seine Genesung nicht weiter beeinträchtigen, nicht wahr?«

»Eine Sekunde noch, Pa!«

Sie beugte sich über den Kranken und flüsterte ihm ins Ohr: »Ich liebe dich. Ich liebe dich für immer und ewig. Werde schnell wieder gesund. Ich vermisse dich so! Und außerdem musst du mir doch noch das Rezept für heiße Schokolade mit Marshmallows geben, obwohl es im Augenblick ganz schön schwierig ist, echten Kakao oder Marshmallows zu bekommen …«

Sie ließ sich in den Lehnstuhl neben Raouls Bett sinken, in dem noch der aufblasbare Gummiring lag, der einen Dekubitus des Kranken verhindern sollte.

»Mir ist plötzlich furchtbar schlecht«, stöhnte sie. »Schwester, können Sie mir bitte helfen?«

»Atmen Sie tief durch, und versuchen Sie, sich zu entspannen, Miss Roskillen. Ich kann mir gut vorstellen, dass der Anblick Ihres Verlobten ein großer Schock für Sie ist. Warten Sie, ich hole Ihnen eine Schale aus dem Bad …«

»Könnten Sie vielleicht … ein paar … Kopfschmerztabletten mitbringen?«, stammelte Heather mit geschlossenen Augen.

»Danach muss ich die diensthabende Schwester fragen, denn nur sie hat den Schlüssel zum Medizinschrank.«

Heather hielt sich ein Taschentuch vor das Gesicht und begann zu würgen. Die Schwester legte die Ledermappe mit dem Krankenblatt auf den Nachttisch und verließ eilig das Zimmer.

Rory betrachtete seine Tochter voller Sorge. Würde sie jetzt etwa auch noch krank werden? Doch er irrte sich.

»Schnell, Pa, mach die Tür zu!«, zischte seine plötzlich wieder zum Leben erwachte Tochter. »Stell dich davor, tu so, als ob sie klemmt – lass dir einfach etwas einfallen.«

Schon hatte sie das Krankenblatt in der Hand und blätterte es durch, wobei sie dem Himmel dankte, dass sie einige Erfahrung in der Lektüre solcher Aufzeichnungen hatte. Was sie jedoch las, war nicht dazu angetan, ihre Sorgen zu zerstreuen.

Schwester Fairfax kehrte zurück und rüttelte an der Tür. Rory schützte hektische Betriebsamkeit vor und entschuldigte sich wortreich.

»Tut mir leid, aber ich habe gerade meine Gehhilfe fallen lassen … ich bin sofort da!«

Endlich ließ er die junge Schwester ins Zimmer. »Entschuldigung, ich hatte mich versehentlich angelehnt. Wissen Sie, mein Gleichgewichtssinn ist nicht ganz in Ordnung …« Er brach ab und richtete einen flehenden Blick auf seine Tochter.

Doch Heather lehnte wie zuvor mit geschlossenen Augen im Sessel. Das Krankenblatt lag genau an der Stelle, wo die Schwester es abgelegt hatte. Nichts wies darauf hin, dass hier ein kleiner Schwindel stattgefunden hatte.

Heather öffnete langsam die Augen.

»Vielen Dank, Schwester. Ich weiß auch nicht, was mich da gerade überkam. Aber ich habe mich an Ihren Rat gehalten und tief durchgeatmet. Der Trick scheint zu wirken. Jedenfalls geht es mir um Längen besser als vorhin.«

»Wir sollten jetzt gehen«, drängte Rory. »Nicht, dass wir unseren Patienten über Gebühr strapazieren.«

»Brauchen Sie noch Tabletten?«, fragte die Schwester.

»Ach lassen Sie nur. Ich werde gleich zu Hause etwas einnehmen. Bitte erinnern Sie Raoul immer wieder daran, dass ich ihn liebe. Sagen Sie ihm, dass Heather nicht aufhört, an ihn zu denken. Vielleicht hilft das seinem Gedächtnis ja auf die Sprünge. Auf Wiedersehen, Schwester.«

Draußen auf dem Parkplatz jedoch musste sich Heather tatsächlich übergeben.

»Wann hast du das letzte Mal vernünftig gegessen?«, fragte Rory beunruhigt und verstaute seine Tochter im Auto. Gamin und Ackker saßen nach wie vor auf den vorderen Plätzen und bemühten sich, so unsichtbar wie möglich zu wirken. »Und geschlafen hast du auch nicht richtig. Ich fürchte, deine Mutter wird allen Anlass haben, dir ordentlich die Leviten zu lesen, mein Kleines.«

Er deckte sie mit einer Reisedecke zu, weil sie am ganzen Körper zitterte. Nach einer Weile beruhigte sie sich.

»Sie haben ihn operieren müssen, um seine verletzte Milz und ein Blutgerinnsel aus dem Gehirn zu entfernen«, sagte sie leise. »Im Rückgrat sind einige Nerven gequetscht. Außerdem ist ein Schienbein, ein Wadenbein und ein Oberarm gebrochen. Du und Duncan, ihr könnt wahrhaftig stolz auf euch sein!«

»Wir sind nicht schuld an seinen Verletzungen.«

»Wer dann?«

»Tja … dazu darf ich leider nichts sagen.«

Eisig schwiegen sich Vater und Tochter an.

»Wenn du weiterhin nicht mit der Wahrheit herausrückst, Vater, werde ich meine Sachen packen, sobald wir auf Glengarth sind, und du und Mutter werdet mich niemals wiedersehen«, sagte Heather schließlich. »Irgendwie finde ich bestimmt heraus, was geschehen ist. Und wenn ich es in meiner Sendung erwähne!«

»Dann wirst du mit Sicherheit sofort verhaftet.«

»Etwa von den Leuten, die Raoul auf dem Gewissen haben?«

»Genau von denen.«

»Ich brauche jetzt unbedingt eine Zigarette«, ächzte Heather. »Mir wird wieder schlecht.«

»Wäre es nicht besser, wenn du dich vorher ausruhen und etwas essen würdest? Du hast einen schweren Schock erlitten, Kleines. Mutter und ich verstehen deine Gefühle für …«

»Ach, ihr versteht? Ihr versteht? Ich schwöre dir, ich bleibe so lang in diesem Auto sitzen, bis du mir alles erzählt hast. Hättest du mich nicht daran gehindert, Raoul zu sehen, wäre das alles vielleicht gar nicht passiert. Aber du und Duncan, ihr musstet ihn ja unfreiwillig in euren Geheimkrieg hineinziehen! Und jetzt habt ihr das Resultat!«

»Duncan und ich haben Raoul nirgends hineingezogen. Er war längst involviert.«

»Was meinst du mit ›involviert‹? Er war Susan Jennys Koch, Vater! Und damit stand er in Mutters und deiner Ansicht sozial so weit unten, dass er nicht einmal der Liebhaber der Tochter eines Clan-Oberhaupts werden durfte.«

»War er eigentlich dein … Liebhaber, Heather?«

»Ja, das war er, wenn du es schon unbedingt wissen musst.« Sie zog nervös an ihrer Zigarette und ließ den Blick über die lange gewundene Straße durch das Tal gleiten.

»Na ja.« Rory rieb eines seiner Ohren, aus dem weiße Härchen sprießten. »Ich glaube, wir beide müssen wirklich ganz von vorn anfangen. Du bist mir zu schnell erwachsen geworden.«

»Aber dieses Mal möchte ich keine Lüge mehr hören.«

Ein gekränkter Ausdruck huschte über Rorys einst so gut aussehendes Gesicht. »Ich habe dich nie angelogen. Aber du kannst ja nie jemanden richtig zu Wort kommen lassen. Immer geht es nur darum, was Heather will und was Heather nicht will, was Heather vorhat und was Heather nicht vorhat.«

»Babys werden nicht vom Storch gebracht, Pa. Das ist nur eine der Lügen, die du mir schon als kleines Kind aufgetischt hast. Seither bin ich mindestens hundert Jahre älter geworden. Ich möchte dich nur bitten, Raoul und mir weiteren Schmerz zu ersparen und endlich mit der Wahrheit herauszurücken.«

»Denk mal zurück, Heather. Wann ist Susan Jenny auf Glengarth angekommen?«

»Im Januar oder Februar letzten Jahres. Kurz nach deinem Schlaganfall.«

»Und war Raoul bei ihr?«

»Natürlich. Er gehörte zu ihrem Gefolge, genau wie der burmesische Mönch und der Tanzlehrer.«

»Hast du dich nie über das seltsam zusammengewürfelte Völkchen gewundert?«

»Nicht mehr als über Susan Jenny selbst, wenn sie mit ihrem gelben Wasserflugzeug wie mit einer überdimensionalen Banane von Loch Garth aus startete oder landete. Überkandidelte Leute eben. Aber so war sie nun einmal. Du und Mutter habt ja auch immer einen eher exzentrischen Lebensstil gepflegt – ich denke da nur an Noel Coward und Charlie Chaplin, die uns früher ständig besuchten. Als Kinder fanden wir das alles völlig normal.«

»Schön. Aber du stimmst mir doch sicher zu, dass Susan Jenny und ihre zusammengewürfelte Gesellschaft mindestens fünf Monate vor Dünkirchen hier ankamen?«

»Und?«

»Kurz danach ergab sich Frankreich.«

»Richtig.«

»Bis sie zu uns nach Glengarth kam, lebte Susan Jenny in Paris, wo sie all die merkwürdigen Figuren angeheuert hat – inklusive Raoul, der übrigens in Wirklichkeit nicht Raoul heißt.«

»Mein Gott!« Heather fuhr sich mit der Hand durch das fettige, lang nicht mehr gewaschene Haar. Sie sehnte sich nach einem Bad.

»Und wie heißt er richtig?«

»Das sage ich dir, sobald du die ganze Geschichte kennst.«

»Lieber Himmel, Pa, willst du mir jetzt sämtliche Lebensgeschichten von Adam und Eva angefangen erzählen? Dann kannst du gleich mit der von George weitermachen.«

»Hast du mit dem etwa auch geschlafen?«

»Nein, verdammt noch mal! Für wen hältst du mich eigentlich? So, und jetzt erzähl mit bitte von Raoul.«

»Gut, bleiben wir vorerst bei diesem Namen. Raoul hatte in Paris bei Boulette gelernt, der es Mitte der dreißiger Jahre durch das Fernsehen in London zu einer gewissen Berühmtheit brachte.«

»So weit bin ich auf dem Laufenden.«

»Als Jungkoch meldete Raoul sich auf die Anzeige einer Amerikanerin namens Susan Jenny Roebling, die einen Küchenchef suchte. Raoul glaubte an seine Fähigkeiten. Er hatte keine Ahnung, dass Susan Jenny einer mächtigen deutsch-jüdischen Familie entstammte, die in den neunziger Jahren des neunzehnten Jahrhunderts nach Amerika emigriert war, wo sie relativ schnell reich wurde.«

»Aber was hat das alles mit Raoul zu tun?«

»Sehr viel. Ein junger Küchenchef mit maßloser Selbstüberschätzung traf auf eine Frau, die gegen ihr Image eines hässlichen Entleins kämpfte. Sie waren ein geradezu ideales Paar.«

»Wie meinst du das, Pa?«, fragte Heather nervös.

»Als Susan Jenny nach Lizzies Tod allein auf der Welt war, schlug sie ein wenig über die Stränge. Sie fand sich weit weniger begehrenswert und hübsch als ihre große Schwester.«

»War sie denn tatsächlich weniger begehrenswert?«

»Scheint so. Lizzie war immerhin dreimal verheiratet. Der dritte Ehemann entstammte dem englischen Hochadel. Als Lizzie Gräfin von Albion wurde, hatte man den Eindruck, dass ihr alles in den Schoß fiel. Susan Jenny war neidisch – sie hatte nicht einen einzigen Ehemann abbekommen.«

»Das kann ich ihr nicht verübeln«, sagte Heather melancholisch. »Aber wer weiß, vielleicht hatte sie ja jede Menge Liebhaber. Oh mein Gott!« Heather griff Hilfe suchend nach der Hand ihres Vaters. »Glaubst du etwa, dass sie auch etwas mit Raoul hatte?«

»Wohl kaum – aber was meinst du mit ›auch‹?«

»Vergiss es.«

Rory räusperte sich und konnte sich ein leichtes Lächeln nicht verkneifen.

»Letztendlich hat sich herausgestellt, dass Susan Jenny doch nicht so ein hässliches und dummes Entlein ist, wie sie immer dachte. Jedenfalls hat sie, gemessen an der guten alten Lizzie, schnell aufgeholt. Jetzt ist sie hinter Duncan her, weil der nach meinem Tod meinen Titel erbt. Ihr französischer Koch spielt diesbezüglich keine Rolle für sie, obwohl sie sich nachgewiesenermaßen eher für jüngere Männer interessiert. Und nachdem sie sich alles kaufen kann, wonach ihr der Sinn steht, möchte sie jetzt einen englischen oder britischen Titel heiraten genau wie ihre Schwester.«

Wäre die Sache nicht so ernst gewesen, hätte Heather laut gelacht.

»Du kannst dir sicher denken, dass deine Mutter nicht allzu glücklich darüber ist. Verarmte britische Peers verheiraten sich gern mit reichen Amerikanerinnen. Begonnen hat das alles mit Mrs Vanderbilt, die ihre unglückliche Tochter Consuelo zwang, den Duke of Marlborough zu heiraten. Das arme Mädchen saß im Blenheim Palace herum und musste kaltes Essen herunterwürgen, bis sie sich endlich scheiden ließ. In Amerika akzeptiert man so etwas.«

»Nun, der Unterschied zu Glengarth ist anscheinend nicht groß. Kaltes Essen in zugigen, wenngleich großartigen Sälen – das kennen wir doch auch.«

»Auf jeden Fall ist Susan Jenny längst nicht so unattraktiv, wie sie glaubt. Obwohl Lizzie schon etwas ganz Besonderes war. Ihr lag die ganze Welt zu Füßen.«

»Du etwa auch? Wolltest du dir vor vielen Jahren Lizzies Geld angeln, um Glengarth wieder auf die Beine zu bringen?«

»Das ist mir nie in den Sinn gekommen.«

»Im Zweifel für den Angeklagten, du alter Schwerenöter! Du solltest zusehen, dass deine Entschuldigung bezüglich Raoul einigermaßen plausibel ausfällt – akzeptieren werde ich wohl nie, was man ihm angetan hat.«

»Susan Jenny gab sich also dem wilden Leben im Vorkriegs-Paris hin, was wieder einmal beweist, dass auch ein hässliches Mädchen alles erreichen kann, solange es nur reich genug ist …«

»Halt, nicht so schnell. Lizzie war damals noch nicht tot. Ich kann mich noch gut an sie erinnern, wie sie da in unserem Sonnenzimmer stand … Entschuldige!«

»Keine Ursache. Lizzie lebte tatsächlich noch. Aber natürlich verfügte Susan Jenny auch schon zu Lizzies Lebzeiten bereits über ein gewisses Vermögen, das sich dann allerdings nach dem Tod der Schwester ins nahezu Unermessliche steigerte. Also, damals lebte Susan Jenny in Paris, und Lizzie lebte mit wem es ihr gerade passte.«

»Und du warst in keine der beiden verliebt, wie Mutter immer argwöhnt?«

»Heather, Kleines, ich habe nie eine andere Frau als deine Mutter geliebt. Kein Gedanke!«

Rory versank in nachdenkliches Schweigen, das Heather sich zu stören hütete. Sie waren fast zu Hause angekommen, als Rory plötzlich zu Ackker sagte: »Halt den Wagen an, Reggie.«

Sie hatten den Bergrücken überquert und befanden sich an der östlich nach Loch Garth hin abfallenden Flanke. Im herrlichen Nachmittagslicht glänzte Loch Garth in der Umarmung des grünen Waldes wie eine silberne Schlange, deren Auge – das Inselchen Rill – in den blauen Himmel starrte. In der Ferne warf der Benn Claidheamh Mor seinen Schatten über das Inchnadamph. Trotz der brennenden Sonne trug der mächtige Berg eine blendend weiße Schneekappe.

»Ich glaube, es ist an der Zeit, dass ich meinem Bruder die Ehre erweise.«

Heather fragte sich, ob die Erwähnung seiner Liebe zu Annie im Bewusstsein ihres Vaters den Gedanken an Lindsay ausgelöst hatte. Vor mehr als einem Vierteljahrhundert hatte man Laird Lindsay unter den Fichten des Inchnadamph zur Ruhe gebettet. Von dort aus konnte der Verlierer im Streit um ein schönes schottisches Mädchen für immer sein schönes Erbe überblicken.

Kapitel Sechsundzwanzig

Während Heather zusammen mit Ackker auf ihren Vater wartete, der in Gamins Begleitung Lindsays Grab aufsuchte, zündete sie sich eine weitere Zigarette an. Als Rory zurückkehrte, bat sie ihn, noch nicht weiterzufahren.

»Hier ist es so wunderschön und friedlich. Erzähl mir doch einfach hier weiter von Susan Jenny und Raoul.«

»Einverstanden. Durch die Verbindungen der Schwestern Roebling nach Deutschland hatte Susan Jenny nach 1933 einige einflussreiche Freunde in der NSDAP. Die Freundschaften spielten sich weniger auf politischer als vielmehr auf privater Ebene ab. Wer zur besseren Gesellschaft gehören wollte, musste es irgendwie fertig bringen, sich von Susan Jenny zu einer ihrer Soireen einladen zu lassen. Raoul aalte sich in seiner Küche im Hintergrund in ihrem Glanz.« Er schwieg eine Weile und fuhr dann fort: »Eines Tages hatte Susan Jenny Hitlers Propagandaminister Joseph Goebbels als Ehrengast geladen. Er war so beeindruckt von den kulinarischen Spezialitäten, die an diesem Abend gereicht wurden, dass er Raoul vom Fleck weg engagieren wollte.«

»Wie heißt er nun eigentlich wirklich, Pa?«

»Christophe.«

»Aha. Ich dachte, das ist sein zweiter Vorname. Warum habt ihr ein solches Geheimnis daraus gemacht?«

»Haben wir gar nicht. Aber es war bequemer so. Susan Jenny nannte ihn eines Tages nur so aus Spaß Raoul, der Gaul, und dann blieb es dabei.«

»Das hat Susan Jenny dir alles erzählt?«

»Sicher. Er musste schließlich aus Sicherheitsgründen völlig durchleuchtet werden.«

»Weiter. Susan Jenny traf also Goebbels in den dreißiger Jahren in Paris. Zu diesem Zeitpunkt war Lizzie noch quicklebendig und hielt sich vermutlich bei uns auf Glengarth auf.«

»Als Goebbels an jenem Abend Susan Jenny ihren Koch wegschnappen wollte, sagte sie, es wäre in Ordnung, wenn sie mitkommen dürfte. Und so landeten die beiden in Berlin, wo sie nicht nur Hitler, sondern auch Heß und den Architekten Albert Speer kennenlernten.«

»Wusste Lizzie von Susan Jennys Verbindungen zu den Nazis?«

»Ich glaube nicht. Lizzie hatte zu viel mit ihren Geschäften zu tun, und Susan Jenny war eine erwachsene Frau. Inzwischen gibt sie zu, Albert Speer damals recht attraktiv gefunden zu haben. Speer war übrigens verantwortlich für den Lichtdom beim Reichsparteitag in Nürnberg. Susan Jenny, die von Goebbels eingeladen worden war, hat gesagt, sie habe nie etwas so atemberaubend Schönes gesehen wie diese Lichtinstallation aus Flakscheinwerfern.«

»Wenn man dir so zuhört, klingt es, als wären die Nazis recht zivilisiert. Hast du bestimmt nichts mit der Pazifisten-Partei zu tun, Vater?«

»Sicherlich waren sie zivilisiert, ehe sie den Krieg vom Zaun brachen. Susan Jenny wurde übrigens auch auf den Berghof eingeladen, wo Hitler anscheinend ganz aus sich herausgehen kann und wo sie sich mit seiner scheuen Geliebten Eva Braun angefreundet hat. Raoul hat erzählt, dass der Führer von ihm verlangte, Pariser Küche auf den Tisch zu bringen. Allerdings ist Hitler Vegetarier, lebt sehr frugal und ist obendrein ziemlich pingelig. Raoul musste sich ganz schön ins Zeug legen. Warum trittst du mir eigentlich dauernd gegen das Schienbein?«

»Sag, was du willst, Pa.«

»Also: Susan Jenny und Raoul blieben bis zum Kriegsausbruch 1939, dem Jahr, als Lizzie starb, entweder in Berlin oder auf dem Obersalzberg.«

»Damals hatten aber schon Tausende von deutschen Juden ihre Heimat verlassen und sich in London, Paris oder New York in Sicherheit gebracht.« Heather schien laut zu denken. »Und im Januar 1940 kam Susan Jenny dann zu uns. Sprich weiter, Pa. Ich muss alles wissen.«

»Alles kann ich dir nicht erzählen, Kleines. Ich habe einen Schwur geleistet.«

»Trotzdem möchte ich wissen, auf welche Weise Raoul in das fortschreitende Melodram verwickelt wurde. Ich meine – er war Koch und hat in einer Küche gearbeitet!«

»Nach der Evakuierung von Dünkirchen zwischen dem 27. Mai und dem 4. Juni vergangenen Jahres war Frankreich am Ende. Am 15. Juni übernahmen die Deutschen Paris.«

Heather erinnerte sich noch allzu gut des schmerzlichen Ausrufs von Raoul, als er von der Kapitulation erfuhr. War das wirklich alles nur Show gewesen?

»Habe ich dir eigentlich erzählt, dass ich vor meiner Anstellung bei der BBC zwei Tage bei Boulette in der Küche gearbeitet habe?«, warf sie ein. »Ich fand es schrecklich. Man schrie und schimpfte herum, es war heiß, es war dampfig – nicht mein Ding. Wenn ich nur daran denke, wird mir gleich wieder schlecht. Da lobe ich mir doch meinen Job beim Propagandakrieg.«

»Deine Wortgefechte mit Gertie sind ein Riesenerfolg. Wenn es irgend geht und wir nicht gerade wieder einmal eine Funkstörung haben, höre ich mir deine Sendung immer an.«

»Lass uns wieder auf unser Thema zurückkommen, Pa. Ich habe keine Lust, noch morgen früh hier herumzusitzen. Was hast du mit deiner Behauptung gemeint, Raoul hätte bereits Verbindungen – mit wem auch immer – gehabt?«

»In unserer Küche hat er sich sozusagen weitergebildet. Und zwar lernte er Englisch.«

»Mit schottischem Akzent?«

»Das macht doch nichts. Drei Tage, nachdem der Waffenstillstand unterzeichnet und Paris kampflos an die Deutschen gefallen war, erhielt der britische Geheimdienst die Nachricht, dass Hitler der Stadt einen morgendlichen Besuch abstatten wollte.«

»Ich glaube, ich fange an, zu verstehen.« Heathers Stimme klang bitter.

»Es war sein eigener Wunsch, Kleines.«

»Ich sehe die Situation fast vor mir: Nachdem du dich zusammen mit Duncan stundenlang mit Raoul in Duncan's Tower eingeschlossen hattest, wurde er nach Frankreich eingeschleust und irgendwie nach Paris gebracht. Hitler hatte sich natürlich vermutlich im besten Hotel der Stadt eingemietet.«

»Richtig. Am frühen Morgen posierten Hitler, Albert Speer, der Bildhauer Arno Breker und ein anderer enger Mitarbeiter Hitlers namens Hermann Giesler vor dem Eiffelturm für ein Foto. Raoul kam rein zufällig ebenfalls des Weges, blieb stehen und sah zu. Natürlich wurden Hitlers Leibwächter aufmerksam. Raoul erklärte, er sei unschuldig und lediglich Koch im *George V.* Schnell stellte sich heraus, dass Hitler und er sich kannten, und sofort verlangte Hitler, dass Raoul für ihn in Versailles kochen sollte. Unser Kontaktmann Billy Blunter war eingeschleust!«

»Ganz wie du es geplant hattest.«

»Wir hätten ihn nie in eine so gefährliche Position gebracht, wenn er es nicht selbst gewollt hätte. Aber es war sein innigster Wunsch, bei der Befreiung seines Landes zu helfen.« Und auf die Gefahr hin, noch mehr Tritte gegen das Schienbein zu bekommen, fügte Rory hinzu: »Ich habe meinen Töchtern schon immer gepredigt, dass der Weg zum Herzen eines Mannes über seinen Magen führt.«

»Ihr habt ihn benutzt, Vater. Du und Duncan und all die Leute, die in Churchills Geheimkrieg eine Rolle spielen! Ich kann euch das beim besten Willen nicht verzeihen.«

In dieser Nacht konnte Heather wieder einmal nicht schlafen. Sie saß am Fenster, blickte auf die silberne, von dunklen Wäldern umrahmte Schlange des Loch hinab und malte sich die Szenen aus, die zu Raouls Unfall geführt haben mochten, die Rory ihr aber vorenthalten hatte.

Sie stand auf, schlüpfte in Bademantel und Pantoffeln und ging ins Bad, wo sie ihre Wärmflasche mit lauwarmem Wasser füllte. Sie wusste, wie kalt es in Duncan's Tower war. Doch sie musste das Geheimnis von Raoul und Rudolf Heß lösen – auch ganz allein, falls es notwendig sein sollte.

Heather besaß einen Ersatzschlüssel zum Heiligtum ihres Vaters. Duncan hatte das eiserne, fast zehn Zentimeter lange Ungetüm vor vielen Jahren stibitzt und während der Krise um Jamie und Maria in ihre Obhut gegeben.

Mit Hilfe einer Taschenlampe leuchtete sie die Regale ab. Um die Kriegstagebücher ihres Vaters aus dem ersten Weltkrieg kümmerte sie sich nicht. Erst im nächsten Regal fand sie, wonach sie suchte.

1939 … 1940 … Januar bis Juni.

Plötzlich fiel ihr ein, wie Raoul ihr nach der Unterhaltung mit ihrem Vater angeboten hatte, sie im Auto nach Edinburgh zu bringen, und wie ihr Vater und Susan Jenny ihn daran gehindert hatten. Letztendlich hatte Susan Jenny den jungen Koch mit dem Flugzeug an einen geheimen Ort gebracht, während sie selbst im Dorchester Hotel nach ihm suchte. Wie dumm sie doch gewesen war!

Endlich fand Heather die Aufzeichnungen über Raoul aus dem Juni 1940.

»Habe Christophe endlich herbringen und überzeugen können, für uns zu arbeiten. Er ist wichtig, hat er doch seit 1933 enge Verbindungen zu Hitler und kennt ihn und seine Umgebung genau. C. berichtet, dass Hitler keine wirklichen Freunde hat und sich auf niemanden wirklich einlässt – nicht einmal auf seine Geliebte. Wie es scheint, verfügt der Führer über ein gewisses Charisma und buhlt um Menschen, die er bewundert.

Nach einer gewissen Zeit jedoch wird er ihrer müde und lässt sie fallen. Seine Rache ist total, manchmal sogar totalitär.«

Ganz schön verschlagen, ihr Vater! Angeblich hatte Rory Raoul gefragt, warum er nicht wieder zurückginge.

»Wohin? Nach Berlin?«, war Raouls entsetzte Antwort gewesen.

»Zunächst nach Frankreich. Noch ist es möglich. Und anschließend nach Berlin. Ihre Aufgabe wird es sein, Kontakte zu den Nazis zu knüpfen.«

Aber warum war es so dringend gewesen, Raoul gleich in den ersten Tagen nach der Kapitulation wieder nach Frankreich zu schleusen?

Heather blätterte durch die vorangehenden Tagebücher, die sich mit den Vorhaben von Churchill und ihrem Vater beschäftigten. Und dann, eines Tages, war eine besondere Geheimdienstmeldung auf Glengarth abgefangen worden. Aber von wem?

»George natürlich!«, rief Heather laut, ehe sie eifrig im Licht der Taschenlampe weiterlas.

»17. Juni 1940: Hitler und einige seiner engsten Vertrauten haben vor, am frühen Morgen des 18. Juni einen Spaziergang durch Paris zu machen.«

Rory hatte noch einen Nachsatz hinzugefügt.

»Genau, worauf wir gewartet haben! Adolf Hitlers bevorzugter Küchenchef ist wieder aufgetaucht. Es kann so einfach sein, wenn man sich nur traut!«

Anschließend gab es eine Lücke in den Aufzeichnungen. Heather nahm an, dass sie Susan Jennys und Rorys Flug in den Süden zu verdanken war, bei dem sie Raoul in die Fänge des Geheimdienstes zwangen.

Raouls Mission gelang. Er erneuerte seinen Kontakt mit Hitler.

Mein Gott, dachte Heather, war der junge Koch nun unglaublich mutig gewesen, oder eher verrückt? Wahrscheinlich beides. Er liebte seine Stadt und sein Land und wollte Frankreich unter allen Umständen befreit wissen. Was musste er in dieser Situation empfunden haben?

Einige Zeit später war Raoul wieder in London aufgetaucht, um mit Duncan eine Lagebesprechung zu führen; Heathers Bruder hatte seinem Vater genauestens Bericht erstattet.

In Rorys Tagebuch las sich die Passage folgendermaßen:

»Hitler erinnerte sich sofort an Susan Jenny Roebling und ihren Koch; selbst der Spitzname Raoul der Gaul war ihm noch geläufig. Auch wusste er, dass Susan Jenny jüdische Vorfahren hatte, was ihn aber nicht weiter zu stören schien. Er erkundigte sich lediglich nach ihrem Verbleib und wollte wissen, was Raoul in Paris trieb.

Raoul gab an, keinen Kontakt mehr zu seiner früheren Arbeitgeberin zu haben und im George V. in der Küche zu arbeiten.

Hitler zeigte sich ein wenig enttäuscht, keine Neuigkeiten von Susan Jenny zu bekommen, bot Raoul aber an, nach Bayern zu übersiedeln und auf dem Berghof für ihn zu kochen. Im Verlauf des Gesprächs forderte er ihn schließlich auf, nach Versailles zu kommen und dort für die Dauer seines Aufenthalts die Küche zu übernehmen.«

Und genau so geschah es.

Als Raoul zur Einsatzbesprechung nach England zurückkehrte, war er ins Stadthaus nach London gekommen, hatte sich mit Heather getroffen, und sie hatten sich zum ersten und einzigen Mal geliebt.

Von Juli bis September, während die Luftschlacht über London tobte, hatte Raoul weiter Trainingseinheiten zu absolvieren, ehe er als Hitlers Koch erneut versuchen musste, die Deutschen für sich zu gewinnen.

Er war heimlich mit dem Fallschirm über Deutschland abgesprungen. Seine Papiere hatte er alle bei sich; niemand konnte dem von Hitler persönlich engagierten Koch etwas nachsagen, und niemand kam ihm auf die Schliche.

Der Plan schien so einfach zu sein. Was war nur schiefgelaufen? Warum lag Raoul reg- und gefühllos in seinem Krankenzimmer? Wer war verantwortlich für seine schrecklichen Verletzungen?

Raoul war weit mehr als ein bloßer Lieferant für Kakao- und Marshmallow-Rezepte. Je mehr Heather über ihn las, desto mehr stieg ihre Achtung vor dem schweigenden Mut des jungen Mannes.

Heather schmökerte in den Unterlagen, bis das östliche Turmfenster hell wurde. Bald würde das Schloss zum Leben erwachen, wie ein großes steinernes Tier, das sich im Sonnenlicht zu einem neuen Tag wachschüttelte.

Was ihren Vater anging, so befand sich Heather auf der sicheren Seite. Nie kam er vor elf zum Frühstück in die Küche.

In diesem Moment fiel ihr Blick auf einen Brief, der auf dem ungewöhnlichen, aus einem Grabstein bestehenden Schreibtisch ihres Vaters auffiel.

»Sehr geehrter Herr,

erst jetzt habe ich erfahren, dass Sie der junge Mann sind, der das Leben meiner Tochter gerettet hat, als sie auf der Liverpool Street mit einem Herzanfall zusammenbrach. Ich möchte Ihnen meine tiefe Dankbarkeit bezeugen, dass Sie Pearl sofort in ärztliche Obhut übergaben; meine Frau schließt sich meinem Dank von ganzem Herzen an. Pearls Zustand hat sich inzwischen gebessert, obwohl sie nach Aussage der Ärzte ihr Leben lang auf fremde Hilfe angewiesen bleiben wird. Für uns jedoch zählt nur, dass der allmächtige Gott unserer Tochter das Leben noch einmal geschenkt hat.

Ich möchte die Gelegenheit ergreifen, sehr geehrter Herr, Ihnen meine bescheidene Hilfe anzubieten. Pearl hat mir erzählt, dass Sie Eigentümer eines kleinen Transportunternehmens sind. Sollte ich Ihnen in irgendeiner Weise von Nutzen sein können, zögern Sie nicht, Kontakt zu mir aufzunehmen, wenn Sie sich das nächste Mal in Garston aufhalten. Pearl lässt Sie herzlich grüßen und bedankt sich ebenfalls bei Ihnen.

Ihr sehr ergebener
Edward G. Brownling
Harcourt Hall
Garston
Liverpool«

Plötzlich flammte das elektrische Licht auf. Heather fuhr zusammen und blinzelte in die Helligkeit.

Vor ihr stand George.

»Sie haben mich erschreckt!«, warf Heather ihm vor.

»Sie wollen alles über den jungen Franzosen wissen, nicht wahr, Miss Heather? Und über mich.«

»Hören Sie endlich auf, mich Miss Heather zu nennen.«

»Na gut, gnädiges Fräulein.«

Sie ignorierte seinen Sarkasmus.

»Was wissen Sie über diese Geschichte hier, George?« Sie wedelte mit dem eben gelesenen Brief herum. George jedoch blieb wie angewurzelt an der Tür stehen. »Wer sind Sie, George?«, fuhr Heather fort. »Ich weiß, dass Sie im Leben meiner Eltern eine besondere Bedeutung haben. Wie Aeneas Hamilton.«

»Wollen Sie nicht lieber zunächst alles Wissenswerte über Ihren französischen Freund erfahren, Miss Heather?«

»Natürlich! Und bitte … nennen Sie mich einfach Heather.«

»Gut.« Er trat ins Zimmer, schaltete die elektrische Heizung ein, die Heather völlig vergessen hatte, und knipste ihre Taschenlampe aus. »Regen Sie sich vor allen Dingen nicht auf. Alles ist im Grunde ganz einfach.«

Er setzte sich auf den Besucherstuhl, von dem aus man die Papierberge auf dem Schreibtisch kaum überblicken konnte. »Ein merkwürdiger Raum ist das hier …«

»Das kann man wohl laut sagen.«

»Als ich das erste Mal herkam, hat es mich kalt überlaufen.«

»Ging mir ebenso. Kommen Sie oft hier hinauf?«

»Oh ja. Ich muss, wissen Sie. Wir arbeiten zusammen.«

»Vater und Sie?«

»Richtig.«

»Wie haben Sie sich kennengelernt?«

»Es klappte nicht auf Anhieb. Dieser Brief, den Sie eben gelesen haben – er verwahrt ihn bewusst ganz oben auf dem Stapel, damit Ihre Familie …«

»Ja?«

»Damit man ihn sofort findet und liest, wie Sie es eben getan haben. Allerdings sind Sie und Ihr Bruder Duncan die Einzigen, die überhaupt je herkommen. Ihre beiden Schwestern Marjorie und Dulcie sind zur Truppenbetreuung unterwegs, Ihr Halbbruder Jamie befindet sich mit seinem Schiff irgendwo vor Malaysia und kämpft gegen die Japaner. Ihre beiden anderen Brüder, Andrew und Bruce, sind in deutscher Kriegsgefangenschaft; außer Ihnen ist eigentlich niemand neugierig genug.«

»Und Duncan weiß von diesem Brief – und von Ihnen?«

»Oh ja.«

»Dumme Frage. Duncan weiß natürlich alles. Was ist mit meiner Mutter?«

»Annie weiß ebenfalls Bescheid. Sie ist übrigens eine wunderbare Mutter.«

»Pearl war Ihre Mutter, nicht wahr, George?«

»Ja.«

»Und mein Vater? Ist er auch Ihr Vater?«

»Bis zu ihrem Tod hat meine Mutter behauptet, er wäre es nicht. Allerdings glaube ich, dass sie es tat, um seinen Ruf zu wahren. Ich wurde in einem Krankenhaus in Liverpool geboren – Ihr Vater weiß, wo – und starb nicht, obwohl man im Krankenhaus das Gegenteil behauptete. Meine Mutter wünschte es so. Als er versuchte, sie ausfindig zu machen, erklärten die Ärzte ihm, sie hätte eine Totgeburt gehabt. Ihr Vater war damals noch ein sehr junger Mann, und meine Mutter fast noch ein Mädchen. Sie wollte nicht, dass er von dem Baby erfuhr, doch ich glaube, er ahnte trotzdem etwas. Er holte sie aus dem Krankenhaus und brachte sie zu ihren Eltern zurück. Von mir wusste er damals nichts. Als meine Mutter an ihrem Herzleiden starb, erkundigte er sich im Krankenhaus und erfuhr, warum sie eingeliefert worden war. In der

Verwaltung erfuhr er schließlich, dass sie ein Baby bekommen hatte, einen kleinen Jungen, der zur Adoption freigegeben worden war.«

George holte tief Luft und fuhr fort: »Rory ging zu meinen Großeltern, die ebenfalls nichts ahnten, und erzählte ihnen, was mit ihrer Tochter geschehen war. Sie nahmen es gut auf und wollten mich kennenlernen. Eine Kinderschwester brachte mich zu meinen Großeltern. Ich blieb bei ihnen, bis zuerst meine Großmutter und kurz darauf mein Großvater starben.«

»Sie sind also so eine Art Verwandter von mir?«

»Wenn Ihr Vater tatsächlich auch mein Vater ist, dann ja.«

»Wissen Sie es wirklich nicht?«

»Meine Mutter hat es immer verneint, aber meine Großeltern waren der Ansicht, dass er es ist.«

»Was für Menschen waren Ihre Großeltern?«

»Sie hatten eine Fabrik für Induktionsspulen in Liverpool, die bis zum Ersten Weltkrieg sehr gut lief. Sie waren nicht arm. Der Tod meiner Mutter nahm sie ziemlich mit, denn meine Mutter war ein Einzelkind. Meine Großeltern gaben mir ihren guten Namen, obwohl ich ein uneheliches Kind war. Ich heiße George Brownling. Sie schickten mich auf eine Privatschule und später auf die Marineakademie, weil ich gut in Mathematik war und eine schnelle Auffassungsgabe besaß.«

»Genau wie mein Vater«, sagte Heather langsam. »Und Ihrer, zumindest vermutlich. Warum haben Sie den Namen Proben angenommen?«

Er zuckte die Schultern, und sie lächelte.

»Wie dumm von mir! Wissen Sie was, George, ich habe mir immer gewünscht, eins der unehelichen Kinder meines Vaters kennenzulernen. Das illegitime Kind meines verstorbenen Onkels Lindsay ist mein lieber Bruder Jamie, den ich für einen wahren Helden halte. Ich hasse Menschen, die mit den Fingern auf andere Leute zeigen. Wenn Könige und Königinnen uneheliche Nachkommenschaft zeugen dürfen, dann haben wir Roskillens ganz bestimmt ebenfalls das Recht dazu.

Und wer fragt später noch danach? Aber was hat meine Mutter gesagt, als Sie hier auftauchten?«

»Annie ist einfach wundervoll. Sie fragt nie lange, sie akzeptiert einfach.«

»Das dachte ich mir«, erklärte Heather aus tiefstem Herzen.

»Ich nehme an, sie hat in ihrem Leben viel mitgemacht, dass sie so großzügig ist«, meinte George.

Auch hier musste Heather ihm zustimmen.

»Nach dem Tod meiner Mutter blieb Rory in Kontakt mit meinen Großeltern. Er war immer sehr gut zu mir und interessierte sich für meine schulische Karriere. Als dann auch meine Großeltern starben, ließ er den Kontakt nicht abreißen. Wir telefonierten und schrieben uns regelmäßig. Er gab mir gute Ratschläge und bot auch an, mich finanziell zu unterstützen; das brauchte ich allerdings nicht in Anspruch zu nehmen, da meine Großeltern mir ein ausreichendes Vermögen hinterlassen haben. Ich besitze immer noch das Haus in Garston, das allerdings im Augenblick für Kriegszwecke beschlagnahmt ist.«

»Was veranlasste Sie, nach Schottland zu kommen?«

»Ich wurde bei der Marine ausgemustert, weil ich erstens Plattfüße und zweitens einen Herzfehler mit dem schönen Namen Mitralklappenstenose habe. Hört sich ziemlich lebensbedrohlich an, nicht wahr? Rory bot mir daraufhin an, nach Glengarth zu kommen, weil hier ein Butler gebraucht wurde und weil ich ihm auch sonst behilflich sein konnte.«

»Er scheint ein schlechtes Gewissen zu haben, was die Umstände Ihrer Geburt angeht.«

»Mag schon sein.«

»Erzählen Sie weiter! Ich finde es unglaublich aufregend, plötzlich einen neuen Bruder zu haben.«

»Allenfalls einen Halbbruder – wenn überhaupt.«

»Ich bin sicher, dass es so ist, obwohl Sie meinem Vater überhaupt nicht ähnlich sehen. War Ihre Mutter dunkel?«

»Nein, Sie war ebenso blond wie Rory.«

»Wer weiß, welcher Ahne da bei ihnen durchgeschlagen ist. Aber Sie haben Seefahrerblut, genau wie mein Vater. Und auch seinen Hang zur Technik. Ich jedenfalls fände es schön, wenn wir verwandt wären! Es gab einen Moment, da glaubte ich fast, Sie hätten irgendwie mit Agatha Kemster zu tun und wären ihr Satanskind oder so etwas.«

»Da waren Sie aber auf dem Holzweg! Eigentlich gefällt mir der Gedanke, dass Rory mein Vater sein könnte. Irgendwie spüre ich es auch, aber ich ziehe es vor, dieses Gefühl für mich zu behalten.«

»Wie Aeneas Hamilton«, nickte Heather traurig. »Wahrscheinlich lernen Sie seine Geschichte erst kennen, wenn Sie ein richtiges Familienmitglied geworden sind. Wir Roskillens geben unsere Geheimnisse nicht gern preis. Übrigens glaubt meine Tante Christabel, dass Sie etwa zwanzig sind und eigentlich in den Schützengraben oder in die Kanzel eines Flugzeugs gehören.«

»Ich habe immer schon jünger ausgesehen, als ich eigentlich bin. Rechnen Sie selbst: Ich bin 1911 geboren.«

»Hey, dann sind Sie ja schon dreißig. Hätte ich nicht gedacht! Wissen Sie eigentlich über Raoul Bescheid? Ich habe den Eindruck, dass mein Vater ein wenig um den heißen Brei herumredet. Ich brauche keine Details – nur klare, knappe Fakten.«

»Kein Problem.«

George wiederholte das, was auch Rory ihr schon erzählt hatte, und fügte hinzu, dass Raoul den Vorlieben Hitlers für vegetarische Gerichte Rechnung getragen und sich bei dem weltberühmten Koch Auguste Escoffier weitergebildet hatte.

»Das ist doch nicht Ihr Ernst!«, rief Heather verblüfft.

»Oh doch! Raoul spezialisierte sich auf Pommes Duchesse, Prinzessbohnen und Trüffel à la Windsor. Der Führer war völlig begeistert. Er fing sogar an, in seiner Freizeit mit seinen Hunden auf Trüffelsuche zu gehen – angeblich gibt es in der Nähe des Berghofs viele Fundstellen.«

»Woher wissen Sie das alles? Raoul kann nicht sprechen und hat das Gedächtnis verloren.«

»Wir haben ein häufig benutztes Büchlein mit Rezepten von Escoffier und vielen Anmerkungen von Raouls Hand in seiner Tasche gefunden. Es war sehr aufschlussreich.«

»Aber die Nazis hätten das Buch doch sicher gefunden, als sie ihn folterten.«

»Hitler und seine Leute haben Raoul nie angerührt. Aber dazu komme ich noch. Seien Sie nicht so ungeduldig. Ich weiß, dass er und Sie ein Liebespaar sind.«

»Werden Sie nicht frech, George. Noch ist nicht bewiesen, dass Sie mein Halbbruder sind.«

»Vielleicht gelingt es mir eines Tages. Aber zurück zu unserer Lektion in Geheimdienstarbeit. Dienstboten heißt die Devise. Sie werden immer gebraucht, und zwar von den Mächtigsten am meisten.«

»Kein Wunder, dass mein Vater und mein Bruder Sie ebenfalls zum Geheimdienst geholt haben.«

»Und zwar geradewegs von der Marineakademie in Darby«, sagte George stolz.

»Mannomann!« Heather fand keine Worte. Einen derart intelligenten Bruder zu haben machte sie sprachlos. Wäre Raoul nicht gewesen, wer weiß, vielleicht hätten George und sie dann was angefangen. Allerdings wäre es Inzest gewesen – kein Wunder, dass ihr Vater so beunruhigt nachgefragt hatte. »Und wie ging es weiter?«

»Raoul schlug sich gut zwischen Berlin und dem Berghof und schickte uns Nachricht, sobald es eben ging. Hitler mochte ihn und hat ihn sogar fotografiert. Auch ein kurzer Film existiert von ihm, den Eva Braun mit ihrer kleinen 16-mm-Kamera aufgenommen hat. Die Nazis lieben Filme. Hitler würde es begrüßen, wenn in jedem deutschen Haushalt eine Filmkamera zu finden wäre, um die Fortschritte des Dritten Reiches zu dokumentieren.«

»Wie Ambrose«, murmelte Heather vor sich hin.

»Bitte?«

»Vergessen Sie's! Reden Sie weiter.«

»Raoul hatte bereits eine Menge Informationen gesammelt, als er beschloss, über sich selbst hinauszuwachsen.«

»Und zwar?«

»Er bekam Wind davon, dass Rudolf Heß nach Großbritannien fliegen wollte, um eine Art Friedensvertrag mit der Britischen Pazifisten-Partei abzuschließen. Nachdem er Frankreich so leicht übernommen hatte, dachte Hitler offenbar, mit den britischen Inseln wäre es ebenso einfach. Außerdem wollte er das Empire intakt übernehmen. Für Hitler war es eine Katastrophe, als der englische König abdankte, dem immerhin ein Fünftel der ganzen Welt untertan war. Unser ehemaliger König hatte nämlich ein Faible für die Nazis.«

Atemlos hörte Heather zu. »Hitler will also im Grund gar keinen Krieg mit uns?«

»Richtig. Er möchte Großbritannien und das Empire kampflos übernehmen. Genau wie er es mit Frankreich und seinen Besitzungen gemacht hat. Sollten die Pazifisten ihr Ziel erreichen, würden die Luftangriffe auf unsere Städte sofort aufhören. Das jedenfalls war die Information, die Raoul uns mitbrachte.«

»Und? Hat die Idee meinen Vater überzeugt?«

»Ich glaube nicht. Er unterstützt Churchill und dessen Ansicht, dass man weder dem Nationalsozialismus noch dem Faschismus auch nur die geringste Chance geben darf, selbst auf die Gefahr hin, dass wir Großbritannien opfern.«

»Also hat sich Vater den Peers entgegengestellt. Gut für ihn.«

»Bei einer Dinnerparty auf dem Berghof kam irgendwie die Sprache darauf, dass Raoul für den Laird von Glengarth gearbeitet hatte. Heß fragte sofort nach, ob der Laird den Herzog von Hamilton und andere Peers kenne. Raoul redete sich irgendwie heraus, dass man sich in diesen Kreisen selbstverständlich gegenseitig kannte, weil man natürlich Mitglied in den gleichen Clubs war. Heß war dermaßen beeindruckt von Raouls intimer Kenntnis der Gesellschaft, dass er den Koch als Dolmetscher für seine Treffen mit den Würdenträgern mitnehmen wollte.«

»Mir ist völlig unbegreiflich, dass Hitler nicht gewusst haben soll, was da vor sich ging und angeblich noch nicht einmal Heß' Flug nach Schottland abgesegnet hat.«

»Da gebe ich Ihnen völlig recht. Trotzdem muss jemand davon gewusst und die Verantwortung getragen haben. Und es gab auch sicher ein Empfangskomitee für eine derart wichtige politische Persönlichkeit, falls er wirklich kam, um eine Aussöhnung in die Wege zu leiten.«

»Haben Sie eine Theorie? Immerhin haben Sie ja Raouls Funksprüche aufgefangen.«

George zuckte die Schultern. »Meiner Meinung nach liegt die Sache völlig klar. Wie schon gesagt: Hitler wollte keinen Krieg mit England, sondern sein Ziel ging dahin, einen vom Oberhaus unterstützten Friedensvertrag zu unterzeichnen. Nach Dünkirchen wäre die ideale Gelegenheit gewesen, aber Churchill wollte ja nichts davon wissen.«

»Warum musste es gerade Raoul sein, dem man so gefährliche Aufträge zuschusterte?«

»Wenn nicht er, dann irgendein anderer. Er hatte sich freiwillig gemeldet und brachte alle Voraussetzungen mit. Übrigens hat er nicht ein einziges Mal gepatzt. Außerdem sprach er mehrere Sprachen fließend.«

»Das wusste ich gar nicht«, sagte Heather traurig. Langsam wurde ihr klar, wie wenig sie den geliebten Mann kannte. »Warum nannte er sich Billy Bunter?«

»Als wir einen Decknamen für ihn suchten, entstand dieser Name aus einem Scherz zwischen Ihrem Vater und Ihrem Bruder.«

»Und wie ging es weiter?«

»Raoul ging mit Heß nach Augsburg. Der Flug verspätete sich wegen schlechten Wetters. Die von uns abgefangenen Informationen waren wirr. Angeblich verwehrte Deutschland im letzten Augenblick die Starterlaubnis – solche Dinge eben.«

Heather hing atemlos an Georges Lippen. »Mit anderen Worten, Raoul war tatsächlich an Bord der Maschine, die Heß nach Schottland brachte?«

»Ich kann nur danach gehen, was ich aus den Funkwellen herausgehört habe, Heather.«

»Kann man sich denn auf diese Funkwellen verlassen?«

»Ganz und gar. Man sieht sie zwar nicht, aber sie sind ein zuverlässiger Übermittler von Nachrichten.«

»Das kann einem ja wirklich Angst machen.«

»Wie ich Ihnen und Ihrem Vater schon vor einiger Zeit sagte, gingen wir davon aus, dass ein Geheimdienstmann an Bord der Maschine war, die in Schottland landete. Und warum ausgerechnet in Schottland?«

»Keine Ahnung.«

»Weil unser guter Raoul es vermutlich irgendwie fertiggebracht hat, den Flug umzuleiten. Genaueres wissen wir noch nicht. Nach meiner Theorie hat Raoul gehofft, das Flugzeug irgendwie nach Glengarth entführen zu können.«

»Das ist doch lächerlich, George! Ich habe noch nie einen solchen Schwachsinn gehört!«

»Mag sein, dass es Ihnen lächerlich erscheint, aber es ist durchaus möglich.«

»Wo hätte er die Messerschmitt denn mitten in der Nacht landen sollen?«

»Auf einer der breiten Feuerschneisen in der Schonung von High Hill. Er wäre mitten zwischen den Kanadiern heruntergekommen, die Heß dann sofort hätten verhaften können.«

»Das kann ich einfach nicht glauben, George. Das ist Fantasterei!«

»Es ist auch nicht abwegiger, als auf dem Anwesen des Herzogs von Hamilton zu einem Geheimtreffen zu landen, was Ihre Gnaden natürlich heute vehement abstreitet. Aber wie Raouls Pläne auch gewesen sein mögen – das Flugzeug ist nicht in Glengarth, sondern auf Floors Farm abgestürzt, und man weiß sicher, dass zwei Menschen mit dem Fallschirm absprangen.«

»Und Sie glauben, dass Raoul einer der beiden war?«

»Das glaube nicht nur ich. Ihr Vater, ihr Bruder und die Leute der Rettungsmannschaft glauben es ebenfalls.«

»Wurde er auch gefangen genommen? Und von wem?«

»Raoul landete in einiger Entfernung von Heß. Heß erlitt lediglich eine Verletzung am Knöchel, Raoul jedoch hatte es sehr viel schlimmer erwischt, wie wir aber erst später herausfanden. Ein paar Dorfbewohner entdeckten ihn. Er hatte sich in den Fallschirmgurten verfangen, und man befreite ihn. Als er nicht auf die Fragen der Leute reagierte, hielt man ihn für einen deutschen Spion, verprügelte ihn und brachte ihn in ein Gefängnis. Das hätte ihn beinahe das Leben gekostet, denn seine Milz war gerissen und er litt, abgesehen von diversen Brüchen, an schweren inneren Blutungen. Irgendwie erfuhr Rory von der Sache. Wir hatten bereits eine Ahnung, wer die zweite Person sein könnte. Da Rory unbedingt verhindern wollte, dass Raoul der Militärpolizei in die Hände fiel, verhandelte er mit dem Herzog von Hamilton. Susan Jenny bekam den Auftrag, den Verletzten bei der Jagdhütte der Hamiltons am Clyde abzuholen, wo das Wasser glücklicherweise tief genug für die *Yellow Rose* war. Und so kam er nach Glengarth zurück.«

Es war einfach unglaublich! Nicht die Nazis hatten Raoul so sehr verprügelt, dass kaum noch etwas von ihm übrig war, sondern schottische Dorfbewohner, die ihn für einen deutschen Spion hielten. Armer Raoul! Vielleicht lebte er in diesem Augenblick schon gar nicht mehr!

Nachdem Heather nun alles über Raoul und George wusste, konnte sie es kaum fassen, wie nah der Krieg ihrem eigenen Leben gekommen war.

Sie wischte sich eine Träne aus den Augen. »Danke, dass Sie mir das alles erzählt haben, George. Ich hoffe, wir bleiben noch lange gute Freunde – vielleicht ja sogar Bruder und Schwester.«

Sie kehrte in ihr Schlafzimmer zurück. Endlich konnte sie einschlafen.

Kapitel Siebenundzwanzig

Heather bat bei der BBC um unbezahlten Urlaub aus persönlichen Gründen. Nun konnte sie Raoul öfter besuchen.

Die Oberschwester, die man mit fünftausend Pfund zusätzlicher Unterstützung für das Krankenhaus geködert hatte, fand keine Einwände mehr gegen die häufigen Besuche des Clans Roskillen am Krankenbett von Monsieur Clermont.

Raoul machte recht gute Fortschritte, obwohl er Heather nach wie vor nicht erkannte. Doch der nächste Genesungsbericht, den Ben Buckie der Familie überbrachte, bot keinen Grund zur Freude.

Wie es aussah, würde Raoul sein Leben lang von der Taille abwärts gelähmt und für immer zeugungsunfähig bleiben. Über das Ausmaß seiner Amnesie bestand nach wie vor keine Klarheit; niemand wusste, ob sie von Dauer oder vorübergehend war, und man konnte keine Voraussage über Raouls vollständige Wiederherstellung treffen.

Da Heather kein Vertrauen zu Ben Buckie und seinem nachweislichen Hang zu *Glengarth Single Malt* hatte, wandte sie sich hilfesuchend an ihre Universität in Edinburgh.

Professor MacCulper befand sich in Urlaub, Heather traf jedoch auf ihren ehemaligen Kommilitonen Hamish Hambro, der eben aus einer Vorlesung über Gynäkologie kam.

Ein Wink vom Himmel, dachte sie.

»Hallo Hamish!«

»Heather?«

»Richtig.«

»Sie haben sich verändert. Sie wirken so … erwachsen und kultiviert.«

»Sie aber auch!«

Erst dann umarmten sie sich wie alte Freunde.

»Was machen Sie hier?«, fragte Hamish schließlich.

»Ich brauche Ihren Rat und Ihre Hilfe.«

»Das klingt ernst.«

»Ist es auch.«

»Wo sollen wir hingehen? Ein eigenes Büro besitze ich leider nicht – dafür muss ich erst noch vier Jahre studieren.«

»Mein Gott, wie doch die Zeit vergeht!«

»Was ist los, Heather?« Er legte ihr den Arm um die Schultern und ging mit ihr in eine nahe gelegene Studentenkneipe. Heather bestellte Limonade, was Hamish zu der verblüfften Frage veranlasste: »Was, Sie trinken keinen Scotch?«

»Ich bin schwanger.«

Er stellte keine dummen Fragen, sondern setzte sich mit ihr in eine dunkle, rauchige Ecke. Heather zündete sich eine Zigarette an.

»Ich kann das Baby nicht bekommen, Hamish.«

»Was soll ich dazu sagen?«

»Ich brauche Ihre Hilfe. Ich muss es loswerden.«

Entsetzt hob er beide Hände. *»Meine Verordnungen werde ich treffen zu Nutz und Frommen der Kranken …«*, zitierte er aus dem hippokratischen Eid. *»Nie werde ich einer Frau ein Abtreibungsmittel verabreichen.* Der Kerl soll Sie heiraten!«

»Geht nicht.«

»Warum?«

»Wir passen nicht zusammen.«

»Pech gehabt.«

»Ich liebe ihn nicht.«

»Darüber hätten Sie früher nachdenken müssen, Sie Dummerchen. Ich dachte wirklich, Sie hätten sich besser unter Kontrolle und etwas mehr Verstand. Aber im Krieg passiert so etwas öfter, habe ich mir sagen lassen. Hat Ihr kleiner Franzose sie angetickt, ehe er sich verdrückte? Allons enfants de la patrie, le jour de gloire est arrivé!«

»Hören Sie auf, mir Vorhaltungen zu machen. Ich glaube, ich hätte nicht herkommen sollen.«

»Ich wünschte auch, Sie wären nicht gekommen.« Hamish stürzte sein Bier herunter, ging zur Bar, um ein neues zu bestellen, und fragte erst gar nicht, ob er Heather etwas mitbringen solle. Bei einem Blick zurück sah er, dass sie wie verloren auf ihrem Barhocker saß und ihre Limonade noch nicht angerührt hatte.

Er bestellte ein Bier und einen doppelten Whisky. Dabei stellte sich heraus, dass die Bar sogar *Glengarth Single Malt* führte. Echter schottischer Ruhm, dachte er. Und die junge Heather Roskillen gehört dazu!

Hamish kehrte mit dem Whisky an den Tisch zurück. Sein Ärger war verraucht.

»Entschuldigen Sie, ich wollte mich wirklich nicht wie ein Oberlehrer aufführen.«

»Das haben Sie doch gar nicht. Sie klangen ganz wie Sie selbst, lieber Hamish.«

»Möchten Sie darüber reden?«

»Ja bitte.«

Und sie erzählte ihm alles, was seit ihrer Exmatrikulation geschehen war.

»Ihre Sendung mit Gertie ist einfach toll. Wenn es irgend geht, hören wir sie und lachen uns halb tot. Ich kann nur sagen: originell, witzig und geistvoll.«

»Danke sehr, Hamish.«

»Man hat den Eindruck, dass Sie meistens improvisieren. Stimmt das?«

»Sagen wir mal so: Für den größten Teil der Sendung existiert kein Manuskript. Auf Gerties Sendungen ›Amerika ruft Berlin‹ muss ich mich allerdings gut vorbereiten, weil ich mit dem Pittsburger Klatsch nicht wirklich vertraut bin.«

»Sagen Sie Heather, warum haben Sie es getan, wenn Sie den Kerl weder richtig kannten, geschweige denn liebten?«

»Ich weiß es nicht. Wir waren beide an dem Abend einsam und verloren, und uns war kalt.«

»Es wäre wohl sinnvoller gewesen, die Heizung anzuschalten oder einen Kompass zu Hilfe zu nehmen – entschuldigen Sie, das war ein dummer Witz. Hat er Sie ausgenutzt?«

»Es war wohl eher umgekehrt.«

»Das kann ich mir vorstellen.«

»Verurteilen Sie mich nicht, helfen Sie mir lieber.«

»Wie denn? Halten Sie mich etwa für einen Engelmacher? Sie hätten eben kurz nachdenken sollen, ehe Sie mit einem arbeitslosen Fernsehproduzenten ins Bett gingen, so traurig und unglücklich er auch wirken mochte. Wir sind doch keine Kaninchen! Was ist überhaupt mit dem französischen Koch, in den Sie so verliebt waren?«

»Ich bin immer noch verliebt in ihn.«

»Dann heiraten Sie *ihn*!«

»Das geht nicht. Er ist schwer verwundet. Eine Geheimdienstangelegenheit – ich darf nicht darüber reden. Auf jeden Fall wüsste Raoul sofort, dass das Kind nicht von ihm sein kann.«

»Wie denn? Sie sagten doch, dass er an Amnesie leidet.«

»Nie würde ich es fertig bringen, ihm ein Kind unterzuschieben.«

»Aber ein Ungeborenes morden – das könnten Sie?«

»Ach, hören Sie doch auf mit Ihrem bigotten Gerede!« Heather sprang auf und wollte gehen, doch er griff nach ihrem Handgelenk und hielt sie fest.

»Setzen Sie sich hin, und machen Sie keine Geschichten. Ihr Freund hat sich also mutig für die Résistance eingesetzt, während Sie sich anderweitig vergnügten. Nennt man so etwas Befreiung der Frau?«

»Sie sind brutal, Hamish.«

»Das Leben ist brutal, Heather.«

»Außerdem habe ich mich nicht anderweitig vergnügt, wie Sie es so feinfühlig ausdrücken. Es war eine einzige Nacht auf Glengarth. Ich weiß selbst nicht, warum ich es getan habe, und ich finde auch keine Entschuldigung dafür. Es war selbstsüchtig und dumm. Ich war noch nicht einmal betrunken an dem Abend.«

»Ein echtes Argument!«

»Helfen Sie mir nun oder nicht?«, fragte sie verzweifelt.

»Nein. Ich werde Ihnen nicht helfen.«

Heather griff nach dem Glas mit dem doppelten Whisky und kippte ihn auf einen Sitz herunter.

»Versuchen Sie es beim nächsten Mal lieber mit Gin und Pillen«, sagte er traurig.

»Vielleicht tue ich das auch!«

»Warum heiraten Sie diesen Produzenten nicht einfach?«

»Erstens weiß er nichts von meiner Schwangerschaft, und ich habe auch nicht vor, es ihm zu sagen. Außerdem liebe ich ihn nicht, genauso wenig wie er mich. Er liebt Susan Jenny, die wiederum in meinen Bruder Duncan verliebt ist – allerdings nur, weil er einen Titel erbt. Er ist etwa zwanzig Jahre jünger als sie. Sie besitzt ein gelbes Wasserflugzeug, mit dem sie ohne jede Verpflichtung Einsätze für Großbritannien geflogen ist; aus diesem Grund glaubt Ambrose, sie zu lieben. Und was meinen Bruder Duncan angeht, der irgendwann Laird von Glengarth wird, weil mein Halbbruder Jamie als uneheliches Kind den Titel nicht erben kann, so liebt er eigentlich nur sich selbst.«

»Familien sind schon etwas Unglaubliches!«

»Ach, das ist noch längst nicht alles. Erst vor kurzem habe ich erfahren, dass ich noch einen anderen unehelichen Halbbruder besitze, einen Sprössling meines Vaters Rory. George arbeitet als Butler bei uns auf Glengarth und betätigt sich nebenher im Verborgenen als Held, indem er Funksprüche abfängt. Sie sehen also – wir Adeligen sind keinen Deut besser als die Normalsterblichen.«

»Und Sie sind tatsächlich den ganzen Weg von Glengarth hergekommen, um mich zu einem illegitimen Eingriff zu überreden? Ehrlich gesagt schmerzt und ärgert es mich, dass Sie so gering von mir denken, Heather.«

»Eigentlich bin ich gekommen, um MacCulper zu bitten, mir eine zuverlässige Diagnose im Hinblick auf Raoul zu liefern. Ich traue unseren Landärzten nicht so recht über den Weg. Sie fummeln da im Dunkeln herum …« Plötzlich musste sie kichern. »Wie Ambrose und ich, als er mich angetickt hat, wie Sie so schön sagten.«

Hamish starrte stumm in sein Glas. Hinter seiner Stirn arbeitete es sichtlich. Er bewegte ein paar Mal die Lippen, ehe er plötzlich herausplatzte: »Heirate mich, Heather!«

Heather hob den Kopf und sah ihn an. Ihre Locken wirkten im Schein der kleinen Lampe über dem Tisch noch röter als sonst und ringelten sich um ihr erhitztes Gesicht. Sie war schöner, als er sie je gesehen hatte.

Er hatte sie vom ersten Augenblick an geliebt; für ihn hatte es nie eine andere Frau gegeben.

»Was war das gerade?«, fragte Heather verblüfft.

»Heirate mich, Heather. Ich brauche eine Frau, die bei der BBC ein gutes Gehalt verdient, damit ich während meines restlichen Medizinstudiums auf ihre Kosten leben kann … Aber Spaß beiseite. Du weißt, dass ich dich liebe, und zwar seit ich dich zum ersten Mal gesehen habe. Erinnerst du dich? Ich hatte nur Augen für dich und wurde von MacCulper gerügt, weil ich nicht aufpasste. Einmal hat er dich gefragt, was man unter *Coxiella burnetti* versteht, und du sagtest, das wäre der Name der italienischen Nutte, die dein Bruder Jamie überstürzt geheiratet hätte … In diesem Augenblick lagen dir die Herzen aller jungen Männer im Kurs zu Füßen. Heirate mich. Wir beide schaffen das schon! Ich werde dein Kind so lieben, wie ich dich liebe – unser Leben lang!«

Oh mein Gott, dachte sie. Tränen stiegen ihr in die Augen. Sie sprang auf und rannte aus dem Pub.

Den ganzen Weg von Edinburgh nach Achnasheen wirbelten ihr

seine Worte im Kopf herum. Wie einfach es doch war! Ja, von ganzem Herzen ja!

Hamish! Er sah nicht nur gut aus, sondern er war mit Leib und Seele ein schottischer Gentleman – loyal, treu und intelligent. Und er liebte sie!

Aber konnte Heather Hamishs Liebe erwidern? Nein, das ging nicht, musste sie sich eingestehen. Es war immer noch Raoul, dem ihr Herz gehörte. Doch wozu brauchte man Liebe in diesen selbstsüchtigen Zeiten?

Heather selbst konnte sich ebenfalls nicht von einer gewissen Selbstsucht freisprechen. Wie sonst hätte sie Hamish bitten können, sie von dem kleinen Wesen zu befreien, das in ihrem Leib heranwuchs? Es war noch winzig, aber es war ein kleiner Mensch, der ein Recht auf Leben hatte.

Wie lange war es her, dass sie Raoul zuletzt gesund und munter gesehen hatte? Bei ihrer Tante war es gewesen, vor fast einem Jahr. Und wenn Duncan geglaubt hatte, ihr mit Raouls Besuch einen Gefallen zu tun, dann hatte er sich geirrt. Wie viel Grausamkeit gehörte doch dazu, ihr einige wenige Stunden mit dem Geliebten zu gönnen und ihn ihr dann wieder zu entziehen! Danach hatten sie und Raoul nie wieder Gelegenheit gefunden, einander zu sehen. Und jetzt war es vielleicht zu spät!

Heather schniefte in ihr Taschentuch. Die anderen Passagiere im Abteil sahen sie mitleidig an. Heather lehnte ihre heiße Wange an die kühle Scheibe. Einige Zeilen ihres Lieblingsdichters kamen ihr in den Sinn.

Der stille See, der laue Wind.
Der Berg, der Strom, der Baum, das Tier,
Ob sie noch so wie früher sind?
Liegt die trübe Veränderung etwa an mir?

Heather schloss die Augen und dachte an die Wohlgerüche von Glengarth: Farn und Heidekraut, taufeuchtes Gras und regennasse Erde, den nebligen Berg und die salzige See. Und wie ihre Mutter, als diese vor vielen Jahren ihre große Liebe verlor, nährte sie tief in ihrem Herzen das Wissen, dass auf den verschwiegenen Lichtungen der undurchdringlichen Wälder immer Blumen blühen würden.

Epilog

Im September 1941 heirateten Heather Roskillen und der Medizinstudent Hamish Robert Hambro, der später eine landesweit anerkannte Koryphäe für Gynäkologie und Geburtshilfe wurde.

Dass das erste Kind der beiden, das auf den Namen Christopher Robert getauft wurde, vier Monate zu früh auf die Welt kam, tat man auf Glengarth mit einem lapidaren Hinweis auf den Krieg ab: »Lasst die jungen Leute doch ihr Leben leben, solange es noch geht.«

Heather und Hamish bekamen noch vier weitere Kinder, nämlich einmal männliche und einmal weibliche Zwillinge; ein wenig überrascht von dem ungeplanten Kindersegen ließen sie es dabei bewenden.

Nach der Babypause kehrte Heather zur BBC zurück, wo sie nach Kriegsende und nach Wiederaufnahme der Fernsehausstrahlungen ein wahrer TV-Star wurde – zunächst in schwarz-weiß, später dann in Farbe.

Nachdem die Japaner am 7. Dezember 1941 die in Pearl Harbour vor Anker liegende amerikanische Kriegsflotte bombardiert hatten, traten die Vereinigten Staaten an der Seite Großbritanniens in den Krieg ein. Drei Tage später versenkten die Japaner das vor der malayischen Küste operierende englische Kriegsschiff, auf dem Jamie Dienst tat. Jamie wurde vermisst gemeldet; allgemein herrschte die Annahme, dass er gefallen war. Nach der Nachricht von Jamies vermutlichem Tod war Annie nie wieder dieselbe.

Als 1943 Benito Mussolini gestürzt wurde, setzte sich Annie in den Kopf, trotz der andauernden Kriegswirren Jamies italienische Witwe und ihr Kind nach Glengarth zu holen.

Dulcie und Marjorie, die in Amerika unter dem Namen *The Terrible Twins* bekannt geworden waren, widmeten sich mit Bob Hope und Bing Crosby der Truppenbetreuung. Nach dem Krieg waren sie reich und berühmt. Mehrmals im Jahr leisteten sie sich Reisen in ihre alte Heimat Glengarth, behielten jedoch ihren Hauptwohnsitz in Kalifornien bei, dessen Klima ihnen eher zusagte als das graue, kühle Schottland. Keine der beiden Schwestern heiratete, beide machten jedoch erfolgreiche Filmkarrieren, die bis weit in die siebziger Jahre des zwanzigsten Jahrhunderts andauerten.

Andrew und Bruce blieben bis 1945 in Kriegsgefangenschaft. Bei ihrer Entlassung ging es ihnen den Umständen entsprechend gut, doch keiner der beiden wollte je über seine Erfahrungen in Colditz sprechen. Die Brüder kehrten nach Glengarth zurück, wo sie sich mit Duncan und Aeneas Hamilton um die Leitung der Güter kümmerten und nach dem Abzug der kanadischen Marine wieder den ursprünglichen Zustand der Landschaft herstellten.

Rory starb kurz vor Ende des Krieges, was für die zunehmend gesundheitlich angeschlagene Annie einen weiteren schwerwiegenden Verlust bedeutete. Der Laird von Glengarth hatte die Nacht mit der turnusmäßigen Feuerwache auf dem Dach des Schlosses verbracht; ehe er sich am Morgen schlafen legte, wollte er noch etwas in Duncan's Tower erledigen. Später sickerte durch, dass er nach seinem Testament suchen wollte, um es zu ändern. Als er das Dokument schließlich gefunden hatte, verfehlte er seiner Müdigkeit wegen eine Stufe der steilen Wendeltreppe und wurde erst später am Morgen mit gebrochenem Genick am Fuß der Stiege gefunden. Der eilig herbeigerufene Dr. Ben Buckie konnte nur noch seinen Tod feststellen.

Und so wurde Duncan Hamish Roskillen der nächste Laird von Glengarth. Er heiratete Jeanne MacDermott, die junge kanadische Waldarbeiterin, die alles über Flora und Fauna wusste. Sie wurde Duncan nicht nur eine gute Ehefrau, sondern auch eine einfühlsame Schlossherrin, die mit allen Unwägbarkeiten umzugehen wusste.

Dass Jeanne und Duncan Annies Träume erfüllten und zueinander fanden, war weniger dem jungen Mann als vielmehr der Kanadierin zu verdanken. Eines Morgens, als Duncan gerade auf die Pirsch ging, stellte sie sich ihm in den Weg und befahl ihm, sofort damit aufzuhören, da die Jagd eine barbarische Sportart sei. Duncan hielt lange genug inne, um auf das sanfte und ausgesprochen hübsche kanadische Mädchen aufmerksam zu werden. Die Jagdpartie stellte sich als die beste – und letzte – heraus, die er je gemacht haben sollte.

Nachdem der Krieg vorüber war, entschlossen sich Heather, die sich nach dem doppelten Schicksalsschlag Sorgen um den Gemütszustand ihrer Mutter machte, und Hamish, Annie nach Italien zu begleiten, um Jamies Witwe ausfindig zu machen. Durch Vermittlung des Roten Kreuzes erfuhren sie, dass Maria Floreana di Bonelli und ihre Tochter Cleo ihr Dasein in einer armseligen Unterkunft im zerbombten Neapel fristeten. Tatsächlich fanden sie die junge Frau und ihr Töchterchen, die in einer Ruine vor sich hin vegetierten und weder genug zu essen noch Geld für die Behandlung eines nervösen Hautausschlags der kleinen Cleo hatten. Heather und Hamish überzeugten die völlig verängstigte Maria, mit ihnen nach Schottland zu kommen, ohne ihr vorerst von Jamies vermutlichem Tod zu erzählen.

Maria und Cleo begleiteten sie und wohnten zusammen mit Annie auf Glengarth, was für Jamies Mutter zumindest einen schwachen Trost bedeutete.

Susan Jenny Roebling und Ambrose Petersen wurden ein Paar, nachdem die hübsche junge Jeanne MacDermott Susan Jenny im Rennen um Duncan geschlagen hatte. Nach Rorys Tod und der Befreiung Frankreichs gingen sie nach Paris und ließen sich in Susan Jennys Haus im Bois de Boulogne nieder, wo sie sehr glücklich wurden. Nie jedoch vergaß Susan Jenny ihre schottischen Freunde, ebenso wenig, wie die junge Generation der Roskillens sie vergaß. Immer wieder genossen die Kinder von Rory und Annie Susan Jennys und Ambroses Gastfreundschaft, was Susan Jenny nur natürlich vorkam, hatten doch sie und ihre Schwester Lizzie lange Zeit auf Glengarth verbracht. Auch gefiel es ihr, die selbst nie Kinder gehabt hatte, an der Entwicklung der nächsten Generation teilzuhaben. Ambrose hingegen konnte sich endlich voller Hingabe seiner Leidenschaft für Kameras widmen. Wenn sich Susan Jenny nicht in Paris aufhielt, fand man sie häufig auf den westindischen Inseln, wo sie zahlungskräftigen amerikanischen Touristen ihr gelbes Wasserflugzeug zur Verfügung stellte.

In späteren Jahren traf man Lady Annie häufig in Trauerkleidung in der großen Halle von Glengarth an, wo sie Zwiesprache mit zwei Porträts hielt: eines zeigte Laird Lindsay im Kilt und mit allen Insignien eines Highland-Chieftains angetan, das andere stellte Laird Rory in Marineuniform dar.

George Proben ging nach dem Krieg als Butler nach London zu Lady Christabel, die allmählich alterte. Später besorgte Heather ihm eine Arbeit als Techniker bei der BBC. Er lernte ein nettes Mädchen namens Betty kennen, heiratete sie und bekam mehrere Kinder mit ihr. Auch sie blieben der Familie treu.

Susan Jennys junger französischer Koch sollte nie mehr nach Paris zurückkehren. Christophe – oder Raoul, wie er sich nannte – starb an den schweren Verletzungen, die man ihm nach seinem Fallschirmabsprung zugefügt hatte. Rudolf Heß wurde in der Folge in den Tower von London gebracht, anschließend nach Nürnberg und von dort für den Rest seines Lebens ins Kriegsverbrechergefängnis von Spandau. Nach dem Zwischenfall in Schottland erklärte Hitler seinen Stellvertreter für verrückt und behauptete, nichts über die Gründe des dramatischen Fluges nach Schottland zu wissen.

Die Familie Roskillen errichtete Raoul zu Ehren ein Denkmal, auf dem sie einen Satz von Churchill zitierten:

Es ist eine Kopfnuss, eingepackt in ein Geheimnis, das sich seinerseits in einem Rätsel befindet. In tiefer Dankbarkeit für einen der mutigen Männer unserer Zeit.

Eine farbenprächtige Familiensaga vor der atemberaubenden Kulisse Neuseelands

Sarah Lark
IM LAND DER
WEISSEN WOLKE
Roman
816 Seiten
ISBN 978-3-404-15713-6

London, 1852: Zwei junge Frauen treten die Reise nach Neuseeland an. Es ist der Aufbruch in ein neues Leben – als künftige Ehefrauen von Männern, die sie kaum kennen. Die adlige Gwyneira ist dem Sohn eines reichen »Schafbarons« versprochen, und die junge Gouvernante Helen wurde als Ehefrau für einen Farmer angeworben. Ihr Schicksal soll sich erfüllen in einem Land, das man ihnen als Paradies geschildert hat. Werden sie das Glück und die Liebe am anderen Ende der Welt finden?
Ein fesselnder Schmöker über Liebe und Hass, Vertrauen und Feindschaft und zwei Familien, deren Schicksal untrennbar miteinander verknüpft ist.

Bastei Lübbe Taschenbuch

Eine junge Frau auf der Suche nach dem Glück – der neue große Roman von Alexandra Jones

Alexandra Jones
DAS VERSPRECHEN DES GLÜCKS
Roman
448 Seiten
ISBN 978-3-404-15580-4

Die Irin Louise Duigan macht sich Anfang des 20. Jahrhunderts zusammen mit ihrem Vater und ihren Brüdern auf den beschwerlichen Weg über den Atlantik. Schon auf der Überfahrt geschieht ein schreckliches Unglück, und die Familie wird getrennt. Louise landet schließlich in Canton, Ohio, bei einer Gouverneursfamilie. Hier lernt sie den Juristen Robert du Pre kennen – beide verlieben sich. Der Standesunterschied wird zum Problem, denn die Frau des Präsidenten, Ida McKinley, hat von der Beziehung erfahren und tut alles, um das Paar zu trennen. Robert wird versetzt, und Louise schlägt seinen Heiratsantrag aus, weil sie inzwischen Zweifel an der Zukunft dieser Beziehung hat …

Bastei Lübbe Taschenbuch